MÉXICO DESGARRADO

HISTÓRICA

ALEJANDRO BASÁÑEZ LOYOLA

MÉXICO DESGARRADO

*La historia del sangriento choque de grandes
hombres de distintos estratos sociales, en el primer
movimiento del siglo XX que sacudió a México*

BARCELONA · MÉXICO · BOGOTÁ · BUENOS AIRES · CARACAS
MADRID · MIAMI · MONTEVIDEO · SANTIAGO DE CHILE

México desgarrado
Primera edición, noviembre de 2014

D.R. © 2014, Alejandro BASÁÑEZ LOYOLA
D.R. © 2014, EDICIONES B México, S.A. de C.V.
	Bradley 52, Anzures DF-11590, México

ISBN: 978-607-480-739-4

Impreso en México | *Printed in Mexico*

Prefacio

De 1905 a 1934 la Revolución mexicana tuvo tres etapas importantes de paz y violencia que definieron los cimientos de crecimiento del México del siglo xx.

La primera etapa comprendió de 1905 a 1913. Fue un periodo en el que los partidos políticos impulsados por el mismo Porfirio Díaz se convirtieron en su pesadilla, al sacarlo violentamente del poder en mayo de 1911 ante el empuje del carismático Francisco I. Madero y el estallido social que promovió el 20 de noviembre de 1910. Después sobrevino su inseguridad al no tomar el poder de manera inmediata, pues él fue el caudillo ganador del Plan de San Luis —el que mandó a Porfirio Díaz al destierro—. Madero optó por tomar el poder de manera democrática seis meses después, exponiéndose a casi no lograrlo, por la cantidad de escollos y problemas en los que lo metió Francisco León de la Barra y su ejército porfirista.

Madero llegó al poder en 1911 en las elecciones más transparentes y limpias de la historia de México, para ser aplastado en tan sólo quince meses por intrigas y traiciones de su mismo equipo de trabajo, y principalmente del ejército porfirista comandado por Victoriano Huerta, al que, por timidez e indecisión, no se atrevió a desmantelar y reformar.

La segunda etapa de violencia estalló precisamente con el asesinato de Madero en febrero de 1913, golpe de estado que llevó a la presidencia al usurpador Victoriano Huerta y a su equipo de asesinos. Venustiano Carranza, con el Plan de Guadalupe, organizó a las fuerzas militares del norte de México para, en unos meses, mandar al destierro a Victoriano Huerta.

A la salida de Huerta vino el inevitable enfrentamiento por el poder entre Carranza y Villa en el Bajío, ocasionando una oleada de miles de muertos y una hambruna que casi acaba con la diezmada población de México.

Esta segunda etapa, de 1913 a 1920, se lee con intensidad en *México desgarrado*. En el desarrollo de la novela se vive el esplendor y la caída del efímero gobierno de Victoriano Huerta. La transformación de un recién fugado Pancho Villa, que con cinco amigos cruza la frontera de Juárez, para en unos meses convertirse en un poderoso caudillo con medio millón de hombres a sus órdenes y listos para morir por su causa.

La tercera etapa, de 1920 a 1934, es el México reestructurado con una nueva Constitución y nuevos gobernantes sonorenses que situaron a México en el sendero del progreso y la democracia disfrazada en el PNR, fundado por Plutarco Elías Calles.

En *México desgarrado* se presencia con intensidad el rompimiento entre Villa y Carranza, después de la Soberana Convención de Aguascalientes en 1914.

Al leerlo, tu imaginación te llevará a:
- «testificar» la arbitraria invasión de los norteamericanos a Veracruz en 1914, con un pretexto irrisorio, para sacar a Huerta del gobierno por no convenir a los planes de Wilson.
- «sentir» las balas zumbando alrededor de tu cabeza

con el enfrentamiento final entre Villa y Obregón, en los campos de batalla de Celaya.

- «ensordecer», al escuchar el estallido de la granada que le vuela el brazo derecho a Obregón en Celaya.
- «tratar con desesperación» de evitar que Obregón se suicide con esa pistola oculta en sus ropas al verse espantosamente mutilado.
- «ser testigo» de los horrendos asesinatos de Rodolfo Fierro a los cientos de colorados de Pascual Orozco, los cobardes homicidios de David Berlanga y del arrogante escocés William Benton.
- «intentar esconderte» para salvar la vida al quedar enfrascado entre los cerros del Grillo y de la Bufa en la sangrienta Batalla de Zacatecas.
- «sufrir» con la población de la capital la espantosa hambruna que asoló a México al quedarse los campos sin granos y sin medios para transportarlos, al estar los trenes y la economía en manos de los revolucionarios.
- «ayudar a esconder» a las mujeres en los sótanos de la casa, al escuchar la llegada a la capital de los ejércitos zapatistas y obregonistas.
- «acompañar» a los Cuervos de Justo García en busca del asesino José Inés Chávez en la sierra de Michoacán.
- «intentar evitar con impaciencia» la muerte a traición de Zapata en Chinameca, y
- «ser testigo» del rompimiento entre Carranza y Obregón, al no resignarse este último a que el Barón de Cuatrociénegas lo dejara ser presidente.

Con la lectura de este libro:
- «vivirás con detalle» las muertes de Eufemio Zapata, Rodolfo Fierro, Benton, Pascual Orozco, David Berlanga, Felipe Ángeles y Venustiano Carranza, «verás

consternado» como Lupe Sánchez cercena la cabeza de Aureliano Blanquet en el fondo de una barranca en Veracruz, como Cidronio Camacho pone el agonizante cuerpo de Eufemio Zapata sobre un hormiguero de violentísimas hormigas arrieras, mientras disfruta del dantesco espectáculo con un cigarrillo en los labios.

Con el avanzar de *México desgarrado*, «serás testigo» de cómo Álvaro Obregón se convierte en el invicto general al que nadie puede detener para alcanzar la presidencia de México.

- Arturo Murrieta «nos llevará» por sus aventuras con los más famosos militares del México revolucionario. «Nos sumirá de nuevo» en sus intrigas amorosas y violentos duelos para defender el honor.
- Justo García «se convertirá» en el máximo bandido de saco y levita de la Revolución mexicana. Lo veremos de nuevo, en combinación con la Banda del Automóvil Gris, dar su golpe maestro al robarse el Tesoro de la Nación y envenenar con opio a los marinos norteamericanos en Veracruz.
- «Compartiremos camarote» con John Kent y nos asiremos con desesperación a su lancha salvavidas para no morir en el naufragio del *Lusitania* en las costas de Irlanda.
- «Tendremos la oportunidad» de ayudar a Rodolfo Fierro a salvar su vida en las lagunas de Nuevo Casas Grandes, aunque sobre su consciencia haya medio millar de vidas.
- «Montaremos» al lado de Fernando Talamantes en el ataque nocturno al *Columbus* en 1916.
- «Acompañaremos» a Manuel Talamantes en los primeros vuelos aéreos en los llanos de Balbuena y «se-

remos testigos» del primer bombardeo aéreo en la historia sobre Topolobampo.

- «Con horror veremos» al aviador Amado Paniagua estrellarse en las dunas de la Playa Norte de Veracruz al intentar con su moderno avión hacer la peligrosísima vuelta Immelmann.

- Los Murrieta «nos reservarán una butaca en el Toreo de la Condesa» para ver al *Gigante de Galveston*, Jack Johnson, primer campeón mundial negro de peso completo, apabullar a Kid Cutler «y asistir» también a la última actuación de Enrico Caruso en México y verlo soportar un denso aguacero mientras canta «Los payasos» y «Elíxir de amor», como si no pasara nada.

- «Nos asombraremos» de cómo los alemanes, con la intervención de su espía Frank Faber, hábilmente quieren provocar una guerra entre México y Estados Unidos para evitar la entrada de este último en la Primera Guerra Mundial. Con la lectura de *México desgarrado* aprenderás, pues, más de la historia de nuestro país y de los valientes mexicanos y extranjeros que se vieron envueltos en ella.

Acompáñanos a este emocionante viaje por el México bronco de inicios del siglo xx.

1

EL BANQUETE DE LAS HIENAS

AQUELLA MAÑANA DEL 7 DE ABRIL DE 1913 FUE UN día importantísimo para la historia de la aviación en México. En el aeródromo de los terrenos de Balbuena se dieron cita los generales Manuel Mondragón, ministro de Guerra, Félix Díaz, Aureliano Blanquet y los jóvenes pilotos aviadores —los hermanos Aldasoro[1]—, así como la estrella principal del magno evento, el piloto mexicano Miguel Lebrija[2].

El objetivo de la reunión era probar una nueva y efectiva estrategia de ataque que adelantaría en décadas las tácticas de guerra: el bombardeo aéreo, que apenas surgía en la adelantada Europa y los Estados Unidos.

Miguel Lebrija, sin duda el mejor aviador mexicano del momento, volaría su liviano y veloz avión Depperdussin de 80 HP sobre los terrenos de Balbuena y simularía un ataque

---

[1]   Juan Pablo Aldasoro fue el primer hombre en volar de Long Island, Nueva York, a la Estatua de la Libertad el 12 de marzo de 1913. Peligroso vuelo realizado todo el tiempo sobre las frías aguas del océano Atlántico.

[2]   Miguel Lebrija Urtetegui (1887-1913). Fue el primer mexicano en volar alcanzando alturas superiores a mil metros. Victoriano Huerta lo nombró Jefe de la Aviación Mexicana y lo mandó a comprar aviones de guerra a Francia. Estando allá, Lebrija sufrió una complicación en una vieja lesión en su pierna por lo que tuvo que ser operado. Murió a los 26 años por complicaciones después de la intervención quirúrgica.

aéreo con bombas Martin Hale, sobre un diminuto cuadro
de cal de diez por diez metros, justo en medio de los llanos.
En un futuro cercano, en un ataque real, el blanco de cal
bien podría ser un edificio o una base enemiga. El objetivo
de su entusiasta promotor, Manuel Mondragón, era probar
que la aviación mexicana estaba irónicamente a la altura de
la europea en cuestión de ataques aéreos. Con ello deseaba
convencer que esta técnica de asalto se usaría lo más rápido
posible sobre los constitucionalistas de Carranza, que desde
el 26 de marzo con el Plan de Guadalupe se habían declarado
en guerra abierta contra el gobierno usurpador de Victoriano
Huerta.

Entre los trabajadores de la base de Balbuena se
encontraba Manuel Talamantes, hermano de Fernando
Talamantes, esposo de Gisela Escandón y ahora incorporado con las fuerzas del general Pancho Villa en el norte
de México.

Manuel tenía dieciocho años de edad y, ávido de
aventuras, encargó sus vacas en Los Remedios a otro
muchacho de confianza. Así se lanzó a la conquista de
la ciudad, donde se aventuró a ser ayudante de mecánico
de aviones en los llanos de Balbuena y de Anzures. Su
maestro fue el famoso, Guillermo Villasana[3]; mecánico
de Miguel Lebrija, quien estaba al cuidado del famoso
Depperdussin.

Acercándose lo más que pudo, para no perder detalles de
las instrucciones que daría Manuel Mondragón a Miguel
Lebrija, se colocó cerca del espigado y aerodinámico
Depperdussin.

---

3   Guillermo Villasana (1891-1959), destacado aviador e ingeniero aeronáu-
tico mexicano, diseñó y construyó varios aeroplanos, entre ellos el famoso
Depperdussin. En 1915 inventó la famosa hélice Anáhuac, que por ser más
ligera y mejor ensamblada al motor del avión que las hélices del momento,
rompió record de altura al volar a 19750 pies.

—La prueba es sencilla, Miguel —inició el supuesto héroe de la Ciudadela—. Volarás sobre ese objetivo en el centro de los llanos, que en este caso imaginaremos que es el edificio de una base rebelde, y desde trescientos metros de altura soltarás estas bombas sobre el blanco para destruirlo. Como verás, el éxito de la operación radica en hacerlo en los primeros intentos. Atinarle a la veinteava vez le quitaría todo el factor sorpresa al bombardeo y lo más seguro es que te tirarían desde algún fuego terrestre. La sorpresa es la clave ganadora en ataques como estos.

Miguel Lebrija tomó la bomba Martin Hale, que era del tamaño de dos latas de conservas en cruz, con una pequeña antena o detonador en su parte superior.

—Es sólo quitarle este seguro y dejarla caer sobre el blanco, ¿no? —adujo Lebrija, examinando la bomba, sentado en la cabina de su avión con toda la gente a su alrededor.

—Así es, Miguel, activar la bomba lo puede hacer hasta un chimpancé... atinarle al blanco desde el aire es la razón por la que estás aquí y por la que el ejército mexicano está dispuesto a invertir millones de pesos.

Todos rieron ante la puntada del millonario bigotón que ya pensaba en su siguiente inversión con las bombas aéreas de importación.

—Está bien, general, no demoremos más esto —repuso Lebrija decidido.

Todos los ahí reunidos se separaron del avión deseando buena suerte al hábil piloto.

Ahí fue cuando Manuel Talamantes quedó deslumbrado ante la presencia de la mujer más hermosa que había visto en su vida. Era una jovencita de veinte años de cabello rubio y grandes ojos verdes como dos esmeraldas. Su cuerpo era bien proporcionado y su presencia atraía mas miradas varoniles que el Depperdussin de Lebrija, tomando impulso para levantarse del suelo en imponente vuelo.

—¿Quién es ella, Memo? —le preguntó Manuel al mecánico de Lebrija.

—No andas tan perdido, cabrón. Ella es Carmen Mondragón[4], la hija del general Manuel Mondragón.

—Es una belleza, Memo. Nunca había visto a alguien tan bella.

—Ah, Manolo. Ella es como una estrella para ti. Es inalcanzable para quizá todos los aquí reunidos. Su padre es millonario y ella tiene que casarse con alguien igual o de más billete. Todos sus estudios de niña los hizo en Francia. Imagínate la clase de damisela que es.

El Depperdussin levantó el vuelo y se proyectó hacia los azules cielos del Valle de México. La mañana era clara y sin nubes. En el fondo se veían imponentes los volcanes Popocatépetl e Iztaccíhuatl, coronados con poca nieve por ser la primavera. Decenas de curiosos observaban desde la periferia de los llanos. Desde las alturas Lebrija veía al público reunido alrededor del blanco de cal, como si fueran hormigas cerca de su nido.

—No la quiero para casarme, Memo. Sólo me conformo con verla. No es fácil encontrarte alguien así de hermosa. Por ver no se paga.

---

4   Carmen Mondragón (1893-1978). Se daría a conocer como Nahui Ollin. Polémica mujer que destacaría como pintora. Sería la esposa de Manuel Rodríguez Lozano, de quien se divorciaría por la homosexualidad declarada del pintor. Al regresar a México por los años veinte se haría amante del Dr. Atl y conviviría con las mejores luminarias de la pintura, poesía y fotografía. Posaría completamente desnuda para el pintor norteamericano Weston, esposo de Tina Modotti. Sus escandalosas fotografías se adelantarían décadas a su tiempo y darían mucho de qué hablar en esa época. Su verdadero amor lo encontraría con un capitán de barco, quien moriría primero que ella en 1934 por intoxicación de mariscos, sumiéndola en una terrible depresión. Al final de su larga vida terminó mal de sus facultades mentales y se conoció como la «madame de los gatos» por pasear con pieles viejas y muchos felinos con correas en la Alameda y las calles de Tacubaya, donde presumía controlar la salida y puesta del sol a su antojo, ante la risa burlona de la gente. Murió en la casa de sus padres en Tacubaya.

—¿Ves a ese tipo que viene por ahí? —Villasana señaló a un joven de marcada ceja poblada, ojos grandes y vivaces, nariz prominente, con unos labios caídos hacia abajo dándole una mirada nostálgica; vestía con un elegante traje azul fuerte y sombrero del mismo color.

—Sí, ¿quién es él?

—Él es su prometido, Manuel Rodríguez[5], cadete militar.

Manuel se concentró en mirar en detalle al prometido de la hija de Mondragón, mientras Villasana no perdía de vista el Depperdussin, que tomaba más altura para hacer su primer intento de ataque.

—No sé, pero se ve medio maricón, ¿no?

—Quizá, o a lo mejor es que es muy refinado —Villasana soltó una risotada que hizo voltear a varios espectadores.

Lebrija pasó justo arriba del blanco, soltando la primera bomba, cayendo ésta a varios metros fuera del blanco. La explosión levantó una nube de tierra y polvo.

—¡Primer intento fallido! —dijo Manuel Mondragón a Félix Díaz, frunciendo el ceño molesto al percatarse de la llegada de su incómodo yerno Manuel Rodríguez—. Mientras el pendejo no nos tire la bomba a nosotros, no hay problema, Félix.

—Es que no es tan fácil, Manolo. Está cabrón volar ese pinche avioncito y a la vez atinarle a un blanco que desde esa altura se ha de ver como una cajetilla de cerillos —repuso Félix Díaz, peinándose su negro bigote con los dedos y metiendo la panza al percatarse que una bella

---

5 Manuel Rodríguez Lozano (1896-1971). Famoso pintor mexicano, esposo de Carmen Mondragón, mejor conocida como Nahui Ollin. Su vida fue muy polémica, también, así como sus pinturas y escritos. Fue el amor imposible de Antonieta Rivas Mercado y convivió con los mejores pintores y escritores de su época.

dama de cabello largo y negro como el carbón lo miraba coquetamente.

—A mí sí me da miedo subirme a un avión, Félix, te lo confieso. No les tengo confianza. Siento que esa chingadera con cualquier cosa se puede caer. Sólo de ver que está hecho con un esqueleto de madera forrado con lona, alambres, tubos y llantas de bicicleta, me pone de nervios.

—Pues en eso te ganó Madero[6], ya ves que él sí se subió con Lebrija y le valió madres. Ni el pinche Taft, Wilson o el Káiser se han dado ese lujo.

—Ese pinche chaparro era valiente, Félix, eso no lo niego. El cabrón murió por pendejo, no por cobarde.

El Depperdussin pasó por arriba de sus cabezas, perdiéndose al final de los llanos como un insignificante insecto para virar y buscar el segundo intento para tirar la bomba.

Aureliano Blanquet se acercó a Félix y a Mondragón, saludándolos amablemente. El esbirro número uno de Huerta se veía más rejuvenecido en su flamante traje militar. La más cara prostituta de la casa de citas de la Roma había hecho maravillas con él la noche anterior.

—Falló por poco, ¿no, Manuel?

—Sí, Aureliano. La idea es que Lebrija atine en el centro por lo menos en los tres primeros intentos para que vean la viabilidad de este ataque y se implemente en una prueba real. Ya tenemos cinco aviones como ése, urge comprar más.

—Pues si lo autoriza Victoriano, lo probamos sobre ese pinche anciano, Barbas de Chivo, de Carranza, que anda muy calientito allá en Coahuila —adujo Blanquet, sintiéndose en gran camaradería con los irónicamente llamados héroes de la Ciudadela. El llamar públicamente al presidente

---

6 Madero fue el primer presidente en el mundo en volar en avión el 30 de noviembre de 1912.

de México, Victoriano, a secas, era una señal hacia ellos de que él sí se tuteaba con el general y que estaba mejor parado socialmente con el jefe que ellos.

Lebrija dirigió de nuevo magistralmente su Depperdussin hacia el blanco de cal, que desde su ligero aparato lucía diminuto y retador a la vez. Con cuidado inclinó levemente el aparato hacia su izquierda para tener mejor cálculo sobre el objetivo. En un segundo quitó el seguro de la Martin Hale, dejándola caer desde más de trescientos metros de altura. Todos los espectadores vieron la explosión de la bomba en el mero centro del blanco, ocasionando un aplauso generalizado por el gran logro del hábil piloto mexicano.

—¡Bien hecho, Miguel! Excelente maniobra —externó eufórico Manuel Mondragón, incrementando la intensidad de los aplausos.

La bella Carmen Mondragón, contagiada por la celebración, abrazó emocionada a su frágil novio. Manuel Rodríguez, sorprendido por el beso de su novia, sintió el peso de la mirada de acero de su suegro en la distancia. Félix y Blanquet no desaprovecharon la oportunidad para discretamente verle las piernas y las nalgas a la hija del Secretario de Guerra y Marina.

—¡Carmen!… ahí está tu papá.

—Me vale lo que piense mi papá, Manuel. ¡Eres mi novio! ¿No? Pues que se entere todo el mundo.

—La güera está como loca —comentó sonriente Manuel Talamantes.

—Sí, ¿verdad?, parece que el señorito se incomodó —dijo Villasana muerto de risa.

—No veo cómo puedo saludarla con ese cabrón ahí parado todo el tiempo.

—Pues salúdalos a los dos y ya, Manuel. Lo importante es que ella se fije en ti; el putete ése sale de sobra. Siempre trata de dejar señas o evidencias de tu presencia frente a una dama, pasar desapercibido es un fracaso.

El Depperdussin se enfiló para el aterrizaje, momento álgido que requería toda la atención de su hábil piloto. Lebrija, como un jinete que domina soberbiamente a su caballo, posó las bicicléticas ruedas del avión en tierra, generando otra nueva carretada de aplausos. La prueba había sido un éxito: objetivo destruido en el segundo intento.

—¡Ese cabrón es bueno, no hay duda de ello! —dijo Blanquet aplaudiendo contagiosamente. Mondragón sonreía feliz como si hubiera ganado una jugosa apuesta en una carrera de caballos. En su interior ya maquinaba la compra de los siguientes aparatos con sus respectivas Martin Hale, que de algún modo u otro aumentaría su enorme fortuna. «Cualquier juguetito nuevo que se le compre a ejércitos extranjeros puede engrosar la fortuna de un hombre visionario como yo. El bombardeo aéreo es el futuro de la guerra. Para qué desgastarte mandando costosas infanterías por mar y tierra, si por aire un solo avión te puede volar en cachitos la Casa Blanca o el Palacio de Buckingham» pensaba mientras se afilaba las aceradas puntas de su negro y grueso bigote.

Lebrija brincó ágilmente fuera de su famoso avión. Era un hombre joven con frente amplia, ojos claros, con un bigote grueso con puntas hacia los cielos que le gustaba conquistar. Los primeros en felicitarlo fueron los hermanos Juan Pablo y Eduardo Aldasoro, excelentes hermanos aviadores que competían con Lebrija en la conquista de los cielos del Anáhuac. Después siguió Villasana diciéndole efusivamente:

—Felicidades, Miguel. Acabas de abrir un mundo de posibilidades militares para las futuras décadas. Acabas de crear la Fuerza Aérea Mexicana.

—Eso es gracias a ti, Memo. Es tu avión, yo sólo lo piloteé. No hay nada nuevo. Tú mismo Memo, al igual que Alberto Salinas Carranza, los Aldasoro, Gustavo Salinas u Horacio Ruiz lo... hubieran hecho igual de bien. Yo sólo tuve la suerte que me lo propusieran primero.

Carmen Mondragón se acercó para felicitar a Lebrija. Los ahí reunidos cortaron sus puntadas y comentarios inapropiados, al ver a tan hermosa jovencita frente a ellos. Manuel Talamantes, no perdiendo un segundo se metió entre la bola para ver de cerca a la damisela de Balbuena.

—Capitán Lebrija. Lo felicito por su éxito. Es usted un excelente piloto —dijo Carmen, sonriendo coquetamente al brillante aviador mexicano.

—Gracias, Carmelita. Es un honor el tenerte aquí entre nosotros —la mirada de Lebrija trataba de escrutar los más recónditos secretos de la hija del general de la Ciudadela.

«Es bellísima» —pensó Lebrija, mientras la saludaba. Carmen volteó al escuchar la voz de Manuel Talamantes, que aprovechaba para presentarse de una manera natural y sencilla. Lebrija aprovechó esa distracción de la niña Mondragón para dimensionar mejor las curvas de su cuerpo.

—Soy Manuel Talamantes —mecánico de aviación del equipo de Miguel Lebrija.

—Ah, sí, pues yo soy Carmen Mondragón, la hija del general triunfante de la Ciudadela —lo saludó sorprendida por la audacia del muchacho. En el interior se sintió fulminantemente atraída por el atractivo natural de ese joven mecánico, alto, de cuerpo esbelto y cabello encrespado, entusiasta como si acabara de acomodar el potente motor del Depperdussin y hubiera corrido a saludarla con las manos llenas de grasa.

—Y yo soy Manuel Rodríguez Lozano, su prometido y futuro esposo.

Talamantes los saludó sin intimidarse, confundido entre cual de las dos miradas hacia él era más coqueta, si la de Carmen o la de su novio.

—Mucho gusto... por conocerlos a los dos y... les deseo que sean felices en su futuro matrimonio —concluyó Talamantes sintiéndose fuera del círculo con la presencia del elegante prometido.

Atrás de ellos reía en su interior Villasana, quien se había dado cuenta de todo lo acaecido y guardaba sus comentarios para, al rato, discutirlos con su pupilo con dos frescas cervezas del indio[7].

Después de las felicitaciones se procedió a una pequeña comida campirana en el mismo aeródromo, organizada para deleitar a todos los invitados que habían asistido al evento. La mayoría de ellos se preocupó más por felicitar y barbear a los dos generales que fulguraban como dos estrellas después del triunfo del golpe de estado del feroz Huerta. Félix Díaz era el actual candidato a la presidencia de México y Mondragón y Blanquet controlarían el ejército porfirista, fiel al futuro presidente.

El día 21 de abril de 1913 los socios del aristocrático centro de reunión Jockey Club organizaron un fastuoso banquete en honor de los héroes de la Ciudadela, generales Félix Díaz y Manuel Mondragón. El salón estaba elegantemente decorado y no había ni una sola silla libre para alguien que no tuviera invitación.

Todos los invitados venían vestidos de rigurosa etiqueta, mostrando, los más opulentos, trajes de miles de dólares importados de Francia y Estados Unidos. En las paredes del salón se podían ver banderolas especialmente bordadas con

---

7 Era la famosa cerveza Dos Equis, que había salido a la venta por el cambio de siglo del xix al xx y se le conocía como la del indio, por el Moctezuma de la etiqueta.

leyendas como: «Viva Félix Díaz o Manuel Mondragón» o «Félix Díaz para presidente».

Eran los días en los que todavía se dejaba sentir la presencia y el poder de los generales de la Ciudadela, en comparación con la apenas resurgente figura de Victoriano Huerta como presidente interino de la República mexicana, aún eclipsado por la resplandeciente luz de las luminarias de la decena trágica.

—Mi general Díaz, es un honor el tenerlo aquí entre nosotros —dijo lambisconamente Francisco León de la Barra, buscando de nuevo meterse a la grande como vicepresidente al lado de Félix Díaz.

—Gracias, Pancho. La verdad no me esperaba un homenaje tan chingón por parte de todos estos catrines. Aquí se encuentra reunida la gente más opulenta del México de mi tío.

—Y todos buscan volver al México de tu tío con tu próxima embestidura —contestó De la Barra chocando su finísima copa de Baccarat de cristal cortado.

El oportunismo del licenciado León de la Barra había quedado más que probado al haber sucedido a Porfirio Díaz en el gobierno interino y al haberle hecho la vida difícil durante más de seis meses al difunto presidente Madero. No satisfecho con ello, ahora quería pelear por la vicepresidencia junto con el mejor candidato del momento, el general Félix Díaz.

Los generales Manuel Mondragón y Félix Díaz acapararon a los fotógrafos, hasta que por la puerta principal aparecieron el presidente interino general Victoriano Huerta y el general Aureliano Blanquet.

Los lambiscones e interesados tuvieron que dividirse, apostando por su futuro al cargar todos sus intereses en quien pensaban sería el siguiente presidente de México.

—Esos pendejos de Manuel y Félix creen que serán los

siguientes súper chingones de México, Aureliano, pero no saben que les queda muy poquito para que los mande directito a la chingada —le dijo Victoriano a Blanquet, su esbirro de confianza, mientras se acomodaba la sofocante corbata que amenazaba con estrangularlo.

—Muchos creen que Félix será el siguiente presidente junto con el pinche lambiscón de De la Barra, Vic.

Huerta calculó su sencilla respuesta ante la aproximación del sonriente Manuel Sierra Méndez, organizador del homenaje.

—A esos dos pendejos los verás fuera de la jugada en menos de lo que crees, Aureliano. Bastante trabajo me costó llegar a este puesto como para pasárselo en bandeja de plata a ese pinche panzón talqueado de Félix. ¡Que se vaya a la verga *el sobrino de su tío*[8]! De aquí no me saca ni el pinche ejército de los Estados Unidos.

Aureliano festejó con una sonora carcajada la puntada de su patrón, protector y amigo. El saludo cordial de Manuel Sierra los puso en otra plática y actuación.

—Mi general Huerta. Es un honor tenerlo aquí junto con nosotros. El señor presidente de la República Mexicana siempre será la persona más importante en cualquier lugar donde se presente. Es un honor inmerecido el tenerlo aquí con los socios del Jockey Club, señor presidente.

«Este güey no es pendejo. Este cabrón sí que sabe quién es el amo», pensó sonriente Victoriano, mientras estrechaba la mano de Manuel Sierra.

Después de saludar a Huerta y a Blanquet, ambos fueron conducidos por Manuel Sierra entre aplausos y porras a su lugar de honor en la mesa.

Félix Díaz y De la Barra, sintiéndose los agasajados,

8   Así le decían en burla a Félix para molestarlo de que tenía importancia por don Porfirio.

marcaron una distancia con Huerta y Blanquet para dejar implícito el mensaje de que ellos serían los siguientes en la presidencia.

—¿Te fijas, Victoriano, que ese par de pendejos nos ponen distancia como para marcar la diferencia y transmitir el mensaje de que en unos meses ellos serán los dueños de México?

—Sí, Aureliano. Sobre todo el pinche panzón del Félix que cree que será el siguiente Porfirio Díaz. Pero ese par de pendejos por resolución del Congreso —Victoriano le hizo una señal, con su lacrimoso ojo izquierdo, de que él había sugerido tal resolución—, tienen que renunciar a su candidatura o, llamémosle, posponerla hasta octubre de este año.

—De aquí a octubre falta un chingo, Vic.

—De aquí a octubre ese par de pendejos, incluido el pinche Mondragón, andarán de embajadores en Tasmania o tres metros bajo tierra, mi Aureliano —Victoriano chocó la copa de fino vino con su entrañable esbirro en franca camaradería. Victoriano y Blanquet irían juntos si era menester al mismo infierno, pero no se separarían.

Henry Lane Wilson no desaprovechó la oportunidad de saludar al que sabía era el amo de México, dejando para después brindar con Félix y De la Barra, que bien sabía eran cartuchos quemados.

—Victoriano, mi amigou. ¡Qué gusto saludarte y verr que estás bien! Se ve que has perdidous peso.

—Son las presiones, Henry. Ese pinche Barbas de Chivo de Carranza y tu incapacidad de conseguirme el beneplácito de tu paisano Woodrow Wilson a mi gobierno, me tienen con una maldita úlcera.

Henry Lane, habiendo perdido poder desde la salida de William Taft y con el repudio del nuevo presidente Woodrow Wilson, se sentía a la deriva, y sabía que su permanencia como embajador de México dependía de la aceptación de Victoriano Huerta como legítimo presidente de México, por parte del nuevo presidente de los Estados Unidos.

Un par de lambiscones pospuso atinadamente su saludo a las máximas figuras de la reunión al verlas discutir airadamente.

—Sin el apoyo de tu país no podré hacer frente a ese pinche anciano de Carranza, y más que bien sabes que tu nuevo presidente, sí lo está abasteciendo de armas y dinero.

—Es que él nos acusa de haber fraguado un golpe de *estadou* para correr a *Maderou* y que tú además lo *matastes* —le dijo discretamente al oído a un Huerta que estaba por estallar, arrojándole la copa a su impecable levita y chistera.

—Escúchame bien, pinche güero —Victoriano lo tomó de los antebrazos con sus dos manos y acercándose a escasos centímetros de su cara, le espetó con su aliento aguardentoso—: Nos va a llevar la verga si no me acepta tu otro pinche Wilson como el legítimo presidente de México. ¿Entiendes? O consigues la aprobación de ese cabrón o ve haciendo tus maletas para retacharte a tu país con la cola entre las patas.

Algunos invitados se dieron cuenta de cómo le hablaba Huerta con autoridad a Henry Lane, demostrando con esto que él no era Madero y sí era de armas tomar.

—Yo esperro que pronto Wilson nos dé aprobación, Victoriano. Ten calma. Si es preciso voy personalmente a Washington y se la arranco.

Míster Strong, representante de Inglaterra en México, se acercó a Huerta y a Wilson, dando por concluida la breve plática entre la hiena y el gringo.

—Señor presidente Huerta, ¡es un honor brindar con usted! —le dijo míster Strong amistosamente a Huerta, chocando las finas copas de cristal. Su enorme estatura intimidaba al general Huerta.

Tomándolo del brazo lo llevó a un rincón del Jockey Club. Los demás invitados, entendiendo bien la diplomacia, sabían que estas pequeñas pláticas entre poderosos se tenían que dar y permitir, manteniéndose al margen mientras ellos dialogaban.

—Señor Huerta. Es un honor para mí comunicarle aquí entre nosotros que la aprobación de mi gobierno de su interinato es casi un hecho. Mi gobierno está ansioso de ayudar al suyo y de echar a andar más negocios con México. Aprovecho este pequeño momento para comunicárselo y mostrarle mi abierto apoyo.

Los ojos vidriosos de Huerta brillaron de alegría. La aprobación por parte de Inglaterra sería el primer gran paso para consolidar su gobierno. Si no lo aceptaba Wilson, al menos ya tenía en la bolsa al primo Inglaterra, y si fuera preciso «se subiría más la falda» —pensaba—, pero también conseguiría la de Alemania. Nada lo detendría ya.

—Me llena de felicidad, míster Strong. ¡Usted ha hecho feliz mi día! —acercó de nuevo su copa para brindar y juntos caminaron hacia su lugar asignado en la mesa. A su lado izquierdo estaría sentado «el insoportable vejete de De la Barra» pensó, situación que no le agradaba mucho, pero en fin. Esto era el protocolo y había que estar acostumbrados a tratar gente intolerante. Él se sentía a gusto con su esbirro Blanquet al lado, él si lo entendía.

En otro rincón del amplio salón, junto a las gruesas columnas que sostenían la Casa de los Azulejos[9] o Jockey Club, dialogaba Félix Díaz con Manuel Sierra.

—Definitivamente, mi Félix, al que le toca, le toca.

9 Desde hace décadas es el Sanborns de los Azulejos, anteriormente Jockey Club y Casa del conde de Orizaba en la calle de Madero, frente a la Torre Latinoamericana.

Como ejemplo ve lo que pasó el mes pasado con Merced Gómez. Al cabrón ése no lo pudo matar ningún toro salvaje de las muchas corridas que tuvo, y mira que en enero de este año lo cornearon en el muslo derecho en el toreo; y en una peda como cualquier otra, el pinche Antonio Ramos[10] «Carbonero de Sevilla» encabronado porque Meche se lo madreó en una discusión de toreros y putas, se medio incorporó y le rompió con una puntilla la femoral, por lo que le tuvieron que amputarle la pierna izquierda y retirarse para siempre de los toros. ¿Lo crees justo Félix? No lo retiró de su carrera un asta de toro sino una puntilla. Son mamadas, ¿no?

—Sí, Manolo. Eso te pasa cuando chupas con cualquier pendejo. Hasta para eso hay que tener estilo y gusto. No puedes emborracharte con cualquier cabrón. Imagínate si yo agarro la peda con el pinche Huerta o Blanquet... seguro que me agarran a balazos, ¿no?

—Exacto, Félix. Eso es a lo que voy. Tú vas por el riel directito a la grande. No te distraigas y sigue robusteciendo tus relaciones con los grandes. La presidencia es tuya y esa no te la quita nadie. Nada más dale su lugar a ese pinche borracho de Huerta y no lo hagas sentir menos porque el huichol es rencoroso y te chinga.

—Gracias, Manolo. Tendré en cuenta tu valioso consejo.

De ahí pasaron a sus lugares en la mesa. Manuel tenía que descorchar el champaña y dar un breve discurso en honor de los agasajados Félix Díaz y Manuel Mondragón.

10 Antonio Ramos era español y no era torero, era banderillero.

2

Los ejércitos se alistan

L A INVITACIÓN POR PARTE DEL FAMOSO ARQUITECTO Cass Gilbert le había llegado a Gretel Van Mess desde hacía dos semanas. La inauguración del rascacielos más alto del mundo, el Edificio Woolworth[11], estaba programada para el 24 de abril de 1913 con una solemne comida y un brindis. El coloso de acero y concreto contaba con 57 pisos y medía 792 pies (241.4 m) de altura. Sólo un piso y medio sería ocupado para oficinas de la Woolworth. El resto sería rentado a empresas de renombre como la Columbia Records con un moderno estudio de grabación.

El moderno edificio, ubicado en Broadway 233 en Manhattan, se asemejaba a una catedral gótica con adornos de pináculos y gárgolas. Construido en tres bloques básicos, los adornos disminuían en tamaño con la altura, para terminar en una punta piramidal o de pináculo con un amplio mirador para contemplar todo Manhattan en sus cuatro puntos cardinales.

El amplio lobby en forma de cruz latina se extendía en cuatro direcciones, con un extenso centro comercial en su

---

11   Fue el más alto del mundo hasta 1930, superado por el edificio de la Chrysler en 40 Wall Street. Aún en el año 2012, se consideraba uno de los cincuenta edificios más altos de los Estados Unidos y el veinteavo más alto de Nueva York.

interior. El vestíbulo tenía una altura de tres plantas, con techo de cristaleras y una bóveda cubierta con mosaicos dorados de inspiración bizantina. Dos curiosas esculturas llamaban la atención de la gente, una con la representación de Frank Woolworth contando monedas y otra de Cass Gilbert, contemplando una maqueta de su propio edificio.

La gente se encontraba reunida para el evento, tanto en la calle como en el interior. Gretel, cómodamente sentada en una mesa para cuatro personas, miraba nerviosa su reloj de pulsera. Era ya la hora indicada y Arturo no aparecía por ningún lado.

—¿A qué hora llega mi papi, mamá? —preguntó Lucy, ataviada con un encantador vestido blanco de muchos holanes y un elegante sombrero del mismo color.

—Ya no tarda, hija. Sé que ya está en camino.

—Ya quiero ver a mi papá —dijo Arturito, sentado en su silla meciendo los pies, inquieto por no ver a su padre.

Gretel y los niños no veían a su padre desde febrero de ese año que huyeron del país por la violencia engendrada con el golpe de estado al presidente Madero.

Arturo, por precaución y miedo a los huertistas, había abandonado junto con Vasconcelos el país, embarcándose en Veracruz rumbo a Cuba para de ahí partir a Nueva York. Murrieta había pasado unos días en Veracruz después de haber dejado a Lucero, Isaura y Reginito cómodamente instalados en una segura y amplia casa en el bellísimo puerto mexicano.

—¡Ahí está, mamá! —señaló Lucy a un hombre de negro que se encontraba en la entrada del lujoso restaurante del lobby.

El corazón de Gretel se aceleró al ver la gallarda figura de su esposo preguntando por la mesa reservada para su familia.

Los niños sin esperar un segundo más se lanzaron en

una veloz carrera sobre su padre, sumiéndolo en una fuerte emoción que le arrancó lágrimas de felicidad al abrazarlos de nuevo.

—¡Hijos míos! Los adoro. Doy gracias a Dios por volver a verlos de nuevo.

Caminado hacia Gretel, tomando a un niño en cada brazo, se paró frente a su mujer, que sin esperarlo más se abalanzó sobre él para comérselo a besos.

—¡Bendito sea Dios que nos volvemos a ver, Arturo!

—¡Te amo, Gretel! —Arturo la estrechó contra su pecho, acariciándola tiernamente. Una lágrima emergió de su ojo izquierdo, delatando sus emociones—. Pensé que no te volvería a ver. Si fueron capaces de matar a Madero como a un perro, qué suerte podía esperar de mí.

—¿Cómo están Lucero y el niño? —preguntó Gretel por compromiso, lo que era una verdad ineludible entre los dos y que la hería por dentro. Saber del paradero de Lucero era información primordial para su relación con su marido.

—Bien... los dejé en Veracruz en compañía de Isaura.

—¿La sirvienta de Sara Pérez?

—La ex sirvienta, Gretel. Isaura es una fiera que cuida mejor a Lucero que cualquier militar de carrera. Ella fue la que en, defensa de Lucero, mató a Regino. Los Madero huyeron del país e Isaura prefirió quedarse con Lucero que andar errante por Cuba o ve tú a saber dónde.

Los cuatro se sentaron en la mesa. Delante de los niños se omitió tácitamente el tema de Lucero y Reginito. El evento estaba por dar inicio y frente a ellos ya se veía al orgulloso Frank Woolworth[12] elegantemente vestido de levita negra y sombrero, preparado con tijera en mano para cortar la cinta que inauguraría la flamante construcción. Junto a él sonreía a todos los invitados el arquitecto del proyecto,

---

12 Cuando Frank Woolworth murió en 1919, ya era dueño de mil tiendas.

Cass Gilbert[13], quien entre las cabezas de los reunidos buscaba discretamente a su eficiente empleada Gretel Van Mess, de quien estaba perdidamente enamorado y no era ni remotamente correspondido. Al ver a la hermosa Gretel junto a un hombre joven barbado de treinta y tres años que la abrazaba amorosamente, sintió que su corazón se le desgarraba. Ese tipo era el famoso esposo de la holandesa, que vivía con sus padres en un humilde departamento en Manhattan.

—Ése es Gilbert, mi jefe.

—¿Él es tu jefe? Se ve que es un hombre encumbrado en su giro.

—No es para menos Arturo; él diseñó el edificio más grande del mundo.

—¿Cómo cuánto costó este edificio, Gretel?

—Trece millones y medio de Dólares, querido.

—¡Increíble!

—Salió un poco más caro por la pasión de Gilbert en construirlo al estilo neogótico.

—Supongo que eso implica mucho dinero en acabados.

—Sí, así es, Arturo. Cass no escatimó en construir un edificio que perdure por décadas. Él es un hombre obsesionado con la arquitectura de los griegos; si notas, el edificio tiene mucho de ello. También diseñó el capitolio de Minnesota.

—¡Hombre brillante en verdad!… ¿es casado? —preguntó Arturo, mostrando un involuntario chispazo de celos.

—¡Por Dios, Arturo! Cass tiene cincuenta y cuatro años, tres hijos y a Julia Finch, una esposa hermosa que ha sido su compañera de toda la vida.

13   Cass Gilbert (1859-1934), considerado como el pionero de los rascacielos. Después del Edificio Woolworth, su más grande trabajo fue el Edificio de la Suprema Corte de Justicia en Washington (1932-34). Su hijo, Cass junior, lo concluyó al morir su padre.

—¡Tranquila, Gretel! Sólo estoy bromeando. Tu jefe, al igual que Woolworth, es una persona notable que causa admiración. Preguntar sobre ellos es algo normal.

Los dos se abrazaron amorosamente, dejando atrás el pequeño incidente y no perdiendo detalle de la solemne celebración. Woolworth cortó la cinta que daba por inaugurado el recinto y luego dio un abrazo a Cass Gilbert, seguido por muchos otros a importantes personalidades de Nueva York y de los Estados Unidos.

—Vasconcelos también anda aquí en Nueva York —comentó Arturo, mientras degustaba el sabroso pastel de frambuesas.

—¡Pepe! ¿Ahora en qué andas, o más bien, andan los dos?

—Nuestra misión es conseguir dinero para la causa convencionalista de Carranza y derrotar al chacal de Huerta.

—Quedaron de venir aquí a pasar un rato con nosotros.

—¿Quedaron?

—Sí, Gretel. Pepe viene con Adriana, así que como siempre te pido discreción ahora que los veas.

—¡Seguro, Arturo! Cuenta con ella. Te prometo que su esposa Serafina jamás sabrá de mis labios que Pepe es un sinvergüenza.

—Tranquila, mujer. ¿Quiénes somos nosotros para juzgar su vida? Adriana es una buena mujer. Ha andado con él en toda esta tormenta. No la juzguemos por ser su amante.

—Está bien, Arturo. Sólo estaba bromeando. Tienes razón. Yo no soy nadie para juzgarlo. Tú también tienes a tu Adriana en Veracruz. ¿Por qué Pepe no va a traer a su Adriana a Nueva York?

Arturo, lastimado por el filoso comentario, sonrió acercando su copa a la de su bella esposa. Sabía que estaba resentida, pero que finalmente había cedido a una tregua. Arturo notó que Gretel con su cabello corto se veía más joven y sus ojos parecían más grandes. «Qué suerte tengo de tener una esposa tan joven y bella», pensó.

De pronto un hombre calvo, con cabellos encrespados a los lados de su cabeza, de finos espejuelos redondos, se acercó a su mesa con una copa en su diestra y una sonrisa radiante en su rostro. Era el carismático Cass Gilbert, deseoso de conocer a la familia de su eficiente empleada, Gretel Van Mess.

—¡Gretel! ¡Qué gusto tenerte aquí con tu familia! —les dijo Cass en Inglés.

—Gracias, Cass. Ahora sí tengo a todos junto a mí —Gretel señaló a Arturo, quien correspondió a Cass con una amistosa sonrisa—. Él es mi esposo Arturo Murrieta y mis hijos Lucy y Arthur *Jr.*

—Es un placer, sr. Murrieta. He escuchado tantas cosas interesantes de usted. Gretel me contó que estuvo con Madero en sus últimos días de gobierno hasta que fue asesinado por su secretario de Guerra. Me ha platicado que conocen a Pancho Villa y a Zapata. Eso es increíble.

—Gracias, míster Gilbert. Es un elogio inmerecido. Usted si es una figura pública de alto reconocimiento. Diseñar y construir este edificio es algo que lo marcará en la historia.

Cass pasó a la siguiente mesa, pareciendo un recién casado que se ve obligado a brindar con todos sus invitados.

Los niños miraban felices dos edificios en miniatura que les regaló el mismo Cass al saludarlos.

—Es una gran persona, Gretel, y se ve que te tiene gran aprecio —Arturo utilizó un tono sarcástico que incomodó un poco a Gretel.

—Papá, ¿por qué no subimos al mirador para ver Nueva York?

—Sí, Arturo, creo que es una buena idea —apoyó Gretel la idea de Lucy.

Arturo, Gretel y los niños subieron unos minutos a conocer el mirador del imponente rascacielos. Al regresar, una joven pareja ya los esperaba cómodamente instalada en su mesa: eran José Vasconcelos y Adriana.

—¿Qué, se pensaban fugar por el mirador? —preguntó Pepe, abrazando emocionado a su amigo.

—Llegamos justo cuando inauguraron el edificio —secundó Adriana, luciendo bellamente con un vestido blanco de tela muy fresca y zapatillas del mismo color.

—Hola, Adriana —saludó Gretel amablemente a la novia del amigo de su esposo.

—Hola, Gretel. Qué joven te ves con el cabello corto y sin sombrero.

—Gracias, Adriana. Aunque siempre están de moda, prefiero usarlos lo menos que se pueda. Siento que te maltratan el cabello.

Los niños Murrieta Van Mess saludaron educadamente a Vasconcelos y a Adriana. No desaprovecharon el momento para presumir sus edificios miniatura que les acababa de obsequiar Cass Gilbert.

—¡Vaya niños! Pero si están enormes. Arturito parece que lo calcaron, es igualito a ti, Arturo; y Lucy está bellísima, igual que su madre.

La banda de música comenzó a tocar alegrando más la reunión. Frank Woolworth pasó a saludarlos personalmente, brindando con su champaña con los distinguidos visitantes mexicanos.

—¡Viva México! ¡Viva Pancho Villa! —gritaba Woolworth, abrazando a sus amigos—. Cuando termine la revolución abriré muchas tiendas en México.

—¡Muy buena idea, Frank! No creo que te hagas más rico en México, pero a nuestros compatriotas les encantarán tus tiendas —comentó Murrieta, mientras se fijaba cómo Cass se perdía mientras miraba cariñosamente a la bella Gretel entre los invitados.

«El viejo está perdido por Gretel. Habrá que tener cuidado con él», pensó, mientras empujaba todo el contenido de su champaña, dejando su copa vacía. Había prometido mandar un telegrama a Lucero y no lo había hecho. Habría que hacerlo mañana para que no se preocupara. No era descabellado pensar que los esbirros de Huerta pudieran viajar hasta Nueva York para saber que tramaban él y Vasconcelos en la gran ciudad del progreso.

La bella esposa de Cass Gilbert, Julia Finch, se unió al festejo. Era una mujer de mediana edad de rasgos muy finos, dejando evidencia de que alguna vez fue una mujer muy bella. Gretel, muy atenta al protocolo, saludó amablemente a la esposa del jefe, aprovechando para presentar a los niños y a Arturo. Después de la introducción con los Gilbert, Arturo se apartó con Pepe a un rincón del fastuoso salón para platicar al menos unos minutos de sus planes. Gretel y Adriana compartieron la mesa para platicar de asuntos de mujeres. Los Gilbert se fueron a otra mesa. Al alejarse, Cass lanzó otra mirada de enamorado que Arturo alcanzó a captar en la lejanía.

—Me voy para Europa con ella, Arturo. Esto es como mi luna de miel.

—Felicidades, Pepe. Adriana es una mujer muy hermosa. ¿Y qué con Serafina?

—Tú sabes que mi relación con ella está más muerta qué el cadáver de Cuauhtémoc. Por mi religiosidad no me divorcio de ella y cumplo como un hombre con todas mis responsabilidades de manutención, pero de eso a regresar a sus brazos, hay un abismo.

Murrieta jugueteaba con la aceituna de su bebida mientras veía a Vasconcelos.

—Como siempre hemos trabajado, Arturo, cualquier urgencia con ellos cuento contigo.

—Eso dalo por hecho, amigo... —Murrieta dirigió su mirada hacia la mesa donde platicaba su mujer con Adriana— ¡Adriana es muy joven, Pepe! No creo que dure mucho tu aventura si no le propones algo más serio. Ella querrá casarse y tener familia.

Vasconcelos, como herido por una bala le miró, buscando comprensión a su problema.

—Cuando llegue ese momento, que Dios disponga. Yo no me pienso divorciar. Mientras tanto disfrutaré como un adolescente su juventud y su vigor. Le haré el amor hasta caer exhausto a sus pies. Esto es un regalo de Dios y pienso aprovecharlo hasta el final.

—Dichoso tú, que puedes todavía gozar de esas mieles.

—No me vengas con que tú eres muy sufrido, Arturo. Tienes dos mujeres jóvenes y hermosas y las dos saben de la existencia de la otra y lo aceptan irremediablemente: eso sí es ser el rey.

Vasconcelos tomó otra copa y un bocadillo que le extendía un mesero negro como el carbón.

—Cualquiera aquí se batiría a duelo por el amor de Gretel. Fíjate cómo acapara miradas de hombres de todas las edades— ¿Qué no has notado cómo al arquitecto se le cae la baba por tu mujer y a ese hombre de negro que está ahí, también? Murrieta no había notado la presencia del hombre que decía Vasconcelos. Prestó atención y miró a un hombre de escasos treinta años que estaba muy cercano a su mesa. El caballero era de grueso bigote negro con un elegante frac.

—¿Quién es él?

—No lo sé, Arturo. Pero se ve que es alguien importante. El hombre, al percatarse de que era observado por

Murrieta y Vasconcelos, les hizo una señal de brindis con
una sonrisa. Se incorporó de su mesa y se dirigió a ellos.

—Caballeros, no me gusta mirar a alguien sin explicarle
el porqué de mi atisbo. Mi nombre es John Kent y trabajo
en el gobierno de Wilson en asuntos exteriores.

—Yo soy José Vasconcelos y él es Arturo Murrieta.

—Lo sé. Ustedes representan al gobierno constitucionalista de Venustiano Carranza y están en contra del
antropoide de Victoriano Huerta. Están aquí en busca de
apoyo, armas y dinero.

Vasconcelos y Murrieta se miraron uno al otro descon-
certados. Se sentían desnudos en la fiesta.

—Nos asombra, señor Kent. Usted está muy enterado de
nosotros y si no fuera por su sinceridad, ya lo estaríamos
encañonando o sacando de este magno evento.

John Kent rió, chocando su copa con la de los mexicanos.
Su estatura y porte resaltaban notoriamente junto a ellos.
Era un tipo de uno noventa de estatura con anchas espaldas
de militar en servicio. Adriana y Gretel, perdidas en su
conversación de hombres, miraban discretamente al extraño
visitante.

—¿Te fijas que hombre tan guapo, Gretel? —comentó
Adriana bajando su voz.

—Está guapísimo, Adriana. Ese tipo es justo lo que
necesitamos durante las ausencias de nuestros infieles
hombres.

Adriana estalló en sonora carcajada ante el comentario
simpático de la ocurrente holandesa. Los tres hombres
voltearon a la mesa de las chicas, y Gretel y John, cruzaron
por primera vez miradas de fuego.

—Woodrow Wilson jamás aceptará al gobierno usurpador de Victoriano Huerta. Si necesitan apoyo por parte del
gobierno norteamericano para sacarlo a patadas de Palacio
Nacional, yo soy su enlace —Kent sacó dos tarjetas de un

elegante tarjetero de plata y las extendió a los mexicanos—. La idea de Wilson es que Huerta no llegue a diciembre de este año como presidente de México. Abasteceremos, secretamente si es preciso, de armas a Carranza, Obregón y Villa hasta que la salea de la hiena cuelgue de cabeza de uno de los balcones del Castillo de Chapultepec. El gobierno de los Estados Unidos no hace negocios con asesinos de presidentes legítimos. Que ustedes como país tengan a Huerta como presidente, es lo peor que les pudo haber pasado. Es como defecar encima de la Constitución de su país. La presencia de ese simio es el origen de la verdadera revolución mexicana, no la salida pacífica de Porfirio Díaz por Veracruz. Este hombre es el ejército de Díaz, conoce a los generales y coroneles, y tiene amplia experiencia matando mayas, yaquis y zapatistas; y por si fuera poco, a un presidente junto con su vicepresidente. Ese hombre es un peligroso tumor que hay que extirpar por completo, señores.

—¿Conoce usted a Félix Sommerfeld? —preguntó Murrieta, mientras encendía su cigarrillo.

—Lo conozco a él a y a Sherbourne Hopkins, señor Murrieta. Ellos son sus abastecedores de armas por la frontera. Félix se encuentra en El Paso entregando un pedido para los constitucionalistas. Hopkins era el cabildero de Madero y ahora le anda coqueteando a Carranza.

—¿Qué relación tiene usted con ellos? —inquirió Vasconcelos, tomando un bocadillo de una charola al pasar uno de los meseros.

—Yo represento al gobierno de los Estados Unidos, señores. Sommerfeld es un espía alemán y Hopkins un abogado de la Water Price, representando a la Standard Oil, excelente traficante de armas también. Conocerlos es parte de mi trabajo. Cualquiera que pasa armas a México es nuestra preocupación.

—Estaremos en contacto, señor Kent. Sobre todo yo, que soy el que vino a los Estados Unidos en busca de dinero y armas. Mi amigo Pepe hará otro tanto en Inglaterra.

—Me retiro, señores. Estaré un par de días aquí por si me necesitan. No es conveniente platicar tanto tiempo en un lugar tan concurrido y con tantos *flashes* de manganeso. Mañana tengo que conocer la Estatua de la Libertad. Estaré ahí por si gustan. Es un sitio que no pueden dejar de visitar. ¡Cuando vayas a Nueva York no dejes de visitar la estatua!

—Entendemos bien señor, Kent. En breve lo busco —extendió su mano Murrieta, despidiéndose de Kent, al igual que de Vasconcelos—. Pensaré lo de la estatua. Es probable que nos veamos de nuevo mañana.

—Será un placer, Arturo.

Kent se perdió por la puerta de salida del vestíbulo. Las miradas de Adriana y Gretel lo siguieron hasta desaparecer entre la gente. Las dos parejas volvieron a juntarse en la mesa, pasando un rato agradable.

—¿Quién era ese hombre? —preguntó Gretel, tratando de parecer indiferente, como si tratara de sacar plática con cualquier tema.

—Un agente de Woodrow Wilson que nos va a ser muy útil para ayudar a Carranza.

—Es un hombre muy guapo —dijo Adriana, sin importarle la opinión de Pepe.

—Bien que te fijas, ¿verdad, mujer? —comentó Vasconcelos en plan relajado.

—Mi amor, me vería muy falsa si les preguntara quien era el adefesio ése, ¿verdad?

—Está bien. Ya no peleen. ¿Qué les parece si mañana vamos a conocer la Estatua de la Libertad? —propuso Murrieta, conciliador.

—Buena idea, Arturo. No conozco esa isla y dicen que es algo muy interesante —comentó Adriana—. La isla Ellis es la sala de inmigración de los Estados Unidos para todo el mundo. Ahí veremos rusos, alemanes, españoles, italianos, etcétera... además, la estatua es algo fascinante.

—Pues no se diga más. Mañana temprano partimos para allá. A los niños les va a encantar el paseo —dijo Gretel, feliz de poder salir con su familia, algo que no hacía desde hacía mucho tiempo.

El día era soleado aquella mañana de abril en Battery Park. Sentados cómodamente en el ferry, los Murrieta, Vasconcelos y Adriana esperaban la salida del transporte rumbo a la isla Libertad. Desde el vehículo se contemplaba el sur de Manhattan y la desembocadura del río Hudson. A lo lejos se veía la isla Ellis y la majestuosa mujer que representaba «la libertad iluminando al mundo».

La llegada a la isla de la Libertad fue emocionante. Sobre sus cabezas se levantaba majestuosa la Estatua de la Libertad[14], representando a la diosa romana Libertas. El coloso tenía un peso de 225 toneladas sobre su pedestal de 93 metros de alto, más los 46 de la estatua misma. Sobre su extendido brazo derecho se levantaba la antorcha de la libertad, iluminado al mundo con su libertario fulgor. En su brazo izquierdo, mantenía sujeta la constitución de los Estados Unidos de América. A sus pies se hallaba una cadena rota, representando a la libertad recobrada.

—¡Es majestuosa! —comentó Adriana.

—He venido en otras ocasiones y no me canso de admirarla —les explicaba Gretel a los niños—. Mis padres llegaron de pequeños a Ellis Island y de ahí recibieron autorización para radicar legalmente en este fabuloso país.

---

14 Inaugurada el 28 de octubre de 1886. Fue diseñada por el arquitecto Frédrik Auguste Bartholdi y su esqueleto interior por Gustave Eiffel, constructor de la famosa torre parisina. Fue un obsequio por parte de Francia a los Estados Unidos para conmemorar su primer centenario. Por problemas de diversa índole su apertura se atrasó diez años.

Mi padre dice que lloró como niño cuando la vio aparecer en el horizonte al llegar a América. Mi madre cuenta que se indignó cuando en Ellis Island los rociaron de un polvo mata piojos antes de hablar con los de inmigración.

—La puerta de entrada a esta gran potencia mundial —dijo Vasconcelos, sujetando románticamente de la mano a Adriana.

Adriana se veía radiante con su cabello negro y su piel morena, haciendo pensar a Vasconcelos que bien podría ser la modelo que posó para Bartholdi.

—Tenemos dos opciones, subir a la corona y de ahí a la antorcha. En ambas tenemos que hacer algo de cola, pero vale la pena.

—Les recomiendo a los niños y a las mujeres ir a la corona. La antorcha es más complicada porque hay que subir una estrecha escalera de caracol—les comentó sonriente en su buen español John Kent, surgiendo de entre la gente que hacía cola para entrar.

—¡John! —gritó Murrieta— siempre te nos adelantaste. ¡Qué gusto verte de nuevo!

—Desde metros atrás escuché su discusión en español sobre lo que pensaban hacer. No se encuentra a mucha gente que hable ese idioma por acá, ¿saben?

Arturo se acercó a Gretel para presentarla con el agente secreto americano.

—Gretel, te presentó a John Kent.

—Mucho gusto, John. Yo soy Gretel Van Mess —los dos se saludaron amigablemente.

—Así que usted trabaja para Cass Gilbert.

—Me asombra, señor Kent. ¿Cómo sabe usted eso?

—No es de una mente brillante el saber que las mesas donde estaban sentados ayer eran las de los empleados de confianza de Cass. Él es un gran hombre. Le aseguro que trabaja con alguien muy humano y preocupado por su bienestar.

—Gracias, John. Eso es cierto, Cass es un gran jefe.

—John, te presento a Adriana —dijo Arturo interrumpiéndolos.

Vasconcelos apenas regresaba de pagar los boletos de todos. Con gran entusiasmo también saludó a John Kent.

—Nos animaste a venir, John. Fue una buena recomendación. Ahora me tienes que llevar hasta la corona.

—¿Alguien quiere subir conmigo hasta la antorcha? —preguntó John, mientras se desabotonaba su gruesa gabardina gris y la encargaba, junto con su sombrero en un guardarropa.

—Nosotros vamos contigo, John —dijeron los Murrieta mientras Vasconcelos y Adriana buscaron un poco de intimidad en la corona.

El ascenso por el interior de la antorcha[15] era de vértigo, por ser en una serpenteante escalera de caracol que seguía el interior del extendido brazo derecho, hasta llegar a la pequeña terraza que formaba parte del fuego de la libertad.

—Esto es hermoso, papi —comento Arturito al contemplar la vista del océano atlántico.

—¡Qué maravilla! —dijo Lucy abrazando a su madre, mientras miraba bajos sus pies la corona de la estatua con sus iluminados picos.

—Soy una afortunada. Estoy en la estatua más famosa del mundo —dijo Gretel, mientras miraba discretamente a John Kent.

Arturo se peleaba con unos binoculares de monedas que parecían estar atascados, mientras John aprovechaba para mirar el bien formado cuerpo de la joven holandesa,

---

15 Sólo funcionó durante treinta años. Desde 1916, por motivos de seguridad debido a un atentado terrorista se suspendió el ascenso.

mientras ella les explicaba a sus hijos el significado de
la antorcha. Como atraída por su fuerte mirada, volteó
a verlo, sorprendiéndolo en el atisbo. Los dos sonrieron
como adolescentes traviesos en complicidad.

Un grupo de jóvenes marinos irrumpió con risotadas y
bromas en la terraza de la antorcha; dejando para después
la plática de negocios que tendrían que sostener Kent y
Murrieta para la causa constitucionalista.

—Esta ciudad es fascinante, ¿no? —comentó Murrieta
desde el imponente balcón de la libertad.

—Esta ciudad es la puerta para los europeos, así como
San Francisco y Seattle lo son para los asiáticos —adujo John
Kent mientras encendía un cigarrillo. El humo exhalado fue
arrebatado por el fuerte viento salino del Atlántico.

—Todos esos edificios y muelles la hacen ver como una
muralla impenetrable, que se levanta majestuosa desde el
mismo mar, como una Babilonia de concreto.

—O la Alejandría de Alejandro Magno con su imponente
faro de ciento cincuenta metros. Hay quienes dicen que la
Estatua de la libertad copió en algunas cosas al Coloso de
Rodas[16] —dijo, Kent recargando su cuerpo sobre la barandilla, mientras veía a un marino comportarse como un
patán al empujar torpemente a una jovencita que buscaba
una mejor vista desde el observatorio.

—¿Será por el brazo con la antorcha y la corona con
picos? —preguntó Arturo, mirando el cambio en el rostro
de Kent al mirar la torpeza y grosería del marino.

Kent se dirigió, sin pensarlo dos veces, a reprimir al
fuerte marino que había empujado a la muchacha sin ni
siquiera disculparse.

16   Estatua del dios griego Helios, construida a la entrada del puerto de
Rodas. Fue construida en 292 a. C. y derribada por un terremoto sesenta y
seis años después. Medía treinta y dos metros de altura, aunque hay fuentes
donde se sustenta que no hay pruebas que confirmen este último dato.

—¡Hey, tú, pedazo de imbécil! Si tu madre o la marina no te han educado yo lo voy a hacer aquí mismo... ¡Discúlpate con la dama!

Se hizo un silencio tenso en el mirador. El marino miró retadoramente a Kent, dimensionó la estatura y juventud del que lo insultaba para contestarle un desafiante *Fuck you. I'll wait for you downstairs, motherfucker, to kick the shit out of you* («Vete a la chingada. Te veo allá abajo, hijo de puta, para partirte tu madre»). Al salir, volteó a ver a la jovencita disculpándose. Ya en la escalera, hizo de nuevo una señal a Kent de que lo mataría allá abajo.

—Se ve que te va a cumplir su amenaza de esperarte, John. Busquemos ayuda policiaca para protegerte —dijo Gretel preocupada.

Los niños estaban asustados. Pelearse en este diminuto lugar hubiera sido un problema.

—Discúlpenme por mi lenguaje soez, pero estos imbéciles no entienden de otro modo. En cuanto a la amenaza, no tengan cuidado. No pasará nada. Se los aseguro —les guiñó un ojo a los niños, mientras le daba la última fumada a su cigarrillo, invitándolos a bajar.

—Espero que no tengas problemas, John. De lo contario tendré que defenderte si se meten los otros.

—No hará falta, Arturo. Descuida y mejor atiende a los niños.

Una vez abajo, ya fuera de la estatua, se sentaron a comer unos hot dogs con refrescos en una agradable cafetería al aire libre, donde había lindas sombrillas con estrellas azules en sus domos. El aire fresco del mar les tonificaba los pulmones. Arturito y Lucy se entretenían dándole migajas a cinco pajaritos que se habían unido valientemente a la agradable comida.

—¿Así que tuviste un problema allá arriba? —preguntó

Vasconcelos, ignorando lo que había pasado por quedarse con Adriana en la zona de la corona.

—Una insignificancia, Pepe. Un bravucón que necesita que alguien le enseñe modales.

—Pues siento que se los tendrás que enseñar ya, porque ahí vienen cinco marinos mal encarados —dijo Adriana previniendo a todos.

Kent los vio acercarse y, sin inmutarse y sin mostrar la más mínima señal de nervios, apagó su cigarro en uno de los ceniceros de la mesa metálica, se quitó de nuevo la gabardina y el sombrero colocándolos en la silla para hacer frente a su peleonero rival.

—Mejor olvídalo y discúlpate, John —le dijo Gretel nerviosa—. Podemos hablarles a los guardias para que nos protejan.

—Lo bueno es que no entienden español, Gretel, si no, verían que me regañas como a un niño del coro, dijo soltando una agradable sonrisa a la nerviosa holandesa.

El marino de cabeza rapada y piel blanca, con un tono rosado como de bebé recién nacido, lo esperaba desafiante en una zona de pasto junto a la cafetería. La gente aún no se había dado cuenta de que en unos segundos habría una pelea en el jardín.

Kent llegó frente a él y sus compañeros, y sin medir riesgos le dijo:

—Alguien tiene que enseñarte buenos modales, mentecato.

—*I'm sure it won't be you, motherfucker* («Te aseguro que no serás tú, cabrón»).

El bravo marino se le dejó ir para cobrarse el insulto. Kent lo esquivó ágilmente tomándolo del cuello y aprovechando su propio impulso le bajó su cabeza para estrellarla contra su rodilla, dejándolo atontado por el fuerte impacto. Cuando el marino con cara de bebé malcriado se incorporó de nuevo, su nariz sangraba con un manantial púrpura. Lleno de rabia intentó de nuevo agredir a Kent, pero éste lo recibió con una patada de giro, cayendo el marino fulminado de rodillas, yéndose de cara contra el pasto.

—¿Quién sigue? —preguntó Kent con mirada de asesino de los muelles a los otros marinos. Los cuatro marinos se miraron entre ellos y se echaron para atrás asustados.

—¡Mejor lárguense de aquí porque ahí vienen dos guardias y yo no respondo por este imbécil! —les gritó Kent con su puño en alto, listo para estrellarlo en la cara de cualquiera de ellos, en caso de querer seguir peleando.

Ninguno de sus compañeros se atrevió a defenderlo, al ver la fiereza de aquel hombre que había puesto fuera de combate a su fanfarrón compañero como sin nada. Los marinos, con miradas asustadas, como pudieron, se llevaron a su amigo mientras la gente miraba admirada a John Kent explicar a los gendarmes que el incidente ahí había terminado sin problemas... que dejaran ir a los marinos.

—¿Quién iba a pensar que detrás de ese look de intelectual se escondiera a un hombre tan bueno para los golpes? —comentó Murrieta sorprendido.

—No es más que el ejercicio y la maña, Arturo. La verdad es que no sé pelear.

—Sí, John, y yo soy cantante de la ópera de Nueva York— comentó Adriana ocurrente y risueña.

Todos se rieron, pasando a un momento más relajado. Una hora después todos partieron sin incidentes en el *ferry* de regreso a Manhattan.

Días después, Vasconcelos y Adriana partirían a Inglaterra en misión diplomática por parte de Carranza; mientras Murrieta y Kent arreglarían uno de los primeros pedidos de armas para abastecer a los constitucionalistas con vía de entrada por El Paso, Texas.

El 23 de marzo de 1913, Francisco Villa, con ayuda de

don José Maytorena y en compañía de Fernando Talamantes, Manuel Ochoa, Carlos Jáuregui, Miguel Saavedra, Darío Silva, Juan Dosal y Pedro Sapién, había finalmente cruzado la frontera por el Río Bravo por un sitio llamado Los Partidos.

En el casco de una pequeña hacienda en San Andrés, Pancho Villa platicaba con su amigo Fernando Talamantes sobre un suceso que lo atormentaba.

—¡Ya, Pancho, tranquilízate! —le dijo Fernando Talamantes a Villa, quien lloraba como niño. De la comisura izquierda de su boca colgaba un hilillo de baba, que al hacer contacto con la mesa se estiraba como liga, amenazando con romperse como si compitiera con la tela más fuerte de un arácnido.

—Me lo mataron, Fernando... me lo mataron... me mataron a Abraham González[17].

Villa apretó con angustia su sombrero para explicarle a Talamantes lo que había pasado.

—¿Cómo fue eso, Pancho?

—El pinche Huerta no confiaba en él y lo quitó como gobernador de Chihuahua, poniendo en su lugar al general Antonio Rábago. El pendejo de Abraham en vez de pelarse, se quedó ahí confiando en ese hijo de la chingada de Rábago. Como se tenían sospechas de que se podía levantar contra el gobierno, Rábago decidió mandarlo a México para que fuera juzgado, pero el pinche asesino de Huerta dijo que ni madres, que lo regresaran a Chihuahua y lo juzgaran ahí mismo. Al llegar a Torreón lo regresaron sus custodios, lo bajaron del tren en la estación Mapula y lo asesinaron como a un perro. No conformes con eso, le pasaron el tren al cuerpo por encima como si fuera un animal.

Fernando sabía que éste era un sorpresivo arranque de

17   Muerto el 6 de marzo de 1913.

nervios de su general Villa y que en media hora, al pasársele, bien podría ordenar que asesinaran a una viejecita saliendo de misa por saludar a un huertista, obligar al dueño de una tienda de helados a abrir su nevera a medianoche para venderle un cono doble de helado de vainilla. El general Villa era impredecible y, si se quería estar a su lado, había que estar acostumbrado a sus inexplicables arranques emocionales sin cuestionarle ni un porqué.

—¡Tranquilo, Pancho! Ya nos vengaremos de esos cabrones.

—Mis padres —sus ojos irritados se agrandaron por la emoción—, Pancho Madero y Abraham González, han muerto, Fernando. ¡Qué poca madre! Ellos me metieron en esto y por ellos voy a morir. Fueron los hombres más justos y nobles que he conocido. Cuando pasemos por ese pueblo, le haremos un justo homenaje al pinche viejillo ése, que tanto lo quise — Pancho secó sus ojos con un pañuelo que le había bordado Luz Corral después de su boda.

—Así se hará, Pancho —repuso Fernando condescendiente con el Centauro del Norte.

Un desafiante cuervo se paró indiferente en un árbol cercano a ellos, cantando alegre por el soleado día. Los dos miraron sorprendidos este regalo de la naturaleza.

—¿Cómo está tu vieja, Fernando?

—Bien, Pancho. Viviendo en El Paso, lejos de su padre que no la perdona por la deshonra cometida a la familia Escandón.

—Ese pinche viejo se va a sentir más deshonrado cuando le caigamos en su hacienda y lo ordeñemos completito, Fer. Debería estar orgulloso y feliz con ella, que le acaba de dar un nietecito.

—Gracias, Pancho. Fernandito ya cumplió un año.

—Pues, ya sabes Fernando. En El Paso tengo muchos

amigos y lo que necesites, sólo avísame y vemos como le hacemos, pero la chamaca no está sola.

—Gracias, Pancho. Que si lo sé, ¿qué crees que no vi como te arreglaste con Maytorena y Fito de la Huerta?

—A Maytorena[18] lo conocí hace dos años en el Sitio de Ciudad Juárez. Un hombre imponente, Fer. Es de esos viejos de palabra que les crees todo con sólo mirarlos. Ya ves, gracias a él pagué el hotel en El Paso, compré nueve rifles, renté nueve caballos y nos hicimos de víveres.

—¿Te quería como líder en Sonora, no?

—Sí, pero le dije que ni madres, en Sonora yo no conozco a nadie y valgo menos. Chihuahua es mi estado, Fer, aunque yo soy de Durango. Aquí me muevo como liebre en el campo. Ya verás en unos meses como me echo a todos los pelados a la bolsa.

—No lo dudo ni tantito, Pancho. Sé de lo que eres capaz.

Roberto Guzmán era el esposo de Juliana Talamantes, hermana de Fernando, el esposo de Gisela Escandón. Justo de recién casado en 1911, había entrado en el ejército maderista en busca de una carrera promisoria para darle lo mejor a su familia. Juliana tenía veintidós años y Roberto, veinte. El nuevo gobierno de Madero prometía darles mucho.

En los días negros de la Decena Trágica, encuartelado en Veracruz, Roberto se enteró de la suerte del héroe de su familia. Ahora con un nuevo presidente, su destino estaba encadenado a proteger al gobierno de la hiena Victoriano Huerta, gobierno ilegítimo y manchado de sangre de mártir al que casi todo México repudiaba y cuyo rechazo encabezaba Venustiano Carranza.

---

18 Maytorena no lo quería en Sonora por miedo a sus expropiaciones populistas, así que con los mil pesos que le prestó logró meterlo como aliado constitucionalista y mantenerlo lejos de Sonora. Ocho meses después (diciembre de 1913) Villa regresaría a Ciudad Juárez con todo Chihuahua bajo su control.

El 9 de mayo de 1913 con destino a Jiménez, Chihuahua, partió el cabo Roberto Guzmán como miembro del ejército en apoyo del general Pascual Orozco, ahora irónicamente fiel aliado de Victoriano Huerta. La columna de Orozco estaba compuesta por cien hombres de infantería, cien de caballería, una sección de cañones de setenta milímetros al mando del teniente Felipe Falcón y veintisiete artilleros del vigésimo regimiento.

El gigante chihuahuense, antes de salir, fue cuestionado por periodistas sobre cómo pensaba pacificar al Estado más candente de la República Mexicana.

—Primero debo reconstruir la vía de ferrocarril rumbo al norte, señores. Si no cómo chingaos voy a llegar allá con mi gente. Después reuniré a todos mis amigos que tengo desperdigados en el norte, trescientos hombres en Jerez con Evaristo Pérez; cien con Teófilo Vargas en Picardías; trescientos en Parras con mi camarada Benjamín Argumedo y seiscientos que ya operan en Torreón con Marcelo Caraveo. Cómo verán, amigos, no le veo ninguna suerte a los insurrectos de Chihuahua. Ése es mi estado y nadie lo conoce mejor que yo.

—¿Y qué de Francisco Villa, general? Dicen que él en unas semanas le dará la vuelta en juntar gente y dominar el estado —dijo el joven periodista, un chaparrito que miraba a Orozco como si fuera un maestro de escuela y él fuera un alumno presentando su tarea.

Orozco frunció el seño y contestó furioso:

—Mira, jovencito, a ese robaganado de Villa lo agarraré en su madriguera y lo traeré de vuelta a la cárcel, de donde nunca tenía que haberse escapado. Y si se me pone bravo lo fusilo donde lo encuentre. Nadie tiene más contactos y conoce más gente importante que yo. Es menester para el gobierno del general Huerta pacificar estos insurrectos para traer orden al país y comenzar a crecer de nuevo.

—¿Su padre irá con usted?

—No, mi padre intentará entrevistarse con Zapata[19] para traer paz a la zona de Morelos.

—¿Cómo cree usted que tome Zapata el que vaya su papá, en vez de usted, a negociar con el Atila del Sur?

La mirada de Orozco se encendió dando muestra obvia de que no le había agradado la pregunta del joven periodista. El grupo orozquista reunido, dándose cuenta de esto, lanzó un «Viva Pascual Orozco» que dio por terminada la breve entrevista. Eso empujó al gigante chihuahuense y al grupo de militares dentro del tren que lanzaba gruesas nubes de vapor, listo para partir a su destino.

En la estación ferroviaria, Juliana le dio un tierno beso de despedida a Roberto, abrazándolo amorosamente mientras Roberto le acariciaba su bello y juvenil rostro, mojado en lágrimas.

—Tengo mucho miedo de que algo te pase, Beto.

—Todo saldrá bien, Juliana, ya verás. En unas semanas pacificaremos la zona y volveremos triunfantes del Norte. Pascual Orozco conoce esos territorios tan bien como tú conoces Los Remedios. Es el mejor aliado con el que podía contar el general Huerta.

—Cuídate mucho, Beto. Qué Dios te cuide y espero verte pronto.

Roberto se despidió abrazándola con lágrimas en los ojos. El último pitazo del tren sonó y subió al vagón para enfrentar su destino. Juliana, junto con decenas de mujeres como ella, pasaron el trago amargo de ver partir a sus hombres con la zozobra de que quizá no volverían a verlos jamás.

19 Zapata no lo recibió, argumentando que él sólo hablaría con su hijo, el general, no con su papá, el coronelito. En el mes de junio los zapatistas lo fusilaron, trayendo un terrible pesar a Pascual hijo, por haberlo involucrado en esto.

El vagón en el que viajaba Roberto era de puros soldados de infantería. Los grandes jefes iban en otros más ventilados y con mejores instalaciones.

—¡Dejen de llorar como pinches viejas! —gritó el teniente que dirigía las operaciones en ese vagón—. En unas semanas estaremos de regreso y podrán tragarse unos frijoles y un tepache con sus familias. La misión es acabar con el pinche Villa y toda esa bola de cabrones que lo siguen. Si hacemos eso bien, podrán de nuevo cogerse a sus viejas y jugar con sus chilpayates.

Los soldados asimilaban las amargas palabras de su teniente, mientras acomodaban sus cosas en los lugares que les habían asignado dentro del apestoso vagón.

Desde la muerte de don Apolinar Chávez, la extraña desaparición de los hermanos García y de la señora Silvia Villalobos, don Concho Lagunas había asumido el liderazgo de los negocios de Apolinar Chávez en la ciudad de México.

Su cabeza calva como bola de billar relucía con la luz del sol que entraba por una de las ventanas de la amplia casa. Mientras contaba el dinero, cómodamente sentado en un elegante despacho en uno de los cuartos de la casa de Apolinar, don Concho dijo en voz alta para él mismo, sin pensar que alguien más lo escuchaba:

—¿Ahora qué vas a hacer con tanto dinero, Concho, mientras don Apolinar se pudre en su caja de pino?

—¡Y bien podrido, don Concho!

El frío cañón de una pistola se posó en su sien derecha dejándolo petrificado. Sus pequeños lentes redondos se desacomodaron por la presión del acero.

—Después de descontar tu sueldo durante mi ausencia, no debe faltar un solo peso, Concho, o darás alcance a tu ex patrón en un minuto.

—¡Justo García! —gritó don Concho aterrado, soltando

el fajo de billetes al reconocer la ronca voz del segundo en la organización de Apolinar Chávez.

—El mismito, don Concho. Aquí andamos de vuelta junto con la señora Villalobos.

—Pensé que habían huido por miedo a los huertistas.

—Victoriano Huerta, nos guste o no nos guste, es el presidente de este país y mientras no nos opongamos a él, no tiene por qué atacarnos. Hoy mismo me reuniré con el general Blanquet para externarle mi apoyo y adhesión a la causa huertista.

—Muy inteligente de tu parte, Justo. Se ve que tienes buena escuela.

—No lo niego, Concho —dijo Justo, sirviéndose una copa de coñac de la bien surtida cantina de la oficina del ex patrón—, don Apolinar Chávez fue un buen maestro. Ahora nos toca crecer y superarlo y te necesito abordo como mi financiero experto.

Don Concho asimiló la realidad en segundos. Supo que el nuevo jefe era Justo García y si se cuadraba a sus órdenes, le iría igual que como le fue con Apolinar Chávez.

—Soy su fiel servidor, don Justo. Estoy con usted en todas, como siempre los estuve con don Apolinar y ustedes los García. Yo presentía que usted andaba por ahí, es decir, no muerto y pues… por eso cuidé el negocio en estos últimos meses… porque presentía su bendito regreso. Justo lo miró profundamente. Su escrutadora mirada captó las dimensiones y el alcance de un hombre como Concho Lagunas. Era el hombre perfecto para su organización. Don Apolinar no se había equivocado al escogerlo. Concho era un perro fiel que siempre lamería la mano de su nuevo amo, sin jamás atreverse a gruñir y mucho menos lanzar una mordida a la mano que lo alimentaba.

—Excelente, don Concho. Comencemos de nuevo. Yo soy el nuevo dueño de este negocio. Las propiedades de la señora Villalobos, tú ya sabes cuáles son, se le respetarán al cien por ciento. Necesito un reporte completo de la situación actual de todos los negocios. Tú trabajabas para mi hermano Epigmenio y sabes, de cabo a rabo, como está esto.

Don Concho puso sin querer una mirada triste que lo compungió al escuchar el nombre de su ex jefe directo, el difunto Epigmenio García, hermano menor de su nuevo patrón.

—Entiendo bien, Justo. Cuente conmigo en todo y mañana mismo le entrego el reporte financiero de todas las propiedades de don Justo García y la señora Silvia Villalobos. Sé que haremos muy buena mancuerna y multiplicaremos estos dineros.

—Dices bien, Concho... dices muy bien, y sé que hoy inicia una nueva era en nuestras vidas, prepárate que tendremos mucho trabajo apoyando al general Huerta.

Don Concho sonrió satisfecho peinando los veintiséis pelos que formaban su copete. Por su fidelidad y honradez, había vuelto a nacer.

Blanquet brindaba feliz al lado de Justo García. Las dos bellas prostitutas que los acompañaban eran dos hermosas jovencitas que se divertían como niñas al lado de dos hombres tan singulares. La que le tocaba a Aureliano era morena clara con cabello rizado de color castaño. Su cuerpo era delgado y muy bien proporcionado. Sentada en las piernas del primero en confianza de la hiena Huerta, la niña jugueteaba introduciendo la punta de su húmeda lengua en el oído peludo y cerilloso del general. Aureliano se estremecía de placer con los jugueteos de la traviesa jovencita.

—¡Ah, pero que pinche escuincla tan traviesa! —decía Blanquet, mientras metía la mano por debajo de la ropa interior de la juguetona muchacha, tocando sus partes íntimas como un ladrón que intenta sustraer una cartera de un bolso apenas entreabierto.

La mujer que le tocaba a Justo era de pelo rubio corto, con ojos grandes y enormes senos que incitaban la mirada perversa de su compañero, quien no se daba abasto con su pareja, mirando también la de Justo.

Justo, con el cinturón desabrochado, se incorporó llevándose a su güera a un privadito, donde tendría más intimidad que Blanquet, quien ya había desnudado completamente a su muchacha, sin importarle si el mismo Huerta o el Cardenal de México entraban a la habitación.

Después de haberse satisfecho cada uno con su respectiva hembra, se sentaron en una cómoda salita bien iluminada con candiles finos y muebles importados.

—¡Pinche vieja caliente, Justo! La hice que se viniera cinco veces y la cabrona quería más y más, y seguía bien fresca como una lechuga.

—Que bueno que te tocó a ti, Aureliano. Yo no le hubiera aguantado más que uno.

—¡Ah, que pinche poquitero me salió usted, don Justo! —bromeó Aureliano mostrando gran estimación por su nuevo amigo, que lo había estado buscando desde hacía días para una entrevista.

—¿Cómo va Huerta con Wilson?

—Sólo nos falta la aprobación de su gobierno y ya chingamos, Justo —dijo Blanquet feliz, brindando con su nuevo amigo, mientras acomodaba el último botón del puño de su casaca militar.

—Tenemos gente intentando convencer a Wilson de la legitimidad y lealtad de este gobierno a los intereses americanos, Aureliano.

—Lo sé, Justo. Lo que le encantará a Huerta es la aportación en dinero que has hecho a su gobierno. Ese dinero nos hará mucha falta, ya que el pinche Wilson nos quiere estrangular bloqueando el flujo de dinero, y tú sabes que sin dinero no podremos hacer frente a los constitucionalistas.

Ahorita sobrevivimos por las fuertes entradas de la aduana de Veracruz.

—Wilson está permitiendo la entrada de armamento por El Paso, Texas para apoyar a Carranza. Hará todo lo posible por derrocar a Huerta y eso no lo permitiremos, Aureliano, si sale Huerta nosotros perderemos los privilegios de este magnífico gobierno.

—¡Ni madres, Justo! Bastante trabajo me ha costado llegar a este nivel para dejar que me lo arrebaten, como le quitan un juguete a un niño.

—Mejor armamos con un buen rifle a ese niño, ¿no?

—Justo, en gran camaradería, chocó su copa con su amigo.

Era admirable lo mucho que Justo había aprendido de Apolinar Chávez, su anterior patrón. Lejano parecía ese día en el que Justo, aún adolescente, había intentado asaltar a Apolinar en una vereda polvorienta del camino y Apolinar, burlándose de él, lo adoptó como a un hijo; enseñándole todo lo que Justo aplicaba hoy en día como un alumno que había finalmente superado al maestro. Ya se había ganado la confianza de Aureliano Blanquet y ahora sólo le faltaba la entrevista final con Victoriano Huerta. Era un gran avance, ya que semanas atrás era un prófugo que se encontraba en la Habana planeando su regreso a la conquista de un gobierno usurpador en el que nadie lo conocía.

La comida con Huerta tuvo lugar dos días después en el Gambrinus, restaurante que mantenía un peculiar hechizo sobre el huichol golpista.

—Aliados como usted es justo lo que necesito, don Justo —dijo Victoriano Huerta, mientras introducía un pichón asado en sus fauces de hiena—. Necesito dinero para hacer frente a esos hijos de la chingada de los constitucionalistas. Mi crédito está cerrado con los gringos. Ese mojigato de Wilson no me quiere aceptar como el presidente legítimo que soy. Por eso me ando levantando la falda con los europeos, principalmente los ingleses y los alemanes.

—Buena estrategia, general. No nada más los gringos tienen dinero. Los ingleses están interesados en nuestro petróleo y lo tienen en buena estima.

—Así es, Justo. Por eso estoy dispuesto a ceder en todo lo que me pidan. Mi gobierno, sin armamento para hacer frente a Carranza, está condenado a muerte.

—Ya se me hacía raro que Carranza estuviera tan poderoso —dijo Justo, mientras buscaba un postre de su elección en el elegante menú.

—Ese hijo de la chingada, apenas me nombraron presidente, me insinuó que estaría conmigo si lo respetaba en su gubernatura de Coahuila. Como lo mandé directito a la chingada, le hizo ojitos a Wilson y... pa' pronto que le aflojó parque, armas y dinero.

—Por eso se nombra y lo respetan como el Primer Jefe constitucionalista.

—¡Claro! Ese pinche anciano tiene de militar lo que yo tengo de cura —repuso Huerta desapareciendo en su garganta lo último que quedaba de coñac en su copa.

—Tengo una inquietud, general Huerta.

—¡Llámame Victoriano! No mames, me haces sentir como un anciano.

—Mi dinero está invertido en tu gobierno, pero ¿que hay de eso de que el siguiente presidente será Félix Díaz? ¿Dónde quedaría mi inversión si eso pasa?

—Ese pinche panzón talqueado, y Mondragón, en unas semanas me los mando a la chingada como embajadores de Marte. No te preocupes por eso, Justo. Ese par de pendejos sólo están de adorno para aparentar una cierta democracia en mi gobierno. A Huerta sólo le quita la silla el pinche diablo con sus ejércitos. ¡Tu dinero está seguro conmigo!

Los dos chocaron sus copas en franca amistad. Justo se lo había magistralmente echado a la bolsa.

—¿Y qué... sólo hay jovencitas guapas para el pinche borracho de Blanquet y nada para mí?

—No, Victoriano. Precisamente mira quién viene entrando.

Tres mujeres de no más de treinta años irrumpieron en el restaurante, atrayendo las miradas de todos. Sus rasgos eran norteños y se veían preciosas en sus vestidos de moda con sus finos sombreros.

—¡Ah, cabrón! Pues ya ve pidiendo la cuenta que a mí me toca de a dos.

—Salud por ese voraz apetito, Victoriano.

—Salud, mi «Justito en el blanco» —se incorporó de su mesa soltando una sonora carcajada mientras saludaba a las jovencitas.

Las bellas mujeres, previamente preparadas por Justo, se dirigieron al presidente de México como si fuera el representante de Dios en la tierra, satisfaciendo el hambriento ego del usurpador.

En unas cuantas semanas Justo García había logrado su objetivo de darse a conocer y ganar la confianza de la hiena de la Ciudadela. Lo siguiente en venir sería fácil para el hábil sucesor de Apolinar Chávez.

3

Veracruz un año antes de la invasión americana

L ucero caminaba por el amplio malecón del puerto más importante de México en compañía de Reginito e Isaura. El ligero vestido blanco de fresca tela importada le daba el toque regional de una damisela del puerto. Su andar sensual atraía la mirada de hombres jóvenes y de más edad, que no desaprovechaban el momento para lanzarle un cumplido a la atractiva dama.

Isaura, un poco más robusta por su buena alimentación, también lucía radiante, como si fuera una jarocha de toda la vida en otro paseo vespertino más.

Reginito jugaba con un barco que era una copia en miniatura del Ypiranga que se había llevado al dictador Porfirio Díaz dos años atrás. Su nueva casa le encantaba y sólo le hacía falta su padre para que todo estuviera perfecto.

La casa que habían comprado se encontraba a unas cuadras del muelle en la zona de playa. La tormenta había pasado y en un país donde los mexicanos carecen de memoria, el brutal asesinato del primer presidente legítimamente elegido en décadas, pasaba al olvido al ser sustituido por nuevos chismes y pláticas sobre Huerta, Mondragón, Félix Díaz y otros más.

Los tres se sentaron en un pintoresco restaurante al aire

libre. La entrada del lugar estaba decorada con una red de pescador con dos llantas salvavidas colgadas en la misma con una sirena de plástico en medio. El dueño era un almirante retirado que gozaba su jubilación administrando el local, que ya tenía buen prestigio y clientela cautiva.

—¡Señora Lucero, que gusto tenerla otra vez por aquí! —saludó el almirante, jugueteando con Regino, que no desaprovechó el momento para presumirle su barco.

—No me puedo resistir a sus camarones a la diabla, capitán.

—No soy capitán, Lucero, soy almirante que es cosa muy distinta.

—Pues para mí es lo mismo, el mero mero de un barco, que no tiene barco.

—Bueno, es que ahora me dedico a mi restaurante.

El almirante Héctor Zubiría era un hombre viudo que vivía solo en una hermosa casa del puerto de Veracruz con la constante visita de sus hijos. Desde que Lucero e Isaura visitaron el restaurante, el viejo lobo de mar se había enamorado perdidamente de Isaura, quien se reía cuando Lucero la vacilaba de que el viudo la podría hacer muy feliz si lo atrapaba.

—¿Quieren su mesa de siempre?

—Sí, don Héctor. Esperamos a nuestra amiga Silvia.

—Ah, sí, la señora embarazada de México.

—Sí, don Héctor.

El almirante las condujo a una fresca mesa en una terraza al descubierto desde donde se veían esplendorosos los barcos en el muelle.

—¿Entonces cuando vas a salir con el viejito, Isaura?

—No, señora, yo no quiero terminar de enfermera. Yo necesito a un hombre que me haga desmayar de gozo después de someterme a sus placeres prohibidos.

—No quieres casi nada, Isaurita. Mira que las dos andamos como monjas, a dieta de sexo.

—Urge encontrar alguien con quién romperla —dijo Isaura risueña, mientras veía aparecer por la puerta a Silvia Villalobos. —Ahí está la señora Silvia. ¡Pobre, apenas si puede con esa panza!

Lucero se incorporó para saludarla. Las dos mujeres se saludaron como grandes amigas, mientras Lucero le acariciaba cariñosamente su enorme barriga.

—¡Qué bárbara, mujer! Ya estás a punto.

—No, todavía faltan algunas semanas, pero ya no aguanto la espalda.

—Y lo que te falta cuando el bebé nazca. Bienvenida a no dormir bien en toda tu vida.

Lucero y Silvia eran vecinas y se cuidaban una a otra. El posible regreso a la Ciudad de México se veía remoto mientras Huerta siguiera en el poder.

—¿Cómo le va a Justo en la capital?

—Me dice que ya está poniendo orden a sus negocios. Mis casas en la ciudad están bien. Hasta el momento los huertistas las han respetado. La casa de Morelos es la que me preocupa. Justo no ha podido ir allá. Las cosas están candentes con el zapatismo.

—Dicen que Huerta está haciendo hasta lo imposible por pacificar a Zapata —dijo Lucero, abanicándose el fuerte calor que ya se sentía en la terraza.

—¿Y qué cuenta Arturo? —preguntó Silvia directa y sin rodeos.

—Anda en Nueva York con sus hijos.

—¿Y cuándo viene?

—Este mes viene a Veracruz. Logró conseguir apoyo para Carranza con un contacto que consiguió allá. Un gringo que les vende armas para meterlas por la frontera.

—¡Magnífico!... ¿Y qué hay de ti, Lucero? ¿Cómo va tu relación con él?

—Igual, Silvia. Estoy seguro que se la está pasando de lo lindo con esa güera y sus hijos. Arturo no es mi marido. No lo puedo obligar a nada. Me guste o no, Gretel es la madre de sus hijos y yo sólo soy la amante.

—Estoy segura de que Gretel dirá lo mismo que tú, cuando Arturo esté aquí contigo en unas semanas.

Lucero le sonrió, agradeciendo su empatía. Silvia prefirió no comentar nada.

El almirante llegó a la mesa, saludando a Silvia y poniendo un delicioso plato de camarones con la salsa secreta de la casa.

—¿Y tú, cómo vas con Justo?

—¿Qué te puedo decir de mí, Lucero? Justo es mi cuñado y creo que no me deja de ver como su cuñada gorda, que nada más le da problemas y le pide dinero.

Las tres mujeres se rieron de la sinceridad y el sarcasmo de Silvia.

—Qué suerte de Isaura, que se trae babeando al almirante y se da el lujo de rechazarlo —dijo Lucero dando un empujoncito cariñoso a su compañera.

—Si quieren se los presto, pero no creo que pueda ni siquiera empezar con ninguna. Se ve que ya no le sirve la cosa esa.

Las tres se rieron y así pasaron una bonita y amena tarde en el restaurante, culminando con un emocionante juego de cartas en la casa de Silvia, con la previa visita a una tienda de maternidad en el centro de la ciudad.

La población de Hermosillo entró en pánico ante la decisión del coronel Álvaro Obregón de hacer frente a los federales fuera del puerto de Guaymas. La marina de Victoriano

Huerta contaba con tres barcos cañoneros: el *Guerrero*, el *Morelos* y el *Tampico*. El coronel Obregón, mostrando una gran audacia militar, prefirió sacar a los federales del puerto y encontrarlos en los campos despejados de la estación Santa Rosa, camino a Hermosillo.

—¿Por qué esa cara de preocupado, Álvaro? —preguntó Manuel M. Diéguez[20] a Álvaro, al verlo hacer bola un mensaje de papel y aventarlo al fuego.

—No podemos subir más al norte, Manuel. Debemos afrontar aquí a los federales. El gobernador Pesqueira está asustado, como una señora con un ratón en la cocina, por los federales de Medina Barrón. La gente de la ciudad siente que si no paro a ese cabrón aquí, podrían llegar a tomar Hermosillo y causar estragos en los habitantes de la capital.

—¿Qué dice de que no les hicimos frente en Guaymas? —preguntó Manuel mientras comía de la carne asada que habían preparado.

—Me estoy jugando mi carrera, Manuel. El cree que cometí un error al no chingarme a Medina Barrón en el puerto, pero no sabe que eso era un suicidio. Con esos tres cañoneros que tienen en el puerto, nos pueden hacer la guerra desde el agua causándonos incontables bajas y destrucción. El chiste es sacarlos de ahí, hacer que nos correteen y nos combatan aquí, en tierra plana. Así es diferente y tengo más posibilidades de chingármelos. Al cocodrilo no te le pongas cara a cara en el agua porque te traga, sácalo de su estanque y verás que no es tan cabrón como parece.

—Te entiendo, Álvaro, pero también a Pesqueira. Si nos ganan Santa Rosa, ya no hay quien los pare para llegar a Hermosillo y entonces ya nos jodimos todos.

20   Héroe de la Huelga de Cananea, liberado de San Juan de Ulúa al triunfo de la revolución maderista en 1911.

—Descuida, Manuel. Nos la van a pelar. Ten confianza en mí. Después de esta batalla nos harán héroes y nos ascenderán a generales.

—Confío en ti, Álvaro. Ya han sido varias las batallas en la frontera donde me has demostrado que no sirves para sembrar garbanzos y sí para militar.

El genio militar del coronel Álvaro Obregón quedó demostrado, al moverse de la Estación Ortiz rumbo al sur, para hacer frente a las fuerzas federales en Santa Rosa y Santa María en mayo de 1913 infligiéndoles una importante y determinante derrota al replegarlos de vuelta al puerto de Guaymas. No conforme con esto, decidió poner sitio al puerto, donde los federales perdieron gran cantidad de elementos de guerra y un buen número de piezas de artillería de grueso calibre. El triunfo fue tan importante y significativo para la causa constitucionalista, que el Primer Jefe, don Venustiano Carranza, ascendió al grado de brigadier a los coroneles Álvaro Obregón, Salvador Alvarado, Benjamín Hill, Juan Cabral, Manuel M. Diéguez y como general de brigada al gobernador de Sonora, al señor Ignacio L. Pesqueira.

El ambiente en Palacio Nacional ese 13 de junio de 1913 era tenso. El hecho de que Victoriano Huerta reuniera a todo su gabinete para anunciar cambios ponía los nervios de punta de todos los involucrados.

—El día de mandar a chingar a su madre a Mondragón[21] ha llegado, Aureliano —comentó Huerta flamantemente vestido con su fino traje oscuro y su banda presidencial en el pecho, mientras se miraba vanidosamente en el enorme espejo del fastuoso salón, donde muchos otros presidentes habían hecho lo mismo.

21   El 23 de julio de 1913 partió hacia Bélgica como delegado al Congreso de Gante. Ya no pudo regresar a México, muriendo en San Sebastián, España, en 1922 a los 63 años.

—¿Qué vas a hacer, Vic? —preguntó Aureliano tragando saliva nerviosamente, pensando que él pudiera ser unos de los afectados.

—Tranquilo, Aureliano. Acuérdate que tú eres como el hijo que no tuve. Mi incondicional amigo de putas y pedas. Hoy mismo te asciendo como ministro de Guerra en lugar de Manolito, que se me va en el primer barco que salga directito a Bélgica o a la chingada, como prefieras llamarlo. Los pactos de la Ciudadela y de la Embajada ya valieron madres. Ahora las cosas agarran el rumbo que yo quiero. Esto es un mensaje para Félix Díaz y para el «felicismo», de que él y De la Barra son los siguientes. Espero que por decisión propia entiendan que ya no tienen cabida en mi gobierno o se los haré entender con plomo.

—¿Qué argumento le vas a dar para correrlo, Vic?

Aureliano trataba de cerrar a la fuerza el botón del cuello, había ganado más peso desde su triunfo de febrero con su maestro.

—El más sencillo y real de todos, mi Aureliano. No ha hecho ni madres para frenar a los constitucionalistas. Se la ha pasado tomándose fotos y brindando en fiestas por el triunfo en la Ciudadela con el pinche talqueado del Félix, mientras el pinche Pancho Villa sigue bajando y está amenazando con tomar Torreón y Zacatecas. ¿Más argumentos quieres?

—Tienes razón, Victoriano. Hasta podría pensarse que está de acuerdo con el pinche barbas de chivo de Carranza en hacerse pendejo para que te derroquen.

—¡Así es, mi Aureliano! Por eso se me va directito a la chingada, porque si le meto más sesos hasta me lo trueno.

—¿Y qué con Félix?

—Ese pendejo es el que sigue y el que menos me preocupa. Es un pendejo que ya no tiene fuerza ni contactos. Sus seguidores son puros porfiristas nostálgicos que añoran los viejos tiempos. En unos semanas me lo embarco de embajador a la isla más lejana del Pacífico y *san-se-acabó*. Ahorita el que me preocupa y con el que quiero que te pongas bien ducho es con el pinche Villa, Aureliano. Si ese cabrón toma Zacatecas ya nos cargó la verga; así que aplícate para que eso no pase y no tenga que hacerte lo mismo que ahora le voy a hacer al pinche Manolo. Abusado y a chingarle, Aureliano. Ya mídete de putas y alcohol y ponte a chambear.

Aureliano sintió que un bochorno le ardía la cara. Preocupado por el comentario de Huerta, se aflojó el cuello de la camisa que sentía que lo estrangulaba.

—Sí, mi Vic, gracias por el consejo. Te prometo que no te fallaré.

El general Aureliano Blanquet fue recibido en el amplio salón de Palacio con aplausos y muestras de simpatía. El licenciado De la Barra le tomó la debida protesta al cargo recibido con la contestación siguiente:

Sí protesto —continuó— Sí protesto por el bien del país y de la pacificación de la patria.

Todo el gabinete y la gente reunida le aplaudió y felicitó. Después pasó al despacho de la Secretaría, donde lo esperaba el general Manuel Mondragón, quien hizo la entrega que el protocolo exigía.

—Muchas felicidades, Aureliano. Sabía que este puesto sería tuyo —le dijo Justo García con un fuerte abrazo de felicitación.

—Gracias, Justo. El pinche Victoriano me hizo justicia. Ahora sí vamos por todo.

Victoriano Huerta se aproximó a felicitar a su pupilo, mientras otros aguardaban en línea pacientemente para hacer lo mismo con el nuevo secretario. Después de felicitar a Blanquet, el general Huerta se llevó a un rincón del elegante salón a Justo García para tener una breve conversación en privado. Los oportunistas que buscaban al señor presidente sabían que tenían que esperar a que Huerta les hiciera una señal de que ya había terminado.

—Necesito que me abastezcas de armas, Justo. El agua amenaza con llegarme al cuello y ahora la tengo en las rodillas. Ese pinche barbas de chivo me amenaza con Obregón y Villa en el centro y el oeste del país. El que me tiene muy preocupado es Villa. Amenaza con tomar Zacatecas y necesito que me abastezcas de armas a la ciudad para evitar precisamente eso, Justo. Me quiero chingar a Villa en Zacatecas. Si ese robavacas toma Zacatecas, salgo en el primer tren para Veracruz porque ya no habrá manera de detener a los constitucionalistas.

—Lo sé, Victoriano. Los Estados Unidos no te venderán nada por órdenes de Wilson. Ésa es la única manera en la que cree que te estrangulará. Yo tengo contactos con los alemanes y hoy mismo me pongo en comunicación con ellos. En menos de un mes tendrás tus rifles y municiones. El mercado de armas europeas será nuestra opción. Esos pinches gringos creen que sin ellos se acaba el mundo.

—Apúrale, Justo. Tenemos el tiempo encima y no quiero que nos madruguen.

Justo García saboreaba un delicioso café americano en uno de los cafés del puerto de Veracruz. En su mesa mantenía extendido el periódico *El Imparcial*, en el que se enteraba de los últimos acontecimientos con los constitucionalistas. La cita era a las diez de la mañana y él sabía que su contacto era muy puntual.

—¿Señor Justo García? —le preguntó un hombre rubio que hablaba muy bien el español con un acento extranjero.

—¿Frank Faber?

—A sus órdenes.

Faber jaló una silla para tomar asiento en el concurrido café, cerciorándose de que nadie en el lugar lo conociera.

Con amabilidad pidió otro café similar al de Justo, para estar iguales.

—Me dice mi contacto que… ¿está interesado en importar maquinaria agrícola alemana, señor García?

—Así es, señor Faber. De la mejor y al mejor precio que tenga.

—Éstas son las máquinas que tengo a la venta —Faber extrajo una hoja de su portafolios de piel y se la extendió a Justo en la mesa.

Sus azules ojos escudriñaban a Justo mientras él revisaba los precios de los rifles y las municiones.

—Necesito que me ponga aquí en el puerto cinco mil rifles y municiones a este precio — señaló con su dedo índice sobre el papel—, pero con un veinticinco por ciento de descuento. Usted me acompaña a mi hotel y ahí le entrego los dólares que pagan la mitad del pedido. La otra mitad se la entrego yo mismo aquí, al ponerlas en el ferrocarril hacia Aguascalientes. No tendremos problemas porque las vías son controladas por nosotros, los federales.

—Mi única preocupación son los espías americanos que están confabulados con Carranza, señor García. En cuanto a su honorabilidad en el pago, yo no la pongo en duda. Mis contactos me han hablado maravillas de usted.

—Gracias, señor Faber. En verdad me halaga con sus comentarios.

—¿Dónde nos vemos para el pago?

—Saliendo usted, me acompaña a mi cuarto de hotel y ahí se los entrego.

—Es usted muy rápido para negociar señor, García.

—Sé bien lo que quiero, míster Faber —le dijo Justo, encendiendo un cigarrillo. El bigote negro y tupido le daba un gesto más serio y severo—. Hay algo que me inquieta, señor Faber.

—Ah, sí, ¿y que le inquieta, Señor García?

—¿Qué hace un espía alemán tan lejos de su continente, en un país sumido en una guerra civil, con un vecino muy celoso y poderoso en el norte?

Faber alisó su fino bigote rubio con sus dedos. Clavó su mirada inquisidora en aquel mexicano que hacía preguntas de un hombre inteligente.

—Es usted un hombre muy astuto, señor García. Su mirada dice mucho de lo que usted esconde. La razón de que Alemania esté interesada en el gobierno de Huerta obedece a que se aproxima una gran guerra en Europa. Una espantosa guerra que involucrará a varios países. Alemania está amenazando a Inglaterra por cualquier pretexto. El káiser quiere más territorio y más colonias y, si estalla la guerra, el único país que podría inclinar la balanza a favor de Inglaterra y Francia serían los Estados Unidos. El hacer que México distraiga a Wilson y lo aleje de intervenir en esta conflagración mundial es lo que nos preocupa. Si México entrara en guerra contra los Estados Unidos, los gringos no tendrían tiempo ni suficientes recursos para mandar sus ejércitos al otro lado del océano para apoyar al rey de Inglaterra. Haremos todo lo posible porque los gringos entren en guerra contra México. Combatir en dos continentes al mismo tiempo será su perdición.

—¿Y qué pasaría con México si fuera invadido por los gringos, señor Faber?

—No se preocupe, señor García. El káiser los apoyaría y haría de México la potencia que jamás ha podido ser. Aprenderían a ser grandes y a ponerse al tú por tú con esos bandidos que tienen de vecinos en el norte. En unos años recuperarían el medio territorio que les robaron los gringos en 1847. Qué razón tenía su presidente Díaz al decir: «Pobre México, tan lejos de Dios y tan cerca de los Estados Unidos».

—Me asombra su confesión, míster Faber, y agradezco su sinceridad, que será correspondida con mi respetuoso hermetismo.

—De nada señor, García. Mi socio, espero que por mucho tiempo.

—¡Qué gusto verte de nuevo, Justo! —dijo Silvia, con una radiante sonrisa en su rostro. Su embarazo de más de cinco meses se notaba mucho y la hacía lucir más tierna y hermosa. Su largo cabello negro lo mantenía atado con un listón rojo en una cola de caballo. Un fresco vestido de maternidad de color blanco con unas sandalias del mismo color hacían una tregua con el fuerte calor que abrazaba el cuarto de la casa que rentaba en el puerto.

—El gusto es mío, cuñada —dijo Justo, siempre poniendo el *cuñada* por delante para mantener una sana distancia y un respeto hacia ella. Justo la admiraba y quería como cuñada. Ese brinco de mujer de su hermano, a mujer de su interés, estaba bloqueado y difícilmente Silvia lo podría sacar de ahí.

—¿Qué tal la vida en el puerto?

—A veces me siento sola, Justo. No sabes cómo me ha servido la compañía de Lucero e Isaura. Para todos lados vamos juntas y nos apoyamos en todo.

—¿Sigue Murrieta en Nueva York?

—Dice Lucero que sí, aunque ya se movió para el sur porque está en contacto con los constitucionalistas y piensa unirse a Carranza en el norte.

Constitucionalistas, maderistas, zapatistas o huertistas eran términos que sonaban a lo mismo para Justo, quien sólo buscaba la oportunidad de vender armas a quien ofreciera el dinero, sin importar el ganador. La causa de Justo eran los dólares y sobre ella se movería como la abeja sobre la flor.

—Me gustaría cenar con ellos, Silvia.

—Les avisaré para que se preparen, Justo. Les va a encantar la idea.

El mejor restaurante del puerto, El faro, reunía a Justo, Silvia, Lucero, Isaura y Reginito. La interesante amistad surgida en este grupo después de la decena trágica rendía sus frutos.

—¿Cuándo regresa Arturo, Lucero? —preguntó Justo, asombrado por la belleza de la mujer de Murrieta. Era como si la acabara de descubrir. A pesar de haberla visto varias veces, nunca había puesto tanta atención a su belleza como ahora lo hacía. Silvia Villalobos, con esa inexplicable intuición femenina, lo percibía todo, y aguijoneada por los celos, a momentos trataba de sacar o distraer a su cuñado con otros temas.

—Me dice que hasta que corran a Victoriano Huerta. Que eso es cosa de un par de meses.

Los grandes ojos verdes de Lucero contrastaban con su cabello negro, pintado deliberadamente de ese color para pasar desapercibida entre las mujeres del puerto. Lo usaba suelto en cascada para soportar los agobiantes calores veracruzanos. Su cuerpo lo mantenía delgado y en forma por las caminatas matutinas a lo largo del malecón del puerto. El vestido color crema que llevaba esa noche se confabulaba con su belleza para deslumbrar a todos los comensales, no solamente a Justo García.

Justo vestía de blanco, con una camisa de algodón con hoyuelos a lo ancho del pecho, que dibujaban extrañas figuras. Su manera de vestir era fina y elegante y lo hacía lucir como hombre de mundo. Su grueso y negro bigote con las puntas dobladas hacia arriba le daba un toque intelectual que le favorecía.

—Eso no es seguro que ocurra pronto, Lucero. Nadie conoce mejor al ejército de Porfirio Díaz que Victoriano

Huerta. Si los federales derrotan a Villa en Zacatecas o en Torreón, se les abrirá el camino para ir por Obregón y Carranza. Al único a quien le teme Huerta por ahora es a Francisco Villa.

—¿Y qué con Zapata? —preguntó Silvia buscando la atención de Justo.

—Zapata es un guerrillero que no sale de Morelos. Nunca intentará nada fuera de su territorio. Su ostracismo será su perdición. A ése lo puede dejar Huerta para el final.

—Mamá, quiero ver de cerca ese barco. ¿Puedo ir? —dijo Reginito asombrado por un enorme barco americano que recién había atracado en el muelle.

—Yo te llevo a verlo, Regino —dijo Isaura buscando distraer un poco al niño para que la plática siguiera fluyendo amena en la mesa.

Isaura también sentía agrado por Justo, pero sabiamente lo ocultaba y lo bloqueaba por presentir que ese podía ser un punto de ruptura entre las tres solitarias mujeres. Justo era el hermano de Epigmenio, aquel notable muchacho junto con el que se había fugado de Valle Nacional, hacía muchos años atrás.

—Obedece en todo a Isaura y no se alejen mucho —dijo Lucero, contenta con la disposición de Isaura en llevar y cuidar a Reginito.

—Tienes una gran nana, Lucero. Isaura es una compañera fiel e incondicional que te ayuda mucho.

—Lo sé, Justo. Por eso le pago bien y para nosotros no es una nana o empleada doméstica, como muchos creen. Ella es mi compañera, así como lo fue de la viuda de Madero.

—Grande fue mi sorpresa al enterarme años después de que Epigmenio e Isaura se habían conocido en Valle Nacional mientras yo comenzaba a trabajar con Apolinar Chávez.

—Se escaparon juntos gracias a la ayuda de Fernando

Talamantes, un ex capitán que ahora anda con Pancho Villa en Chihuahua —dijo Lucero, acordándose del hombre que había salvado la vida de Arturo Murrieta en los Remedios, ocho años atrás.

—¿Y cuál es tu situación real con Arturo, Lucero? —soltó Justo la pregunta a quemarropa, aprovechando la ausencia de Isaura.

Lucero se incomodó un poco con la pregunta, pero en el fondo asumía lo que sus amigos veían y respiraban cuando andaban con ella. ¿Qué caso tenía ocultar lo que a leguas ellos veían? Silvia se acomodó mejor en el asiento, esperando una respuesta que la favoreciera contra Lucero, a la que veía como una poderosa rival, que era su amiga y a la que no le podía mostrar ninguna señal de lo que sentía.

—Él es el padre de Regino. Él me ayuda y paga mis gastos aquí en Veracruz. Él a distancia, si quieren llamarlo así, ve por nosotros. Él prometió volver con nosotros al sacar a Huerta del poder y, ahora sí, hacer una vida juntos, como nunca la hemos tenido.

—¿Y qué con la gringa que tiene allá? Ella sí es su esposa —preguntó Silvia, tratando discretamente de ubicar a su amiga frente al hombre de su interés.

—Él está tan casado con ella como lo está conmigo, Silvia. Yo nunca he visto el papelito, ¿sabes? Gretel desde Nueva York piensa que quizá yo también puedo estar casada con Arturo. Ella tiene un hijo con él y una niña que adoptó en el terremoto de San Francisco. Yo tengo a Regino. Las dos lo amamos y con quién se quedará al final es algo que no me quita el sueño. Así me tocó vivirlo y ni modo. A veces el amor es así: te enamoras de quien no debes, e ignoras al que en verdad te conviene.

Justo fumaba tranquilamente, mientras basculaba los argumentos de esta interesante y hermosa mujer.

«Qué bella es. Cualquiera se batiría a duelo por una mujer así», pensaba Justo, mientras hacía donas de humo que buscaban escapar por el techo del lujoso restaurante.

—¿Tú que harás ahora que nazca tu hijo, Silvia? ¿Cómo piensas rehacer tu vida, ahora que no tienes a Apolinar ni a Epigmenio? —preguntó Lucero, poniendo a Silvia discretamente en su lugar para evitar que siguiera incomodándola.

—Por lo pronto seguir en Veracruz por un tiempo. Quiero que mi hijo nazca en esta ciudad. La capital es muy peligrosa para mí, mientras Huerta y Blanquet estén allá. En cuanto al amor, estoy peor que tú, Lucero. Mi marido y mi amante están muertos, y ahora sólo cuento con el dinero que me dejó Apolinar y la protección y consejo de mi cuñado Justo. No tengo un hombre que me ame, como te aman a ti, Lucero.

—Tranquilas, mujeres. Yo tampoco tengo a una mujer que me ame.

—Sí, pero tú a tus veintiséis años eres un niño comparado con nosotras, Justo —dijo Silvia—. Además de que se me hace que eres un don Juan discreto.

—La verdad es que no he tenido tiempo de formalizar una relación con nadie. Mi vida ha sido muy agitada desde que me escapé, junto con mi hermano Epigmenio, de la Hacienda de los Peña, allá por 1905.

—¿A poco no hubo alguna hembra que se te lanzara? —inquirió Lucero curiosa.

—Después de huir de la hacienda conocí a Apolinar Chávez. Con un hambre que me atormentaba decidí asaltar al primer cristiano que se me presentara en el camino y ése fue don Apolinar. El asaltado fui yo, empezando a trabajar para él. ¡Un tipazo y gran maestro! Apolinar me metió en un mundo de hembras finas e inalcanzables a las que yo les tenía miedo. Tuve mis aventurillas con algunas muchachas que conocí en ese medio, pero nada serio como para formalizar. Justo recordó perfectamente su aventura con Luchita, la guapa sirvienta de Lucero que murió asesinada por el coronel Regino Canales, la noche en que Reginito huyó de la casa por miedo a ser balaceado por su iracundo padre. Era mejor no decirle a Lucero algo que no sabía y ni debería saber jamás. A lo mejor hasta le podía reclamar sus joyas de vuelta. Eran mejor las cosas así. Esos fueron los tiempos en los que él era el ladrón estrella de don Apolinar. Ahora él era el amo y otros harían las chambas que a él lo tocó hacer cuando inició en este tórrido mundo de ladrón.

—Pues ya te ves bastante madurito para conseguirte una —dijo Isaura, quien regresaba con Regino de la mano y escuchaba la plática.

—Pues preséntenme una amiga o prima, Isaurita —estalló Justo en una carcajada.

«Es guapo como un animal salvaje», pensó Lucero mientras lo examinaba con la mirada. Ella tenía 34 años, pero se veía como de la edad de Justo. Había algo en Justo García que le llamaba la atención y que le causaba una extraña sensación entre las piernas. Tenía meses que no había estado con un hombre desde la última vez que Arturo la tomó entre sus brazos. Su naturaleza de mujer la traicionaba al ver la gallarda figura de Justo García interactuar con las tres mujeres.

«Justo me ve como la futura madre de su sobrino. No se fija en mí como mujer. Algo tendré que hacer para hacerlo mío», meditaba Silvia, mientras miraba vacilar a Justo con Isaura.

«Está guapísimo. Nunca se fijaría en mí. Me ve como la nana de Lucero y la vieja marimacha que se escapó con su hermano de Valle Nacional, cavilaba Isaura mientras le sonaba la nariz a Reginito.

Justo miró discretamente a Lucero, mientras ella le

colocaba el sombrero a Regino, que amenazaba con volarse por el fuerte viento del puerto.

«Qué guapa es Lucero. Es el tipo de mujer que me trastorna. Qué afortunado es Arturo de tener una mujer así».

Emiliano Zapata, al hacer unos cambios al famoso e ignorado Plan de Ayala, había desconocido desde hacía días al general Pascual Orozco hijo, como delegado de la paz de Victoriano Huerta, y dejaba a su negra suerte al padre de Orozco en manos de su tropa en Tlachichilpa, Estado de México.

Juvencio Robles, con experiencia más que probada en asolar las villas morelenses, incendiaba pueblos y ajusticiaba a inocentes para sembrar el terror y provocar la rendición del jefe suriano.

Emiliano Zapata tomó con su mano a la inocente niña que había quedado huérfana al ser victimados sus padres por los salvajes federales. La niña, con su carita llena de mugre que se limpiaba con las lágrimas que de sus tristes ojos emanaban, caminó con Emiliano como si él fuera su nuevo padre. La tropa suriana le rindió honores al acercarse al sitio donde se ocultaba al padre de Pascual Orozco.

Gildardo Magaña saludó afectuosamente al jefe máximo del sur, el hecho de tenerlo de visita era un honor para toda su gente.

—¿Dónde está ese hijo de la chingada del viejo Orozco?

—En su cuarto, Miliano, junto con Luis Cajigal y Emilio Mazari.

Emiliano fue conducido por Gildardo hasta donde aguardaba el comisionado de la paz.

—¡Aquí están!

Pascual Orozco, Luis Cajigal y Emilio Mazari se incorporaron ante la inesperada visita, acomodándose torpemente la ropa y los sombreros como si estuvieran en su casa ante una inesperada visita.

Zapata los miró con un odio que refulgía de sus ojos, mientras sostenía la mano de la pequeña, que desconcertaba más a Orozco de lo que ya estaba. Tener a Emiliano Zapata frente a él sólo significaba dos cosas, o los liberaban o aquí mismo los mataban.

—¿Ve a esta pequeña? —preguntó Zapata dirigiéndose a Orozco, jalando aire como una fiera a punto de brincar a la yugular de su víctima.

—Sí, Emiliano. ¿Qué pasa con ella? —preguntó Orozco padre, tímidamente.

—Sus padres acaban de morir ajusticiados por los pelones[22] quienes masacran a mi gente como si fueran animales; incendian pueblos; violan mujeres y dejan niños como ésta, llorando en la polvorientas calles, sin un destino cierto para mañana.

—Lo siento mucho en verdad, Emiliano. Yo no acepto esa conducta deplorable, es por eso que anhelo la paz con usted.

—¡No hay paz posible, señor Orozco! —gritó Emiliano a escasos centímetros de la cara de don Pascual— El haberse rendido a Huerta como unos cobardes fue su perdición. Usted y su hijo han caído del agrado de mi gente y del Plan de Ayala. Nadie los respeta, y aún con ustedes aquí, Juvencio Robles nos hace la guerra como si ni existieran. Ustedes fueron detenidos por sospechas de planear una trampa contra mí, en vez de buscar la paz conmigo. Yo no tomo riesgos. Mi lucha es por esta niña que ven aquí. Quiero que cuando crezca tenga su propia tierra para sembrar y vivir en paz. Recuperaremos las tierras que nos robaron los hacendados y, uno a uno, si nos ofrecen la cara,

---

22 Así llamaban al ejército federal del gobierno de Huerta.

los colgaremos de un sabino hasta limpiar por completo Morelos de esa escoria.

Don Pascual Orozco tragaba saliva y trataba de que el aire tonificara sus pulmones. Escuchaba de labios del mismo Zapata que su fin había llegado.

—Vamos, Emiliano, aún hay una posibilidad de paz entre usted y el gobierno. Ríndase y sostengamos unas pláticas de paz donde podamos quedar en los mejores términos para el bien de su gente y de México.

—Si Juvencio y los Federales se hubieran mantenido sin atacar, otro gallo hubiera cantado para usted, señor Orozco. ¡Buen viaje al infierno! Son tuyos, Gildardo. Truénatelos para que aprenda ese borracho de Huerta y Pascualito que conmigo no se juega.

Zapata abandonó el cuartucho condenando a los comisionados de la paz a muerte. Por años sería perseguido por ese cobarde crimen. Pascual Orozco hijo jamás pudo vengarse por la muerte de su padre[23].

Pioquinto Galis, engalanado con la misión de fusilar a Pascual Orozco padre, se regocijaba al negar al señor de 54 de edad, escribir su última carta de despedida a su hijo.

—A la chingada, pinche ruco. Los pelones andan cerca y no voy a perder valiosos minutos en lo que tú escribes cartas a ese pinche traidor a la causa. Se vendió a Huerta, como la mejor puta se va con el de más lana en las cantinas de mi pueblo.

—Es de humanidad conceder un último deseo a un condenado a muerte, señor Galis —dijo Orozco padre, moviendo fibras sensibles en un campesino endurecido emocionalmente por los últimos hechos en Morelos.

—¡A la chingada!... Sáquenlos de aquí y pónganlos en

23 Fue derrotado por Villa en la batalla de Ojinaga. Orozco fue asesinado el 30 de agosto de 1915 por Dick Love, un ranchero americano que lo persiguió por entrar sin permiso a sus tierras.

la barda, que aquí mismo me los trueno —gritó Pioquinto con ojos congestionados en alcohol, haciendo caso omiso de la última petición de don Pascual Orozco. Luis Cajigal y Emilio Mazari aceptaban resignados su suerte, rezando ante el Señor por una mejor oportunidad en el cielo.

Los tres fueron puestos de espaldas a una grotesca pared de adobe. Las gallinas huyeron del sitio como presintiendo los hechos. Pioquinto, por órdenes de Gildardo Magaña, ordenó que dispararan ante los mártires de la paz de Huerta. Don Pascual cayó fulminado de frente, golpeándose el costado izquierdo de su cara. Su mente, en un viaje vertiginoso, se encontró en sus años de recién casado en Santa Inés, Chihuahua, con su bella esposa Amada de Orozco, sacando los refrigerios de una canasta de mimbre para un hermoso día de campo con la familia, mientras él jugaba con Pascualito a las escondidillas entre los árboles; después, un inexplicable remolino negro lo tragaba todo para siempre, devorándolo a él y todo lo que veía a su alrededor.

Henry Lane Wilson en su desesperación, al ser relegado por el otro Wilson, Woodrow, llevó a cabo la ceremonia magna de las fiestas de la independencia del 4 de julio de 1913 para ganarse el cariño de la marina en el hermoso puerto de Veracruz. Los marineros de los barcos acorazados *Minnesota* y *New Hampshire* degustaron una deliciosa comida, en ella se probaron los mejores guisos y cerveza para festejar el magno evento.

John Kent brindaba con Henry Lane Wilson mientras ambos se ponían al tanto de la situación con Victoriano Huerta.

—Estoy de salida, John. Eventos como estos son sólo

rutina en lo que llega John Lind[24], mi reemplazo. En unos días se hará cargo míster O'Shaugnessv, quien preparará la llegada a la capital del nuevo embajador.

—No eres de su equipo, Henry. Eso es todo —John Kent chocó su frío tarro con el del embajador mientras disfrutaban la música de banda con los temas de moda en los Estados Unidos.

—¿Cómo va tu negocio con los constitucionalistas?

—Bien, Henry. No me puedo quejar. Tus contactos me han abierto muchas puertas. ¿Quién conoce México y a su gente mejor que tú? Las armas están entrando por El Paso y el bloqueo para surtir de armas a Huerta parece estar más fuerte que nunca.

—¿Por qué dices «parece»?

—Hay alguien en México que se entiende con los alemanes en la compra de armas. Los puertos de entrada son Tampico, Puerto México[25] y Veracruz. La idea es vigilar bien y sorprenderlos. Wilson desea estrangular financieramente a Huerta y hacerlo renunciar. El pelón se resiste y tiene el beneplácito del káiser. Alemania anhela hacernos la vida difícil desde el sur.

—La situación está tensa en Europa, John. Alemania no para en su fiebre expansionista y está teniendo constantes roces políticos con Francia, Rusia e Inglaterra.

—Así es, Henry. Ese expansionismo del que hablas, ha llegado hasta América, y te aseguro que Huerta, desesperado por la desaprobación de Wilson a su gobierno, está dispuesto a abrirse de piernas con cualquier potencia europea que le cierre el ojo.

24 Ex gobernador de Minnesota. Inició como reemplazo de Henry Lane Wilson el 17 de julio de 1913.

25 Coatzacoalcos.

—¿Conoces al agente mexicano que negocia con Alemania?

—No, Henry. Mi clave para atraparlo es precisamente incautarle un cargamento aquí en el puerto. Mi gente está alerta con la llegada de todos los vapores alemanes. Por parte de Alemania hay un tipo que se llama Frank Faber, y últimamente se le ha visto mucho en la capital del país. Vive en Estados Unidos, pero presiento que es un espía alemán. Quizá él es quien le vende las armas a Huerta.

—Pues suerte en atraparlo, John. Eso a mí me tocará saberlo en Estados Unidos[26] —dijo Wilson, mientras se limpiaba la boca con la blanca servilleta.

«*I'm tired of this fucking country full of barbarians*», pensó Wilson («Estoy cansado de este pinche país lleno de salvajes»).

La banda de Guerra tocaba música de moda en los Estados Unidos y la cerveza fluía en grandes cantidades para el beneplácito de los marinos. Con una serie de cañonazos emergidos de los modernos acorazados celebraron el día nacional americano.

Justo al sonoro rugir de los cañones, un vagón de ferrocarril que cargaba carbón, abandonaba el puerto con destino a Aguascalientes con los primeros cinco mil rifles para los federales.

Justo García y Frank Faber bebían unas cervezas frías en un elegante bar del puerto, mientras veían rugir las bocas de fuego de los acorazados.

—¡*Cheers, Mr. García!* —dijo Faber, contento de que las primeras armas habían pasado frente a las narices de

26 Después de la decena trágica fue destituido por Woodrow Wilson. Regresó a Estados Unidos para retirarse a Nuevo México, donde fue difamado y acusado por periodistas y escritores durante años a causa de su complicidad en el Golpe de Estado en el que murió Madero. Murió en 1932 a los 69 años.

los gringos sin ningún problema y ahora viajaban para el centro del país.

—Debemos preparar el segundo envío, Frank. Se avecina una feroz contienda por el control del país en Torreón y Zacatecas. Si los constitucionalistas ganan esas ciudades, Villa, Pablo González y Obregón se irán de putas en la capital antes de finalizar el año.

—No lo logrrarán, Justo. Zacatecas tendrá todas las armas que necesita para hacer frente a esos cabrrones —el español de Faber sonaba a gringo al pronunciar las erres.

—Aquí tienes el anticipo del los otros cinco mil rifles, Faber —Justo entregó un sobre manila que Faber guardó discretamente en la bolsa interior de su saco mientras le veía las caderas a una mesera que llevaba la botana a otra mesa.

Por la puerta del restaurante se vio aparecer la atlética figura de John Kent, que siendo advertido de la presencia de Faber por unos de sus espías, abandonó a Wilson para ir a conocer de cerca al sospechoso comerciante alemán, del que tanto se hablaba.

—Ahí viene el espía de Wilson, Justo. Tengamos cuidado con lo que decimos.

Justo inhaló de su cigarro, mientras entre el humo que arrojaba veía al fornido gringo acercarse a su mesa.

—El cabrón más parece un luchador que un espía, Faber. Espero nunca llegar a los golpes con él —dijo Justo, soltando una carcajada que le celebró el alemán, como si los dos fueran compañeros del recreo.

—Mister Frank Faber? —preguntó amablemente John Kent al acercarse a su mesa.

—*Yes, I am. How can I help you, sir?* («Sí, yo soy. ¿En qué puedo ayudarle, señor?»)

—*My name is John Kent and I work for the United States Government. I was invited by Henry Lane to celebrate the Fourth of July day with the marines.* («Soy John Kent y trabajo para el gobierno de los Estados Unidos. Fui invitado por Henry Lane para celebrar el 4 de julio con los marinos»).

—*Let's speak Spanish because my friend Justo García doesn't catch a word of English.* («Hablemos en español porque mi amigo Justo García no entiende una palabra de inglés»).

—Sí, claro. Discúlpeme usted, señor Justo García. Yo soy John Kent. Agente del gobierno de Woodrow Wilson.

—El gusto es mío, señor Kent. ¿Y qué lo trae por Veracruz aparte de emborracharse con los marinos y escuchar a Wilson decir que él es inocente de la muerte de los Madero?

Kent miró a Faber y luego a Justo, calculando su respuesta ante la fuerte pregunta del mexicano.

—Usted parece ser una persona que va al grano, señor García —contestó Kent, jalando una silla para sentarse y pedir con una seña una cerveza a la mesera—. Estados Unidos rechaza el gobierno ilegítimo de Victoriano Huerta. Es mi misión impulsar a que ese gobierno caiga y que se ponga a un nuevo presidente con fundadas elecciones. México no se merece un gobierno espurio como el de ese asesino.

Justo extrajo otro cigarrillo y ofreció la cajetilla a los dos extranjeros. Kent aceptó uno, Faber regresó la cajetilla sin tomar ninguno.

—Yo no apruebo el gobierno de Huerta, míster Kent. La verdad yo no soporto a ese borracho oportunista; pero hay algo que debo decirle: el gobierno del huichol es tan legítimo como el de su Wilson. Usted debe saber que Madero y Pino Suárez renunciaron con una carta debidamente escrita y firmada por ellos mismos al gobierno que dignamente tutelaban y que, con su propia sangre, debieron haber defendido. Madero jamás debió firmar esa carta de renuncia, y entonces sí se sustentaría que éste es un gobierno espurio, pero no, el muy cobarde quiso huir con todo su familia a Cuba y dejar los barriles de pólvora cerca del chisporroteo. Esa carta debió haber sido firmada con la mano cercenada y tiesa de Madero, para que se pusiera ilegítimamente como presidente Victoriano Huerta.

Kent miró fijamente a Justo García. Trató de dimensionarlo y clasificarlo en un nicho especial. Se veía a leguas que estaba hecho de una pasta diferente a los otros mexicanos que había tratado antes.

—Ese punto no lo había reflexionado antes, señor García, y lo considero de bastante peso. Un presidente debe morir, si es preciso, envuelto en la bandera por defender su envestidura, así como murió ése que ustedes dicen que se aventó en Chapultepec envuelto en el lábaro en la invasión gringa del siglo pasado[27].

—Así es, señor Kent —dijo Justo, vencido por el hábil gringo, que prefería no discutir con él a niveles donde se alteraran los ánimos.

—¿Y qué plan tiene Wilson para sacar a Huerta, míster Kent? —inquirió Faber, más por sacarlos de ese plática espinosa que por saber lo evidente.

Kent dio un lago sorbo a su cerveza dejando un rastro de espuma en su espeso bigote para responder:

—Ahogar financieramente a Huerta por falta de dinero y préstamos. Evitar que reciba armamento y apoyo por parte de cualquier país para que Carranza lo eche fuera y se convoquen elecciones libres, con un candidato que valga la pena y sea digno de México.

—¡La doctrina Monroe[28] en plena aplicación!

27 Juan Escutia.
28 Doctrina con la que el presidente Santiago Monroe en 1823 trató de

—contestó con una risa burlona Justo, que desde un par de años atrás no dejaba un rato ocioso sin un libro que leer o consultar. En dos años Justo había pasado de ser un ignorante a un hombre que ya al menos lanzaba atinados y desconcertantes comentarios en cualquier reunión en la que se presentaba. Además, había aprendido mucho de las enseñanzas de Apolinar Chávez que siempre tenía una opinión muy acertada de las cosas.

—Puede llamarlo así, Justo. Somos la potencia de América y tenemos el poder para poner las condiciones que nos favorezcan.

—Lo sabemos, míster Kent: «Tan lejos de Dios y tan cerca de los Estados Unidos» —contestó Justo más relajado, ordenando más botana de camarones a la mesera—. Dejemos los temas de política para otra ocasión y lo invito esta noche a una reunión con unos amigos que viven aquí en el puerto. Le van a caer muy bien. Son unas gratas personas.

—Encantado, Justo. Siempre estoy abierto para conocer nuevos amigos.

La reunión se llevó a cabo en la casa de Silvia Villalobos, cuya vivienda se ubicaba frente al malecón del puerto. El motivo era su adelantado embarazo y por el gusto de agasajar al alemán y al gringo, y quedar así fuera de sospechas del hábil John Kent, que buscaba a un escurridizo contrabandista de armas en Veracruz.

—Míster Kent, ella es mi cuñada Silvia Villalobos. Como verá, está muy cerca de traer a mi sobrino al mundo y es por ello que hoy brindaremos y nos divertiremos como nunca.

—¡Mucho gusto, señora! —contestó Kent, hipnotizado

_____

frenar el expansionismo europeo en las colonias perdidas por España y Francia en América. Se resumía básicamente en el famoso: «América para los americanos».

por la belleza de Silvia, que en todo momento echaba la espalda hacia atrás para contrarrestar el enorme peso de su vientre.

—¿Es su primera vez en México, señor Kent?

—No, señora. He tenido el gusto de visitar varias ciudades mexicanas. Debo decirle que Veracruz es muy parecida a La Habana.

—En eso estoy de acuerdo con usted. Estuve en esa bella ciudad hace unos meses. Los cubanos son gente muy cálida y agradable.

En ese momento llegaron Lucero, Isaura y Reginito. Justo fue el primero en saludar a Lucero, puesto que ya tenía varios días de estar interesado en esta extraordinaria mujer que lo embrujaba más, día con día, con su personalidad y carisma.

—¡Lucero! Qué gusto que hayas decidido venir. Tu presencia marca la diferencia en esta fiesta.

Lucero venía con un fresco y ligero vestido blanco, que mostraba bajo su leve tela el contorno de unos hermosos y firmes senos que deleitaban la vista de los invitados.

—Gracias, Justo. Tú siempre tan galante.

Después de saludar a varios invitados llegó frente John Kent, quien quedó trastornado con la belleza de la mexicana.

—John, te presento a Lucero Santana. Ella es la esposa de un carrancista muy famoso que anda de gira en los Estados Unidos.

—Mucho gusto, señora Santana.

—El gusto es mío señor Kent. ¿Y quién es ese famoso carrancista que acaba de mencionar Justo?

—El licenciado Arturo Murrieta, señor Kent. Él representa a los constitucionalistas en los Estados Unidos. Fue gran amigo y seguidor de Madero.

La cara de Kent cambió, denotando una sorpresa que fácilmente percibieron Justo y Lucero.

—¿Lo conoce, míster Kent?

—Sí, señora Santana. Conocí a un Arturo Murrieta en Nueva York hace pocas semanas; iba acompañado de José Vasconcelos.

—¡Pepe Vasconcelos! Entonces sí era Arturo, no hay duda al respecto —exclamó Lucero emocionada.

Sus enormes ojos verdes, como dos esmeraldas, se quedaron grabados en la mente del sorprendido míster Kent.

«Es la esposa mexicana de Arturo. ¡Pero qué coincidencia! No sé cuál de las dos es más hermosa. ¡Pero que hombre tan afortunado es ese abogado!», pensó John Kent, entrecerrando los ojos, mientras inhalaba el aromático humo de su cigarro cubano.

—Tuvimos una comida de negocios en Manhattan.

—¿Los tres solos?

—¿Debía haber habido alguien más, señora? —cuestionó hábilmente Kent, buscando que fuera la misma Lucero la que hablara primero.

—No. Lo digo porque me dijo que vería a varios gringos y que luego viajaría para El Paso, en tren.

—Si, en efecto. Estuvimos juntos y después tomó su tren para Texas. Arturo es una finísima persona, Lucero. Ustedes hacen una gran pareja.

—Gracias, señor Kent. ¡Qué galante de su parte! Él es Regino, nuestro hijo.

Regino, la viva cara de su verdadero padre, saludó amablemente al gigante gringo como si lo conociera de años.

—Hola míster Kent. ¿Le gusta el béisbol?

John se agachó para estar a la altura del amigable niño para decirle:

—Es mi deporte favorito, Regino. Le voy a los Gigantes

de Nueva York y cada que puedo los voy a ver jugar al estadio.

—¡Qué bien! Mi papá me dijo una vez que él conoció el estadio de los Gigantes.

—Es el Polo Grounds, Regino. Estar en la cancha con ellos es algo diferente, que no te puedo explicar. Tu padre debe haber visto un gran partido.

—Me dijo que era la final contra los Atléticos de Filadelfia.

—Uf, esa final fue hace años y la ganaron los gigantes 4-1, picheando Christi Mathewson.

Mientras Regino y Kent platicaban, Lucero se cuestionaba sí Kent había conocido a Gretel. «Capaz de que este gringuito también comió con la familia de Arturo y yo estoy aquí quedando como una imbécil cornuda. ¿Pero cómo saberlo? El gringo es muy discreto».

—¡Te ves hermosa, Lucero! —interrumpió sus cavilaciones Justo García.

—Gracias, Justo. ¡Qué lindo eres!

Los dos se miraron profundamente, con esas miradas taladrantes que dicen más de lo que las palabras pueden, en ambientes concurridos como estos. La ausencia de semanas de no ver a Arturo y la presencia encantadora de Justo García comenzaban a derribar las primeras barricadas de Lucero. Una mujer que se sitiaba para evitar a los hombres y poder así aguantar el regreso de su hombre.

Frank Faber dialogaba animadamente con el viejo ex almirante Héctor Zubiría, el restaurantero enamorado de Isaura. La plática acerca de barcos animaba mucho al alemán que en su interior ya pensaba en el siguiente pedido de armas por entregar a Justo García. Don Héctor brindaba y reía, mientras Isaura conducía a Reginito a otro sector del jardín donde se servían frescas aguas de frutas. Como viejo lobo de mar, se disculpó con Faber y arremetió como un torpedo en el agua sobre la guapa nana que se veía radiante en un traje yucateco para combatir los calores del puerto.

Frank Faber, dándose de cuenta del evidente interés de don Héctor hacia Isaura, la miró detalladamente de pies a cabeza, encontrándola muy bella.

«Es guapa la morena, con razón trae loco al viejo éste», pensó, mientras bebía un fuerte trago de su cerveza.

—¡Qué guapa te ves esta tarde Isaura! —saludó don Héctor, besando la mano de la guapa nana.

—Gracias, Capitán. Es usted muy amable.

—No soy capitán, Isaura. Soy almirante. El grado máximo que puede alcanzar un hombre en la marina.

—Pues capitán, general o teniente, a mí me da lo mismo. Usted es el jefe máximo del barco, don Héctor.

—Me encantaría llevarla de paseo este domingo, Isaura. Quiero que conozca la antigua casa de Hernán Cortés y las bellas playas de la Antigua.

—Invitándome los domingos me hace ver como una empleada doméstica en su día libre, don Héctor.

—Es cierto Isaura, perdón. ¡Qué torpe soy! Tú dime qué día puedes y no hay problema para mí.

—Mañana puedo, capitán. Creo que es un buen día.

—Pues será mañana, Isaura. La pasaremos muy bien. Gracias por acceder.

El rostro de don Héctor, tostado por años de sol, se iluminó con una sonrisa. Isaura le había hecho su día la aceptar salir con él y eso era para celebrarlo en la misma fiesta donde ahora se encontraba como un distinguido invitado.

La reunión siguió animada por varias horas más. John Kent salió de esa comida con más preguntas que respuestas, y sin haber conseguido nada de información relevante sobre la asociación entre Frank Faber y Justo García. En su

cerebro orbitaba la imagen de la guapa holandesa, Gretel
Van Mess, ahora sola en Manhattan, y en lo mal atendidas
que estaban las hermosas mujeres de Arturo Murrieta.

Fierro conoce a Villa

El templo de San Cosme se encontraba abarrotado ese 23 de julio de 1913 con lo más selecto de la aristocracia del gobierno de Victoriano Huerta. Ese gran día se casaba Luz Huerta, hija del señor presidente, con Luis Fuentes, capitán del Estado Mayor Presidencial.

Victoriano Huerta esperaba nerviosamente la señal del arzobispo de México, monseñor José María Mora y del Río, para ingresar del brazo de su hija a la casa de Dios para entregarla en sagrado matrimonio. Los novios habían llegado minutos antes acompañados con las damas y caballeros de su importante corte de honor, jóvenes, hijos de familia con futuros prominentes como Elena Huerta y Alberto Quiroz, Ignacio Fuentes y Elena Rost, Carolina Fuentes y José Rincón Gallardo...

Los padrinos eran los señores Victoriano Huerta y su esposa Emilia Águila de Huerta —los padres de la novia—, el coronel Liborio Fuentes y su señora esposa Natalia G. de Fuentes —padres del novio—, el doctor Aureliano Urrutia[29] y su señora Luz Fernández de Urrutia; todo esto acompañado del concierto nupcial dado por los maestros Julián Carrillo, Rocabruna, Montiel y Lozano.

---

29   Ministro de Gobernación en el gobierno de Huerta.

El arzobispo dio la señal y Victoriano Huerta inició la entrada a la iglesia en compañía de su hija.

Huerta avanzó cadenciosamente por el tapete rojo, como si fuera el más indicado para recibir la ostia ese memorable día en el que entregaba en el altar del Señor a su feliz hija.

Al finalizar la ceremonia se llevó a cabo una cena en casa de la novia. Justo García fue atendido personalmente por el novio Luis Fuentes, quien lo recibió con un efusivo abrazo para luego llevarlo al lado de su esposa Luz, a quien felicitó y dio un sobre con dólares como regalo de bodas y para que su luna de miel en Chapala no careciera del efectivo que toda pareja que inicia siempre necesita.

—¡Oye, Justo, acá estamos!

Justo escuchó el llamado de Victoriano Huerta y Blanquet, que se encontraban en la terraza de la casa, esperando que comenzara una audición de la orquesta típica de Miguel Lerdo de Tejada.

Justo, vestido con una impecable levita, se encaminó hacia donde lo esperaba el primer mandatario, saludando cortésmente a quien se le atravesara.

—¡Que gusto que viniste, pinche Justo! —le dijo Victoriano, recibiéndolo con un cálido abrazo.

—Acabo de felicitar a tu hija Luz y al capitán Luis. ¡Qué bárbaro, Victoriano! Qué bonita pareja hacen.

—A esos cabrones les va a ir muy bien, Justo —respondió Victoriano, ofreciendo una copa de champaña recién arrebatada a uno de los meseros que por ahí pasaban.

—¡Hola, Justo! —saludó Aureliano Blanquet, dándole un fuerte abrazo.

—Has subido de peso, pinche Aureliano. Ya bájale a la botana en las cantinas, cabrón.

—¿Cuál panza, Justo? ¡Es puro músculo! —respondió Blanquet sonriente, jalando el aire para meter el vientre.

—Es que al pinche Aureliano le encantan los eventos

sociales y el glamur, Justo. El cabrón está pero si hecho para eso.

—Qué gusto verte tan contento, Victoriano —adujo Justo para alegrar al jefe.

—Cómo no estarlo, Justo. Hoy celebro cuatro acontecimientos importantes.

—¿Cuáles, Vic? —inquirió Blanquet, eructando el gas de la champaña como si estuviera en una cantina de pueblo.

—El primero es que en menos de una semana, Félix Díaz se va a la chingada como embajador de Japón. El segundo es que hoy por la mañana, yo mismo despedí a Manuel Mondragón en su viaje sin retorno a Bélgica. El tercero —Victoriano se acercó a Justo para decirle más de cerca y evitar ser oído por alguien—, es que ya llegaron tus dos cargamentos de armas a mis soldados en Zacatecas, y cuarto y el más importante de todos, es que hoy se casó mi hermosa hija Luz. ¿Qué más puedo pedir, amigos? Soy un hombre muy dichoso.

—Ni dudarlo, Victoriano. ¡Felicidades por eso! —dijo Blanquet, dándole una palmada a su jefe en el antebrazo.

—Te has quedado sin rivales para las elecciones, Victoriano. Ahora sí, no hay nadie quien nos haga sombra —dijo Justo calculadoramente.

—Lo único que me haría completamente feliz es que los pinches gringos reconocieran mi gobierno, pero ahí sí me estoy viendo como mosca en ventana, con puros rebotes al tratar de avanzar.

Huerta llevaba puesta una finísima levita negra con sombrero de copa alta que no se había quitado para nada en toda la noche. Su resistente cuerpo, congestionado en alcohol, llegaba a sus límites en este magno evento y ni así daba muestras de embriaguez. El hígado de Huerta estaba programado para situaciones más extremas que esta.

—Ahora sí, no hay quien nos pare, Vic —dijo Aureliano

chocando las finísimas copas de Baccarat con una mirada que quería llorar de alegría.

—Y al que se nos cruce me lo chingo, Aureliano. Aquí no hay quién se le oponga a Huerta sin ser persona muerta.

—¡Hasta en rima! —dijeron Justo y Blanquet, explotando en una disonante carcajada.

La hora de partir el pastel había llegado y todos se congregaron alrededor de los novios echando porras y bromas.

Villa, como la espuma, fue creciendo poco a poco con los triunfos que acumulaba. El 26 de agosto de 1913 derrotó al general Félix Terrazas en San Andrés, Chihuahua. Con este triunfo, Villa se hizo de prisioneros, varios trenes, parque y armamento. Robustecido con este importante laurel, decidió partir rumbo al sur con la compañía de importantes jefes revolucionarios que lo aclamaban y apoyaban como a un dios de la guerra. Se le unieron hombres importantes procedentes de la Laguna como Toribio Ortega, Fidel Ávila, Maclovio Herrera, Manuel Chao, Tomás Urbina, Rodolfo Fierro, Calixto Contreras, Aguirre Benavides y otros más.

Camino al sur, los constitucionalistas atacaron la plaza de Torreón, defendida por Benjamín Argumedo, Emilio Campa y Felipe Alvírez. Los villistas se inconformaron con el nombramiento, por parte de Carranza, de Manuel Chao como jefe de la columna, convocando una junta de emergencia en la que salió nombrado por unanimidad Francisco Villa como jefe de la División del Norte.

Inició la embestida sobre Torreón por medio de dos columnas atacando simultáneamente. Una de ellas era dirigida por Tomás Urbina, venciendo a Felipe Alvírez[30] en Avilés; y la otra al mando de Maclovio Herrera, cayendo a sangre y fuego sobre Gómez Palacio y Lerdo. El 2 de octubre los revolucionarios lograron vencer a los federales, haciendo su desfile triunfal el general Francisco Villa. Un enorme botín de guerra fue repartido entre los villistas y se fusiló a un gran número de «colorados[31]» inmisericordemente.

El 14 de septiembre de 1913 es recibido con grandes honores y lealtad por el general Álvaro Obregón en el Fuerte Sinaloa el Primer Jefe, don Venustiano Carranza.

El 22 de octubre llega a Veracruz procedente de Japón el general Félix Díaz. Su objetivo era participar en las elecciones para presidente. El ejército huertista lo obliga a regresar a La Habana y de ahí a Europa a cumplir la misión que le fue encomendada. El 11 de noviembre, Francisco León de la Barra se le une en el exilio al Japón como nuevo miembro.

El valiente general José Refugio Velasco, comisionado por el general Victoriano Huerta, recupera Torreón el 9 de diciembre de 1913.

En un importante hotel de Ciudad Juárez la dama terminó de vestirse, tomó los billetes que descansaban sobre el buró, metiéndolos en su bolsa de mano y dejó el cuarto con su cliente dormido. El hombre al que no había podido complacer por estar ahogado en alcohol, tendría unos treinta años de edad, era alto, moreno, impecablemente rasurado con una cabellera negra azabache que en vez de cabellos parecían

---

30 El general federal Felipe Alvírez cae muerto en Avilés en el campo de batalla.

31 Soldados de Pascual Orozco.

mortales cerdas de puercoespín. Su panza se elevaba y bajaba, como si adentro tuviera un enorme animal atrapado.

La bella muchacha bajó al restaurante del hotel ordenando un desayuno sencillo antes de partir. El tren no tardaría en salir y sabía que la comida en ese transporte era repulsiva.

—¿Qué le traigo, señorita? —preguntó el mesero amablemente.

—Unos huevos con jamón, café y un jugo.

El mesero se retiró a la cocina a trabajar la orden, cuando la bella Patricia se percató del hombre que la miraba fijamente. Era un hombre de escasos treinta y cinco años, delgado, de barba cerrada, que se entretenía leyendo un periódico pero que aprovechaba —cuando creía que ella no lo miraba— para contemplarla en todo su esplendor.

Patricia sacó un espejo de mano de su bolso y puso los últimos retoques a su maquillaje. Con gesto no muy satisfecho por cómo se veía, dijo al hombre que estaba en el restaurante:

—¿Por qué mejor no se sienta a platicar conmigo, amigo, en vez de estarme mirando como si fuera un animal del zoológico?

—No la espío, señorita, muy al contrario, me sorprendo de ver a una mujer tan bella en un lugar así. Esta ciudad está llena de constitucionalistas; y las mujeres más bellas o están encerradas en sus haciendas o ya huyeron a los Estados Unidos. Soy Arturo Murrieta —le dijo, tomando la silla al lado de su mesa para sentarse.

—Yo soy Patricia Solís, y si ando sola por aquí, a esta hora en este hotelucho, es porque me dedico a desplumar incautos débiles ante las mujeres.

—¿Y cree que yo soy uno?

—No lo sé. Acabo de estar con uno que le juro que pensé que era un animal en vez de un hombre. ¡Qué asco!

—¿Quiere desayunar algo?

—Ya pedí, gracias. No sé por qué usted se ve diferente.

—Soy un ex maderista trabajando para Carranza. Acabo de entrar por la frontera para reunirme con Villa. No soy tan especial como parezco.

Patricia era una mujer hermosa que no pasaba de los veinticinco años. De cabello negro rizado y ojos grandes con unas enormes pestañas que parecían de mentiras.

—Pues yo soy una viuda de veintitrés años que busca venganza contra un villista que mató a mi marido.

—¿Un villista?

—Sí. Aunque no es de alto rango ni sé cómo se llama. Pero cuando lo vea te juro que lo mato.

—Ojalá y tengas suerte, Patricia.

De pronto una voz aguardentosa rompió su plática haciendo correr al mesero que ya se dirigía hacia su mesa. El hombre que hacía unas horas acompañaba a Patricia se dirigía iracundo hacia la linda muchacha para reclamarle su fuga del cuarto.

—Así que apenas me dejas y te vas de puta con el primer pendejo que te encuentras, ¿no?

—¡Vete al diablo, Rodolfo! No soy de tu propiedad. Lo que pagaste ya no da para más. No es mi culpa que no hayas podido —contestó Patricia sin mostrar nervios, echándose hacia atrás en su silla mirándolo altiva y serena.

Los ojos rojos congestionados por el alcohol del extraño miraron con odio a Arturo quien por precaución ya tenía su pistola desenfundada, escondida bajo la mesa, cubierta por el blanco mantel de tela.

—¡Deja a mi vieja, hijo de tu puta madre! —se acercó a la mesa Rodolfo Fierro, intentando sacar su pistola cuando Arturo lo sorprendió, encañonándolo en el intento.

—Tira tu pistola o te vacío la mía, cabroncito.

Rodolfo se quedó sorprendido de la audacia de aquel

catrín, que ni parecía armado y ya hasta se le había adelantado, teniéndolo encañonado en medio del restaurante. Con ojos de fiera acorralada, tomó su pistola con las puntas de los dedos tirándola en el piso de madera del lujoso restaurante.

—Bien hecho.

Arturo se agachó para recoger el arma sin parpadear y sin perderlo de vista un segundo.

—Ahora vete a la chingada sin voltear, y si lo haces, te meto un tiro en las nalgas para que tengas dos culos.

Rodolfo Fierro abandonó el restaurante del hotel, humillado ante la mirada de Patricia, el cocinero y tres curiosos más que leían el periódico en el vestíbulo del hotel.

—Odio a los borrachos fanfarrones —dijo Arturo, molesto por el incidente.

Patricia miraba horrorizada la pistola de Rodolfo Fierro sobre la mesa, decidiendo mejor guardarla en su bolsa por si se llegaba a necesitar al rato que abandonara el lugar.

Rodolfo Fierro, humillado y fuera de sí, buscó ayuda en su amigo Tomás Urbina para ir a poner en su lugar al catrín que le había robado su pistola.

—Está solo. ¡Vamos por él! —dijo Fierro, después de explicar el incidente del hotel.

—Ese pendejo no sabe en la que se acaba de meter, Rodolfo. Ahí mismo nos lo tronamos al hijo de puta... ¿pues qué se cree?

Cinco hombres armados irrumpieron en el restaurante con Rodolfo a la cabeza gritando improperios. Los curiosos miraban tímidamente desde la seguridad de su distancia.

—¡Ahora si ya te cargó la chingada, pendejo! —dijo Fierro acercándose a la mesa, apuntándole a Murrieta. Patricia cerró los ojos sólo esperando la detonación, pero un segundo antes Urbina le grito a su esbirro:

—¡No, Rodolfo!

Fierro se quedó petrificado con la pistola en la mano ante la orden de Tomás.

—¡Este cabrón es Arturo Murrieta! Nuestro amigo y compadre de mi general Villa. No sabes la pendejada que ibas a cometer al meterte con él.

Arturo guardó de nuevo su pistola. El color volvía a su cara ante lo que había visto como una muerte segura en la que sólo mataría a uno antes de recibir un tiro de muerte.

—¡Qué gusto volver a verte, Tomás!

Los dos se abrazaron mientras los demás ponían caras de sorpresa.

—El gusto es mío, Arturo. Sabíamos que ya andabas en México, pero no que estabas aquí. Mira que por no avisarnos. ¡Ve! Ya mero te mata el pinche Rodolfo que parece una vieja a la que le agarraron las nalgas en un tumulto y busca con quien desquitarse.

—¡Discúlpame, Arturo! Los amigos de Tomás son mis amigos —dijo Fierro, estrechando la mano de Arturo. La blancura de su sonrisa contrastaba con su moreno rostro.

—¡De la que me salvé entonces!

—¿Cuándo llegaste? —preguntó Tomás jalando una silla para sentarse, ordenado a sus hombres que lo esperaran afuera. Rodolfo se fue con ellos fingiendo una sonrisa, mientras cuestionaba con su mirada y una seña sobre su pistola. Patricia abrió de nuevo su bolso, entregándole su mortal arma. Fierro sonrió amable, como diciéndole «me debes una, mujer».

—Ayer por la noche, Tomás. Necesito ver a Villa para hablar sobre los últimos acontecimientos aquí en Chihuahua.

—Se va a poner feliz el pelado de verte.

—Te juro que hace un rato pensé que tu hombre me disparaba, si no me le hubiera adelantado, seguro lo hubiera hecho —comentó Arturo, ordenando más café y pidiéndole a Patricia que los dejara solos por un momento.

—No sabes lo que hiciste, Arturo. Rodolfo es conocido como El Carnicero. Trabajaba en los trenes como despachador y maquinista. Ahora es mi hombre fuerte y es un asesino en potencia, fiel a su jefe y a la causa villista. Rodolfo te hubiera matado, sin duda, por haberle quitado a su vieja —soltó una carcajada—. Pero no te preocupes, ahora es tu fiel amigo y no te molestará más.

—Gracias por regresarme la tranquilidad. Ahora sé que el perro sí muerde, pero como ya me conoce, se estará quieto.

—Me debes unos tragos por salvarte la vida, cabrón.

—Estaba en el hotel Sheldon de El Paso cuando me enteré que, de la noche a la mañana, la plaza de Ciudad Juárez había pasado de manos federales a revolucionarias, por un ataque sorpresa de Villa.

—Lo que pasó, Arturo, es que estábamos atacando la capital de Chihuahua y tuvimos que salir por patas ante la superioridad de los federales. De pronto mi general Villa fue informado por un telegrafista que un tren de carga se aproximaba de Juárez rumbo a la capital de estado. Villa asaltó el tren y dominó a toda la gente. Habló con los telegrafistas y los convenció a punta de pistola de que regresaran a Juárez aparentando que la vía estaba volada y era riesgoso intentar el paso. Villa les ordenó que regresaran con cuidado y que en cada estación fueran informando el estado de las cosas. Así avanzó mi general hasta entrar a Juárez con el tren lleno de revolucionarios, sin que nadie sospechara nada. Al bajarnos de la estación los sorprendimos a todos. No hubo ninguna resistencia al grado de que del *Tívoli* sacamos de putas a los jefes principales. Mi general es un chingón, Arturo. Ése sí fue un golpe maestro[32].

32 Esto ocurrió el 15 de noviembre de 1913.

—Ahora entiendo todo bien, Tomás.

—Pero vámonos de aquí Arturo, que quiero que saludes al general. Se va a morir de gusto al verte. ¡Vamos!

Esa misma tarde Villa brindaba con un simple refresco con Tomás Urbina, Fernando Talamantes y Arturo Murrieta.

—Qué gusto que estés ya con nosotros, Arturo. Esos rifles que nos dio tu amigo el gringo son una maravilla.

—¡Gracias, Pancho! Es un honor el estar aquí contigo y con tu gente.

—Pero lo que tú no sabes, Pancho, es que ya mero y se truena al pinche Rodolfo Fierro — intervino Urbina.

—Ah, caray ¿y como estuvo eso? —preguntó Villa divertido, mientras ponía su sombrero a un costado de la silla.

—Pues nada, Pancho, que me puse a platicar con una vieja en el desayuno y resultó que era la misma que Rodolfo se acababa de tirar —explicó el mismo Arturo. Todos soltaron una carcajada por la puntada—. Desde que lo vi acercarse a la mesa leí su mirada y me le adelanté sacando mi pistola. Lo desarmé y la vieja guardó su arma.

—Y ahí me tienen al pinche Fierro pidiéndome prestada mi pistola para ir a matar a Murrieta. Yo por amigo lo acompañé, y afortunadamente ahí paré todo, pero El Carnicero es de armas tomar.

Villa reía como un niño ante la chusca anécdota de Urbina.

—Él es justo el hombre que necesito ahora para frenar por un día el avance de los federales en Candelaria.

—Ah, caray ¿cómo esta eso? —preguntó Talamantes.

—Háganlo entrar y sabrán por qué.

Rodolfo Fierro entró tímidamente al salón con el sombrero en la mano. Ni el sudor ni la presión del sombrero recién removido habían sido suficientes para aplacar esas cerdas de ixtle. Con mirada calculadora miró a todos los ahí reunidos.

—Te tengo una misión, amiguito. Me dicen que fuiste maquinista o que trabajaste en el tren

—Fierro asintió con la cabeza—. Quiero que te lleves una máquina y que me entretengas a los federales por lo menos un día en lo que nos organizamos para hacerles frente aquí en Tierra Blanca. Tú manejarás esa máquina y les darás batalla para frenarlos.

—Sí, mi general. Yo me encargo de eso.

—Pues adelante, amigo, y no se ande agarrando a chingadazos con Murrieta porque él es mi amigo y es igual o más cabrón que yo.

Todos rieron ante la broma. Fierro sólo sonrió, mostrando su dentadura de fiera.

Ese 20 de noviembre Rodolfo Fierro consiguió una de sus primeras hazañas que serían ampliamente reconocidas por Pancho Villa durante su meteórica carrera.

Después de hacer creer a los federales de Candelaria que su tren venía cargado de soldados, Fierro lanzó una máquina loca con diez carros en llamas para hacer pedazos el tren y la vía de los federales. Villa no había ganado con este heroico hecho un día, sino tres más, que lo enfilaron con más fuerza para la sangrienta batalla de Tierra Blanca a 16 kilómetros al sur de ciudad Juárez.

La batalla dio inicio el 23 de noviembre. Durante el primer día no hubo diferencia notable por ninguno de los dos bandos. Los federales contaban con la ventaja de la artillería de Jesús Inés Salazar y los revolucionarios con la caballería implacable de la División del Norte. Al día siguiente, los mortales embistes de la caballería de Villa y el hecho de que Rodolfo Fierro acertó un disparó que voló parte de la artillería enemiga, marcaron la diferencia, provocando el rompimiento de la columna con la despavorida huida de los federales. Los villistas masacraban a cuanto federal alcanzaban, sin averiguar si era colorado o huertista. Los federales, como liebres en persecución jalaron para las montañas, mientras otros más listos echaban a andar un tren con varios carros para huir hacia el sur.

—¡Jijos de la chingada, se nos pelan en ese tren! —gritó Villa, desesperado—. Al cabrón que lo detenga lo hago general. ¡Vamos, cabrones!

Varios jinetes se persiguieron mientras le disparaban el tren, pero algo notable marcó la diferencia. El Carnicero Rodolfo Fierro en unos cuantos segundos dejó a todos atrás, como si la lluvia de balas que salían de los carros del tren perseguido fueran abejas buscando la miel. Las balas le zumbaban y rozaban el cuerpo, pero Fierro no paraba como si tuviera un pacto secreto de inmortalidad con el mismísimo demonio. Su veloz caballo a punto de reventar, casi ya resoplaba sobre la escalerilla del último tren, situación que Fierro aprovechó para abalanzarse sobre el estribo. Y de ahí, con una fuerza descomunal en sus poderosos brazos, logró elevar su cuerpo entero, ya que sus piernas casi chocaban contra los maderos y piedras de los rieles. En unos segundos subió la escalerilla, se arrastró por el techo y de ahí bajo al siguiente espacio entre los dos últimos carros para conectar el aire de las mangueras y frenar por completo el tren. La cara de sorpresa de los federales era indescriptible al ver frenado su tren y verse alcanzados por los villistas. Mientras tanto, Fierro recorrió el tren por la parte de arriba hasta llegar al último carro y asesinó sin misericordia a los aterrados conductores.

Los principales jefes federales, el general Salvador Mercado y el comandante Jesús Inés Salazar logaron escapar hasta Ojinaga en busca de refuerzos para otra mejor ocasión. La derrota de los federales fue total y se juntaron más de quinientos prisioneros entre dos grupos de colorados y huertistas. El valiente Rodolfo Fierro, en premio por su acto heroico, se convirtió de la noche a la mañana en general ante la admiración y envidia de todos. Desde ese día El Carnicero se convirtió en la mano derecha del Centauro del Norte.

Fernando Talamantes fue el primero en darle un abrazo de felicitación a Rodolfo Fierro, después le siguieron Urbina, Murrieta y otros más.

—Lo que hiciste hoy no tuvo madre, Fierro. ¿Pues qué no le tienes miedo a la muerte, cabrón? —dijo Talamantes con una sonrisa franca.

—No chingues, Fierro, y yo amenazándote con una pistola, pues dónde tengo la cabeza, si a ti te la pela la calaca —dijo Murrieta, causando la risa de todos.

—Pinche Fierro, quién lo diría, si hace un par de años eras un tímido empleado del ferrocarril ganando una miseria y ahora eres todo un general y te vas a hacer rico cabrón. ¡Pinche suertudo! —dijo Tomás Urbina, haciendo alarde de que él era el descubridor de Fierro— Acuérdate de que yo te saqué de ese mundo de jodidos, eh, pinche Rodolfito.

Villa caminaba con mirada de demonio frente a los prisioneros. A los huertistas o pelones les había dado la opción de unirse a su poderosa División del Norte mientras que a los colorados de Orozco los condenaba a morir fusilados por el odio que sentía por Pascual Orozco.

—Ese pinche Pascual me puso como su pendejo frente a Madero cuando nos quisimos revelar contra él, en la toma de Ciudad Juárez, hace dos años, Arturo. Ya desde entonces el muy puto abrazaba la causa del gobierno federal y me usó para que yo pusiera mi cara de pendejo frente a Madero, haciéndole creer al santo de la democracia que yo era un traidor y que lo quería matar. Yo adoraba a ese hombre, Arturo. Cuando Madero me puso como lazo de cochino, el pinche Pascual se hizo pendejo y se lavó las manos como si él nada hubiera tenido que ver en esa rebelión. Ahora está rendido ante Victoriano Huerta y haciéndonos la guerra aquí en nuestro propio territorio con sus pinches colorados.

—Yo nunca confié en Orozco. Siempre se me hizo dos caras.

—Pues ahora le voy a dar un escarmiento al cabrón.

—¿Qué vas a hacer, Pancho?

Villa ignoró la pregunta de Murrieta y llamó con un grito a su nuevo general Fierro.

—¡Rodolfo!

—¡Sí, mi general! —contestó Fierro con mirada marcial mirando al cielo.

—Te encargo que mates a estos colorados, hijos de la chingada. Son tuyos, haz lo que quieras con ellos.

—Sí, mi general —dijo Fierro con una risa morbosa—. Yo me encargo de ellos. No se preocupe.

—Vamos a comer algo, Arturito. Tenemos que hablar de los siguientes pedidos de armamento. Ese pinche viejo, barbas de chivo, ya me está hartando y no tardo en mandarlo a la chingada.

Fernando Talamantes se encontraba junto a Rodolfo Fierro mirando la larga hilera de prisioneros colorados que habían de ser fusilados.

—Necesito practicar mi puntería, Fernando, y estos prisioneros serán mi práctica.

—¿Cómo piensas fusilar trescientos prisioneros[33], Rodolfo? Son muchos y aunque te pusiera tres pegados pecho con espalda para ahorrar balas, no te garantizo que

---

33 Martín Luis Guzmán narra detalladamente la ejecución de los colorados en su libro *El águila y la serpiente*. Como lo escribe Guzmán, es prácticamente imposible llevar a cabo trescientas detonaciones, por el hecho de que las pistolas se hubieran calentado. Además, matar de un solo tiro a alguien en movimiento, desde una distancia considerable, es de extrema dificultad, y hay que contar el cansancio natural de la mano y el brazo al sostener las armas. Si Fierro hubiera ejecutado a un colorado cada diez segundos, le habría tardado cincuenta minutos en terminar la masacre.

todos murieran de un solo tiro. Si hombres fusilados con tres balazos o más hay que darles el tiro de gracia para que paren de sufrir. Tú necesitarías como mil tiros para asegurarte que nadie quede vivo. Eso es mucho parque, Rodolfo.

El Lobo del Desierto miró con ojos de fiera sedienta de sangre para aclararle las dudas a Fernando.

—Meteremos a los trescientos en esa bodega que ves ahí. Los dejarás salir de diez en diez, con diferencia de diez segundos entre cada condenado. Si algún cabrón llega a la barda del patio y la trepa y se pela, es libre. Pero si lo toco con una bala, sea donde sea, se considerará como acierto y tú y tu gente lo rematarán donde caiga, como puedan y con lo que puedan. Sólo hasta que hayan rematado a los que se necesiten de cada grupo de diez, y hayan apartado los cadáveres del paso, dejarán salir a otro grupo. Estimando mi buena puntería, te garantizo que no fallaré un tiro, pero sí serán pocos los que caigan fulminados como un rayo. Atinarle a una cabeza en movimiento es de lo más cabrón que te imagines, Nando.

Fernando Talamantes no daba crédito a lo escuchaba. Fierro era un asesino salvaje y él fungiría como su ayudante en esta cruel matanza. ¿Cómo decirle que se oponía a tal salvajismo, si este hombre acababa de ser nombrado general y tenía hechizado al Centauro del Norte con su demoniaco magnetismo? Oponerse a la orden de Villa y Fierro era equivalente a unirse a la cola de colorados sentenciados. Fierro era la mano derecha de Villa y había que cuadrarse con él. Maldito el momento en el que pidió unirse a Villa en su lucha. ¿Qué sería de él si hubiera sido uno de los colorados? Su final estaría cercano y jamás volvería a ver a Gisela y a su hijo.

Fierro revisó que sus seis pistolas estuvieran bien cargadas, a su derecha tenía a dos ayudantes que le cargarían de nuevo las armas vacías. Una bala por cada colorado. A un costado de sus ayudantes había otros armados con pistolas, palos y fierros y lo que fuera necesario para rematar a quien fuera tocado por el certero Fierro y que no muriera instantáneamente. En sí, la macabra labor de este grupo de cuatro asesinos, sería más sanguinaria que la del mismo Fierro, que sólo dispararía sin levantarse de su cómoda silla.

En el granero donde se encontraban los trescientos prisioneros había más de veinte villistas fuertemente armados que mantenían el control para evitar cualquier insubordinación.

Dentro del grupo de condenados se encontraba un hombre que no era colorado, pero por azares del destino había sido asignado desde su viaje en la capital como huertista: Roberto Guzmán, cuñado de Fernando Talamantes.

Los primeros diez colorados fueron liberados y sólo seis, de los diez que intentaron llegar a la barda, murieron en el instante de recibir el certero disparo de Fierro. Los otros cuatro fueron rematados en el suelo, como animales en un matadero, por los cuatro verdugos. Hubo uno al que le machacaron la cabeza en el suelo al resistirse a morir al primer palazo.

Fierro sonrió a gusto con el primer ejercicio. No falló un solo tiro y no pensaba hacerlo con el resto de los condenados.

Los siguientes diez fueron liberados y sólo cinco murieron del primer disparo; los demás fueron rematados cobardemente por los esbirros de Fierro.

Fernando Talamantes no pudo más con esta visión del infierno y prefirió entrar en el granero a esperar que esta pesadilla se acabara. Envuelto en un extraño vértigo, volvió el estómago en un rincón de la bodega.

Roberto Guzmán conocía a Fernando desde que eran niños. Tenía años que no se veían, pero sí sabía que era el esposo de su hermana Juliana. La correspondencia seguía activa entre la familia Talamantes.

La cola de condenados seguía avanzando hacia la salida del granero. Fernando, huyendo de esos horrendos asesinatos, prefirió cambiar su lugar con otro compañero y ayudar en la vigilancia de la fila.

De pronto la sangre se le fue de la cabeza al ver en la línea de condenados la cara de su cuñado haciéndole una seña con la mano. Estaba a tres turnos de salir de la bodega a encontrarse con una bala de El Carnicero, que hasta el momento no había fallado un solo tiro.

«Que Dios me ampare, ¡pero si es mi cuñado Beto!» pensó horrorizado. «Tengo que encontrar la manera de salvarlo».

«Si llega mi turno de diez ya no podrá ayudarme» pensó Roberto, temblando de miedo, al ver que el siguiente grupo de diez era apartado.

Sin importarle los riesgos, Fernando se acercó hacia Roberto, mirándolo de manera hostil.

Uno de los villistas que separaba a los grupos se dio cuenta de que intentaba algo contra el prisionero.

—¿Qué pasa, Fernando?

—Pues que este hijo de la chingada me la debe y yo mismo me lo voy a tronar.

—¿Lo conoces?

—¡Es un pinche colorado que viene de México y desde la Decena Trágica lo ando buscando.

—Pues sácalo de aquí y chíngatelo allá afuera. Son un chingo los que tiene que matar Fierro y un pendejo menos no se notará.

—Gracias, Pollo, te debo una.

Fernando soltó un puñetazo a Roberto mandándolo al suelo, después lo sacó a empujones ante la risa del Pollo, que se sentía halagado por haber ayudado a su superior.

Afuera y lejos de las miradas de los villistas, Fernando saludó efusivamente a su cuñado.

—Dios nos puso en el mismo camino, Roberto, de otro modo ya te hubiera matado Fierro.

—Gracias, hermano, aunque ya mero me matas del puñetazo que me diste. Me has salvado la vida.

—Fue para no levantar sospechas con el Pollo. Para esos cabrones, aunque seas mi cuñado, primero eres colorado y eso no te lo perdonarían jamás.

—Te debo la vida, Nando.

—No me debes nada, Beto. Eres mi familia. Ponte este uniforme y cabalga hasta Juárez. Si te paran, diles que estás en mi regimiento. Nadie sabe tu nombre y te consideraran un villista más. Por nada del mundo menciones lo que pasó aquí con los colorados.

—Descuida, Fernando. Juárez está tomada por Villa y en el camino no me encontraré a ningún pelón o colorado, te lo aseguro, todos han huido para Ojinaga.

Dentro del granero, la espantosa ejecución masiva continuó sin que Fierro fallara un solo tiro, hasta que dentro del último grupo, los diez condenados salieron al patio a enfrentar su destino sin ninguna esperanza, como todos los anteriores. Fierro disparó y uno de los colorados sólo fue rozado sin que esto detuviera su carrera hacia la barda libertadora. Uno de los ayudantes preparó su pistola para rematarlo al trepar el adobe, cuando la voz de Fierro lo frenó:

—¡Déjalo! Fallé y se ha ganado su libertad —gritó Fierro mientras sin distraerse acertaba los siguientes tiros sin problemas.

El colorado dio el salto hacia la libertad, mientras los últimos tres prisioneros eran ejecutados en el suelo al haber sido mortalmente heridos por el certero Carnicero. Trescientos colorados, de los cuales sólo sobrevivieron dos, fue una de las matanzas más criticadas y recordadas en las páginas negras de la Revolución mexicana.

Fierro, mientras se sobaba la entumecida mano ejecutora, fue felicitado por sus compañeros por su infalible puntería y se procedió a una comida para festejar el sangriento evento que recordaba a los sacrificados ante el teocali de Huitzilopochtli. Una enorme pila de cientos de cuerpos se levantaba macabra a un costado de los graneros. Decenas de oportunistas buitres volaban en círculos sobre la suculenta comida que la ocasión les ofrecía.

En las afueras de Ciudad Juárez, Roberto descansaba junto a las ruinas de una casucha abandonada. Los acontecimientos vividos en las últimas horas lo habían hecho colapsar sobre la tierra para recuperar energías. «Tengo que integrarme a una agrupación villista como sin nada. Por nada del mundo deben descubrir que soy un colorado. Eso significaría mi muerte».

Un brazo fuerte lo sujetó por el cuello sin que se hubiera dado cuenta de nada.

—¡No te quiero matar, cabrón! Quítate ese uniforme y no tendrás ningún problema —dijo aquel hombre mientras desarmaba a Roberto, en la complicidad de la negra noche.

—Está bien. No te alteres, amigo —dijo Roberto mientras se quitaba el llamativo uniforme.

La luz de la luna cayó sobre su rostro al haberse movido las nubes que celosamente la cubrían.

—¡Roberto Guzmán! —dijo el hombre que lo amenazaba sorprendido.

—¡Eustaquio! ¿Cómo es que lo lograste?

—Eso es lo te pregunto yo a ti, cabrón. Yo me jugué la vida ante el Carnicero Fierro, que sólo falló un tiro justo conmigo. Y en cambio mírate a ti, elegantemente vestido de villista rumbo a Juárez como si nada hubiera pasado.

Te quisiste salvar aunque a todos los demás nos cargara la chingada, ¿no?

Roberto quedó solo en calzoncillos ante la mirada amenazante de Eustaquio.

—Corre, que te voy a disparar como lo debió haber hecho Fierro contigo. Si fallo, pues ya era la suerte que tocaba, pero si no, ya ves que el destino, por medio de mí, de todas maneras te alcanzó.

Roberto corrió hacia la oscuridad de la noche cuando sintió un calor punzante en la espalda. La mano asesina de Fierro le había jugado una broma y lo había alcanzado de todas maneras.

Eustaquio flamantemente vestido abandonó a caballo el lugar rumbo a Juárez a unirse como si nada a las fuerzas villistas. La fortuna le sonreía y él le regresaba la sonrisa.

Después de haber derrotado a la última resistencia federal en Ojinaga, en un invierno que calaba los huesos, Villa regresó a Ciudad Juárez a disfrutar de su triunfo. Cuando más tranquilo se encontraba y todo era festejo, se presentó un incidente que marcaría la historia a niveles internacionales.

William Benton, acaudalado inglés dueño de la Hacienda de San Gertrudis se presentó a la casa provisional de Francisco Villa a reclamarle airadamente la devolución de su hacienda, recién expropiada por los constitucionalistas.

—Pancho, allá afuera esta el inglés Benton muy calientito, que dizque quiere hablar contigo —dijo Rodolfo Fierro a Villa, mientras dormitaba cómodamente en una silla acojinada de estilo moderno.

—¡Ah, cabrón!... de seguro viene a reclamarme su ganado y sus tierras que ya pasaron a manos de la causa

—dijo Villa incorporándose, mientras se acomodaba la ropa y el sombrero para dar su mejor imagen al prepotente europeo. Una rápida revisión de su arma lo puso en calma—. Quédate escondido oyendo lo que pasa. Si el pinche gringo, perdón, escocés, se quiere pasar de cabrón te lo chingas como tú sabes y como a ti te gusta.

—Cuenta con ello, Pancho. Ese cabrón no te moverá un solo pelo —dijo Fierro acariciando su pistola, mientras su pene ese entumecía de pensar que en un rato podía matar a un millonario, como si fuera un perro.

—¿Pancho Villa?

—A sus órdenes, amigo. ¿Qué puedo hacer por usted?

William Benton era alto, de ojos de un profundo azul y hablaba perfectamente el español, por los muchos años que llevaba viviendo en México. Vestido como vaquero americano, impresionaba por su enorme pistola en un fino cinturón en piel labrada.

Su historial negro de hombre de influencia y abusos por la amistad de años con los Terrazas, lo hacía odioso y repudiado por muchos en la frontera de Chihuahua.

—Yo soy William Benton. Dueño de la Hacienda de Santa Gertrudis.

—Lo sé, amigo. He oído hablar de usted.

Benton lo miró a la defensiva, como esperando que Villa fuera el primero en agredir verbalmente. Envalentonándose por la pasividad del Centauro, el escocés arremetió sin rodeos.

—Necesito que me regrese las reses que su gente me ha robado y que me dé un salvoconducto para pasarlas a Estados Unidos, además de que su plebe desocupe mi hacienda de Santa Gertrudis inmediatamente.

Villa lo miró burlón y sin clemencia le espetó lo que pensaba de él:

—Usted no está en condiciones de venir a pedir nada aquí,

amigo. Estamos en guerra y esta ciudad está tomada por nosotros. Usted es un huertista, terracista y colorado hijo de la chingada, que ha perdido todo y se chinga, como todos los demás mexicanos que siempre han vivido aquí y han puesto sus propiedades en préstamo a la causa constitucionalista. ¿O qué, nada más es mexicano cuando le conviene?

Benton se encendió por las palabras lacerantes de un Villa que se le había adelantado poniéndolo en su lugar sin ninguna consideración.

—Usted no es más que un pinche robavacas ignorante y aquí mismo me lo voy a chin… —gritó Benton fuera de sí, llevando primero que Villa su mano al cincho para matarlo.

—¡Quieto, cabrón! —le dijo Fierro sorprendiéndolo por la espalda, poniéndole el cañón de su pistola en la nuca. Benton quedó helado de la sorpresa, mientras el Carnicero lo despojaba de su flamante pistola americana.

—Ahora sí que me salió muy gallo El pinche inglesito, ¿no? Venir a mi propia casa a tratar de matarme. ¡Pero qué mal educado!

Benton no podía articular palabra por la sorpresa. Presentía que su fin, por su precipitada acción, había llegado.

—¿Qué hago con él, Pancho?

—¡Fusílalo como a ti te gusta, Rodolfo! Lejos de aquí porque este güey es inglés y no quiero testigos de que en este lugar murió el hijo de puta.

El falo de Fierro se entumeció de la emoción que sentía de pronto por poder hacer lo que le diera la gana con el odiado extranjero.

—Si me matas, Inglaterra y Estados Unidos invadirán México —advirtió Benton como medida desesperada.

—No creo, amigo. Si fueras alguien humanitario e importante, quizá sí. Pero no eres más que un ranchero renegado, hijo de puta, al que nadie va a extrañar. Si estás en México es porque nunca te necesitaron ni Inglaterra ni los gringos. ¡Vete mucho a la chingada, Benton!

Benton fue sacado a empellones de la casa, mientras Villa volvía a tomar asiento tratando de recuperarse del coraje.

—¡Fernando! —llamó de un grito a Fernando Canales.

—Sí, Pancho.

—Ve con Fierro y cerciórate de que elimine al escocés y lo desaparezca. No quiero testigos.

—Sí, Pancho —dijo Talamantes, tragando saliva imaginándose lo peor.

Los tres subieron al cabús de un tren y se dirigieron hacia Samalayuca. Benton iba encadenado como fiera al carro, mientras Fierro fumaba plácidamente un cigarrillo, platicando con Talamantes y dos villistas más.

—Saben el placer que siento cuando mato a un cabrón como estos —dijo Fierro, acaparando toda la atención.

—No, ¿cómo es eso? —le pregunto Fernando, tratando de entender la sicología enferma del Carnicero.

—Un hijo de puta, así como ese escocés, en su vida se ha ampollado las manos por un trabajo manual. Su panza de pulquero es por tanto tragar y beber de lo mejor, a la vista de los hambrientos peones en las haciendas donde viven. A él no le importa nadie de su gente de trabajo, los ve como objetos o cosas, como animales que no merecen ninguna consideración. Un pendejo así es arrogante y grosero con los desposeídos. Los insulta y humilla, jamás esperaría una respuesta negativa de su parte, que sólo significaría su castigo o su muerte. Estos hijos de la chingada se mueren de tanto tragar bien, mientras que los nuestros se mueren de no comer. A un pendejete así, yo lo puedo destrozar con estas manos que están acostumbradas a trabajar en las peores condiciones. Un cabrón así no aguanta dos horas al sol como vaca pastando, en unos minutos está insolado y falleciendo. Cuando trabajaba en el tren, los miraba con sus desplantes, pedantes y groseros, en el carro comedor. Siempre soñé con arrancarle la cabeza a un puto así. Cogerme a su vieja delante de él para que la viera gemir de placer y al final meterle un balazo al cabrón para que se llevara esa imagen al infierno —Fierro estaba fuera de sí, manifestando la personalidad del demonio que vivía dentro de él—. Para mí lo mejor de esta revolución es el placer de matar. Hasta aceptaría que no me pagaran con tal de matar cada día a un cabrón como al que ahorita van a ver berrear como un chivo por su vida.

—¿Y qué hay de los sentimientos del otro, Rodolfo? —preguntó Talamantes, tratando de sacudir la sicología enferma del Carnicero—. ¿No te has puesto a pensar que te puedes encontrar con otro que piense lo mismo que tú, pero en sentido inverso? Que este harto de los revolucionarios, empleados, licenciados, campesinos, qué sé yo.

—Eso lo sé, Fernando. Sé que moriré joven y con la pistola en la mano. En esta guerra, contados serán los que lleguen a viejos y en una mecedora cuenten sus vivencias a los nietos. A casi todos nos va a cargar la chingada. Por eso precisamente voy a hacer lo que me gusta y me emociona.

Por la zona de Samalayuca, Fierro ordenó detener el carro y bajar al escocés a empujones. Uno de los hombres del Carnicero llevaba una pala con la que comenzó a escarbar una tumba en la tierra. Cuando llevaban cierto avance Fierro detuvo a su compañero y dijo a Benton:

—Ahora síguele tú, cabrón, que mi amigo ya se cansó.

—¡Vete al diablo! Si me vas a matar, hazlo ya —espetó Benton, furioso.

—¡Ándale, cabrón! —gritó Fierro propinando una patada en la espalda, haciendo caer de cara al escocés dentro de la tumba.

Benton de cara sobre la tierra, levantó el rostro

escupiendo tierra. Con ojos inyectados en furia gritó a Fierro.

—No me puedes matar, asesino; porque si lo haces, mi país invadirá México, y a ti a y a Villa los fusilarán en El Paso. Todo esto que me han hecho lo sabrá el gobierno de mi país.

Fierro y sus hombres se carcajearon al escuchar al arrogante escocés reclamarle a Fierro:

—Sigue escarbando con tus manos, pendejo —gritó Fierro, pateando la cara de Benton. Su nariz rota descargó un abundante chorro de sangre.

Como pudo removió la tierra intentando seguir cavando con las manos, cuando una patada entre la piernas lo dejo casi inconsciente de dolor.

—Esto es lo que le pasa a lo pinches gringos metiches que vienen a nuestro país a abusar de nuestra gente y a robarse nuestras tierras. Pagarás caro todo lo que le hiciste a los pobres de Santa Gertrudis, pensando que siempre te iba a proteger el puto de Terrazas.

—¡Ya mátame, indio hijo de puta! —gritó Benton desesperado. Su nariz congestionada por la sangre no lo dejaba respirar y sus dedos sangrantes por escarbar a mano lo torturaban.

Rodolfo Fierro, harto de los insultos de Benton, lo complació. Un balazo en la cabeza con el cañón a escasos centímetros se alojó en el cráneo del escocés, dejándolo inmóvil. Con la pala cubrieron con tierra el cuerpo del escocés dejándolo casi a flor de tierra. Uno de los muchachos vio que la tierra se movió levemente donde estaba una de la botas de Benton.

—¡Sigue vivo, general!

—Sólo por un rato, Pánfilo. El balazo fue de muerte. Hay que ahorrar balas. Regresemos a Juárez que esto ya se acabó. ¡A chingar a su madre ese hijo de puta!

Talamantes, furioso ante la actitud de Fierro, disparó cinco tiros a la tumba, esperando que alguna de ellas atravesara la tierra y diera un clemente final al infortunado europeo.

—¿Por qué no lo desentierras y le das un beso de despedida, Fernando? —El Carnicero estalló en una risa burlona. Era claro que los dos no se llevaban y que tarde o temprano terminarían enfrascados en un pleito.

Durante todo el camino de regreso Talamantes no habló, mostrando un repudio silencioso hacia El Carnicero. Fierro lo notó, comenzando a odiar al amigo del general Villa, que se creía mejor que él. «A este pendejo no le gusta como soy y en la primera oportunidad que tenga lo enfrento y me lo chingo. ¿Quién se cree para hacerle cara a mis hazañas?», pensó Fierro mientras cabalgaba con ellos. «Estoy harto de este animal asesino. Si encuentro una oportunidad yo mismo le voy a hacer un favor a México metiéndole un tiro», reflexionó Talamantes, mientras veía al Carnicero Fierro cabalgar frente a él.

5

Estados Unidos invade Veracruz

Las calles de Nueva York lucían esplendorosas, cubiertas de blanca nieve en ese frío invierno de 1914. Gretel platicaba con su jefe, Cass Gilbert, los últimos detalles de un nuevo proyecto arquitectónico que estaba por firmarse y cuya papelería tendría que estar lista al día siguiente para ser firmada.

—Todo está en orden, Cass. Nos vemos mañana.

Cass la miró con ojos de enamorado indeciso. Meses se habían ido sin que se atreviera a decirle algo fuerte o insinuante a Gretel, para hacerle saber que él era su enamorado y que estaba dispuesto a todo.

—Gretel —se incorporó para despedirse—. ¿Habrá la posibilidad de que comamos juntos esta semana? Hay algunas inquietudes que quisiera compartir contigo.

Gretel lo miró sorprendida. Sus hermosos ojos azules estudiaron la mirada de Cass antes de contestarle:

—Sí, Cass, desde luego. Nos ponemos de acuerdo.

Cass Gilbert la vio salir por la puerta principal y, con mirada de satisfacción por el logro conseguido, volvió a su contrato, tarareando una canción de moda que denotaba su buen estado de ánimo.

El taxi que recogió a Gretel afuera de las oficinas de

Gilbert, la llevó en cuestión de minutos al sitio donde tenía su cita, uno de los mejores restaurantes italianos de Manhattan.

Gretel ingresó en el elegante restaurante donde fue recibida a señas por el hombre que la esperaba sentado en una mesa ubicada a uno de los lados de la ventana.

—¡Luces bellísima, Gretel!

—Gracias, John. Tú también te ves muy guapo como siempre.

Era John Kent, quien se había enamorado perdidamente de Gretel desde que la conoció el día de la inauguración del edificio de la Woolworth y quien, desde entonces, la frecuentaba a escondidas de Arturo Murrieta.

—¿Cómo te fue en México? —preguntó Gretel, mientras miraba la carta.

—Bien, Gretel. Logré hacer lo negocios que quería. Es cuestión de un par de meses para que Huerta huya del país.

—Eso mismo dijiste la última vez que nos vimos y sigue en el poder.

—Ya no tiene dinero ni armas suficientes para hacer frente a los revolucionarios. Como te digo, es cuestión de tener paciencia, aunque el presidente Wilson no tiene tanta y está pensando intervenir Veracruz para quitarle la aduana y cortar a así su última entrada de recursos.

—¿Intervenir la aduana? Eso es invadir Veracruz, John. Eso es guerra contra México. ¿Se ha vuelto loco Woodrow?

—Baja la voz, Gretel. Esto es confidencial y no lo puedes estar gritando junto al carrito de los postres.

Gretel rió por la puntada de John pellizcándole el brazo.

—Pues entonces no me platiques nada, tonto —dijo susurrándole al oído.

—¿Qué sabes de Arturo?

—Después de pasar la navidad y el año nuevo con nosotros, se fue a alcanzar a Villa en Chihuahua. Los niños estuvieron felices con él. Es un buen padre, eso ni dudarlo. Mis padres lo idolatran como a todo un Atila o Gengis Kan de México.

—¿Te piensa llevar de nuevo a México?

—Dice que en cuanto saquen a Huerta y se restablezca un gobierno legítimo. Sufre mucho estando lejos de nosotros.

—Yo no creo que sufra tanto, pero en fin.

—Hablas como si supieras algo, John.

—No, sólo lo digo porque es un hombre carismático, que es el atractivo de muchas mujeres. Sólo por eso, Gretel.

John Kent había mantenido en secreto su reunión con Lucero en Veracruz. Sabía que platicarle a Gretel que conocía a Lucero Santana desencadenaría un alud de preguntas de las que difícilmente podría salir bien librado. Callar era lo mejor.

—Estoy harta, John. Estoy cansada de estar siempre sola. A veces me desespero y me dan ganas de mandarlo a volar e iniciar una relación formal con alguien.

—¿Y por qué no lo has hecho?

—Porque lo amo. Solamente por eso. Él es el padre de mis hijos. Sin él no soy nada.

—Eres una mujer muy bella y talentosa, Gretel. No mereces estar sola —Kent aprovechó para acercársele y mirarla de cerca, para plantarle un atrevido beso al que Gretel no pudo resistirse.

Se sentía magnéticamente atraída por este hombre desde que lo conoció casualmente hacía pocos meses. Kent había aprovechado sus constantes viajes a Nueva York para encontrarse con ella. La resistencia de Gretel fue férrea y granítica al principio, hasta ser derrumbada por el encanto y carisma del espía norteamericano.

El beso fue largo y apasionado. Los dos se perdieron en el momento, atrayendo la mirada de los curiosos del local. Gretel acariciaba su ensortijado cabello mientras él se perdía en un remolino de sensaciones.

—¿Pero qué estoy haciendo? —interrumpió Gretel separándose de él.

—Lo que tu corazón te indica, Gretel. Nada más.

—Tú conoces a Arturo. Sabes nuestra situación. ¡Dios mío! Lo que has de pensar de mí.

—No pienses en nada. Sólo piensa en que te amo.

Dos horas más tarde los dos se encontraban en el hotel donde se hospedaba Kent. El hábil espía norteamericano la tenía totalmente desnuda sobre la amplia cama, mientras la besaba por todo su cuerpo, arrancándole suspiros de placer. Gretel se dejó poseer como un conejillo que es misteriosamente inmovilizado por una serpiente depredadora que en pocos minutos lo devorara irremediablemente.

Gretel apretaba con pasión la musculosa espalda de Kent, mientras él le hacía el amor rítmicamente, como si tuviera toda la noche y ésta fuera eterna. Las largas uñas de Gretel se hundían en un ardoroso arañazo que marcó el momento en el que la candente holandesa alcanzo el grado máximo de placer. Kent cayó sobre ella después de alcanzar el clímax de sensaciones como si hubiera recibido un tiro en la sien. Así amanecieron, enamoradamente abrazados en lo que había sido el inicio de una problemática relación que los llevaría por caminos tortuosos.

Justo García odiaba esperar. Llevaba media hora sentado en un restaurante chino en Mazatlán, Sinaloa. Si lo estaba haciendo era porque sabía que el negocio sería redituable y sin competencia. El chino se acercó a su mesa cerciorándose de que no había caras conocidas que lo reconocieran.

—¿Señol Justo Galcía?

—Sí, yo soy. ¿Señor Wong Li?

—Así es, señol, Galcia. Soy Wong Li ¿Qué puedo hacel pol uste?

Justo venía vestido con un fresco traje y sombrero de color blanco. Su rostro se había quemado más con el sol del Pacífico.

—Me encantó fumar tu opio, Wong Li. Quiero venderlo aquí en Sinaloa y en otras partes de México. Necesito que me vendas la goma de opio y que me asesores en los detalles del negocio. Yo me encargo de todo lo demás. Esto será una sensación aquí y nos hará ganar mucho dinero.

Los ojillos de Wong Li se cerraron más de lo habitual para escudriñar el rostro del hombre que tenía enfrente y que le proponía hacerse rico.

—¿Cómo piensa pagalme, honolable señol?

—Te pagaré por kilo de goma. Fija el precio por kilo incluyendo tu ganancia por todo lo que te estoy pidiendo. Yo me encargo de lo demás.

Wong Li estudió la mirada férrea de Justo García. Sabía que era un hombre de cuidado, con el que se podía negociar sin jamás tratar de engañar.

Wong Li escribió la cifra en una servilleta y se la entregó sonriente a Justo. El hábil negociante la estudió y se la regresó al chino con una mirada arrogante y segura.

—Comenzamos, Wong Li. Estoy de acuerdo con el precio. Súrteme este fin de semana y encárgate de todo lo demás. Aquí está un adelanto para que veas la seriedad de mi proposición.

Wong Li miró dentro del contenido de la bolsa de papel abriendo un poco más sus rendijas de ojos.

—Muy bien, señol Justo. Comenzamos.

Aquella mañana del 15 abril de 1914 en Topolobampo, Sinaloa, se marcó un parteaguas en la historia de la aviación mexicana. El valiente capitán Gustavo Salinas[34], piloteando

---

34 Gustavo Adolfo Salinas Carmiña (1893-1964), fue el primer general de división que tuvo la Fuerza Aérea Mexicana.

el biplano *Sonora*, bombardeó al cañonero *Guerrero*, que desde días atrás perseguía al *Tampico*, cuyo capitán Hilario R. Malpica, se había aliado con todo y barco a las fuerzas revolucionarias de Álvaro Obregón.

El general Álvaro Obregón llegó al cañonero *Tampico* sin ser visto por los federales, en una veloz lancha de gasolina. Dentro del barco se llevó a cabo una fastuosa ceremonia que incluyó el levantamiento del pabellón nacional en honor de la distinguida visita.

Todo esto fue visto a distancia por el capitán del *Guerrero*, Ignacio Torres y quien, por deducción lógica, supuso que ese visitante no podía ser otro que el mismísimo general Obregón. En el acto ordenó a su tripulación hacer frente al *Tampico* en busca de dos laureles: hundir el barco y que se ahogara el general Obregón a bordo.

Obregón, al percatarse de lo que pasaba, ordenó que el capitán Salinas volara sobre el *Guerrero* y le aventara bombas hasta mandarlo a pique.

En una calurosa playa del puerto sinaloense se reunió un importante grupo de revolucionarios junto al biplano *Sonora*, en espera de su histórico despegue.

—Estás a punto de pasar a la historia, Gustavo. Es tu oportunidad de hundir al *Guerrero*. Todo se espera en el barco, menos que les lleguen bombas por el aire.

—¿Tienen listas las bombas? —preguntó Salinas con gesto de preocupación.

—Sí, Gustavo. Manuel me preparó varias bombas que no son otra cosa que cajas llenas de granadas cubiertas de pólvora y fierros sueltos. Al ir volando sobre el blanco se jala este alambre que quitará el seguro a una de ellas, explotando diez segundos después, haciendo volar a todas las demás sobre el barco. Cualquiera de ellas que caiga sobre el cañonero causará daños terribles —dijo Teodoro

Madariaga, maquinista del *Tampico* y ahora ayudante de vuelo de Salinas.

—Lo hecho por Miguel Lebrija el año pasado en Balbuena sólo fue un ensayo, Gustavo. Ahora estamos en una práctica real donde te pueden balacear en el aire —dijo Manuel Talamantes, recién incorporado a las fuerzas revolucionarias desde su separación con el capitán Villasana—. Es por eso que debes volar a más de quinientos metros de altura para que no te alcance la artillería del barco.

—Pues marquemos la historia y hundamos ese cañonero. De todas maneras hasta con echarle un gargajo en el aire usted ya quedará en la historia como el primer agresor aéreo en una batalla verdadera —adujo Teodoro, reportándose listo para abordar el biplano *G. L. Martin 'Pusher'*.

Gustavo y Manuel se miraron emocionados y prepararon los últimos detalles para el despegue.

El pesado biplano tomó altura elevándose poco a poco rumbo al mar. Había que cubrir una distancia de la playa al cañonero, de dieciocho kilómetros, con un viento fuerte que sacudiría peligrosamente la nave a mil metros de altura. Los revolucionarios miraban boquiabiertos al capitán Salinas ganar altura rumbo al cañonero que lo esperaba amenazante en la distancia.

El *Tampico*[35], por contar con un solo cañón en la popa, esperaba volteado al *Guerrero*, que contaba con tres potentes cañones, en proa y popa, de cien milímetros cada uno. Sin la ayuda del biplano *Sonora*, seguro que el *Tampico* sería irremediablemente hundido en cuestión de minutos por el *Guerrero*. Los primeros disparos se sintieron,

---

35 El *Tampico* no tuvo la misma suerte la siguiente ocasión, el 16 de junio de 1914, cuando fue hundido por el mismo *Guerrero* en otro desafortunado encuentro. El capitán Malpica se suicidó antes de ser detenido y juzgado por traición a la patria.

estremeciendo las naves con los obuses que caían cerca, levantando gran cantidad de agua con los impactos.

—Si Salinas no llega a tiempo, es un hecho que nos hundirán, capitán —le dijo Obregón a Malpica que miraba nerviosamente la aproximación del biplano con unos binoculares.

Obregón, recargado en la barandilla de popa, se limpiaba el sudor con un pañuelo blanco mientras se encomendaba al Señor para que Salinas lograra ahuyentar al *Guerrero*.

Sobre la cubierta del *Guerrero*, todos se aseguraban de apuntar bien al *Tampico*, cuando la llegada del biplano, como un molesto tábano cerca de la cara, desconcentró a todos los presentes.

—¿Pero qué piensa hacer ese avión? —se preguntó en voz alta el capitán Ignacio Torres.

—Yo creo que nada más quiere ver qué tenemos, capitán —repuso su compañero.

Al pasar por segunda vez sobre el *Guerrero*, todos los tripulantes del barco entendieron la razón y peligrosidad del osado capitán Gustavo Adolfo Salinas Carmiña.

Dos bombas arrojadas por Teodoro Madariaga, mediante un soporte de farol en el fuselaje para no distraer el ángulo de vuelo del biplano, hicieron impacto a escasos metros del cañonero, sembrando el pánico entre todos.

—¡Hijos de la chingada! Nos están tirando bombas —gritó sorprendido el capitán Torres, ordenando a sus artilleros que dispararan contra el *Sonora*.

Una de las bombas del biplano estalló en la parte frontal de la proa causando daños importantes y muy cercanos a las municiones, lo que puso en alerta al *Guerrero* para huir de la zona de bombardeo y evitar así exponerse a ser hundido. Al ponerse de costado para huir le dio oportunidad al *Tampico* de lanzar otros obuses más, que, por poquito, y dan en el blanco.

El *Sonora* hizo dos intentos más de acertar en el *Guerrero*, pero el cañonero se alejaba mar adentro, exponiendo a Salinas a quedarse sin combustible y caer peligrosamente.

—Acérquense en la lancha rápida por si el *Sonora* llegara a caer por falta de gasolina. ¡Vamos! —ordenó Obregón preocupado.

Gustavo Salinas logró llegar a la costa para realizar un exitoso aterrizaje. Todo fue celebración y fiesta en la playa.

Frank Faber y su socio, Justo García, celebraban el nuevo negocio de distribución de opio, con una fumada de la preciada goma, en una exclusiva casa rentada por Justo García para recibir con todos los honores a su acomodado socio.

—¿Qué te parece, Frank? —inquirió Justo, mientras inhalaba el opio por medio de una fina pipa china.

—¡Es excelente, Justo! Ni en Cantón había fumado un opio de esta calidad.

—Eso se debe a que la adormidera es sembrada aquí en Sinaloa, Frank. Tierra caliente y húmeda que hace florecer la mejor hierba que te puedas imaginar. La morfina extraída de la planta es de calidad suprema y nada le pide a la asiática que conoces.

—Lo sé, Justo. Siento cómo mis extremidades se van durmiendo poco a poco, a un ritmo delicioso. La idea de nuestro negocio es la distribución a los Estados Unidos principalmente. Mi gobierno desea volver dependientes a los soldados gringos de esta maravilla. Cuando comience la guerra, ya sea contra México o contra toda Europa, los gringos dependerán enteramente de nuestras drogas y nos haremos inmensamente ricos. Además, la patria alemana me premiará por haber logrado con éxito infectar a la juventud guerrera de su odiado rival.

—¡Celebremos esto, Frank!

Justo golpeó un pequeño gong chino y en unos segundos se presentaron dos hermosas mujeres semidesnudas que se convirtieron en el complemento excelente de tan magnífico evento. El negocio del opio en México y Estados Unidos estaba en exitosa marcha y Frank estaba feliz con su hábil socio mexicano.

El general Huerta levantó el pecho orgulloso, mostrando sus fulgurantes medallas a todos los presentes. El ejército mexicano había creado dos niveles nuevos de generales, superiores al de división. El general de ejército era el nivel más alto seguido por el de cuerpo de ejército e inmediatamente después el de división.

El 2 de abril de 1914 se otorgaron los dos primeros títulos de generales de ejército al general de división Porfirio Díaz, aunque no se encontraba presente, y al ministro de guerra Aureliano Blanquet. Ocho días después, el 10 de abril, tocó el turno al presidente interino Victoriano Huerta y fue todo un motivo de celebración.

—¡Muchas felicidades, Victoriano! —dijo Blanquet dando un abrazo a su jefe.

—Gracias, Aureliano… pues, ¿qué pensabas? ¿Que tú y el ex presidente Díaz eran los únicos afortunados? Pues no, cabrón, ahora me tocaba a mí y daré otro más a la pinche momia de Ignacio Bravo y se acabó. Los chingones tienen que ser pocos, si no, cualquiera lo sería.

Huerta lucía impresionante con todo su uniforme militar completo. Poco a poco desfilaron todos los interesados en felicitarlo.

—Estoy muy preocupado, Aureliano.

—¿Por qué, Vic?

—Torreón está tomada por Villa y dicen que no tarda en tomar San Pedro de las Colonias. Como verás, ya sólo le queda Zacatecas como obstáculo para que se lance contra nosotros a la capital.

—Debemos detenerlos en Zacatecas o ya nos cargó la chingada, Vic.

—Así es, Aureliano. Ponte en contacto con el pinche Justo García y que se encargue de que Zacatecas esté armada hasta los dientes. Quiero que hasta las pinches indias lleven un rifle para acabar con ese pinche robavacas, ignorante de Villa.

—Así se hará, Vic —los dos nuevos generales de ejército chocaron sus copas por el siguiente triunfo.

Woodrow Wilson, desesperado por tantos meses de no poder sacar a Huerta del país y ante la amenaza de una posible ayuda tanto económica como militar por parte de Alemania, decidió invadir Veracruz, con el pretexto más ridículo que pudo surgir en ese mes de abril de 1914. Dentro del acorazado estadounidense *Dolphin* en la desembocadura del río Panuco en Tampico, se encontraba el almirante Enrique Mayo junto con John Kent. Los dos dialogaban en cubierta los planes secretos del presidente de los Estados Unidos para acabar con el gobierno del usurpador Victoriano Huerta.

—La idea es provocar un escándalo aquí en Tampico y de ahí agarrarnos para invadir Tampico y Veracruz, almirante Mayo —dijo John Kent, mientras fumaba un cigarrillo en cubierta.

Las gaviotas los rodeaban volando sobre sus cabezas, buscando un poco de más comida de la que les había lanzado John Kent. Mayo lo miraba desconcertado. Sabía que este hombre era un agente especial del presidente Wilson y que lo que sugiriera era como si lo ordenara el mismo presidente en persona.

—¿Y por qué no invadimos y ya, señor Kent? ¿Para qué pretextos?

—La imagen de Wilson debe ser intachable, almirante Mayo. El objetivo es sacar a patadas a Huerta de Palacio Nacional mediante el estrangulamiento de sus finanzas, al tomar la embajada de Veracruz. Si invadiéramos así porque sí, sin ningún motivo, los europeos se le echarían encima a Wilson acusándolo de ser un imperialista voraz.

—¿Y qué sugiere que hagamos, señor Kent?

—Mande usted a algunos de sus marinos en una lancha al puente Iturbide. Que busquen un pretexto para desembarcar sin permiso, que hagan un escándalo de borrachos para que sean detenidos por la policía y de ahí nos agarraremos de lo que surja en el trato que les den a nuestros hombres.

—Entiendo, señor Kent. No habrá problema.

Los marinos fueron detenidos un par de horas por el coronel Ramón Hinojosa, ante el cuestionamiento de por qué se habían adentrado hasta el puente sin consultarlo con la Marina mexicana. Los marinos se disculparon, argumentando que sólo necesitaban comprar gasolina para la lancha, y ya en tierra decidieron tomar unos tragos. Respetuosamente, pidieron permiso para regresar al acorazado norteamericano.

—Deténgalos por unas horas, oficial. Al menos que se les baje la peda que traen algunos de ellos. No podemos dejar que se regresen borrachos a su barco. Es por su seguridad y la nuestra. Estos hijos de la chingada son intocables para nuestro gobierno —dijo el coronel Hinojosa, considerando hasta ese momento insignificante el asunto.

El escándalo por la detención de los marinos llegó hasta el almirante Mayo, que junto con Kent, demandaron la inmediata liberación de los marinos, así como una disculpa por el agravio ocasionado.

Morelos Zaragoza, por presión del gobierno de Huerta, arrestó al coronel Ramón Hinojosa, pensando que con eso daría fin al problema.

El almirante Mayo, bajo la influencia de John Kent, exigió al gobierno de México una disculpa más profesional y marcial por el agravio cometido contra los marinos norteamericanos.

Al día siguiente, por medio de José López Portillo y Rojas, ministro de Relaciones de México, se envió la respuesta por escrito de la junta de ministros al almirante Morelos Zaragoza quien la envió directamente a Mayo.

—Veintiún cañonazos en honor de la bandera americana, al igual que otros tantos para la mexicana —leyó el almirante Mayo la nota a John Kent.

—Inaceptable, almirante Mayo. Todos los honores deben ser para nuestra bandera. Mándelos al diablo. Ya verá que mañana ceden.

Al día siguiente, Kent recibió un telegrama en clave de la inteligencia americana donde le informaban del inminente arribo del barco alemán *Ypiranga* al puerto de Veracruz cargado con armas para Victoriano Huerta. Sin pensarlo dos veces ordenó al almirante Mayo que se dirigiera a toda velocidad a mares veracruzanos para interceptar al vapor alemán. La disculpa mexicana podía esperar para otro día.

El vapor alemán fue interceptado en altamar frente a las costas veracruzanas por los cañoneros norteamericanos, obligándosele a regresar o buscar otro puerto, evitando así que las armas llegaran al puerto de Veracruz. Días después, el *Ypiranga* arribaría a Puerto México, Veracruz, descargando clandestinamente diez mil rifles y municiones para los federales.

Diez días después, el 21 de abril de 1914, los marinos de los acorazados *Prairie*, *Utah* y *Florida* desembarcaban en el puerto de Veracruz causando gran sorpresa y temor entre los habitantes al tomar con sus tropas la aduana del puerto.

Por unas horas, los mexicanos no supieron qué hacer ante el acomodo de las fuerzas militares americanas en todo lo largo del muelle.

Justo García y Frank Faber bebían cerveza en uno de los elegantes bares al aire libre, cuando vieron sorprendidos cómo las fuerzas americanas llegaban a puerto y se distribuían estratégicamente para la toma de los edificios del astillero.

—Eso lo explica todo, Justo. Los gringos interceptaron el cargamento del *Ypiranga* porque ya tenían planeado tomar Tampico y Veracruz y la llegada del vapor alemán sólo era cuestión de tiempo —dijo Faber mirando a los marinos bajarse de las lanchas.

—Ya decía yo que no era normal ver a tantos acorazados en aguas mexicanas si no hubiera una intención de ataque.

Justo sacó su pistola del saco y revisó que estuviera cargada. Con los marinos en las calles se podría esperar cualquier cosa.

—Guarda eso, Justo. Te aseguro que no tienen intenciones de atacar a los ciudadanos, a menos de que ellos ataquen primero.

—Con el puerto controlado por ellos, ¿cómo rayos vamos a recibir las armas que le tengo que entregar a los federales?

—Ya buscaremos otras opciones en el golfo, Justo. Más que impedir nuestro tráfico de armas, Wilson lo que quiere es dejar sin el dinero de la aduana a Huerta y hacerlo renunciar. Los gringos no avanzarán más allá de este puerto. Te lo aseguro, Justo. Esto no es una invasión como la del siglo pasado, es una intervención al puerto más importante de México.

—Ésta es una muy buena oportunidad para ofrecer nuestro opio, Frank. Qué mejor que probarlo con los marinos gringos y así darlo a conocer.

Los ojos azules de Faber se agrandaron de sorpresa ante el oportunismo de Justo.

—Me parece una excelente idea, Justo. Veo que estás en todo.

Los dos chocaron en celebración los sudados tarros de cerveza haciendo volar la fría espuma.

En las calles del puerto se vivía la tardía respuesta mexicana con los federales del decimonoveno batallón y los alumnos de la escuela Naval, más cientos de voluntarios civiles que se unieron a la resistencia con cualquier objeto sólido que pudiera fungir como un arma: palos, cuchillos, piedras, etcétera.

El general federal Gustavo Mass, comandante militar de la Plaza, recibió órdenes de replegarse hasta Tejería, mientras los alumnos de la escuela Naval y el pueblo enfrentaban a los norteamericanos en el puerto.

Lucero, Regino, Isaura y el restaurantero Héctor Zubiría se encontraban reunidos en el local del ex almirante cuando se dieron los hechos sangrientos del puerto.

—Vayámonos a mi casa, don Héctor —dijo Lucero asustada, mientras por la ventana veía a los marinos tomar la calle del restaurante.

—No, Lucero. Éste es el momento más difícil para abandonar el local. Habrá muchas balas perdidas y los de la Naval atacarán a los gringos. Es mejor esperar a que se asienten las cosas.

—Pero, ¿por qué nos invaden, Héctor? —preguntó Isaura consternada.

—Siento que es cuestión política y de táctica militar. No se ve que ataquen a los civiles sin ninguna razón. Es como si sólo buscasen controlar los edificios más estratégicos del puerto para presionar al gobierno.

—¿Pero qué van a hacer los del gobierno? Ver cómo toman los gringos la ciudad como quitarle un juguete a un niño.

—No, Isaura. Habrá ataque por parte de los federales. Es por eso que no debemos salir. Aquí tenemos agua y comida suficiente para aguantar hasta que se normalicen las cosas.

—Me preocupan Silvia y el niño, don Héctor —comentó Lucero preocupada.

—Justo García anda aquí desde hace un par de días, Lucero. Estoy seguro que él verá por ella y su sobrino.

—¿Y si no?

—Mientras esté en su casa no pasará nada. De todas maneras en la primera oportunidad iré para allá para ver qué ha ocurrido con ellos.

En la esquina de la calle del restaurante de don Héctor, el teniente José Azueta[36], un jovencito de no más de dieciocho años, colocó una potente ametralladora en el suelo y comenzó a hacer fuego a los marinos americanos.

—¡Santo Dios, están disparando hacia ese muchacho! —gritó Lucero, mientras veían por la ventana cómo el teniente Azueta hacía frente a los marinos extranjeros con su letal ametralladora asentada en un firme tripié.

—¡Está loco! No va a poder contra ellos. Su posición es muy franca y suicida. Le pueden dar desde cualquier ángulo —repuso Don Héctor, pensando en salir a ayudar al teniente Azueta.

Lo inevitable ocurrió y el teniente Azueta cayó herido de las piernas junto a su arma, sin poder ofender más a los invasores. Don Héctor salió desesperado a tratar de ayudar al muchacho, sólo para quedar muerto en la calle por un fuego cruzado. Isaura, aterrada, salió a la defensa del ex almirante, cayendo junto a él para asistirlo en sus heridas, pero era demasiado tarde: una bala en la cabeza le había quitado la vida al valiente Don Héctor.

El fuego cesó y el contraalmirante Fletcher, al ver que

36 Por otras calles aledañas los jóvenes Virgilio Uribe, José Gómez Alacio, Alcaide, García, Cristóbal Martínez y otros civiles más pasaron a la historia por su gloriosa muerte en la defensa del puerto.

tenía controlada la situación, permitió que se asistiera medicamente a todos los heridos.

Los norteamericanos se establecieron como dueños del puerto, quedando Fletcher como encargado del gobierno militar de Veracruz, ocupando la Jefatura de Policía.

Cerca de la zona donde cayó el teniente Azueta, en la casa de Silvia Villalobos, Justo García asistía a su cuñada explicándole la razón de la invasión norteamericana:

—Están aquí para tomar control del puerto, Silvia, te aseguro que no se meterán con los civiles, a menos que sean atacados.

—¿Y quién me garantiza eso, Justo? Estoy sola en esta enorme casa con tu sobrino y no me puedo confiar a la buena voluntad de esos gringos.

—No te voy a dejar sola hasta que se arreglen las cosas entre los dos países.

—Gracias, Justo. Me tranquiliza mucho que estés aquí.

Justo cargó tiernamente entre sus brazos a su sobrino Narciso. La emoción lo invadía al sentir que esa personita era parte de su familia. Silvia había decidido llamarlo Narciso, al rechazar Justo que lo nombraran como él. Los nombres de Apolinar y Epigmenio fueron descartados por los dos.

—Regreso a verte en un rato. Tengo que buscar a Lucero e Isaura. Pasé a su casa y no las vi. Afuera se queda uno de mis hombres cuidando. No tardaré.

—Está bien, Justo —contestó fingiendo tranquilidad, pero por dentro sentía celos de la mujer de Murrieta porque Justo siempre la procuraba cuando andaba en Veracruz.

Al llegar a la plaza reconoció en una esquina a Isaura, hecha un mar de lágrimas por la muerte accidental de don Héctor.

—Isaura, ¿qué pasó?

—Don Héctor salió a tratar de ayudar al cadete herido y una bala lo encontró en el camino.

En ese momento Justo se dio cuenta que llevaban en camilla al teniente Azueta. El fuego había cesado y los norteamericanos tenían la situación bajo control.

—¡Pobre muchacho! Es sólo un niño.

Justo abordó a los camilleros preguntándoles sobre las heridas del muchacho.

—Son dos heridas en las piernas. Se pondrá bien[37]. No son de cuidado.

Del restaurante de Don Héctor salieron Lucero y Regino para encontrarse con una Isaura, rota en dolor por la muerte de su amigo el ex almirante. Justo García, al ver a Lucero, se deslumbró por la belleza natural de la hermosa capitalina, que algo tenía que le desbordaba los sentidos.

—Lo siento mucho, Isaura —dijo Lucero abrazando a su compañera para consolarla.

Regino miraba aterrado el cuerpo del restaurantero en el suelo, junto a un charco de sangre saliendo de su cabeza.

—No veas esto, hijo —dijo Justo abrazando al hijo de Lucero, mientras Isaura le ponía un reboso a Don Héctor en la cara para evitar el morbo de la gente.

Lucero se le acercó para saludarlo con un beso en la mejilla.

—¡Qué gusto verte de nuevo, Justo! Gracias por cuidar de Regino.

Los dos se miraron fijamente, queriéndose decir más de lo que la incómoda situación les permitía.

La gente que los rodeaba miraba con repudio a los

---

37 El teniente José Azueta, hijo del comodoro Manuel Azueta, murió días después, el 10 de mayo, por negarse a recibir atención médica por parte de los americanos. Ni la visita del contraalmirante Fletcher lo convenció de que se dejara curar. Los norteamericanos se apenaron mucho de esta sensible baja y el teniente saltó a la fama como mártir.

marinos americanos que se encontraban del otro lado de la plaza vigilando.

Isaura se incorporó como posesionada por un demonio y, sin medir los riesgos, se acercó a un grupo de tres marinos extranjeros que cuidaban una esquina para insultarlos y escupirles:

—¡Asesinos, hijos de la chingada! Ninguno de nosotros descansaremos hasta haberlos sacados de aquí a patadas. A partir de hoy me incorporo a la resistencia mexicana contra ustedes. Ningún mexicano puede permitirse descansar mientras ustedes estén aquí.

—¡Fuera gringos, fuera gringos! —gritaban los hombres que apoyaban a Isaura.

Un soldado americano levantó su rifle al sentirse intimidado por una iracunda mujer y otros hombres vociferando atrás de ella su apoyo.

—*If you keep on moving, I´ll shoot you* («Si siguen avanzando, disparo»).

Cuando el soldado asustado por la agresividad de la mujer estaba por dispararle, Justo la retiró de ahí abrazándola.

—¡Basta, Isaura! Ese gringo está por dispararte y créeme que no lo va a pensar dos veces. Ustedes, aléjense, que los gringos no dispararán si no son provocados.

La pequeña turba se disolvió volviendo la tranquilidad al soldado. De lejos un hombre norteamericano vestido de civil se acercó para felicitar a Justo por su buena intervención y sentido común.

—Bien hecho, amigo. Acabas de evitar una tragedia. Con la soldadesca americana no se juega

—Kent estrechó la mano de Justo, mientras los alejaba del regimiento americano—. Esta gente está entrenada para matar, Justo, no los provoquen. Su misión es cuidar la aduana y el puerto. No avanzarán más allá de eso ni piensan invadir México, como están diciendo algunos en las calles.

—¿Y para eso es necesario que invadan una ciudad? —preguntó Lucero, más por llamar la atención de Kent que por conocer la respuesta.

—¡Lucero Santana! ¡Qué gusto volver a verla! —contestó Kent, abrazándola y plantándole un beso en la mejilla—. Usted luciendo tan bella como siempre.

—Gracias, John.

Justo los miró a los dos y, sufriendo una descarga de celos, arremetió contra Kent para distraerlos.

—¿Y cuánto tiempo piensan estar aquí, John?

—Hasta que Huerta tome el *Ypiranga* o hasta que lo cuelguen de un árbol de Palacio Nacional. No más, no menos.

—Espero que Huerta y Carranza sean tan comprensivos como ustedes creen.

—Los invito a cenar esta noche junto con el contraalmirante Fletcher. Les encantará ver el problema desde la óptica norteamericana.

Lucero y Justo asintieron que ahí estarían.

Francisco Villa y su División del Norte, después de la toma de Ojinaga y el control total de Ciudad Juárez, procedió a la toma de la capital del estado de Chihuahua. Los federales no pudieron hacer frente a los constitucionalistas replegándose hacia Torreón para esperar refuerzos.

El problema del asesinato de William Benton parecía salirse de control al gobierno de Carranza hasta que, con la sabia intervención del ministro de Relaciones Isidro Fabela, el incidente quedó controlado.

Villa, siempre recordando a la gente que lo ayudaba, hizo traer los restos de Abraham González de la estación de tren donde yacían olvidados, para darle un entierro de honor en la capital del estado. Se hizo una ceremonia de cuerpo presente en el Palacio Nacional y se le organizó un sepelio de honor, ante los lacrimosos ojos del general Villa.

Días después, el general Felipe Ángeles se incorporó a las fuerzas de la División de Norte y fue pieza determinante en la toma de Torreón en marzo de 1914.

La batalla de Torreón fue una de las más sangrientas y espectaculares de la Revolución mexicana. Torreón era defendida por los generales federales: José Refugio Velazco, Ocaranza, Argumedo, Almazán, Peña y muchos otros.

El 2 de abril, Torreón cayó finalmente en manos de la División del Norte, dando con este laurel el merecido reconocimiento al general Francisco Villa como el hombre más fuerte de Carranza, y la oportunidad a los constitucionalistas de avanzar hasta la capital del país, sin que nadie los detuviera.

Arturo Murrieta recibió el telegrama en el campamento del general Villa. El Jefe Máximo demandaba su presencia en las pláticas de paz, en Niagara Falls. Ahí se encontraría con José Vasconcelos.

—¿Qué pasa, amigo? ¿Malas noticias? —preguntó Pancho con un jarrito de atole en su mano.

—Carranza me manda a Nueva York.

—Ah, entiendo, y tú que salías para Veracruz para ver a tu mujer.

—Así es, Pancho. Los gringos están ahí y eso me tiene inquieto. Sé que no está sola, pero no deja de ser una invasión con todos sus riesgos.

—Es cierto, amigo, pero yo creo que es el lugar más seguro donde puede estar ahora. Nadie se atrevería a atacar a los gringos. Además de que están más fuertes que nunca. Los constitucionalistas no quitamos el dedo del renglón en sacar a Huerta. No nos vamos a desgastar atacando a los gringos que no salen de Veracruz y nada más se la pasan haciendo vida social. Controlan la aduana y bloquean la entrada de armas para Huerta. No es más que cuestión de días para que el Chacal caiga.

—Apoyar a Huerta para atacar a los gringos sería como apoyar a Santa Anna en la Guerra de los Pasteles. Lo haríamos un mártir y héroe nacional —contestó Murrieta convencido de los argumentos del general de la División de Norte.

—Muy cierto, amigo. Te deseo mucha suerte en tu viaje y salúdame a la familia.

—Gracias, Pancho.

—Eh, amigo, un último favor...

—Sí, Pancho, ¿cuál?

—Háblale bien a los gringos de mí. Necesito estar bien con ellos para que me abastezcan de armas porque estoy a punto de mandar al Barbas de Chivo a la chingada.

—Entiendo, Pancho. Cuenta con ello.

Roberto Guzmán estaba totalmente repuesto del balazo recibido en la espalda por Eustaquio Varela. Afortunadamente, la bala había ingresado y salido limpiamente sin tocar ningún órgano vital. Los cuidados debidos para volverlo a la vida le fueron dados por dos mujeres que yacían escondidas bajo un cuarto secreto en la casa abandonada, donde se habían enfrentado Eustaquio y Roberto. Una de las mujeres era de mediana edad, madre de una jovencita de veinte años llamada Daniela Ostos. El padre de Daniela se había unido a los colorados de Orozco y muerto en una de las batallas.

Después de ver el incidente entre Eustaquio y Roberto, desde la seguridad de un lugar oculto, habían salido a ayudar a Roberto, sin importarles si era colorado, Federal o Villista. Era un hombre que moriría si no se le atendía y eso era lo importante.

Lo primero que se le ocurrió a Roberto fue cruzar la frontera junto con las dos mujeres para ponerlas a salvo. En territorio mexicano peligraban y más en compañía de un pelón como él, cuya única salvación sería ser aceptado por los villistas.

—¿Adónde nos lleva, muchacho? —preguntó la madre de Daniela.

—Tenemos que huir a los Estados Unidos, señora. Aquí peligran usted y su hija.

—Yo ya estoy vieja para empezar de nuevo. Esta casucha es mi casa y la arreglaré de nuevo. Yo soy una vieja fea a la que ningún revolucionario se le acercará. ¡Váyanse ustedes y empiecen allá! No vuelvan hasta que esto termine.

Hasta ese momento, Roberto dimensionó la problemática a la que se enfrentaba. Le debía la vida a esta hermosa muchacha y dejarla aquí con la madre era una cobardía y un mal pago por el sacrificio hecho por ella. La llevaría a Texas y buscaría dejarla con trabajo en un rancho seguro de por allá. Era lo mínimo que podría hacer por esta linda jovencita que tenía algo que lo tenía cautivado.

—¡Yo la cuidaré, señora! Apenas regrese la paz por estas zonas la buscaremos. Gracias por todo —contestó Roberto seguro de su decisión.

Al despedirse de la señora y enfilar junto con Daniela hacia la frontera, pensó en el doloroso recuerdo de Juliana al despedirse de él. Daniela lo tomó tiernamente de la mano, feliz de tener la protección de un hombre.

En un elegante hotel del puerto de Veracruz, un hombre se deslizó sigiloso dentro del cuarto de Frank Faber. Era un hombre pagado por John Kent que buscaba documentación comprometedora para comprobar el nexo entre Justo García y el alemán, como agentes enemigos del gobierno de Wilson.

Al abrir un portafolio de piel negra que descansaba sobre la mesita de centro, el enviado de Kent se pinchó con un alfiler que brotó a un lado del botón que abría la hebilla principal. El extraño visitante revisó el interior, mientras chupaba su adolorido dedo, encontrando documentación dirigida a un tal Justo García sobre diez mil rifles y municiones que se entregarían en Puerto México. Satisfecho por el hallazgo, cerró de nuevo el portafolio y ante una extraña pesadez que lo invadía, decidió esperar un minuto en lo que se le pasaba el mareo, antes de llevarse el maletín completo. El cuarto parecía ser de goma, pensó el escurridizo hombre, cayendo agonizante junto a la puerta de salida. El potente veneno del alfiler del maletín había funcionado a la perfección. El secreto de Faber y García seguía a salvo. Al regresar a su cuarto, Faber reportó con el gerente del hotel el incidente, al que se presentó el jefe de la policía portuaria y un agente norteamericano al que Faber eludió hábilmente, argumentándole su carencia de derechos para investigar un incidente en un país extranjero.

Lucero organizó una pequeña reunión en su casa para ir de ahí, todos juntos, al velorio de don Héctor Zubiría, en el mismo restaurante que tanto amó en vida. El primero en llegar fue Justo, quien platicó con ella un buen rato en lo que descansaban Isaura y Regino.

Lucero, agobiada por los incidentes de las últimas horas, se descalzó sus zapatillas, dejándose caer sobre el mullido sofá.

—Lo único que nos faltaba, Justo, los gringos invadiendo nuestra ciudad.

—Así es, Lucero. Habrá que ver cómo lo toman Carranza y Huerta. Después de todo no deja de ser una profanación a nuestra soberanía.

Justo se incorporó para preparar dos aguas minerales con whisky. Lucero no tomaba, pero en esos momentos todo era bienvenido.

—Aquí tienes Lucero —Justo entregó su vaso a Lucero,

fijándose lo hermosa que era la mujer de Murrieta. Sus ojos verdes lucían notables en su hermoso rostro.

Justo se sentó a un lado del largo sillón donde descansaban los arreglados y femeninos pies de Lucero que, por un momento, intentó quitar pero mejor los dejó ahí para no incomodar a su invitado.

Había algo mágico en Justo que atraía a Lucero. No sabía si era la admiración que sentía por él por haber salvado a Arturo, la noche en la que Regino murió o sí era algo de su personalidad desinteresada en las mujeres. Justo era galante pero no se desvivía ni se mostraba voraz sobre alguien que le interesara.

—¡Salud, Lucero!

—Salud, Justo.

Los dos se miraron profundamente cambiando mensajes vertiginosos, algo que se sentía entre ellos, pero que era difícil de explicar.

«Qué guapo y joven es», pensaba Lucero.

«Esta mujer me trastorna y no sé por qué. Es la mujer de Murrieta. No debería ser así».

Justo se acercó más y Lucero no se movió un milímetro para impedirlo. Los dos cayeron en un profundo beso que se prolongó por minutos, en los que cada uno gozaba ese placer intenso que sólo entienden los enamorados.

—No sé si esto es correcto, Justo. Estoy confundida.

—No pienses nada, Lucero. El tiempo te dará una respuesta. No te apures.

Un toque en la puerta principal los sacó de su encantador momento. Era Silvia, que llegaba con su bebé a la cita.

Al saludarlos, le llamó la atención que no hubiera nadie más en la sala, aparte de Justo y Lucero. Su intuición femenina le mandaba mensajes de que algo había ocurrido ahí y que los dos eran cómplices.

—Pensé que ya había más gente, Lucero.

Silvia lanzó el comentario de una manera suspicaz que incomodó un poco a la anfitriona de la casa.

—Sólo están Isaura y Regino. No tardan en llegar el señor Faber, amigo de Justo y el señor Kent, que anda con los gringos en la intervención y que intercede por nosotros para no tener problemas con los marinos.

—Está bien, Lucero. No te estoy interrogando —dijo Silvia, prestando atención a los pies descalzos de Lucero y cabello desarreglado de Justo.

Lucero tomó emocionada al bebé en sus brazos mientras Justo estudiaba la conducta de las dos mujeres.

«Silvia está celosa de Lucero. Es muy hábil y sabe que algo hay entre nosotros».

Minutos después, la casa se llenó de invitados que sólo estuvieron un par de horas; posteriormente, unos cuantos de ellos fueron al sepelio del ex almirante Héctor Zubiría.

El invitado que tomó por sorpresa a todos fue el contra-almirante Fletcher, un hombre muy alto, de grueso bigote y ojos azules que accedió a la sugerencia de Kent de conocer a algunas familias mexicanas y ganarse así un poco la aprobación de los mexicanos.

—Me siento halagado de conocer a tan distinguidas familias, señora Santana.

—El gusto es mío, Señor Fletcher. Me agrada que haya accedido a la sugerencia de John Kent de venir a saludarnos.

—Sé que el ex almirante Zubiría murió por accidente al atravesarse al fuego que hacía el teniente Azueta. Les ofrezco mis disculpas y si es preciso iré en persona a dar mis condolencias a la familia Zubiría, así como lo haré con el teniente Azueta.

—Lo que debería hacer es largarse con sus soldados a su país y olvidarse de todo —espetó Isaura furiosa, enfrentando a Fletcher.

Se hizo un silencio incómodo en la casa, que fue roto por Lucero al explicar el porqué de la actitud de su compañera.

—No necesita disculparse, Señora Santana. Entiendo el enojo de la señorita Isaura y les digo que nuestra intervención no irá más allá del puerto. No estamos aquí para invadir México como lo hizo Scott a mediados del siglo pasado. El objetivo de estar aquí es ahogar económicamente a Huerta, tomando su aduana y bloqueando el paso de sus armas, para que abandone el país y se lleven a cabo elecciones libres en esta maravillosa nación, que tanto queremos y que es nuestro vecino inmediato. México nos preocupa y por eso estamos aquí.

Isaura se tranquilizó y no volvió a encarar al contraalmirante americano. En un momento de más relajamiento fue abordada por Frank Faber, que se declaró el más ferviente admirador de su bravura y belleza. La hermosura de Isaura tenía cautivado al alemán, que buscando el contraste con las mujeres de su raza, veía a Isaura como la misma Malinche, que enamoró a Hernán Cortés en la conquista de México.

—Es usted una mujer muy valiente y hermosa, Isaura —dijo Faber galantemente a la morena delgada de cabellera negra como alas de cuervo.

—Gracias, señor Faber. Lo último que me podía imaginar es que un hombre de mundo, como usted, se pudiera fijar en una nana grosera y fea que quiere tomar las armas para sacar a los pinches gringos de su país.

—Usted es la misma encarnación de la Malinche que cautivó a Cortés en la conquista, Isaura. Usted es como una diosa bajando las escaleras de un teocali. Una mujer como usted, en mi país, sería la envidia de todos los hombres.

—¿Una prieta como yo, una diosa en Alemania? Usted me mata de risa, señor Faber.

—Pues muérase de risa, porque usted no sabe lo que

tiene y lo bella que es —Faber acercó su copa con la de
Isaura—. Salud, Isaura.

—Salud, Frank Cortés.

Desde un rincón de la sala, Justo platicaba con Fletcher,
mientras prestaba atención al detalle de su socio Faber,
brindando con la madre de su sobrino.

6

LA BATALLA DE ZACATECAS

ARTURO MURRIETA Y VASCONCELOS CAMINABAN COMO grandes amigos en Central Park. El destino los había puesto de nuevo juntos en Nueva York. Ambos representarían a Carranza en las conferencias de paz de Niagara Falls.

El parque relumbraba sublime, con sus árboles verdes atiborrados de flores. El día era soleado y desde la frescura del jardín se veían los enormes edificios de Manhattan, como si fueran gigantes pétreos que se asomaran entre los árboles para espiar a la gente. En uno de sus lagos, las aves lacustres se daban gusto, jugueteando entre la cristalina agua.

—Me dejó, Arturo. Adriana me dejó.

—¿Cómo es eso?

—Antes de partir a Washington me advirtió que se iría. Que quería un hombre para ella sola y que ya estaba harta de compartirme.

—¿Dónde crees que haya ido?

—Se fue a San Antonio. Allá tiene conocidos.

—¿La vas a buscar?

—Apenas termino en Niagara Falls y tomo mi tren para allá. Estoy desesperado, Arturo. No puedo vivir sin ella.

—Es una mujer muy bella, Pepe. No te culpo en lo más

mínimo —comentó Arturo, mientras se agachaba para darle unas almendras a una ardilla que los miraba tímidamente.

—No me puedo divorciar de Serafina, Arturo. Sería un pecado. Es mi destino estar con ella hasta que la muerte nos separe. Adriana o quien sea, tiene que aceptarlo.

—Resignarse más bien, Pepe.

—O verlas cómo se van con otros hombres, Arturo. Eso me duele más que una puñalada con un cuchillo al rojo vivo.

—Te entiendo y no sabes cuánto —repuso Arturo con mirada de preocupación que fue leída perfectamente por Vasconcelos.

—Te noto raro, Arturo. ¿Hay algo que me quieras decir?

—Tú eres mi amigo Pepe, y a ti no te puedo ocultar nada. Ahora que regresé de México sentí cambiada a Gretel. La siento algo distante e indiferente. Totalmente distinta a otras ocasiones en las que se desvive por atenderme cuando regreso de algún viaje.

—¿Tienes alguna idea de qué pueda ser? —preguntó Pepe, mientras se alejaba unos segundos para ayudar a un niño que había atorado la rueda de su triciclo en un bache del andador.

—Debe tener algún amigo, Pepe. Me he ausentado por semanas, y en ese tiempo cualquier bribón que la pretenda, tiene un océano de tiempo para intentar algo.

—Si es así, lo más seguro es que sea alguien del trabajo.

—Ella me ha comentado que el viejo Cass Gilbert se desvive por ella, pero él es un anciano, además de estar muy bien casado y amar a su esposa.

—Nos acabas de describir, Arturo. Los dos también amamos a nuestras mujeres y ve cómo les pagamos. No subestimes a Cass Gilbert por la edad. Él tiene mucho dinero y eso es un plus enorme para él.

—La seguiré observando y ya te contaré algo cuando lo sepa.

—¿Cómo está Lucero?

—Bien, Pepe. En estos momentos se encuentra rodeada de gringos de la marina. Me dice que los marinos no se meten con los civiles y que mantienen la ciudad vigilada y en calma. Allá anda Justo García visitando a Silvia. También está John Kent. Él llegó en uno de los acorazados y ha intercedido para que se les dé trato preferencial. Sé que tuvieron una cena con el contraalmirante Fletcher.

—Eso es bueno para su seguridad, Arturo.

—Así es, Pepe. Apenas terminemos este asunto, me voy inmediatamente para Veracruz.

—Yo haré otro tanto para rescatar el amor de Adriana en San Antonio.

Francisco Villa era la máxima luminaria del ejército constitucionalista. Venustiano Carranza, celoso de sus éxitos y aconsejado de que debía restarle poder para que no se saliera de control, le ordenó que se estuviera quieto en el norte, hasta nuevas órdenes. Carranza quería evitar a toda costa que Villa tomara Zacatecas, ya que ello significaría la puerta hacia la ciudad de México y convertiría al Centauro en el jefe máximo del movimiento revolucionario. Había que frenarlo a como diera lugar, y lo primero que se le ocurrió al Barón de Cuatrociénegas fue crear el nuevo Ejército del centro, comandado por Pánfilo Natera. Con éste desplazaría y quitaría fuerza a Francisco Villa y haría que esta nueva fuerza marcial, junto con la del Noroeste de Álvaro Obregón, entraran juntas a la capital de México después de la toma de Zacatecas.

El maquiavélico plan de Carranza fracasó porque Natera fue incapaz de tomar Zacatecas. El Primer Jefe, desesperado, ordenó a Villa que le prestara cinco mil hombres para intentar de nuevo tomar Zacatecas, a lo que el Centauro hizo caso omiso para evitar la furia de Carranza. El rompimiento entre Villa y Carranza se había dado y ya no había marcha atrás.

El general Felipe Ángeles fue llamado por el general Villa a la oficina de telégrafos. Felipe no sabía la razón de su llamado y con gesto de preocupación entró para encontrar a varios generales importantes haciéndole compañía al jefe de la División del Norte.

—¡Felipe! —lo llamó Villa, sentado en una silla junto a una mesa.

—Sí, Pancho, ¿qué pasa?

—Acabo de renunciar la jefatura de la División del Norte. Me rindo. Asuma usted el nuevo cargo que yo me retiro a la vida privada.

—¿Te has vuelto loco, Pancho? ¿Qué te dijo Carranza?

—Que ahora soy el gobernador de Chihuahua y tú eres el nuevo jefe de la División de Norte.

—Eso jamás, Pancho. Tú eres la persona que nos ha llevado a la gloria y seguiremos contigo o me voy a los Estados Unidos a trabajar como profesor.

Ángeles buscó papel y pluma en uno de los escritorios y rápidamente redactó el mensaje que en unos minutos le telegrafiaría al Primer Jefe.

En el mensaje lo invitaba a desoír la renuncia de Villa y obligarlo a continuar como jefe de la División del Norte. De lo contrario, ocasionaría el desmoronamiento de los pilares que sostenían la lucha constitucionalista, con la subsecuente batalla fratricida entre los miembros sin jefe. Carranza insistió en que no aceptaría el regreso de Villa. Los generales, inconformes con la decisión del Primer Jefe, hablaron con Villa convenciéndole de que retomara de nuevo la jefatura, a lo que Villa accedió positivamente. Carranza, al saber el regreso de Villa a la jefatura de la División del Norte, protestó furiosamente y ordenó a una comisión especial, nombrada por él, para que lo fuera a ver a Saltillo y ahí conocieran al nuevo jefe, que él unilateralmente escogería. La comisión nunca partió para Saltillo porque ahí mismo todos los generales, inclusive los abiertamente opuestos a Villa como Rosalío Hernández y Maclovio Herrera, apoyaron al jefe de la División de Norte en su regreso, firmando una carta debidamente redactada por Ángeles donde declaraban su lealtad a Villa y su decisión de marchar juntos para tomar Zacatecas.

El 30 de abril en el Puerto de Veracruz se firmó un pacto de suspensión temporal de las hostilidades para dar paso a pláticas de paz y de reencuentro entre las dos naciones enfrascadas. Latinoamérica vio con muy buenos ojos estas acciones.

El día 10 de mayo murió el teniente Azueta por complicaciones de salud, al haberse negado a recibir la atención médica que los norteamericanos le ofrecían. Hasta el último día que vivió, el contraalmirante Fletcher visitó al teniente, siendo rechazado heroicamente por el mártir de Veracruz.

El día 11 de mayo partieron desde Veracruz hacia las conferencias de Paz en Niagara Falls, Canadá, los señores Emilio Rabasa, Luis Elguero y Agustín Rodríguez. Los delegados enviados por Carranza fueron José Vasconcelos, Luis Cabrera y Fernando Iglesias Calderón. Los delegados del gobierno de Huerta se negaron rotundamente a establecer una Junta de Gobierno, mientras que los delegados de Carranza defendieron la soberanía de México y los intereses del movimiento constitucionalista. El 2 de julio quedó finalmente firmada la paz entre México y los Estados Unidos.

El soldado norteamericano Hutchinson pagó el doble por la última pipa de opio del día. Feliz por haber conseguido lo que buscaba, entregó el dinero a Wong Li e ingresó al cuarto acompañado de una dulce veracruzana que sería el postre de su opípara cena.

Desde la seguridad de un restaurante, enfrente del horrendo edificio del puerto, Justo García y Frank Faber brindaban por el éxito de la introducción al mercado norteamericano de su preciado producto.

—Salud, Justo. Los marinos están encantados con tu opio.

—Gracias, Frank. Ahora lo único que hay que hacer, cuando regresen a su país, es darles seguimiento cerca de sus bases en los Estados Unidos.

—Cierto, Justo. Es cuestión de días para que la paz sea firmada en Canadá. Aquí, por lo pronto, no hay otra cosa que hacer para ellos más que drogarse, beber y cogerse a las putas del puerto. Nuestro opio ha sido un aliciente para ellos.

Por la puerta principal del local se vio entrar a John Kent con mirada de pocos amigos.

—Buenas tardes, amigos —saludó Kent sarcásticamente.

—¿Hay algún problema, John? —indagó Faber, jalando una silla para el agente norteamericano.

—Estoy siguiéndole la pista a un hijo de la chingada que le vende opio a mis compatriotas, además de introducir clandestinamente armas para los federales.

Faber lo miró con desdén, mientras echaba para atrás la espalda sobre el respaldo de su silla para exhalar cómodamente el humo de su cigarrillo.

—¿Tienes ya a algún sospechoso, John?

Kent se acercó más a la mesa arrastrando su silla hacia Faber.

—Estoy a punto de agarrarlo, Frank.

—Pues que tengas suerte, John. La vas a necesitar.

Kent se incorporó alejándose de la mesa sin despedirse. Un billete de un dólar cayó sobre la mesa.

—No es necesario, John. Alemania invita esta vez —dijo Faber, muerto de risa.

Al perderse Kent a la salida del restaurante, Faber comentó con Justo el incidente.

—Sabe algo, Justo. Sospecha de nosotros, pero no tiene pruebas. De lo contario ya nos hubieran detenido los marinos. Habrá que irnos con pies de plomo. Lo último que aceptaría Wilson es que les envenenáramos a sus jóvenes.

Esa noche Frank Faber, con el beneplácito de Lucero, invitó a cenar a Isaura. Le emocionaba que su nana pudiera fincar una relación sólida con el acaudalado alemán, que se moría por ella.

—Me da pena, Frank. Yo no sé de estas cosas de restaurantes finos. Nunca había comido en uno. Tú no entiendes, pero yo soy una humilde nana que trabajó para los Madero y después de la tragedia de la familia terminé viviendo con Lucero.

—¿Qué hiciste antes de vivir con los Madero?

Isaura se incomodó con la pregunta. Con nervios dobló la blanca servilleta sin saber qué responder. Su piel morena con el cabello largo, cayendo en cascada sobre sus mejillas y espalda, la hacían lucir espectacular en combinación con el vestido blanco que le había regalado su patrona. Isaura era la representante de la belleza indígena en Veracruz. La gente la volteaba a ver por su llamativo físico.

—Fui esclava en una hacienda tabacalera en Valle Nacional.

Frank se quedó, por segundos, fijo como una estatua de cera. La cuchara con la crema de espárragos se mantuvo estática en el aire.

—¿Valle Nacional? ¿Qué es eso?

—Es la más grande vergüenza del gobierno de Porfirio Díaz, Frank. Es un sitio donde los hacendados utilizaban a las personas como esclavos hasta morir y terminar de alimento de zopilotes y caimanes. Es el infierno en vida, donde llegan los yaquis, los seris y los indígenas que encuentran en la ciudad de México y mandan a Tuxtepec para trabajar sin paga, como bestias, hasta morir.

La cara de Faber no salía del asombro al escuchar las palabras de Isaura. Una noche escuché al dueño de la hacienda ponerse de acuerdo con el hermano de Justo para huir de ese infierno.

—¿El hermano de Justo también estuvo ahí? ¡No puedo creerlo!

—Sí, Frank, juntos huimos hasta Tuxtepec y de ahí el hombre que nos salvó nos recomendó con Francisco I. Madero y nuestra vida comenzó de nuevo hasta estar aquí, Frank.

El respeto y admiración de un europeo radicado en América, en condiciones de vida privilegiadas en comparación con la vida de la mujer que admiraba, lo ponía en estado de meditación. Sus mundos eran diametralmente opuestos y, sin embargo, había una inexplicable atracción entre los dos. Él, un espía alemán cuyo trabajo era minar al gobierno de los Estados Unidos y ella, una humilde nana quien por primera vez asistía sola a un restaurante de nivel con un hombre que no fuera su patrón.

—Me tienes sorprendida, Isaura. Dime con sinceridad. ¿Alguna vez te pretendió Justo?

Faber jugueteaba con la aceituna de su bebida. Dos soldados americanos pasaron junto a ellos y los saludaron amablemente.

—No, Frank. Justo es un hombre admirable que surgió del lodo igual que Epigmenio y yo, y se ha encumbrado a niveles extraordinarios. No me preguntes cómo lo ha hecho. Eso lo sabes tú mejor que yo. Siempre me ha tratado con consideración y respeto. Tampoco tuve que ver algo con su hermano, Epigmenio, que descanse en paz. A los dos les debo mucho.

—Me fascinas, Isaura. Eres única —se acercó Faber

para plantarle un tierno beso en la boca, que sellaba la sorpresiva relación que iniciaba.

—Yo también te quiero, Frank. Eres para mí como un príncipe de un cuento de hadas. Esto es un sueño y no quiero despertar.

A la mañana siguiente, Justo se reunió con Lucero en un lugar discreto dentro del puerto de Veracruz. Era difícil encontrar un lugar así, ya que toda la ciudad estaba vigilada por los soldados norteamericanos.

El lugar de reunión fue un restaurante en la orilla del mar en la zona de Mocambo. El local era sencillo y sobrevivía de los turistas que visitaban la playa.

Justo llegó al lugar vestido de blanco con un sombrero tipo panamá. Al entrar no tardó ni un segundo en encontrar a Lucero, quien se encontraba de espaldas contemplando el mar por una de las amplias terrazas.

—Lucero.

—¡Justo! Qué puntual eres.

El cabello suelto le daba un toque juvenil a la hermosa capitalina. Su esbelta figura lucía radiante con un vestido blanco con dibujos florales.

—¡Qué hermosa te ves, Lucero! —le dijo Justo galantemente, acercándose para darle un tierno beso en la frente.

Lucero se cercioró de que nadie dentro del local fuera una cara conocida. Aparte de tres parejas maduras, había dos soldados americanos que tomaban animadamente cerveza y platicaban sobre la situación en Europa.

—Vámonos, Lucero. Tengo todo listo —le dijo Justo, tomándola del brazo.

Justo manejó su vehículo por un camino que los llevaba a una playa desierta. El lugar estaba solo y no se veía a nadie ni ninguna construcción en metros a la redonda.

Justo sacó de la cajuela una sombrilla con una mesa y dos sillas plegables. En cuestión de minutos los dos se encontraban sentados bajo la sombra, degustando la rica comida que Lucero había comprado en el restaurante. Justo, no perdiendo detalle de nada, abrió una botella de vino que llamó inmediatamente la atención de Lucero.

—Este vino lo hace la vitivinícola de Arturo.

—¿La fábrica de Arturo?

—Sí, Justo. El padre de Arturo le dejó un negocio de vinos en Aguascalientes y hasta la fecha funciona. Algo interesante es que Arturo nunca pone un pie en la fábrica y sólo recibe sus ganancias.

—El mejor negocio del mundo. Cobrar sin hacer nada. Ahora entiendo por qué viaja tanto y saca los gastos para mantener a dos familias.

El rostro de Lucero cambió con un gesto de enojo. El comentario de Justo fue atropellado e hiriente.

—Perdón, Lucero. Qué torpe soy. A veces no mido mi lengua.

—No te preocupes, Justo. Esto es algo que pienso todos los días. Con un negocio así, Arturo podría vivir con nosotros sin necesidad de dejarnos un solo día. Anda en los Estados Unidos porque tiene hijos con esa güera insoportable. La revolución le vino como anillo al dedo. Va a ver a Carranza y la güera alcanza, va a ver a Obregón y de seguro con ella termina en un colchón.

Justo soltó una carcajada celebrando el humor fino de la capitalina.

—Yo nunca hubiera terminado en una playa desierta con un hombre que me enloquece, si fuera una mujer atendida y cuidada. Tengo necesidades y emociones que satisfacer. Es en verdad desesperante para mí esperar a que este hombre venga cada dos meses a hacerme el amor. El amor y la pasión se enfrían. Son como plantas que deben ser regadas y puestas a un buen sol o se marchitan.

Justo se acercó acariciando su desordenada cabellera.

Por unos segundos se quedaron mirando fijamente el uno al otro, a una distancia mínima. Los dos sentían su respiración agitada. El labio inferior de Lucero temblaba al sentir las vibraciones de justo, hasta que las dos bocas se unieron en un apasionado beso que se prolongó por largos minutos. Lucero apretaba la espalda de Justo, mientras él la tomaba de la cintura y subía y bajaba su musculosa mano por su espalda.

—No sé qué estoy haciendo, Justo, pero me siento bien y no me importa.

—Vivamos el momento, que eso es lo importante.

Con cuidado Justo la acostó sobre el mantel en la arena. Como un hábil desvalijador que era, en unos segundos la desnudó completamente. Lucero acostada boca arriba miraba al cielo azul de la tarde, sin importarle que él o cualquiera la viera, mientras Justo se despojaba rápidamente de sus ropas, como si éstas estuvieran en llamas.

Lucero contempló el cuerpo delgado y marcado de Justo al agacharse para recostarse sobre ella. Los cuerpos se juntaron y sólo fue cuestión de segundos para que Justo entrara en ella, arrancándole suspiros de placer lentos y prolongados que la enloquecieron por completo. Sus gritos se podían escuchar a varios metros. Pero aparentemente no había nadie que fuera testigo de la entrega de la señora Santana al hombre que había hábilmente sabido cómo encantarla y poseerla.

Los dos se encontraban abrazados, cuando unas voces en inglés los arrancaron del delicioso y apasionado momento en el que se encontraban.

—*Look what we've got here!* (¡Mira lo que tenemos aquí!)

Eran los dos soldados norteamericanos que estaban en el restaurante cuando Justo llegó por Lucero. Al manejar de regreso, vieron en la distancia el automóvil de Justo a la orilla de la playa, y dedujeron que ahí se encontraba la atractiva pareja.

—¡Que vieja tan buena, Harry! Déjame tirármela a mí primero —dijo el soldado Thompson a su compañero, mientras encañonaban a Justo por la espalda—. ¡A un lado, cabrón! Párate ahí y estate quieto para que veas cómo nos cogemos a tu vieja. Ahora sí vas a ver que los gringos somos muy buenos para coger. Si no nos llena tu vieja, también a ti te cogeremos —estalló el soldado en una risa burlona.

—¡Si la tocas te mato, cabrón! —gritó Justo en español, pero los gringos no entendieron.

—¿Qué dice ese *motherfucker*? Con todo el opio que me he fumado hoy, me siento como un tigre para cogerme a esta mexicana —dijo el soldado Harry.

El soldado Thompson se quitó desesperado su uniforme como si éste estuviera bañado en ácido y lo aventó a un lado de Lucero, que trataba de gritar muerta de miedo, pero no le salía ningún sonido de su paralizada garganta. Con su brazo izquierdo trataba de cubrir sus senos y con la otra mano su negro pubis.

Justo miró caer la pistola metida en la funda como a tres metros de él. Calculó la distancia y, si se lanzaba sorpresivamente sobre el cinturón, podría sorprender al soldado Harry, que miraba morbosamente el cuerpo desnudo de Lucero forcejeando con su compañero Thompson. Sus ojos temblaban en compás con sus labios al ver el bien proporcionado cuerpo de la mexicana que en unos minutos le tocaría disfrutar.

—*What a beautiful ass this lady has!* (¡Pero qué buenas nalgas tiene esta vieja!) —dijo Harry echándole porras a su compañero.

En una fracción de segundos, Justo aventó con el pie arena a la cara de Harry, quien se llevó la mano izquierda a los ojos, sorprendido por el punzante dolor y ceguera instantánea. Con la mano derecha disparó a donde pensó que se encontraba Justo, pero éste, rápido como un rayo, se aventó hacia el cinturón en la arena alcanzando la pistola del compañero, tronándole un certero tiro en la cabeza a Harry y otro en el pecho del soldado violador. El gringo Thompson, con el corazón hecho pedazos, cayó muerto escurriendo en sangre sobre el cuerpo desnudo de Lucero que gritaba como loca.

Como pudo, Lucero se quitó el cuerpo del soldado de encima mientras lloraba al verse empapada en la sangre del hombre que estuvo a unos segundos de violarla.

—¡Santo Dios! Los mataste, Justo.

—No te preocupes, Lucero. El mundo se ha librado de dos lacras menos. Ven, vamos a lavarte al mar. No te puedes quedar así. Justo aventó el arma de Thompson al mar, hundiéndose para siempre la evidencia.

Justo condujo de la mano, hacia donde reventaban las primeras olas, a una sollozante Lucero para lavarle la sangre que le manchaba la cara y los senos. Una vez limpia y tranquilizada, la encaminó de nuevo hacia el coche para que se vistiera.

Justo se vistió y juntos abandonaron el lugar, echando primero el coche de los marinos, junto con los cuerpos, en un foso profundo con agua, que se encontraba en el camino que conducía a la carretera. El foso se encontraba rodeado de vegetación, lo que haría muy difícil la localización del vehículo.

Durante todo el camino Lucero no dijo una sola palabra. Dos cosas habían ocurrido hoy que habían sellado un pacto entre los dos: el de su nuevo y apasionado amor y el del asesinato de dos marinos americanos.

John Kent llegó al sitio donde fueron sacados los cuerpos

de los soldados norteamericanos. Revisó los cuerpos junto con un doctor del acorazado para concluir:

—Supongo que fueron asesinados con el arma de Thompson, ya que ésta no aparece —dijo el doctor, mientras tomaba nota de los orificios de bala.

—El tirador es un profesional. Sólo fueron dos tiros bien colocados. Nada fácil para alguien que no sea un militar o un policía.

—O un hombre acostumbrado a la violencia —espetó Kent, mientas sacudía su mano para apagar el cerillo que había encendido su cigarrillo. Una cortina de humo nubló su rostro por unos segundos para continuar dialogando.

—Hay restos de comida en la arena donde encontramos la sangre. Es comida que pudo haber sido comprada por aquí cerca. Averiguaré qué restaurantes hay por aquí y si alguien vio a los marinos y a alguien más sospechoso.

Tiempo después Kent fue informado que en un restaurante cercano se había visto a los soldados asesinados y a una guapa mujer joven de ojos verdes comprando comida para llevar. Minutos después fue recogida por un hombre alto, moreno de bigote. Kent tenía que averiguar quién había matado a sus compatriotas.

Justo García llegó a su cuarto de hotel para encontrarse con John Kent, quien lo esperaba pacientemente sentado en una silla de mimbre en el pasillo tipo terraza que conducía a su habitación.

—¡John Kent! ¿Me esperaba?

—Así es, Justo García. Podemos tomar un trago en el bar. Hay algunas cuestiones que quisiera platicar con usted.

—Sí, claro. Vamos —contestó Justo, palpando discretamente su arma dentro del saco al avanzar hacia el bar.

Cómodamente sentados en el rústico bar, adornado con redes de pescador y llantas salvavidas, con dos cervezas en la mesa, los dos continuaron su plática:

—¿Para qué me buscaste? —preguntó Justo tratando de acelerar las cosas, mientras encendía un cigarrillo.

—¿Qué relación hay entre usted y la mujer de Murrieta, Justo?

Justo frunció el ceño, inhaló de su cigarro, para al soltar el humo al decirle a John:

—Eso no es de tu incumbencia, John. No te confundas, no porque la ciudad esté tomada por los gringos, tú aquí puedes fungir como un gobernadorcillo que se puede inmiscuir en todo lo que se le dé la gana, incluso en la vida privada de los habitantes.

Kent rió burlonamente y se acercó más a la mesa para decirle:

—¡Basta de estupideces, Justo! Sé que mataste a los marinos en la playa mientras andabas con la mujer de Murrieta. Esto es un escándalo mayúsculo y hoy mismo te puedo fusilar a ti y a ella frente al edificio de Faros, si le digo lo ocurrido al contraalmirante Fletcher.

—Me encontraba con Lucero comiendo en la playa. Esos cerdos aparecieron de repente e intentaron matarnos. Simplemente me defendí para evitar que violaran a Lucero y luego nos mataran, Kent. Esos marinos eran una vergüenza para el cuerpo de marinos de los Estados Unidos. Unos cerdos deplorables. Te aseguro que no los echará de menos, Fletcher.

—Agradezco tu sinceridad, Justo. No tenía caso darle la vuelta al caso y negarte que no lo habías hecho. Sé que eres un hombre diferente a todos los demás, Justo. El origen negro de tu fortuna, la extraña muerte de Apolinar Chávez y tu relación cercana con Silvia, ex mujer de Apolinar y madre del hijo de tu hermano. Cómo podrás ver en estos dos meses en Veracruz he averiguado mucho sobre ti.

—Muy hábil, Kent. Lástima que no eres mexicano y éste no es tu país, de lo contrario, quizá ya te hubiera eliminado —dijo Justo, dándole un sorbo a su espumosa cerveza.

—No todo termina ahí, Justo. Tu relación con Faber es un dolor de cabeza para mí. No es casualidad que dos hombres de mundos distintos se reúnan en un muelle de mala muerte, invadido por mi país, y duren semanas juntos. Incluso el alemán sale con la nana de Lucero y la tiene muy alborotada. Pareciera que se hubieran puesto de acuerdo para enamorar a la familia de Murrieta.

—Frank e Isaura son adultos, John. Yo no gobierno en sus vidas. Isaura es soltera y sin compromisos y Faber es un viudo alemán buscando el amor en América.

—¿Con una nana?

—Es amor, John. No puedes negar que la nana llama la atención. Faber se siente Hernán Cortés enamorando a la Malinche.

—Referente a lo de los soldados que atentaron contra ti y Lucero, lo repruebo totalmente. Te admiro que los hayas puesto en su lugar, Justo. Yo hubiera hecho lo mismo. No diré nada. No saldrá nada en los periódicos. En cuanto a lo tuyo con Lucero; Murrieta y Gretel, que son mis amigos, no sabrán nada. Yo no soy San John para resolverle la vida matrimonial a nadie. Soy un espía profesional del gobierno de los Estados Unidos. Yo tampoco soy una blanca paloma en cuanto a cuestiones del corazón.

—Gracias, John.

—Falta algo más, Justo. Si llego a comprobar que Faber y tú son los que están metiendo las armas por Puerto México, y que además introdujeron el opio con los marinos de Fletcher, te llevaré arrastrando a ti y a ese alemán del demonio a una cárcel americana de alta seguridad.

Los dos se miraron fijamente. En el fondo se admiraban mutuamente y sabían que su altercado tendría nuevas facetas. Sólo era cuestión de tiempo.

—Suerte a ti y a Woodrow Wilson, Kent.

Gretel se encontraba cómodamente sentada en su camastro en la playa leyendo una novela, mientras Arturo regresaba empapado del mar con los niños.

—El agua está deliciosa, pero ya necesito un merecido descanso —dijo Arturo, mientras se secaba con una toalla color amarillo huevo.

Arturito y Lucy se sentaron en la arena para hacer castillos y figuras.

—No se pongan mucho al sol, niños. No quiero que se quemen —les dijo Gretel a los niños, como toda madre preocupada.

—¿Qué estás leyendo tan interesada, Gretel? —preguntó Arturo, mientras bebía de su limonada. La playa estaba atestada de gente en ese domingo soleado de junio de 1914.

—Es una novela que acaba de salir a la venta, Arturo. Se llama *Tarzan of the Apes* escrita por Edgar Rice Burroughs.

—¿Está buena?

—Es muy interesante. Se trata de un hombre que, de bebé, es abandonado entre los monos en África. Los monos lo crían y aprende su lenguaje. Es como un rey de la selva.

—Esa tontería no va a tener éxito. Un hombre de los monos. Deberías leer otras cosas más interesantes.

—Ah, sí, ¿y qué me recomiendas, sabelotodo?

—*México Insurgente* de John Reed. Es un periodista de la *Metropolitan Magazine* que fue enviado a México para escribir sobre Pancho Villa.

—Uh, qué maravilla leer un libro del bandido que conozco y que me platicas a diario, y que no tardas en largarte para alcanzarlo en Aguascalientes.

—Eso es un hecho, Gretel. Una vez que Villa tome Zacatecas ya no habrá nadie que pueda pararlo para llegar hasta México y derrocar a Huerta. La paz entre Estados Unidos y México está arreglada. La salida de los marinos de Veracruz es cuestión de semanas. Sólo están esperando la caída de Victoriano Huerta.

—No sé si me quiera regresar a México una vez que caiga Huerta. Estoy muy a gusto aquí en Nueva York, y no tengo porque exponer a los niños en ese país de salvajes.

—¿De veras es por no exponer a los niños o hay alguien aquí en Nueva York al que no quieres dejar de ver?

Gretel se quedó helada con el certero comentario de Arturo. Con enojo y fastidio se incorporó de su camastro, ordenado a los niños que guardaran todo porque ya se iban.

—¿Será que ya te enamoraste del viejo Cass? —insistió Arturo de manera punzante.

Eres un idiota, ¿sabes? ¿Crees que soy tu imbécil que se va a conformar, mientras que tú te tiras a Lucero cada vez que vas a México? Pues no, Arturo. Tengo mejores gustos y ambiciones que tirarme a un viejo decrépito por dinero. Si lo hago con alguien, será por amor, nunca por ambición.

—Discúlpame, Gretel, es que…

—¡Vete al diablo! —le gritó furiosa, mientras caminaba con los niños rumbo al carro.

Fernando Talamantes terminó de leer la carta de Gisela, donde le explicaba que todo andaba bien en El Paso, Texas. Con cuidado la guardó en sus cosas, mientras a lo lejos vio acercarse a más compañeros que llegaban puntuales a Zacatecas a la batalla final, que para Villa significaba las llaves de la ciudad de México. Al frente de ellos venía el general Felipe Ángeles quien, al verlo, se acercó para saludarlo cordialmente:

—¡Fernando!

—¿Todo listo, general Ángeles?

—¿Otra vez te tengo que decir que me llames Felipe? Sé que al general Villa lo llamas Pancho, ¿quién soy yo para que me llames de usted?

—Sí verdad, gen… perdón, Felipe.

—Qué hermosa ciudad, ¿no, Fernando?

Ángeles y Fernando se pararon en el borde de una casa en el cerro, donde se contemplaba solemne la ciudad de Zacatecas.

—Es preciosa, Fernando. Contempla a tu derecha el Valle de Calera y Fresnillo, muy grande y profundo, con muchos pueblitos en sus laderas, bañados con el cálido y radiante sol de la mañana, totalmente ausentes y ajenos a la problemática nacional que los asecha —Ángeles se quitó su sombrero y con él señaló a otro extremo de la ciudad—. Ahora he ahí, la señorial ciudad de Zacatecas, con sus imponentes cerros del Grillo y de la Bufa, con sus cimas repletas de artillería federal, ubicadas estratégicamente para repelernos y acabar con nuestra infantería en tierra. El general Medina Barrón cree que Villa es inofensivo sin su caballería, que es inoperante en estos escarpados cerros. Su confianza radica en que, desde esos cerros aplastó fácilmente a Pánfilo Natera en su infructuoso intento de tomar la ciudad.

Fernando, sumido en el profundo pensamiento de Ángeles, contempló lo que el general le indicaba.

—Muy interesante, Felipe. Me pregunto cómo piensas hacer para contrarrestar todo lo que claramente me has dicho.

—La artillería es mi especialidad, Fernando. No pienso enviar al matadero a la infantería entre los cerros al tratar de cercarlos, mientras Medina los bombardea desde arriba. Colocaremos mi artillería cerca de la de ellos, e iniciaremos un duelo de artilleros, donde tendrán que defenderse tirando hacia nosotros, mientras nosotros los haremos polvo, dando oportunidad a la infantería de trepar los cerros y cerrar el cerco para estrangularlos.

El general Felipe Ángeles demostraba que era el que más sabía de esto, por todos los cursos tomados en Europa y por la práctica misma, que lo había convertido en el mejor artillero de la Revolución mexicana.

—El éxito de esto dependerá en que seas mejor artillero que ellos.

—Lo soy, Fernando. Soy el mejor artillero que ha dado el porfiriato, y en esta batalla te lo voy a demostrar.

—¿Y qué con los orozquistas de Guadalupe?

—Lanzaremos una ofensiva sorpresa para tomarla. Es de vital importancia tener Guadalupe en nuestras manos para evitar que por ahí entren refuerzos para los federales o para que huyan de Zacatecas a Aguascalientes.

—¿Y cuándo empezamos?

—Ahora mismo, si le parece a mi general Villa.

El día 22 de junio, Francisco Villa llegó a Zacatecas y aprobó el plan de ataque del general Felipe Ángeles.

—Su plan es excelente, general Ángeles, salvo una pequeña inconveniencia que aquí veo — dijo Villa mirando el mapa de Zacatecas sobre una mesa de madera. Fernando Talamantes y Rodolfo Fierro se encontraban a los lados, fumando cigarrillos.

Felipe Ángeles, rascándose la cabeza confundido, se acercó al mapa buscando la inconveniencia de la que hablaba el Centauro, no encontrando el problema al que se refería.

El Centauro se paró con el ceño fruncido frente a Ángeles para encararlo. Felipe tragó saliva nerviosamente.

—Yo mismo comandaré una de las columnas de ataque, general, no me pienso quedar viendo las cosas desde lejos como usted sugiere aquí. ¿O qué tan puto me cree como pa' na'más ver de lejecitos?

—Mhh, ya entiendo general, aunque no lo sugerí porque usted es el jefe máximo de la División de Norte, pero tampoco lo puedo evitar por ser usted la máxima autoridad de la fuerza de centro y además, es usted muy necio.

Todos rieron por la puntada del ocurrente general Ángeles.

Al día siguiente, la batalla dio inicio a las diez de la

mañana. Los villistas atacaron Zacatecas por todos lados, causando el temor entre los federales. El plan de ataque consistía en tomar simultáneamente con la infantería los dos cerros, el de la Bufa y el Grillo. El general Medina Barrón optó por defender su posición desde el cerro de la Bufa. El primer cerro en ser tomado fue el del Grillo, al no poder resistir la certera artillería de los veintinueve cañones de Ángeles, estratégicamente distribuyendo fuego hacia los dos cerros. El pánico se apoderó de los soldados del Grillo, cayendo en manos de la infantería villista a la una de la mañana. El cerro vecino, el de la Bufa, por tener a Medina Barrón vigilando de cerca a sus hombres, aguantó toda la noche hasta el día siguiente a mediodía. Sus hombres evitaban abandonar a su general por miedo a futuras represalias.

A la una de la tarde Medina fue derrotado y el cerro de la Bufa con todo y cuadrilla fue tomado por los revolucionarios. La derrota se reflejó claramente en las calles zacatecanas. Decenas de soldados federales corrían desesperados para no ser alcanzados por la infantería villista en tierra. Soldados federales se despojaban rápidamente de sus uniformes y carrilleras, como si estuvieran empapadas en ácido. La idea era confundirse con el pueblo zacatecano, al que ambos bandos deberían respetar.

La última oportunidad de los federales era llegar a Guadalupe, un pueblo en el camino hacia Aguascalientes, pero ahí los aguardaban siete mil villistas, para acabar definitivamente con ellos y ganarse la puerta de la ciudad de México.

En una de las calles zacatecanas, un soldado federal de no más de veinte años, fue encontrado por Fierro en pleno cambio de ropas.

—Así que te quieres disfrazar para escapar de la muerte, ¿verdad, cabrón? —dijo Fierro, apuntando al federal desde su caballo.

—Me rindo, general. No me mate. A mí me dijeron que esta batalla era contra los gringos. Me uní para defender a mi país. No para pelear contra Villa ni Carranza.

—Los gringos, mis güevos. Ahora veras lo que te toca, pelón de mierda. Jacinto, amárrale los tobillos a esta cuerda que quiero despellejar a este putito por todo el empedrado de la calle, mientras me trueno a más pelones y orozquistas.

—Sí, mi general.

Jacinto y dos compañeros más amarraron los tobillos del federal, ante la mirada de terror del muchacho, que seguía insistiendo en que a él lo habían engañado. Al final quedó firmemente atado. Sus manos sostuvieron el cuerpo en posición de lagartija ante el primer tirón de prueba de Fierro.

—Ahora sí, muchachos, a pintar de rojo las calles de Zacatecas —los otros dos esbirros sonrieron morbosamente ante lo que estaba por iniciar.

—¡Déjalo, Fierro! Nosotros no somos asesinos, y mucho menos dementes para hacerle esto al enemigo —dijo Fernando Talamantes, apareciendo entre los revolucionarios, que se preparaban a ver el *show* del Carnicero.

Los dos hombres se miraron desafiantes. Fierro era un general nombrado por Villa. Tenía más nivel y rango que Talamantes. Fierro sabía que Fernando era un amigo muy querido del Centauro y que lo que estaba por hacer, sería reprobado por Villa y el mismo Ángeles, si se le juzgaba entre gente de buen juicio. Matar así de injustamente al federal lo expondría innecesariamente a las críticas y posibles castigos de los jefes constitucionalistas. Ya de por sí había tenido una lluvia de ataques por lo de los colorados de la granja y el caso Benton. ¿Para qué arriesgarse a colmar la paciencia de Villa en un acto tan público?

—¡Desamárrenlo! —gritó Fierro a sus hombres. Sus

ojos brillaban con odio, al haber sido expuesto y desafiado en su autoridad por Talamantes.

—Irás a la cárcel en lo que se resuelve tu situación. Si en verdad es cierto lo que dices, de que se les engañó diciéndoles que atacarían a los gringos, te unirás a nuestra división por tu patriotismo.

—Así fue, señor. Se lo juro.

Fierro arrancó de nuevo con su caballo para continuar la batalla por tierra contra los federales. Al irse, paró el potrillo en dos patas, lanzando una mirada de desafío, que se leyó como una advertencia de muerte del ángel del mal de la División del Norte.

«A la larga nos vamos a tener que enfrentar. El Carnicero me odia y me intentará matar a la primera que pueda. Habrá que estar alerta», pensó Fernando.

Los federales intentaron huir rumbo a Guadalupe para ser frenados y eliminados en su mayoría. Los federales que quedaron dentro de la ciudad fueron perseguidos para exterminarlos en una de las batallas más sangrientas y crueles de la Revolución mexicana[38].

De los cerros aledaños disparaban los revolucionarios una mortal lluvia de balas que sonaba en los techos de las casas como una granizada del diablo. Aquí murieron justos y pecadores. Como podía, la gente buscaba refugiarse en el primer techo o casa para evitar ser encontrada por el mortal plomo.

Fernando Talamantes se encontraba ayudando a un revolucionario herido de bala en la pierna. Como pudo, lo arrastró hasta la Botica de Guadalupe, negocio propiedad del licenciado Magallanes.

---

38 Murieron seis mil federales y mil constitucionalistas. Tres mil federales y dos mil constitucionalistas quedaron heridos y muchos civiles también fueron lesionados o asesinados en la batalla más sangrienta contra el gobierno de Victoriano Huerta.

—Necesito agua y unas vendas o tela limpia —dijo Fernando a una de las empleadas.

Con mirada asustada, la muchacha se quedó petrificada sin saber qué hacer, cuando la voz de su padre la hizo reaccionar de nuevo:

—Trae lo que te pide el capitán, hija.

—Gracias, señor. Su integridad y la de su familia, así como el negocio, será respetada por los constitucionalistas. Soy el capitán Fernando Talamantes y yo respondo por ello.

—No hace falta que lo diga, capitán. Esta familia es católica y los heridos también lo son. Nosotros no hacemos distinciones entre los que caen y los curamos por igual.

—Gracias, señor. Es usted una gran persona.

Talamantes recibió las vendas y junto con la ayuda de la muchacha, rápidamente ayudó a detener la sangre del soldado villista.

—Es peligroso salir ahora a las calles. Hay muchas balas perdidas disparadas desde los cerros. Les recomiendo permanecer aquí hasta que se normalicen las cosas. Hemos ganado la batalla y es sólo cuestión de horas para que todo se tranquilice.

—Gracias, capitán Talamantes —contestó el padre, junto con toda la familia, quienes habían estado durante la curación del soldado constitucionalista—. Quédese un rato más a descansar. Ahorita mismo le traigo algo de comer.

—No, no es necesario...

Fue lo último que se dijo en la casa de los Magallanes, al volar en pedazos toda la manzana, desde el Banco de Zacatecas hasta el edificio de la Palma. El coronel federal Bernal, en su desesperación de verse perdido ante la superioridad de los revolucionarios, decidió volarse dentro de la Jefatura de Armas con todo y municiones, en un heroico acto de autoinmolación o despreciable cobardía, antes de que ésta cayera en manos constitucionalistas.

El estruendo sacudió a toda la ciudad. Robustas construcciones, a cientos de metros de la explosión, rompiéndose sus vidrios y en algunos casos hasta la fachada. Las construcciones alrededor de la Jefatura de Armas quedaron hechas añicos.

Presas del pánico, muchas personas decidieron abandonar la ciudad por temor a otra explosión. Cuando se encontraban entre los dos cerros, a eso de las cinco de la tarde, una copiosa lluvia... de plomo se hizo presente aterrando, matando e hiriendo a decenas de personas.

Rodolfo Fierro sangraba abundantemente de su pierna por una herida de bala, pero por azares del destino se encontró con Villa en el camino.

—¿Estás loco, Rodolfo? No puedes seguir peleando así, te vas a desangrar. Fierro se encontraba pálido por la abundante sangre vertida.

—No es nada, general. Seguimos hasta lo último.

Pancho Villa, sabiendo del sacrificio y corazón de su hombre, emparejó su caballo junto al de él y le gritó enérgicamente.

—Rodolfo, te necesito para tomar la ciudad de México y no quiero que te me mueras tirando toda tu sangre en estas calles empedradas. Te me vas a la enfermería y de ahí no sales. Es una orden.

Fierro miró con rostro desencajado a su general y se fue cabalgando directo al carro hospital de los constitucionalistas. Pancho Villa se cercioró de que su hombre hiciera lo ordenado.

El general Ángeles se encontraba disfrutando de la batalla desde las alturas, como si viera las cosas sobre un enorme tablero de ajedrez, cuando recibió un sobre cerrado a su nombre.

Con prisa lo abrió, ante los ojos del mensajero que se lo había llevado. Su gesto cambió y se tornó preocupado.

Corrió rápidamente a su caballo y se dirigió al panteón principal de la ciudad. En el cementerio se pensaba ejecutar a medio millar de federales. La matanza ya llevaba varios minutos iniciada. Los revolucionarios habían separado a los soldados rasos de los que tenían un rango, todos éstos serían ejecutados. Varios revolucionarios sacaban de la fila a los que les tocaba su turno y sin decir más, les metían un tiro en la cabeza o dos, si no morían al instante. Junto a las tenebrosas losas de mármol ya se encontraban hacinados más de cincuenta cadáveres.

Ángeles desmontó ágilmente de su caballo seguido por sus hombres. Con la mano derecha acomodó bien su sombrero tejano color café para gritar enérgicamente a los revolucionarios:

—¡Detengan esta ejecución! Estos hombres merecen otra oportunidad con la División del Norte. Vamos para la ciudad de México y necesitaremos muchos hombres. Estos pobres diablos no hicieron otra cosa que obedecer órdenes, y ése es el tipo de hombres que necesitamos para sacar a Huerta a patadas del castillo de Chapultepec.

Los revolucionarios obedecieron, y Ángeles rogó al cielo que entre el montón de cadáveres apilados en el fondo del panteón, no estuviera su sobrino.

De entre los escombros de la casa de los Magallanes sus parientes buscaban desesperados a algún sobreviviente. La gente que ayudaba a remover los escombros se horrorizaba de ver pedazos de cuerpo mutilados por las piedras y maderas de lo que alguna vez fue una casa robusta y cálida.

—¡Aquí hay alguien vivo! —gritó uno de los hombres que ayudaba a buscar sobrevivientes.

Con cuidado levantaron una viga para encontrarse con Fernando Talamantes, quien tosía el penetrante polvo que no lo dejaba respirar bien.

—Estoy bien. Es sólo una pierna, me duele horrores. Siento que está rota.

Mientras descansaba en el suelo, vio que sacaron diez cuerpos aplastados de los familiares del licenciado Magallanes. Al parecer toda la familia había perecido en el derrumbe. Algunos integrantes estaban aplastados entre piedras que ya no tenía caso remover. Sólo una muchacha de veinte años fue rescatada en las mismas condiciones que Fernando, todo lo demás era olor a muerte y desolación.

7

Álvaro Obregón toma la capital

—Ahora sí no hay quien te detenga, Pancho. El camino está libre hasta México —dijo Fernando Talamantes, recuperándose de su pierna rota, en una casucha tomada por los constitucionalistas. A su derecha se encontraba Tomás Urbina, quien había venido también a saludarlo.

—Ya no hay ejército federal que me pueda detener, Fernando, pero el pinche Barbas de Chivo me tiene bloqueados los envíos de carbón desde Coahuila y sin combustible para los trenes, pues cómo *chingaos* le hago para llegar a la capital.

—Era de esperarse, Pancho. El ruco no quiere que te lleves la gloria.

—Además que, desde la toma de Veracruz por los gringos, ya no hemos podido surtirnos de armas porque Wilson quiere estrangular a Huerta y no hacernos más fuertes a nosotros. Él sabe que hay pleito con el Matusalén de Coahuila.

—¿Cómo sigue Fierro?

—Bien, Fernando. La herida de bala ya sanó. Sé que los dos andan encabronados por el pleitecito que tuvieron antes de la batalla.

—Una tontería, Pancho. No tiene importancia.

—No tiene importancia pero ya tuve que aplacar al cabrón, porque andaba muy encabronado contigo, Fernando, que dizque lo quemaste delante de su gente —dijo Tomás Urbina.

—Odio que maten por matar, Tomás. Hay que matar por sobrevivir, no por placer y ese cabrón está enfermo. Quería destrozar a un federal jalándolo con su caballo, mientras disparaba a los enemigos para asustarlos más, al ver lo que llevaba arrastrando atrás.

—Ése es Fierro —dijo Villa, como defendiendo al muchacho que tantas veces lo incomodaba con sus desplantes de bravura—. Ya hablé con él y ya se tranquilizó.

—¿Ahora que sigue, Pancho?

—Nos regresamos para Torreón. Allá tendremos unas pláticas de reconciliación con algunos enviados de Carranza del ejército del noreste. Obregón no quiso ir. Dijo que eso era pleito entre Matusalén y yo. Esa será la última oportunidad de poner las cosas en paz con el ejército constitucionalista.

Las pláticas entre los ejércitos del noreste y la División del Norte dieron frutos, y se aceptó de nuevo la autoridad de Venustiano Carranza como primer jefe. Las condiciones básicas fueron que se llevaría a cabo una convención en la ciudad de México donde se definiría la fecha de las siguientes elecciones libres para definir el destino del país. Habría un representante por cada mil soldados participantes de los tres ejércitos del norte y el de Zapata, si éste accedía a participar.

Carranza se aseguró de que Obregón fuera el primero en llegar a la capital de México, lo que le daría la tranquilidad de mantener a la incómoda División del Norte lo más al norte que se pudiera. Carranza temía a Villa, y entre más alejado de la capital estuviera, mucho mejor para él.

Manuel Talamantes platicaba en un elegante restaurante en el centro de Guadalajara con el invicto general Álvaro

Obregón, después de la toma de la ciudad el 8 de julio de 1914.

—Así que tienes un hermano peleando con Villa, Manuel.

—Sí, general. Se llama Fernando y conoció a Villa en Ciudad Juárez, en el año de la entrevista Taft-Díaz.

—Muy interesante, Manuel. Fíjate que me preocupa la situación con Villa y Carranza. Precisamente en unos minutos nos reuniremos con un enviado especial de Carranza, quien viene a convencerme de que debo aplacar a Villa a como dé lugar.

—Es un honor para mí que me invite a su mesa en una situación así, general.

Obregón miraba a todos los que entraban en el restaurante con esos profundos ojos verdes, a los que parecía no escapárseles nada.

—Me gusta tu disposición y entrega, Manuel. Tu trabajo con Salinas en el bombardeo de Topolobampo fue notable. Sé que también has volado con él. Por lo pronto no hay aviones que volar ni motores que reparar, pero hay acción, Manolo. Si te pones abusado te cuelas conmigo hasta Palacio Nacional. Pelea junto a mí y cuando triunfe nuestra causa, habrá dinero para avioncitos y lujos.

Manuel sonrió complacido por la interesante oferta del invicto general, cuando por la puerta del restaurante hizo su entrada el enviado de Carranza, Arturo Murrieta.

—General Obregón. Soy Arturo Murrieta. Es un honor estar aquí con usted.

—El gusto es mío, Arturo. Siéntate y tomemos algo. Déjame presentarte a Manuel Talamantes, piloto de la fuerza aérea constitucionalista.

—¡Mucho gusto, Manuel! —Arturo miró desconcertado a Manuel al haber escuchado el conocido apellido.

Manuel no salía de su asombro al reconocer al duelista

de Los Remedios, a quien ayudó junto con su hermano Fernando allá por 1905. Obregón notó algo raro en la mirada de los dos y preguntó inquieto:

—¿Hay algún problema?

—No, mi general. Es sólo la sorpresa de que yo tenía diez años de edad cuando vi a este hombre enfrentarse en un duelo a muerte con un coronel porfirista, allá por la capital.

—¿Eres el hermano de Fernando Talamantes?

—Así es, Arturo. Casi diez años han pasado de eso y mírame aquí, ayudándole al general Obregón.

—¡Que gusto saber de ustedes! ¿Cómo están tu madre y tus hermanas?

—Todos bien, gracias. Mi hermana Juliana tiene a su esposo peleando con los federales en el norte. Esperamos saber pronto algo de él. Le perdimos el rastro.

—Ojalá este bien, Manuel. A los colorados y pelones no les ha ido nada bien contra Villa.

—Y a ti, Arturo, ¿cómo te ha ido?

Arturo puso al día a Manuel y al general Obregón sobre el asunto de su duelo con el coronel Canales y cómo conoció a los hermanos Talamantes.

—Pues que chiquito es el mundo, Arturo. Este muchacho es muy talentoso. Comenzó como mecánico de Miguel Lebrija y luego se unió al capitán Salinas en el primer bombardeo aéreo en la historia. Ahora me ayuda como secretario y, en cuanto tenga aviones, lo mando a bombardear a Huerta y a quien se cruce en nuestro camino a la capital.

Obregón buscó un momento a solas con Murrieta, pidiéndole a Manuel que los dejara solos por unos minutos.

—Nuestro problema ahora es Villa, general. Aunque en la reunión en Torreón de la semana pasada, prometió respetar y reconocer al Primer Jefe, en el momento que tenga carbón para sus trenes y más armas nos puede dar la espalda.

—Sí es cierto, Arturo. A mí me envió un comunicado en el que buscaba que lo apoyara contra Carranza. Le dije que él arreglara su problema. Quise ser neutral, pero sé que a la larga me van a afectar con este asunto. Ahora mi prioridad es tomar la capital, detener a Victoriano Huerta y consolidarme como el mejor general de la revolución. Una vez tomada la capital, se la entrego a Carranza en la alfombra roja y me lanzo al norte a dialogar con Pancho y hacerlo entrar en razón de que no podemos caer en otra guerra civil por el poder. Si él no se alinea, mi enfrentamiento con él será inevitable, y sé que lo puedo aplastar, aunque también sé que me tomará tiempo. Villa está muy fuerte en el norte. Tendría que sacarlo de allá y traerlo más al sur para debilitarlo.

—Gracias, general. No sabe cómo me tranquiliza con esto. Carranza temía una unión Villa-Obregón contra él. Espero que después de la toma de México y el arresto de Huerta, Pancho entre en razón y no tengamos que caer en esa batalla fratricida. Me regreso al norte y hablo con él.

—Pues adelante con esto, Arturo. Te invito en la noche a una cena. Allá va a estar Manuel Diéguez y Juan José Ríos, quienes tienen muchas ganas de saludarte. Dicen que estuvieron contigo en el conflicto de Cananea. Ahora Manuel será el gobernador de Jalisco y Juan José lo será de Colima. A los muchachos les ha ido bien.

—Encantado, general. No sabe el gusto que me va dar saludar a estos viejos amigos.

El 15 de julio de 1914, ante una presión asfixiante por parte de los constitucionalistas que avanzaban a la cabeza de Álvaro Obregón por el occidente y Pablo González por el oriente, sin que ya nadie los pudiera detener, Victoriano Huerta, temiendo por su vida, renunció a la presidencia de la República Mexicana, para dejar en su lugar al presidente de la Suprema Corte de Justicia, Francisco Carbajal[39].

—Agarra todas tus chingaderas, Aureliano, que nos pelamos de México —dijo Victoriano Huerta, mientras echaba en una maleta todo lo que podía de la oficina de Palacio Nacional.

—¿No hay manera de que aguantemos un poco más, Vic?

—Si quieres, tú quédate. A ver si Carranza te da un puesto en su gabinete o si Obregón te acepta de subalterno.

Varios fajos de billetes y joyas fueron introducidas por el Chacal en la maleta, ante los ojos desmesurados de Aureliano Blanquet.

—No, Vic. Si nos quedamos nos fusilan. Ni de pendejo me quedo para que me cuelgue Obregón o Pablo González y la plebe se orine en mi cadáver.

—Sería Obregón, Aureliano. A ese cabrón es al que le tengo miedo. El pinche Pablo no ha hecho nada más que lamerle las bolas al ruco de Carranza. Obregón si es de a de veras, y ese güey no se anda con mamadas.

—Tienes razón. Nos vemos en la estación del tren, Vic. Ya no pierdo más tiempo aquí.

Blanquet abandonó la oficina ante la mirada de Victoriano, quien calculaba cómo llevarse de ahí su retrato con la bandera en el pecho, para que no lo despedazaran las huestes obregonistas al entrar a México.

Días después, Victoriano Huerta y Aureliano Blanquet abordaron en Puerto México (Coatzacoalcos) el vapor alemán *Dresden*. Huerta viajaba con medio millón de marcos en oro, así como con cheques y joyas, para no preocuparse por años sobre su situación económica. Pronto

39 Fue uno de los negociadores que, en 1911, lograron el pacto entre Madero y los enviados porfiristas en Ciudad Juárez.

entraría en pláticas con los enviados del káiser sobre cómo recuperar el poder en México.

En cubierta se encontró con Frank Faber, quien venía acompañado de su nueva compañera, Isaura Domínguez. El amor había penetrado fuerte en el sensible teutón, quien había sido flechado en el corazón por el Cupido del Anáhuac.

—Victoriano y Aureliano, les presento a mi prometida Isaura Domínguez. Una joya con la que me encontré en Veracruz y con la que me caso en unos días.

Blanquet y Huerta miraron con ojos lujuriosos a la espigada morena de Tuxtepec que lucía exquisita y radiante.

—Mucho gusto, señorita —dijo Huerta estrechando galantemente su mano.

—El gusto es mío, general Huerta. He escuchado tanto de usted.

—Espero que puras cosas buenas, señorita.

—Buenas y malas, general. La gente grande no escapa del severo juicio de los envidiosos. Huerta estiró su cuello alagado, mientras Blanquet le miraba discretamente el trasero a Isaura, al servirse un trago de la vastísima cantina del *Dresden*.

—Es cierto, Isaura. Perdone que le vea tan insistentemente pero su cara la he visto en algún lado, pero no recuerdo dónde.

Huerta la miraba profundamente, con mirada lacrimosa, con su fina copa de coñac en la mano derecha, mientras el vapor le ganaba leguas al Golfo de México.

—Usted no recuerda dónde, pero yo sí, general.

La mirada de Huerta cambió por otra de nervios, al pensar que Isaura pudiera ser una de las bellas damas suripantas que a veces visitaba con su esbirro Blanquet en la colonia Roma.

—Yo estuve en el Castillo de Chapultepec con los

Madero. Trabajaba para la señora Sara Pérez. Nos dejamos de ver cuando tuvimos que refugiarnos en la embajada de Japón, por el golpe de estado a su gobierno.

El rostro del Chacal cambió por uno de acero. La hábil mujer decía todo lo que la prudencia le permitía decir respecto a la decena trágica y el asesinato de Madero.

—Ah, ya entiendo, Isaura. Tú eras la compañera de Sara Pérez. Será un gusto convivir con ustedes en este viaje. Déjenme ir por mi esposa para estar en parejas y comer juntos. Aureliano, anda, ve por tu vieja, que a lo mejor hasta cartas podemos jugar.

«Menos mal que es sólo la pinche gata de la Sara, por un momento pensé que pudiera ser una puta anunciándome que ya era padre de otro chilpayate», pensó Huerta sonriente, mientras el coñac acariciaba exquisitamente su garganta.

Aureliano obedeció a su jefe sin titubear. Su vida y su seguridad dependían de permanecer leal y cerca del rey huichol y los hombres del káiser ario.

Faber sonrió satisfecho. El que Isaura le hubiera dicho toda su verdad facilitaba mucho su relación. No había secretos entre ellos y la gente dentro de su círculo no los podría sorprender.

El 19 de julio Obregón tomó Manzanillo y puso como gobernador a Juan José Ríos. Al día siguiente, Pablo González tomó San Luis Potosí y dejó de gobernador a Eulalio Gutiérrez. El 29 de julio, Francisco Murguía tomó Querétaro y Morelia cayó al día siguiente en manos revolucionarias. El 2 de agosto los constitucionalistas vencieron al asesino de Madero, Francisco Cárdenas y Pascual Orozco. Cárdenas huyó a Centroamérica y Orozco a los Estados Unidos. Murguía controló Toluca y Lucio Blanco defendió la ciudad de las hordas zapatistas para facilitar la victoriosa entrada del imbatible Pompeyo sonorense, Álvaro Obregón.

Frank Faber e Isaura Domínguez se casaron en París en agosto de 1914. Desde el asesinato del archiduque y heredero al trono de Austria-Hungría, Francisco Fernando, el 28 de junio, los países europeos se pusieron al borde de la guerra continental, la cual estalló el 28 julio, cuando Austria-Hungría le declaró la guerra a Serbia.

—No entiendo cuál es tu afán en platicar con don Porfirio Díaz, Isaura. Me costó mucho trabajo conseguir la audiencia con él está tarde. Todo lo que uno tiene que hacer por el capricho de una mujer.

Isaura, vestida con un elegante vestido azul marino, con un elegante sombrero del mismo color, lo volteó a ver burlona.

—La razón por la que quiero verlo es porque es una oportunidad única que jamás hubiera soñado en toda mi vida, amor. Entrevistarnos con el dictador caído satisface mi morbo. Además, no tarda en morirse el viejo y quiero contarles a nuestros hijos que yo platiqué con él.

—Estás loca, mujer.

Faber e Isaura bajaron del taxi, frente a un edificio de departamentos en la avenida del bosque número 26. Esta avenida conducía directamente al imponente Arco del Triunfo de París.

—Nada comparado con el imponente Castillo de Chapultepec o la casa de la avenida de las cadenas en México —dijo Isaura, asombrada de que el dictador pudiera vivir en un departamento en la capital de Francia.

—Ésta es una ciudad muy cara, Isaura. Vivir aquí cuesta mucho dinero, hasta en un humilde departamento como éste. El bosque que ves ahí se asemeja mucho al del Castillo de Chapultepec. A lo mejor por eso escogió este lugar.

Llegaron a la puerta del departamento y se frenaron antes de tocar el timbre, dudando que en verdad el ex dictador de México pudiera vivir ahí.

Antes de que intentaran tocar a la puerta, una humilde mujer oaxaqueña de rasgos indígenas la abrió preguntando quiénes eran.

—Somos Frank Faber y su esposa. Tenemos una cita con don Porfirio.

—Adelante. Ya los espera.

La mujer de la puerta parecía arrancada de una efigie de las ruinas de Monte Albán en Oaxaca. Carmen Romero había traído a dos oaxaqueñas para que le ayudaran con la casa. Aunque el departamento era de dos recámaras y tenía una amplia sala, contaba con dos cuartitos para la servidumbre.

Al entrar en la sala se toparon con la efigie del héroe del 2 de abril, del hombre que entregó la ciudad de México a Benito Juárez, el hombre que durante treinta y tres años gobernara México.

—¡Adelante! Bienvenidos a mi casa. Es un gusto para mí recibir visitas de México —dijo don Porfirio, sentado en su cómodo sofá.

Por otra puerta, salió a darles la bienvenida doña Carmen Romero Rubio. La ex primera dama contaba con cincuenta y un años de edad. Zonas plateadas de sus sienes la hacían ver más vieja de lo que en verdad era. Su cabello recogido en un cómodo chongo hacía lucir su nariz aguileña más prominente, alargando su rostro con un gesto severo.

—Don Porfirio, doña Carmelita. Gracias por recibirme. Soy Frank Faber, representante del káiser Guillermo II en México, y ella es mi esposa Isaura Domínguez.

—El gusto es nuestro, señor Faber. Representar al emperador de Alemania y rey de Prusia es un cargo importantísimo y en verdad nos halaga con su presencia.

Carmelita miraba con ojos inquisidores a Isaura. Su experiencia y años de tratar con gente importante y con la servidumbre por igual, le hacían saber que Isaura no era una aristócrata ni mujer de mundo.

—¿Gustan tomar algo? Tenemos vino, café y limonada, que le encanta a mi marido.

—Dos vasos de fresca limonada serán excelentes, doña Carmelita.

Faber notó que sobre una mesa en la sala había un amplio mapa de Europa con alfileres de distintos colores. De inmediato dedujo que don Porfirio seguía el desarrollo de la guerra a su estilo militar de avances y repliegues.

—Veo que le llama la atención mi mapa, señor Faber.

—Sí, don Porfirio. Sé que usted fue un estratega militar ganador de innumerables batallas en México contra los franceses y los conservadores.

—Siempre me han apasionado los ejércitos. Admiro mucho a Napoleón.

—¿Y cómo ven los alemanes esta guerra, señor Faber? —preguntó Carmen Romero. Isaura seguía impresionada con la presencia de los ex regidores de México y no sabía qué decir.

—La veo como una oportunidad de oro para que Alemania recupere todo lo que le pertenece y de que ponga en su lugar a los que la han ofendido.

—Si la guerra fuera por recuperar lo perdido se desbarataría el mapa de Europa, señor Faber. Imagínese mi México, despojado de la mitad de su territorio en 1847 por los voraces gringos. ¿Cómo diablos podemos recuperar ese territorio más que con la espada y los cañones? No hay de otra.

—Es cierto, don Porfirio. Los mapas actuales del mundo no son más que robos y despojos de otros territorios a los

países débiles que alguna vez fueron potencias, y así se va
la historia para atrás.

—Exacto, señor Faber. Pero dígame —don Porfirio
recargó sus dos manos en su bastón, poniendo un gesto
de emoción juvenil—, ¿qué saben de México? Me dijo al
hablarme por teléfono que había estado en el *Dresden* con
Huerta y Blanquet.

—Así es, don Porfirio. Juntos huimos de México
en Puerto México. Si Victoriano se tarda un día más lo
apresan los revolucionarios, y créanme que su final hubiera
sido muy trágico.

—Igual que el mío, si me hubiera obstinado en mantenerme en el poder, señor Faber. Yo sabía que contra quien
peleaba era contra los gringos, no contra Madero. Panchito
sólo fue un títere de Taft para sacarme de la jugada por
haber beneficiado a los ingleses. Era necesario, créame,
Estados Unidos me tenía agarrado del gaznate y de las
bolas. Había que repartir el pastel minero y petrolero con
otros nuevos jugadores.

—Fue una excelente estrategia, don Porfirio —adujo
Faber.

—Me duele tanto ver a mi México, así. Ojalá pudiera
hacer algo por ellos.

Una de las oaxaqueñas interrumpió al ex dictador al
traer una charola de plata con galletas y café.

—Estas pinches indias no hacen más que traer galletas y
café. Las contraté para que me guisen comida oaxaqueña,
no para que me llenen de galletas como a un loro —exclamó
don Porfirio ocurrente.

—¿Y ustedes dónde se conocieron? —preguntó Carmelita, más con la intención de que Isaura abriera la boca
por primera vez para comprobar que podía hablar, que
interesarse en el dato.

—Nos conocimos en Veracruz, durante la invasión

norteamericana —respondió Isaura, tragando saliva para vencer su timidez hacia los antiguos dueños de México.

—En esos días anduve por ahí metiendo clandestinamente armas y municiones para los federales. Los gringos me obligaron a meterlas por Tampico y Puerto México, don Porfirio.

—Muy interesante, señor Faber.

—¿Y usted señora, Faber? —insistió incisivamente doña Carmen, segura de que estaba a punto de desenmascarar a una impostora venida de menos a más, al juntarse con el espía alemán.

Isaura la miró sonriente y después de dar un sorbido a su ardiente café le contestó:

—Yo trabajaba como dama de compañía de Sara Pérez. Con la muerte de don Francisco y la huida de la familia, tuve que colocarme con una señora en Veracruz.

Carmen sonrió para sí complacida. Su intuición no la había traicionado. Isaura no era una mujer esculpida en la cantera alemana de la aristocracia. Para ella, Isaura era una india oportunista que se le había enredado al ingenuo alemán.

—Pero no crean que nada más ése fue mi trabajo —Isaura los miró sonriente—. Antes de ese honorable empleo, fui esclava de una hacienda tabacalera de Valle Nacional en Tuxtepec. Ahí me tocó ver morir a decenas de indígenas ante la bestial explotación de los hacendados, al hacer trabajar a los indígenas de Sonora como animales y reventarlos hasta aventar sus despojos a los caimanes y zopilotes. Todo esto ante la complacencia e indiferencia del gobierno del general Porfirio Díaz. Mientras ustedes se divertían en inauguraciones, cumpleaños y bodas, yo luchaba por salvar mi vida vendiendo placer a mis opresores, hasta que logré escaparme por azares del destino y llegar a la ciudad de Parras, donde don Francisco I. Madero, un alma caritativa de Dios, me regresó a la vida, dándome comida, trabajo y un techo para sobrevivir.

La cara de Carmen Romero se llenó de tristeza y pena. Don Porfirio miraba con ojos lacrimosos la bola de su bastón, imposibilitado para articular una respuesta a modo de disculpa a esta sobreviviente de su negro régimen de esclavitud y opresión. Isaura era como una broma que el destino le jugaba al anciano ex dictador al final de su vida. Aunque se encontraba a miles de kilómetros de su país, y ya no era el presidente de México, aquí estaba una víctima de su terrible gobierno. Ella era una razón viviente del porque él se encontraba exiliado en este modesto departamento del otro lado del mundo, donde sólo esperaba una muerte digna en el olvido y México se encontraba en llamas.

—No sabe cuánto lo siento, señora —repuso doña Carmen apenada, no sabiendo qué más decir. Sentada en el mismo sofá se acercó a ella para abrazarla.

Don Porfirio se incorporó dificultosamente, yendo hacia ella. Con un gesto de tristeza, extendió sus seniles brazos para envolver a Isaura. Después se desplomó en su asiento disculpándose por sus fallas.

—Señora Faber. Le pido como un hombre humilde y anciano que ahora soy, mi más profunda disculpa por mis fallas como presidente de México. La situación vivida en las haciendas de Valle Nacional es un asunto que de mí se ocultó en su debida proporción. Yo mismo me horroricé cuando el periodista John Kenneth Turner lo denunció en su libro *México bárbaro*. Créanme que sentí una profunda tristeza y desilusión. Me sentí como el peor de los gobernantes del mundo y, ante el acoso de la prensa mundial, hice hasta lo imposible en los últimos meses que me quedaron de gobierno para cerrar esas haciendas. Antes de ser presidente de México, fui, soy y moriré siendo un hombre con defectos y virtudes. Acepto que en algunas situaciones México se me salió de control. La única manera de medirme como gobernante era comparándome con los reyes de Inglaterra, Alemania, Francia y Bélgica, que eran de mi época. Reinos riquísimos con colonias y esclavos fueron con los que pude comparar. Lo lamento muchísimo, y a la vez me siento feliz de tenerla aquí, y ver cómo ha tenido el valor de decirme lo que nadie en vida me hubiera dicho. Todo mi gobierno y mi exilio me la he pasado platicando con lambiscones e hipócritas que sólo me dicen lo que me gusta escuchar. Oír de viva voz su experiencia me ha reventado las costuras por dentro. De nuevo, le pido mis disculpas como hombre que soy, señora Faber.

—Usted no tiene por qué disculparse ante mi, don Porfirio. Yo no vine con Frank a eso. Usted es una figura pública que merece nuestra admiración. Usted es una parte de México, arrancada a sus entrañas y traída aquí a París. Usted es como un árbol desprendido de sus raíces y sembrado en otro ambiente y otro clima, en una desesperada lucha por sobrevivir. Usted es parte de la historia de México. Usted, nos guste o no nos guste a los mexicanos, es consecuencia de nuestra tolerancia e incapacidad de autogobernarnos.

Porfirio Díaz los miraba de forma nostálgica. Isaura Domínguez era la visita más inesperada desde su exilio, y sin embargo, la consideraba la mejor y más sorpresiva de todas. Isaura era una voz viviente del México al que se estaban enfrentando los constitucionalistas y los federales, en la primera revolución del siglo xx.

—Gracias, señora Faber. No sabe cómo me ha ayudado su visita.

—¿Gustan venir a cenar mañana? Nos visita Porfirito con sus hijos y nos encantaría tenerlos aquí —dijo Carmelita, contenta de que su marido estuviera feliz con la visita.

—Con gusto nos quedaríamos, doña Carmen, pero

nuestro tren sale a las ocho. Debemos estar en Londres esta semana —dijo Faber, tomando una suculenta galleta de chocolate.

—Pero con estos pastelillos y el café estamos más que felices, doña Carmen —agregó Isaura, satisfecha de que la reunión no hubiera terminado mal a pesar de todo lo que se dijo.

Al terminar las galletas y el café, los cuatro salieron a caminar al bosque de Bolonia, que tanto le recordaba a don Porfirio su bosque de Chapultepec.

Lucero se sorprendió de que Silvia la buscara tan temprano. Arturo llegaba a Veracruz al mediodía y todo tenía que estar listo para recibirlo.

—Hola, Silvia. No te esperaba tan pronto.

Silvia venía bien arreglada, con un fresco vestido blanco y huaraches. Narciso tenía una botella de leche en la boca y no hacía el menor ruido mientras se alimentaba.

—¿Te desperté?

—No, como crees. Estoy despierta desde hace dos horas. A mediodía llega Arturo y quiero que todo esté en orden.

—Invítame un café, que quiero hablar contigo.

Lucero notó un gesto de preocupación en Silvia y se olvidó de todo por un momento.

—Sí, claro. Pásale, me encanta platicar contigo.

Silvia se acomodó y sentó al pequeño Narciso en una posición cómoda entre almohadas para que no se cayera y siguiera tomando su leche.

Lucero regresó con la cafetera y dos tazas importadas de fina cerámica.

—Es café de Córdoba, como el que siempre me pides.

—Gracias, Lucero. Eres una gran amiga.

—Ahora sí dime qué te pasa. Soy toda oídos.

Silvia tomó su taza y agitó con la cuchara el azúcar que había vertido. Con calma llevó la taza a su boca para luego decir:

—Lucero, ¿sabes que eres una mujer muy afortunada? Tienes un gran hombre como compañero. Tienes el dinero que te heredó tu difunto marido, y además de todo eso, tienes un hijo precioso.

Lucero se incomodó visiblemente por la enredosa introducción de su amiga.

—Me inquieta lo que me dices, Silvia. ¿Qué es lo que te pasa?

—Estoy enamorada de Justo García y sé que tú andas de aventura con él.

Lucero casi suelta la taza de café de sus manos, al escuchar aquel petardo tronar en su cara.

—¿Quién te lo dijo?

—Es el chisme del puerto y la actitud de Justo lo delata del todo.

—¿Lo delata del todo? ¿Será que te le andas ofreciendo y te ha rechazado, Silvia?

Silvia se puso más a la defensiva de lo que estaba al entrar. La gran amistad que había surgido en Veracruz entre las dos mujeres peligraba.

—Él es mi cuñado y es un gran hombre que se merece una mujer seria y sin compromiso. Tú ya tienes hombre, ¿a qué le tiras revolcándote con él?

El gesto de Lucero cambió de la cordialidad al enfado. Tomó un sorbo de café y regresó su temblorosa taza a la mesa para decirle:

—El que sea tu cuñado, no lo hace tu hombre. Ahora, en cuanto a la mujer seria que él se merece, yo creo que tú no apareces en la lista. Hace pocos años eras su patrona y te fuiste como una fácil con el hermano de Justo y tu error te costó perder a Apolinar y a Epigmenio. Justo nunca te ha hecho caso ni lo hará. Él te ve sólo como la madre de su sobrino y *san-se-acabó*. No sueñes con él. Él nunca será para ti.

—¡Como una fácil! ¿Y tú que eres, Lucero? Una zorra que se revuelca con él mientras tu hombre anda peleando en la revolución.

Lucero se levantó de su asiento con el rostro congestionado por el coraje. Se acercó furiosa a ella y le gritó:

—¡Lárgate de mi casa! Si ando con Justo o no, ése es mi problema. Yo no tengo la culpa de que no te haga caso. Ve y busca otro hombre con tu dinero, que es lo único que tienes. ¡Anda, ve y cómprate un marinero o un estibador! Hasta mi nana Isaura tuvo más suerte que tú y se casó con Frank Faber.

Silvia se levantó altiva y orgullosa. Tomó a su hijo en sus brazos y abandonó la casa sin despedirse. Lucero aventó furiosa el café que tenía en las manos contra la pared de cantera que adornaba una de las paredes de la sala.

El día 15 de agosto de 1914, después de una marcha invicta e incontenible, Álvaro Obregón entró a la ciudad de México, después de firmar sobre la salpicadera de un automóvil los tratados de paz de Teoloyucan. Tres días antes, Carbajal, como acuerdo de los mismos tratados, se embarcó en Veracruz rumbo al exilio. El gobernador del Distrito Federal, Eduardo N. Iturbe y el jefe del ejército federal, general José Refugio Velasco, entregaron la ciudad de México al triunfante general sonorense.

En el puerto de Veracruz, Arturo Murrieta, Lucero Santana y el pequeño Regino, tomaron un tren rumbo a la ciudad de México, donde se verían el 20 de agosto, por invitación del Primer Jefe, don Venustiano Carranza, en su triunfal entrada a la ciudad de México.

—¿Cómo conseguiste esta invitación, Arturo? —preguntó Lucero sentada junto a la ventanilla del tren, mientras éste ganaba terreno rumbo al altiplano.

—Es invitación especial de Carranza, pero también muy promovida por Álvaro Obregón. Me encontré con él en Guadalajara, cuando tomó la ciudad.

—No conozco a Obregón. Hace dos años ni su nombre se mencionaba, y ahora todo mundo habla de él como el máximo general de la revolución.

—Lo es, Lucero. Obregón es un general nato de una inteligencia notable. Es capaz de memorizar varias cartas de una corrida sin equivocarse. Lo vi hacer la prueba con otro coronel en Guadalajara y no se equivocó al decir las primeras veintitrés cartas. Tiene memoria fotográfica.

—Es un hombre muy guapo. Las fotos que he visto de él no me engañan. Es blanco de ojos verdes con un gesto coqueto e inteligente.

—Además es muy simpático. ¿Y qué con el Primer Jefe?

—Con él me llevo diferente y en una línea de mucho respeto. Carranza no se presta para bromas ni te da oportunidad de convivir mucho con él, para que no le encuentres los puntos débiles.

—¿Y qué piensas de él? Te noto pensativo cuando lo mencionas.

—Es un hombre oportunista que no se expone a las balas en ninguna batalla. Todos sus logros son los provechos de sus generales. Él cree que es un nuevo Benito Juárez, huyendo con el gobierno en su carruaje.

—La capital la tomó Obregón.

—La tomó Obregón porque el viejo no le surtió carbón a Villa para sus trenes, si no, Pancho hubiera llegado ahí un mes antes.

—¿Para qué te envió Carranza a ver a Obregón?

—Carranza siente que la siguiente guerra civil será contra Villa. El Primer jefe me envío a que tratara a toda costa de evitar eso, precisamente. Hasta ahora, y no creo que por mucho tiempo, lo he logrado.

—¿Veremos a Villa en la capital?

—No, más bien creo que tendrá que ir Obregón a dialogar con él para que se calme.

Los ojos de Lucero armonizaban con el verde de la sierra veracruzana que viajaba a sus espaldas en el camino de Río Blanco.

—¿Veremos al presidente, papá?

La pregunta del pequeño Regino sacó de su balance a Arturo. El haber sido llamado papá le tocó el corazón de manera enternecedora.

—No al presidente, hijo, pero sí al Primer Jefe de la Revolución mexicana.

—¡Qué emocionante! —Regino siguió mirando el paisaje boscoso de su ventana.

Lucero, dándose cuenta de lo que dijo Regino, rió satisfecha de que el vínculo padre-hijo se diera de manera natural y espontanea.

Los Murrieta disfrutaban de un suculento café con galletas y unos pasteles en el famoso Café Colón del Paseo de la Reforma. En la ciudad de México todo era festejo y fiesta por la entrada del general Obregón y por la próxima llegada del Primer Jefe don Venustiano Carranza.

En una de las mesas del famoso café, un hombre que se ufanaba en llamarse oficial del Estado Mayor del general Pablo González, gritaba horrores a un pobre mozo que al parecer le había fallado en el servicio.

—¿Qué no sabes con quién estas tratando, pendejo? —gritó el oficial en modo altanero con voz de borracho.

—No, señor, discúlpeme.

—¡Ah, no sabes! —se incorporó de su silla y amenazó en la cara al mozo con su pistola—. Pues yo soy Antonio D. Carranza, oficial del general Pablo González. El más chingón general del ejército constitucionalista.

Arturo se puso muy nervioso al ver al tipo borracho

amenazar estúpidamente al mozo con la pistola en la mano y con precaución se acercó a él, por uno de los costados del café. Lucero tomó de la mano a Regino, nerviosa de que algo malo pudiera pasar.

—Eres un pendejo que no sabe atender a su clientela, ¿sabes?

—Perdóneme, señor. No lo tome así. No quise ofenderlo.

—¡Cállate, cabrón! —el oficial trató de callarlo señalándole con la pistola y en el forcejeo jaló accidentalmente el gatillo, hiriendo al mesero.

Antes de que disparara por segunda ocasión, Arturo lo derrumbó de un cachazo en la cabeza, dejándolo inconsciente en el suelo.

—¿Estás bien, muchacho?

—Me dio en la pierna... ahh... me duele mucho.

—Agradece que no te mató. El dolor es pasajero. Te pondrás bien. El muchacho lloraba del dolor en la rodilla por el balazo recibido.

—Te pondrás bien, muchacho. No te preocupes.

Soldados de Álvaro Obregón irrumpieron en el lugar y sin pensarlo dos veces levantaron al oficial, quien ya había recuperado el sentido.

—Cualquiera que altere el orden o haga un atentado contra los habitantes de la ciudad será fusilado como este imbécil. Éstas son órdenes del general Álvaro Obregón —dijo el teniente obregonista, orgulloso de imponer la justicia ante los azorados ojos de los comensales.

El oficial gritaba que no lo fusilaran porque era oficial de Pablo González y él los castigaría a todos.

—Precisamente por eso te vamos a fusilar. Para que la ciudadanía vea que el general Álvaro Obregón firmó los tratados de Teoloyucan para proteger a la ciudadanía y a sus bienes en el cambio de poder, no para solapar gente despreciable como tú. Personas como usted son una vergüenza para el régimen y merecen este final.

Sin decir más lo sacaron a empellones a la calle, lo colocaron contra un muro junto al café y lo ultimaron de dos descargas. Arturo no dejó salir a Regino del café para que no viera esta escena de violencia, mientras Lucero, entre los curiosos en la calle, lloraba horrorizada por el triste final de aquel oficial.

—No llore, señora. Hubiera llorado más la madre de ese pobre mesero o su hijo, si a este imbécil se le hubiera salido otro tiro en el Café Colón.

Lucero regresó al café aceptando que el oficial tenía razón en cuidar la integridad de la gente en la ciudad.

—¡Qué horror, Arturo!

—Esto es la guerra, Lucero. A veces se mata para evitar que te maten.

Al instalarse en la ciudad de México, los generales obregonistas tomaron las mejores casas de los ricos del porfiriato. Gente importante como Carranza, Álvaro Obregón, Pablo González, y otros más se merecían un palacio de lujo para descansar, trabajar y recibir a su gente.

El general Álvaro Obregón se hospedó en la mansión de Alberto Braniff, en el Paseo de la Reforma; Pablo González tomó la casa de Ignacio de la Torre y Mier, frente al caballito; Rafael Buelna en la de Tomás Braniff, en la calle de la Fragua y Lucio Blanco en la de Joaquín Casasús, en la calle de Héroes, justo enfrente de la de Antonio Rivas Mercado, el arquitecto que diseñó el Ángel de la Independencia.

La sorpresa vino cuando los constitucionalistas trataron de meterse, a la fuerza, en una casa enorme, también ubicada en Paseo de la Reforma, sólo para ser rechazados a balazos. Ante la duda de si irrumpir a la fuerza o mejor consultarlo con el general Obregón, optaron por lo último.

—Nos rechazaron a balazos, mi general. De la puerta principal salió un tipo moreno alto, de bigote, insultándonos con una pistola en la mano —informó el teniente a Obregón.

—¿Les dijo quien era? —preguntó Obregón mientras revisaba unos papeles para el Primer Jefe.

—Dijo que era un tal Justo García y que nos fuéramos a la chingada. Obregón soltó los papeles que revisaba y soltó una sonora carcajada.

—¿Ya oíste, Manuel? Te mandaron a la chingada.

Manuel Talamantes, que jugaba al billar en la flamante mesa de Alberto Braniff, detuvo su golpe para decirle:

—Algo ha de traer ese Justo, mi general, para con tanta seguridad mandarnos para allá.

—¡Mandarte, Manuel! —Obregón le dio una palmadita amistosa en el brazo—. Ese cabrón si es de güevos. Vayan con él de nuevo e invítenlo aquí conmigo. Díganle que lo quiero conocer antes de irme a donde nos dijo.

—¡Sí, mi general! —dijo el teniente, acomodándose sus cananas y cinturón, listo para salir a cumplir con su recado.

—Es un gusto recibirlo en esta casa, don Justo García. Me encantaría decirle mi casa, pero ésa está hasta Sonora.

—El gusto es mío, general Obregón. El invicto general constitucionalista.

Justo venía vestido con ropa casual. No llevaba ningún arma visible, aunque si había llegado con una pistola dentro de su saco, que había dejado al entrar a la guardia personal de Obregón.

—Gracias, don Justo. Sé que mi guardia le quitó su pistola al entrar, pero yo le doy la mía por si venía a matarme nada lo detenga.

Justo rechazó el arma con una sonrisa.

—No se fije en eso, general. Entiendo que se tenga que cuidar. La ciudad tiene enemigos federales de cuidado disfrazados de civiles.

—Así es, don Justo. Yo comulgo con la idea de que no hay manera de cuidarse de un asesino, si éste decide cambiar su vida por la tuya. Cuando eso pasa, bienvenido con San Pedro.

—Así es, mi general.

—Siéntese y tomemos un buen trago de la vasta cantina de don Alberto Braniff, que para estas alturas debe andar brindando por igual en la cubierta de algún barco, huyendo hacia Europa.

—Sin duda. Ése era más porfirista que el mismo don Porfirio.

—Fíjese que yo premio a mis hombres con el privilegio de hospedarse en la casa que quieran, como una especie de botín de guerra. Siempre y cuando ésta no esté habitada por gente honorable. Cuando mi teniente me dijo que usted los había mandado a la chingada con una ráfaga de plomo de sus hombres, me dije: este hombre debe ser alguien especial para tener el valor de hacer eso. Por ello, inmediatamente lo invité a venir aquí y no me equivoqué en mi apreciación.

—Gracias, general, yo me siento halagado de estar aquí.

Obregón y Justo chocaron sus copas. Manuel Talamantes saludó de mano a Justo y después se alejó del salón para dejarlos platicar libremente.

—¿A qué se dedica usted don Justo?

Justo rió amistosamente, tomando todo el contenido de su copa de un solo trago.

—Soy hombre de negocios, general.

Obregón paró la ceja derecha, afiló la punta de su tupido bigote y sonriente continuó:

—Yo también lo soy, don Justo; pero acepto que en estos tiempos turbulentos es difícil mantener un negocio próspero con tantos cambios de gobierno, inseguridad y distintos tipos de moneda. Ya ve que los ricos hasta casas como ésta han abandonado para salvar el pellejo.

—Compro y vendo lo que la situación demande en su momento y deje más dinero, general.

—¿Cómo qué don Justo?

—Bienes raíces, general. La tierra siempre sigue en su lugar, así haya cambios de gobierno y de pobladores. Ella siempre está ahí hasta al final, hasta para ayudarnos a pudrirnos.

—Es cierto.

—La casa en la que me hospedo ahora me salió en una bicoca, general. Los dueños me aceptaron una mugre por su valor. Ya les andaba por huir a Veracruz antes de que los villistas o los obregonistas los colgaran de los árboles de su amplio jardín.

—Es cierto todo lo que dice, don Justo. En estos momentos el que tiene dólares u oro es el que manda —dijo Obregón, tomando uno de los tacos del finísimo billar, mientras colocaba una de las brillosas bolas para buscar hacer una carambola—. ¿Y cuál es su causa en este nuevo gobierno que está por iniciar?

—Soy constitucionalista, general, y desearía invertir un dinero en la causa del general que le está por entregar el gobierno en bandeja de plata y tapete rojo al inútil de Carranza, que no movió un dedo para lograr esto. Usted me recuerda a Porfirio Díaz cuando le entregó la ciudad a Benito Juárez y éste ni se dignó en subirlo a su carruaje en el desfile triunfal.

Obregón, con ojos verdes inquisidores detuvo su tiro mirando profundamente a Justo.

—¿Y qué le hace pensar que no lo puedo juzgar incorrectamente por hablar mal del Primer Jefe?

—No estoy hablando mal. Estoy diciéndole la verdad,

general. Carranza nunca se va a arriesgar a que se le desboleen los zapatos en un campo de batalla, para eso tiene a sus generales. Luego, al final, él entra triunfante en la capital elegantemente vestido y oliendo a colonia a reclamar el gobierno máximo del país.

—¿Está usted dispuesto a apostar por mí en la máxima magistratura del país?

Justo tomó el taco e hizo una demostración espectacular de una carambola de tres bandas.

—Aquí está mi apuesta, general. Estoy seguro que después de Carranza, usted será el presidente de México.

Justo puso un sobre manila sobre la mesa de billar con miles de dólares en su interior. Obregón lo revisó y sonriendo satisfecho respondió a Justo:

—Cuando ese día llegue, usted entrará conmigo en mi gabinete, si así lo desea, don Justo —Obregón tomó su copa y la extendió hacia su nuevo amigo—. ¡Salud, Justo García!

Los dos chocaron sus copas satisfechos por la sociedad surgida. Justo acababa de apostar su futuro a la máxima estrella militar de la Revolución mexicana.

A la mañana siguiente, 20 de agosto de 1914, Venustiano Carranza hizo su entrada triunfal en la ciudad de México. Al llegar a Tlaxpana, el presidente del H. Ayuntamiento, mayor Luis. G. Cervantes, le hizo entrega de las «llaves de la ciudad». A medio día, después de un lento y tumultuoso avance entre seguidores y curiosos, Carranza llegó a la Plaza de Armas.

Al día siguiente, por órdenes del Primer Jefe y por amor a los reflectores y al peligro, Álvaro Obregón partió hacia Sonora a entrevistarse con Francisco Villa y Maytorena.

Justo García recibió una sorpresiva vista en su casa de Reforma. Sus hombres, que vigilaban la puerta, subieron para avisarle que la señora Silvia Villalobos estaba afuera y que exigía verlo.

—Díganle que pase.

Justo se puso su bata roja y calzó unas pantuflas de terciopelo negro. La noche anterior había invitado al general Obregón a su casa, donde dos hermosísimas mujeres de no más de treinta años los habían entretenido toda la noche. La visita de Silvia lo inquietaba, y más, si hubiera caído ahí cuando estaba con el invicto general sonorense y las princesas tapatías.

—Hola, Silvia. ¿Qué haces aquí en la capital? Te hacía en Veracruz con Narciso.

Justo la saludó de beso en la mejilla, la invitó a tomar asiento y luego la tomó de las manos para escucharla:

—Narciso está bien en el hotel con la nana, Justo. Te viniste a la capital y ni me avisaste.

—Ah, caray. ¿Y de cuándo acá te tengo que informar lo que hago?

—Somos parientes, ¿o ya se te olvidó?

Justo rió por el comentario. Caminó hacia la mesita de centro y tomó un puro ya cortado para ser encendido, lo prendió y luego de cerciorarse por la ventana de que todo estaba bien frente a su casa, volteó para decirle:

—En efecto, Silvia. Somos parientes, eres mi cuñada y Narciso es mi sobrino. No hay duda de ello, pero eso qué tiene que ver con te aparezcas aquí, en esta ciudad tan peligrosa, poniendo en riesgo la vida de mi sobrino.

—Sé que viniste a buscarla. Qué casualidad que ella se viene para acá con Murrieta y tú la sigues, ¿es tu gusto andar con una mujer usada y de otro hombre?

Justo la miró sorprendido. Hasta ese momento se dio cuenta de que Silvia sabía lo de Lucero y de que estaba celosa.

—No te entiendo, Silvia. ¿Celosa? Tú y yo no somos nada. Eres mi cuñada y hasta ahí. No más.

—¡Tonto! ¿Es que acaso no te das cuenta de que te amo y de que nadie te amará más que yo?

Silvia se le acercó y le plantó un atrevido beso en la boca que lo dejó sorprendido del todo.

—Silvia... yo... es decir, entre nosotros no debe haber nada. Yo te quiero como la madre del hijo de mi hermano, como mi socia, por el dinero y haciendas que te dejó Apolinar. Pero de ahí a quererte o andar contigo, no.

¿Y Lucero sí es muy correcta, no? Una mujer de otro hombre.

—¿De dónde sacas que yo...?

—¡Cállate, sinvergüenza! Todo Veracruz supo lo de Lucero y los marinos que mataste en la playa. ¿Crees que en una ciudad del tamaño de una caja de zapatos se pueden guardar muchos secretos?

Justo no lo aceptó ni lo rechazó. Se concentró más en mantenerla a distancia.

—Basta, Silvia. No te entrometas en mi vida. Yo haré otro tanto con la tuya.

—Ah sí, ¿y qué motivos te he dado? Preocúpate cuando ande saliendo con alguien porque ese hombre se puede convertir en mi socio y entonces no creo que estés tan tranquilo. Soy una mujer libre y puedo rehacer mi vida con quien yo quiera. Te busco a ti porque te amo, no porque no pueda conseguir con quien acostarme.

Justo la abrazó con ternura. La quería como su cuñada y nunca la había visto como mujer.

—Tranquilízate, mujer. Te invito a comer algo y seguimos discutiendo esto, ¿sí?

—Está bien.

—Diré a mis muchachos que metan tus cosas al cuarto

de arriba. Estarás más segura aquí, durante la ocupación constitucionalista, que en un hotel.

—Gracias, Justo.

Lucero y Arturo se encontraban cenando en el Jockey Club, cuando por la puerta de entrada, llegaron Silvia y Justo. El restaurante estaba abarrotado de constitucionalistas y Arturo no desaprovechó el momento para avisar al capitán de meseros que los sentara en su mesa.

Justo se sorprendió al ser llevado a su mesa. Silvia entendió perfectamente la razón de su sorpresa y la alegría ingenua de Arturo Murrieta. Las dos mujeres sólo se miraron en un pacto tácito de no agresión.

—Arturo... Lucero... ¡Qué sorpresa!

—Lo mismo decimos nosotros, Justo. Los vimos desde aquí pelearse con el capitán por una mesa y, pues sólo le pedimos que se vinieran para acá —dijo Arturo, saludando con un abrazo a Justo y de beso a Silvia.

Lucero lo miró discretamente sintiendo cosquilleos en el estómago. Después saludó a Silvia en una mera actuación.

—¿Qué andan haciendo en la capital? —preguntó Arturo.

—De negocios, Arturo. Silvia tiene que ver unos asuntos con sus casas de Morelos, y yo compré una casa en la avenida Reforma con un precio de oportunidad.

—Muy bien, Justo. Eso es lo tuyo y lo haces muy bien.

Las dos mujeres lucían en su mejor momento. Lucero llevaba un vestido rojo y Silvia con uno color crema con un sombrero elegantemente adornado.

—¿Quién cuida a Narciso? —preguntó Lucero.

—Una señora que me recomendaron. Me estoy quedando en casa de Justo y, ¿quién te está cuidando a Regino?

El gesto de Lucero se endureció al escuchar eso y fingiendo indiferencia continuó:

—Una nana también, pero del hotel. Nosotros no podemos quedarnos en mi casa. Ya la ocuparon los constitucionalistas. Para Carranza esa casa era de un porfirista amigo de Huerta. La verdad, prefiero mantenerme al margen.

—Véndemela, Lucero. Yo me encargo de arreglarla.

Silvia no desaprovechaba ninguna oportunidad de mostrar a Lucero su independencia y poder económico.

—No sería mala idea, Silvia. Esa casa me trae malos recuerdos.

—¿Es peligroso ir a Cuernavaca, no, Silvia? —preguntó Arturo, atento a lo que platicaban las mujeres.

—Sí, Arturo. Confío en que por el respeto que le tiene Zapata a Justo, no nos molestarán. Hasta el momento sé que han respetado mi hacienda.

—Ojalá sea cierto, Silvia. Zapata se mantiene fuera de la ley y no ha aceptado ningún acuerdo con Carranza.

—Se habla de que Carranza mandará una comisión de paz para hablar con él. Espero que haya buenos resultados —dijo Justo, llamando con señas al mesero para ordenar.

Esta semana tuve la oportunidad de conocer al general Álvaro Obregón.

—¿De veras? —preguntó Arturo con admiración.

—Sí, Arturo. El general Obregón es un hombre muy ambicioso e inteligente. Aposté mucho dinero a que él será presidente de México, después de Carranza.

—¿Apostaste? ¿Con quién?

—Con él mismo. El general sólo sonrió y me dijo que lo logrará, pasando sobre quien tenga que pasar.

—¡Vaya que es ambicioso! —repuso Lucero sorprendida.

—¿Y ustedes qué plan tienen aquí en la ciudad? —preguntó Silvia.

—Como dije hace rato. La idea es vender la casa de Lucero, y si la situación en la ciudad mejora, mudarnos de Veracruz para acá —explicó Murrieta—. Como tú hiciste, Justo, podríamos comprar una buena casa a un precio de oportunidad, o si no, al menos rentarla.

—Para que eso pase, la ciudad tiene que estar segura, con un gobierno sólido y una buena policía —repuso Justo, mirando discretamente a Lucero, mientras aspiraba su cigarrillo. Sus ojos penetraron entre la niebla del tabaco, mientras escrutaba los verdes ojos de Lucero.

Lucero leyó esa mirada incisiva y desvió sus ojos oportunamente, al ver que, por la entrada principal, la gente se levantaba como si algo ocurriera. Los demás voltearon sorprendidos de ver entrar al Primer Jefe, don Venustiano Carranza, acompañado de varias personas.

—¡Es Venustiano Carranza! —dijo Silvia, levantando su nacarado cuello para tener una mejor vista del Barón de Cuatrociénegas, que casualmente se dirigía a su mesa, entre saludos a todos los comensales. En cuestión de minutos pasaría junto a ellos. Don Venustiano vestía su enorme traje color caqui, impecables botas negras y sus elegantes gafas oscuras.

—Ahora entiendo por qué está abarrotado este lugar. Don Venus venía a cenar —comentó Murrieta, incorporándose de su silla al ver más cerca al gigante de Coahuila.

—¡Vaya que si es alto y con personalidad! —dijo Lucero, impresionada por el porte del Matusalén constitucionalista.

Don Venustiano reconoció a Murrieta y acercándose al él con una cordial sonrisa dijo:

—¡Arturo! Sabía que ya andabas en la ciudad pero no esperaba verte aquí y mucho menos con tu bella esposa.

—Gracias, don Venustiano. Ella es Lucero Santana.

Don Venus la tomó de su mano y besándosela ceremoniosamente le dijo:

—Es usted un ángel en la tierra, doña Lucero. Es un

gusto conocerla. Arturo, por lo obligado de la situación también presentó a Justo y a Silvia.

—¿Justo García?

—Sí, señor —dijo Justo, estrechando su mano.

—Así que usted es el que me ganó la casa donde me pensaba hospedar.

—¿Ah, sí? —Justo sonrió halagado.

—Su casa me gustó, pero Álvaro me dijo que estaba ocupada por un prominente millonario que la acababa de comprar. Es un placer conocerlo, don Justo.

—Gracias, don Venustiano.

—¿Y usted es su esposa, señora? —se dirigió a Silvia, también besando cortésmente su mano.

—No, don Venustiano. Sólo soy su cuñada y madre de su sobrino.

—Insisto. En esta mesa salió el sol. Es usted una mujer muy hermosa.

—Gracias, don Venustiano —Silvia no pudo, a través de las gafas oscuras de don Venus, mirar sus escrutadores ojos, explorando su atrevido escote.

El Primer Jefe siguió su camino saludando cordialmente a los comensales de las otras mesas. Lucero sonrió por dentro, por la alusiva presentación de Silvia, mientras Justo la miraba confundido. Murrieta, conocedor de estas cosas, sólo se hizo de la vista gorda.

8

VILLA DECIDE FUSILAR A OBREGÓN

L A SITUACIÓN EN SONORA DEMANDABA LA PRESENCIA inmediata del general Álvaro Obregón. El gobernador don José María Maytorena; en protesta por no haber sido escogido por el Primer Jefe, Venustiano Carranza, como jefe del Ejército del Noroeste, en lugar del general Obregón; se rebeló contra la primera Jefatura, aprehendiendo al general Salvador Alvarado. Se nombró a Benjamín G. Hill como comandante militar del estado de Sonora, quien ordenó al coronel Plutarco Elías Calles que, por seguridad y estrategia, se replegara con sus hombres a la frontera, sin presentar combate.

La presencia de Villa y Obregón causó escándalo en la frontera de El Paso y Ciudad Juárez. Como las dos grandes luminarias que Obregón y Villa eran, fueron recibidos con honores en Texas por el general John Pershing, jefe de las fuerzas norteamericanas en la frontera, y por el teniente George S. Patton[40].

—Te fijas, Álvaro, estos pinches gringuitos están llenos de armas y generales, pero no pelean contra nadie y saben

40 (1885-1945). Famoso jefe del 3er Ejército de los Estados Unidos en la Segunda Guerra Mundial. Sobresalió por sus estrategias de guerra y fue uno de los generales más temidos por los nazis. Mató al guardaespaldas de Pancho Villa, Julio Cárdenas, durante la expedición punitiva en 1916.

que nosotros somos los verdaderos chingones, que nos la rifamos en el sur de su país —dijo Villa, mientras se preparaban para la famosa foto del recuerdo.

—No creo que duren mucho así, Pancho. La guerra en Europa se está saliendo de control y si Inglaterra y Francia no detienen a Alemania, los gringos tendrán que hacerlo. Y todos estos que ves aquí, admirándonos por ser los grandes generales de México, nos dejaran chiquitos en experiencia y triunfos con las tremendas batallas que tendrán que sostener en el otro continente para ganar la Guerra Mundial —explicó Obregón, demostrando una mayor comprensión del contexto mundial que Villa, quien sólo sabía sobre el norte de México y su División del Norte.

La famosa foto fue tomada en las instalaciones militares de Fort Bliss, el 26 de agosto de 1914, mostrando al frente, de izquierda a derecha, al teniente Francisco Serrano, al general Álvaro Obregón, al mayor Julio Madero, al general Francisco Villa, al licenciado Luis Aguirre Benavides, al general John Pershing[41] y al teniente George S. Patton.

Después de la foto, todos fueron invitados a un famoso restaurante de comida texana donde conversaron largamente sobre la problemática en México y la guerra en Europa, que amenazaba con extenderse a América a pesar de la neutralidad buscada y prometida por Woodrow Wilson.

Después de haber sido agasajados por las futuras luminarias de la Segunda Guerra Mundial, Obregón y Villa viajaron a Nogales donde se entrevistaron, el 29 de agosto, con el gobernador José María Maytorena. En sus pláticas de concordia se acordó suspender las hostilidades

---

41 (1860-1948). Encargado de perseguir a Pancho Villa en la famosa expedición punitiva en la que nunca lo pudo atrapar. Fue mentor y ejemplo de los más grandes generales de las dos guerras mundiales, como George C. Marshall, George S. Patton, Dwight D. Eisenhower y Omar Bradley.

entre el coronel Calles, Benjamín Hill y el mismo Maytorena, aceptando este último la suprema autoridad de Álvaro Obregón en el estado, plasmando el acuerdo en un importante documento firmado al final de la junta.

El 31 de agosto, Villa y Obregón se encontraban de vuelta en la madriguera del feroz Centauro, quien lo invitó a comer a su casa para seguir dialogando sobre las diferencias con el Primer Jefe. El general Obregón, satisfecho con los términos de la entrevista con Villa, salió de Chihuahua el día 5 de septiembre, llegando a la ciudad de México el 7.

Durante la ausencia del general Obregón en México, los maytorenistas atacaron a Benjamín Hill y a Plutarco Elías Calles en la batalla de Naco. La razón del ataque fue la negativa a doblegarse a las órdenes del gobernador.

Villa le sugirió a Obregón que mandara retirar a Hill de Naco y lo reubicara en Casas Grandes para cesar las hostilidades. En esos días el primer Jefe recibió la queja de que Tomás Urbina utilizaba a soldados de la División del Norte para intimidar a los hermanos Arrieta, sus odiados enemigos. Ellos, organizados y férreos, se prepararon para la defensa del soberanía de Durango.

El día 13 de septiembre, por órdenes del Primer Jefe, el general Obregón fue de nuevo para Chihuahua para dialogar en busca de un acuerdo con el Centauro del Norte. Lo acompañaron el jefe del Estado Mayor, teniente coronel Francisco Serrano, el capitán Carlos Robinson, el teniente Rafael Villagrán y el piloto aviador Manuel Talamantes.

Dentro del tren, en el área del comedor, dialogaban amenamente Álvaro Obregón y Manuel Talamantes.

—Esta vez la cosa está de color de hormiga, Manuel. Pancho Villa está furioso por la falta de control de mis hombres en Sonora.

—¿Y usted qué piensa, general? —preguntó Manuel, mientras le ponía salsa a sus huevos rancheros.

Por las ventanas del carro comedor se contemplaba majestuoso el desierto mexicano con su fascinante diversidad de cactáceas y paisajes rocosos.

—Pienso que me pueden matar allá, Manuel. Yo solito me estoy metiendo a la madriguera del lobo.

—¿Y por qué no manda a alguien más, general? El teniente Serrano se me hace un hombre muy capaz, o yo mismo, por no comprometer a otros.

—Sí, Manuel. Pero hay algo importante: nunca dejes a otros lo difícil y peligroso, porque es ahí precisamente donde está la oportunidad de ser grande y de distinguirte de los demás. No le voy a poner los cascabeles a Serrano para que Carranza lo empiece a notar, ¿verdad?

—Es cierto, general. No lo había pensado de ese modo.

—Si pensara de la otra forma, el general más fuerte ahora sería Pablo González o Villa. Sin embargo, yo he tomado el toro por los cuernos y me le he montado picándole los ojos. O llego a ser presidente o muero en el intento, Manuel.

Obregón devoraba sus sabrosos huevos con jamón sin perder detalle en la conversación, mientras miraba a Manuel pelearse con el mesero porque su platillo estaba frío.

—Lo va a lograr, general. No hay quien lo pare.

—Sólo la calaca me frena, Manuel.

—Quería darle las gracias por llevarme a Chihuahua, general. Usted me ha brindado la oportunidad de ver a mi hermano Fernando, que hace años que no lo veo.

—Lo conozco de vista, Manuel. Sé que es uno de los hombres de confianza de Villa.

—Sí, Pancho Villa lo estima mucho.

Pues ya me estaré echando una cerveza con los hermanos Talamantes. Será un verdadero placer.

El día 16 de septiembre Obregón llegó a su destino en

Chihuahua. Él y su gente pensaban que el mismo Villa los recibiría en persona pero, para su sorpresa, sólo se encontraba en el andén el Carnicero, Rodolfo Fierro, para recibirlos.

—General Obregón. Es un gusto recibirlo de nuevo aquí en Chihuahua. El general Villa lo espera en el desfile que hemos preparado nuestra división y la del Noroeste.

—Gracias, general Fierro. Es un honor estar aquí con ustedes de nuevo.

Fierro miró con ojos de animal salvaje a los hombres de Obregón, saludándolos mecánicamente, como si fuera un acto circense ensayado decenas de veces por un oso. Talamantes notó que Fierro lo veía más que a los otros.

«Como se parece ese cabrón al pinche Fernando Talamantes», pensaba Fierro tras verlo, en lo que se dirigían al centro de la ciudad.

Obregón y los jefes de la División del Norte contemplaron respetuosamente el desfile militar. Al terminar se saludaron afectuosamente y aceptaron, por invitación del coronel Raúl Madero, comer en su casa.

Manuel Talamantes llegó a la casa de Raúl Madero en compañía de Obregón, Robinson y Serrano. En la puerta aguardaba para saludarlos Fernando Talamantes, quien saludó respetuosamente a los distinguidos militares, para luego recibir a su hermano con un fraternal abrazo.

—Vaya que sí se parecen, muchachos —dijo Obregón al saludar.

—Gracias, mi general. Tenía años que no nos veíamos —repuso Fernando.

Obregón, Serrano y Robinson entraron a la casa para saludar a todos los reunidos. En la entrada se quedaron los Talamantes, quienes tenían mucho de que platicar.

—¡Qué gusto verte, Manuel!

Fernando vestía el flamante traje caqui de la División

del Norte. A diferencia de Manuel, Fernando había ganado unos kilitos de más con los años.

—Yo estoy igual de contento, hermano. Cuando me confirmaste que venías, no sabes cuánto me alegré. ¿Cómo están mi mamá y las hermanas?

—Mamá bien. Inés con sus dos hijos y Juliana no sabe nada de Roberto. Piensa que lo mataron los villistas —repuso Manuel.

—¡Pobre Juliana! Tan joven, y a lo mejor ya hasta es viuda. ¡Vale madres!

—¿Cómo están Gisela y mi sobrino?

—Bien, gracias a Dios, Manuel. Viven en El Paso y Fernandito ya tiene dos años.

—¿A quién se parece?

—Pues al papá, cabrón. ¿A quién más?

—Ah cabrón, ¿y sí lo conoces? —dijo Manuel muerto de risa.

—¡Ah, qué cabrón tan simpático! —Fernando le dio una palmadita en la espalda—. Pero dime, ¿cómo está eso de que has volado aviones?

—Me metí de ayudante de mecánico de mi gran amigo, descanse en paz, Miguel Lebrija. El me enseñó todo sobre las máquinas y a pilotear.

—¿Por qué dices descanse en paz? ¿Se estrelló al volar?

—No. Lo operaron en París por un problema en su pierna y todo se complicó. Fue una tragedia.

—Era más fácil que muriera volando, ¿no? ¡Cómo es la vida! ¿Y luego?

—Pues me coloqué con el capitán Gustavo Salinas, un pariente de Carranza que es un chingón volando. De ahí me agarró el general Obregón, que dizque al rato me va a dar un avión. Ve tú a saber. Una cosa si es segura, Fer. Cualquiera de nuestros tres jefes va a llegar a la presidencia.

—¿Te refieres a Villa, Carranza y Obregón?

—Sí.

—De Villa lo dudo. Aunque ya gobernó Chihuahua, y dicen que no lo hizo nada mal, él dice que la silla presidencial le queda grande. A ver qué pasa con el tiempo.

—¿Sabes que me encontré a Arturo Murrieta en México? —preguntó Manuel, atento a todo lo que ocurría afuera de la casa.

—¿Arturo? Sí te creo. Murrieta anda bien metido con el Primer Jefe. Tengo tiempo viéndolo.

—Supe que mataron al coronel Canales y que se quedó con la mujer del difunto.

—El muy vivo tiene dos mujeres. Una holandesa y Lucero, la viuda de Canales. Con las dos tiene hijos. A la larga se tendrá que decidir por una. No creo que las dos acepten esta situación.

—¿Y tú cómo vas con tu suegro? —preguntó Manuel, mientras encendía un cigarrillo.

—No he vuelto a ver al viejo, aunque sé que anda en Estados Unidos. Me odia y juró vengarse por haberle quitado a su hija y arruinado su rancho.

—Habrá que tener cuidado, ¿no?

—Más me preocupa nuestro posible rompimiento con Carranza que don Víctor, Manuel.

—Sí, tienes razón, hermano. Podríamos quedar en bandos contrarios.

—Ojalá no ocurra eso. Entremos a la comida a ver qué pasa.

La comida se desarrolló sin incidente alguno. Se respiraba un buen ambiente de camaradería. El coronel Raúl Madero se sentía halagado de tener a tan importantes visitas en su comedor.

Obregón vacilaba con los compañeros y se mostraba relajado, hasta que uno de los hombres de Villa lo llamó para darle el recado de que Pancho Villa lo quería en su casa para discutir un asunto muy importante. Obregón se disculpó con Raúl Madero y salió rumbo a la casa de Villa.

Al llegar a la casa del Centauro, lo recibió su secretaria, Soledad Armendáriz de Orduño, encantadora jovencita que tenía ya un par de meses al servicio de Villa.

—General Obregón, me dice el general Villa que en unos minutitos está aquí para recibirlo.

—Aquí espero, muchacha, no tengas cuidado —dijo Obregón oliendo el peligro como un animal perseguido. Lo único que lo tranquilizaba es que no estaba en un lugar solo. Aquí había muchos testigos como para que Villa intentara asesinarlo.

Villa apareció y saludó fríamente a Obregón sin darle la mano. Con ojos de asesino le espetó sin rodeos:

—Amigo Álvaro, por lo que veo usted se está burlando de mí.

Obregón, atento a la mirada de Villa, rápidamente intuyó que algo andaba mal.

—No te entiendo, Pancho. ¿A qué te refieres?

Villa golpeó la mesa con su puño, causando un incómodo silencio que anunciaba una tormenta.

—Benjamín Hill y Calles están atacando a las fuerzas de Maytorena. Parece que nuestro arreglo no sirvió de nada y sólo vienes a burlarte de mí, Álvaro.

—Maytorena es el que no parece aceptar ser mi subordinado, Pancho. Él está actuando por cuenta propia y mis hombres se tienen que defender.

Villa se acercó y mirándolo de frente y sin rodeos le ordenó:

—Mándale una orden a Hill de que salga de Sonora y se vaya para Casas Grandes.

—No puedo, Pancho. Julio Madero le dio la orden de mi parte, de que mientras yo estuviera aquí en Chihuahua,

Hill no obedeciera órdenes de nadie y de que actuara por cuenta propia.

—¿Ah sí? Para un cabrón hay un cabrón y medio. Ahorita mismo te voy a fusilar por traidor.

—¡Fernando!

Obregón perdió color en el rostro y se puso tenso como estatua. Se imaginaba lo peor con sólo ver la cara iracunda del Centauro.

—Sí, mi general —se presentó Talamantes nervioso al grito de Villa.

—Preparen el pelotón de fusilamiento que me voy a tronar a este perro traidor.

—Sí, mi general —salió Talamantes consternado del cuarto.

Los dos hombres se miraron retadoramente. En el cuarto se respiraba un ambiente tenso, de muerte. Ambos pensaron en desenfundar y matarse ahí mismo a balazos, pero la cordura imperó sobre la precipitación, al sopesar las consecuencias que traería un error así. Obregón se relajó, tomó asiento de nuevo y con temple de acero comentó a Villa en una esgrima psicológica de la que saldría vencedor:

—A mí, personalmente, me harás un bien con ese fusilamiento, Pancho —Villa abrió sus ojos desconcertado ante la calma y temple del sonorense. Obregón se reclinó cómodamente en el respaldo para continuar—, porque con esa muerte, la historia me dará una personalidad que no tengo, y el único perjudicado en este caso serás tú. Me harás un mártir de la noche a la mañana.

Villa caminaba como fiera encerrada dentro del cuarto esperando al pelotón de fusilamiento. Obregón sacó una cajetilla de cigarros, llevándose uno a los labios y ofreciendo otro a Villa, el cual ignoró, volteando a mirar a la puerta y a su invitado.

Fernando comunicó a los hombres de Villa la orden que le habían dado y, en cuestión de minutos, se formó el pelotón que fusilaría a Obregón. El encargado sería el mayor Cañedo, enemigo a muerte de Obregón, quien no olvidaba el día en el que Obregón lo corrió de su ejército por considerarlo indigno de pertenecer a él. La oportunidad de la venganza se la ofrecía la misma providencia. Raúl Madero, en compañía de Felipe Ángeles, se movilizó para abogar por la vida de Obregón y salvarle la vida.

Felipe Ángeles habló con Luz Corral, haciéndola entrar en razón de que el asesinato de Obregón, como huésped bajo su responsabilidad, mancharía su imagen de pareja para siempre.

—Villa y Luz Corral mataron a Obregón en esta casa, mientras era su huésped. Dirá toda la gente de usted, doña Luz —dijo Ángeles, haciendo un esfuerzo por convencer a la esposa de Villa.

—Pero eso no es cierto, general Ángeles. Yo nunca mataría a quien le ofrecí mesa y cama en mi casa.

—Pues haga algo, doña Luz, porque Pancho está fuera de sí, y usted es la única que lo puede controlar y hacer entrar en razón.

Dentro del cuarto donde estaban encerrados Villa y Obregón, el Centauro fue derrotado por la hábil psicología del sonorense.

Villa se acercó a él. Le aceptó un cigarrillo y al terminar de encenderlo le espetó:

—Francisco Villa no es un traidor. Es un hombre de honor y de palabra y nunca mata hombres indefensos ni mataría a ninguno de sus huéspedes, mucho menos a alguien como usted que no me ha hecho nada y no tengo pruebas en su contra. Levántate, Álvaro, y vayamos a cenar, que ya se me pasó lo encabronado.

Por la puerta ingresó Fernando Talamantes, para

informar la problemática que se vivía allá afuera. Al verlo, Villa le dijo:

— ¡Vamos, Fernando! Cancele todo que aquí ya no pasó nada. Hábleles a Ángeles y a Raúl Madero y dígales que vamos a cenar todos juntos.

—¡Luz! —gritó Villa, llamando a su mujer. Obregón no salía del asombro de ver ese intempestivo cambio de carácter en el hombre que estuvo a punto de fusilarlo.

—Sí, Pancho.

—Tráete una jarra de limonada para mis amigos y dale un vaso grande a mi secretaria, que se asustaría mucho por nuestro escándalo.

Durante la cena, que preparó personalmente Luz Corral, Villa se comportó de manera correcta. Nadie podía imaginarse que unos minutos antes Villa estuvo a punto de mancharse las manos de sangre. El matrimonio Villa se desvivía por complacer a sus invitados. Obregón contaba chistes y anécdotas de su campaña por el oeste.

Esa misma noche se celebró un baile al que asistieron los generales de la División del Norte. Obregón bailó y tomó como si en verdad hubiera sido su último día. Eran las cuatro de la mañana y no dejaba de divertirse.

En el calor de las copas sus subordinados Carlos Robinson y Manuel Talamantes le preguntaron qué en verdad había pasado en la casa de Pancho Villa, a lo que el ocurrente general contestó:

—El cabrón ordenó que me fusilaran por tener a Hill peleando en Sonora. Ya no la veía venir y me encomendé al San Venustiano de los cielos.

—¡Vaya que sí lo escuchó, mi general!

—Aunque todavía no me siento a salvo, Carlos. El general Villa es re bailador y no vino al baile. Eso me da mala espina —dijo Obregón incorporándose para bailar una polka con una jovencita que lo fue a buscar.

Momentos antes de la fiesta, Pancho Villa, mediante una junta con sus subordinados había decidido, por sugerencia de los generales Robles, Ángeles, Aguirre Benavides, Raúl Madero y Roque González Garza, perdonar la vida de Obregón. Los asesinos del grupo, Rodolfo Fierro, Manuel Banda y Tomás Urbina quedaron inconformes: querían a Obregón fusilado.

Al mismo tiempo, en la ciudad de México, don Venustiano Carranza platicaba con Arturo Murrieta sobre los incidentes en el norte, entre Villa y Obregón.

—Estoy harto de ese robavacas, Arturo. ¿Sabes que estuvo a punto de fusilar a Obregón?

—¿Y qué lo detuvo de hacerlo, don Venus?

—Aparentemente intervinieron sus propios generales para calmarlo. Yo no confío en ese tipo y lo voy a desconocer, Arturo. La ruptura entre los dos es inevitable. No se puede negociar con un ignorante que ni su nombre sabe escribir. Acabo de ordenar a Natera que vuele la vía de comunicación entre Zacatecas y Aguascalientes. No quiero sorpresas. Si ese cabrón se viene para México, no habrá manera de frenarlo.

Don Venustiano, sentado atrás de un fino escritorio de caoba con un amplio ventanal a su espalda, se peinaba su blanca barba con los largos dedos de su mano derecha, a modo de peine. Sus gafas oscuras ocultaban sus verdaderas intenciones, que Arturo claramente intuía. El Primer Jefe levantaba las vías del tren para hacer quedar mal a Obregón, al cual ya temía, y buscaba la manera de deshacerse de él. Qué mejor manera que lo victimara el propio Villa. Ya después se daría su tiempo para acabarlo con su fiel general Pablo González. Obregón era ambicioso, inteligente y temible. La furia de Pancho Villa le daría el triunfo que requería.

—Villa tomará lo de las vías del tren como una separación

declarada, don Venustiano. La vida de Obregón peligra mientras esté en las manos de Villa. Podría desquitar su coraje animal con nuestro valiente general. Ojalá logre salir de Chihuahua.

Carranza, como un buen actor de teatro en una escena de rutina, fingió preocupación por las palabras de Murrieta.

—Ojalá, Arturo —dijo el Primer Jefe satisfecho, dándole un buen trago a su copa. Mientras miraba el jardín de su casa por la ventana, se imaginaba a sí mismo en el funeral del sonorense, con una cara triste y compungida colocando un enorme ramo de flores en el ataúd de Obregón, después de dar el sentido y doloroso pésame a su esposa.

Arturo Murrieta, al salir de la casa de Carranza, fue interceptado por un muchacho que sonrientemente le entregó un sobre. Sin decir más, el chico se retiró caminando entre la gente.

Arturo volteó para ver si veía una cara conocida entre la gente que cuidaba la casa, pero no reconoció a nadie.

Con cuidado abrió el sobre y extrajo la carta. Era una sola hoja con un mensaje breve pero contundente:

«Lucero anda de amante con Justo García. Todo Veracruz sabe de sus amores obscenos en la playa. Eres un ingenuo cornudo, Arturo Murrieta... jajaja... Mientras andas con Carranza, a tu mujer Justo le hace panza».

Justo dobló el papel en sus manos y con un coraje que hacía tiempo que no sentía, arrojó la hoja a una pila de escombros que ardían a un costado de la calle.

«¿Quién será el que escribió el recado? No parece provenir de un hombre. Un hombre me hubiera insultado y dicho cosas peores para herir mi orgullo. No creo que Lucero se atreva a eso. Ella no es de ésas», pensó al caminar, hecho una furia, por la transitada banqueta.

El hecho de imaginarse a Lucero, desnuda en los brazos de otro hombre, lo puso frenético. Hablaría primero con

Lucero y luego con Justo, aprovechando que los tres estaban en la misma ciudad.

Al llegar al hotel abrió su cuarto y no vio a Lucero. Le tranquilizó ver la luz del baño encendida y al pequeño Regino durmiendo en una de las camas. Caminando, sin hacer ruido, se asomó por la puerta del baño para ver a Lucero quitándose el jabón de su hermoso cuerpo con el silencioso chorro de la regadera. Hacía tiempo que no le hacía el amor, y el reclamo que le tenía reservado podría esperar un día más. Sin pensarlo, cerró la puerta del baño para evitar ser sorprendido por Reginito. Lucero lo miró con gusto, insinuándole que hiciera lo que sus ojos reflejaban. Arturo en un santiamén se encontró completamente desnudo mordisqueando los rosados y erguidos pezones de Lucero, que entrecerraba los ojos dispuesta a recibir el placer que por meses se le había negado. Arturo la levantó como si fuera una ligera pluma, sentándola sobre el amplio lavabo. Lucero tomó de los cabellos a Arturo exigiéndole con jalones de greñas que la penetrara una, dos, diez, cincuenta y todas las veces que se pudiera para mitigar esa sed de placer que la abordaba. Arturo jadeaba como un toro salvaje dispuesto a romper la pequeña jaula que lo encerraba. Minutos después los dos cayeron exhaustos sobre las gruesas toallas que el fino hotel proveía a sus huéspedes. Afortunadamente, Reginito no se había despertado y podían seguir platicando en el amplio sillón de piel del cuarto recibidor.

—¿Cómo te fue con Carranza?

—El viejo se quiere deshacer de Villa y Obregón. Está furioso porque le exigieron como condición de la convención del primero de octubre, que no se podría postular para las elecciones como presidente.

—Ha de estar furioso.

—Lo está, y como todo un Maquiavelo, está enfrentando a Villa y a Obregón para que los dos se maten y él se quede solo en el pináculo del poder. El viejo es muy vivo.

Lucero, con su cabeza recargada en el pecho de Arturo, liquidó cualquier reclamo por parte de su hombre. Ya vendrían otros días para tocar el tema. Mientras tanto empezaría a vigilar a Justo García

Obregón iba de regreso a la capital cuando, al llegar a Ceballos, Villa ordenó que su tren volviera a Chihuahua. El general venía acompañado del coronel Roque González Garza, Eugenio Aguirre Benavides y José Isabel Robles, todos ellos villistas. La mirada nerviosa del caudillo sonorense fue interpretada por sus compañeros, que sin rodeos le preguntaron:

—¿Para qué crees que te quiera de vuelta, Álvaro? —preguntó Roque González Garza.

—No será para fusilarme, Roque. Eso lo puede hacer aquí mismo y nadie lo juzgaría. Algo quiere decirme. Me preocupa más estar lejos de él, que en su casa como huésped.

—Estaremos listos de todas maneras, general. Para lo que usted quiera y diga —dijo Manuel Talamantes con gesto nervioso.

Villa se reunió con sus hombres para decidir en qué estación de tren sería fusilado el valiente general sonorense. Tras un largo debate entre los generales moderados como Raúl Madero, quien apoyaba le decisión de Eugenio Aguirre Benavides y José Isabel Robles de oponerse a la ejecución del caudillo, los sedientos de sangre como Rodolfo Fierro y Tomás Urbina presionaban para su fusilamiento. Villa, argumentando que Obregón era una alimaña peor que Pascual Orozco y Victoriano Huerta, decidió su ejecución sin tentarse el corazón.

Villa recibió a Obregón en persona y lo invitó de nuevo a su casa para comer y charlar sobre un asunto que le quemaba la cabeza.

—Te hice regresar por una simple razón, amigo.

Obregón estaba sentado en la mesa, le tranquilizaba no haber sido desarmado. Eso significaba que por el momento, Villa no intentaría nada contra él.

—El pinche ruco de Carranza acaba de volar las vías del tren al sur de Saltillo y Zacatecas. Eso era lo único que esperaba para declararle la guerra al cabrón ése.

—No lo sabía, Pancho. Te lo aseguro. Aquí he andado incomunicado.

Villa se acercó a la mesa, tomó una roja manzana de un platón rebosante en frutas y después de darle una mordida, respondió:

—Eso es precisamente lo que quería escuchar de ti, Álvaro. No me gustaría que le jugaras al vivo en mi territorio. Estarás un rato aquí con nosotros. Luz ha preparado una suculenta comida para ti y todos los generales. Así damos tiempo a que arreglen las vías.

—Me parece bien, Pancho. Tu esposa guisa delicioso.

Villa mandó a llamar a los demás generales y todos comieron los suculentos guisados de Luz Corral, como si nada hubiera pasado.

Al terminar la comida, Villa invitó a Obregón a dar un incómodo paseo, donde el sonorense temía ser victimado. Afortunadamente no se presentó ningún incidente raro y al regresar a la casa de Villa, los dos se despidieron fraternalmente con un abrazo. Villa ordenó a Rodolfo Fierro que acompañara a Obregón y a su gente a la estación del tren para que el caudillo emprendiera su viaje de regreso a la capital.

Mientras los líderes del ejército del norte daban el paseo, Fernando Talamantes se reunió con su hermano Manuel para prevenirlo de la actitud asesina de Villa.

—Villa matará a Obregón en el camino de vuelta a Torreón, Manuel. Tienes que prevenirlo. Yo escuché cuando El Centauro ordenó a Almanza dar alcance al tren de Villa. Prevénganse y hagan algo.

—Ahorita le informo. Gracias, Fernando. Te debemos una.

—No me deben nada, hermano. Obregón es un gran líder que no merece morir así. Cuídate y estamos en contacto.

Los dos se dieron un abrazo y cada uno agarró su camino. Fernando, al caminar hacia su caballo, se topó con Rodolfo Fierro, quien parecía haber estado escondido escuchándolos.

—¿Por qué tan apurado, Fernando?

Fernando lo miró sorprendido. Por un momento temió haber sido sorprendido por El Carnicero al haber informado a Manuel. La única manera de saberlo era dejar que la plática fluyera.

—Ninguna prisa, Rodolfo. Sólo que mi hermano regresa a la capital y quiero despedirme de él.

Rodolfo se acercó más a él, echándole el humo de su cigarrillo en la cara.

—Cuando regrese de dejar a Obregón a la estación, tú y yo tenemos mucho de qué hablar. Desde la chingadera que me hiciste en la toma de Zacatecas, te tengo entre ceja y ceja, y esta vez no intervendrá tu papi Villa para salvarte.

—Me tienes sin cuidado, Fierro. Me la pelas. Como escojas te pongo en la madre, pinche indio asesino.

Fierro puso su mano tensa, como pensando en sacar la pistola y matar a Fernando ahí mismo, pero mejor dejó su venganza para después, retirándose hacia la casa de Villa, lanzando una mirada burlona y retadora. Fernando, alerta con su pistola en la mano, vio alejarse a su odiado rival.

El general Mateo Almanza, por órdenes del Centauro del Norte, salió de Chihuahua en un tren especial, con la misión de detener el tren del caudillo sonorense y fusilarlo sin clemencia alguna. El tren de Obregón pasó de largo antes de que llegara el de Almanza. Villa, al ser informado que el tren de Obregón iba adelante del de Almanza, ordenó que éste fuera detenido para que el otro lo alcanzara. Pero Roque González Garza, quien acompañaba a Obregón y estaba en contra de la actitud asesina de Villa, ordenó que el tren continuara su viaje sin detenerse, evitando así ser alcanzado por el pelotón de la muerte.

El peligro de morir aún no pasaba para Obregón. Villa, al saber de la actitud traicionera de Roque, ordenó que en la estación Gómez Palacio los recibiera otro pelotón y, esta vez, por ningún motivo los dejaran escapar. Otro tren, donde viajaban enviados especiales de Eugenio Aguirre Benavides y José Isabel Robles dio alcance al tren de Obregón y les abrió el paso sin paradas hasta Aguascalientes, donde logró librar el peligro al reunirse con las tropas leales a Carranza.

Arturo se encontraba con el Primer Jefe esperando la llegada de Álvaro Obregón a la capital, por lo que Lucero estaba a solas con Regino en su hotel. Terminaba de desayunar en el lujoso comedor, cuando Justo García apareció para saludarla.

—¡Justo! ¡Qué sorpresa!

Lucero se mostraba emocionada y nerviosa al mismo tiempo. Reginito iba y venía a la mesa, paseándose en el comedor y en el lobby del hotel.

—En un minuto me siento contigo, Lucero. Tengo que ver un asunto importante con ese chino que ves ahí sentado. Termino y regreso.

—Sí, Justo. Está bien.

Justo se sentó con su socio Wong Li, quien lo saludó como si fuera un pariente del lejano oriente.

—¡Que helmosa ciudad, Justo!

—Así es, Wong Li. La ciudad de México es la más grande del país. Es una maravilla y aquí nos esperan muchos clientes para nuestro maravilloso producto.

—Tengo el calgamento listo, Justo. Nada más es cuestión de distlibuilo con nuevos clientes.

—Aquí esta una lista de tres distribuidores, Li. El precio está amarrado y sólo tienes que hacerle entrega de la goma. Estos son cafés de chinos, donde las tropas de Carranza se sentirán deleitadas con nuestras pipas.

—Eles muy lápido y celtelo en este negocio, Justo. Me da gusto sel tu socio.

—En esto y en todo, Li. La vida le sonríe a los que se atreven a agarrarle las nalgas. Préstame la llave de tu cuarto por un par de horas. Tengo un negocio pendiente.

Li rió como un niño, mientras ordenaba al mesero la especialidad de la casa.

Justo dejó solo en su mesa al chino Wong Li y regresó a la de Lucero, quien lo recibió cordial y sonriente, después de llevar a Regino al cuarto.

—Te ves hermosa, Lucero.

—Gracias, Justo. Tú también te ves muy guapo.

—¿Dónde anda Murrieta?

—Con Carranza. En estos momentos deben estar por recibir a Obregón.

—¿Tendrás media hora libre?

—Hasta una hora, ¿por qué?

Justo le entregó la llave del cuarto de Wong Li. Justo a dos cuartos del de ella. Lucero sonrió nerviosa y mirando decidida a su amante se adelantó al encuentro que su corazón y su cuerpo anhelaban. Justo García tenía un toque mágico al que ella no se podía resistir.

Justo tocó la puerta del cuarto y Lucero le abrió, recibiéndolo con una contagiosa sonrisa.

—Antes de entrar, me cercioré de que Reginito estuviera

leyendo. Le dije que me tardaría una hora. Que por nada del mundo le abriera la puerta a nadie.

Justo ignoró el comentario materno de la ardiente mujer. Con decisión comenzó a besarla lentamente, bajando sus labios por su terso cuello. Lucero se estremecía. Justo desabotonó magistralmente el vestido que tenía veinte botones distribuidos a todo lo largo de la espalda, con esas manos de ladrón profesional, entrenado en tomar lo ajeno en segundos, sin que la víctima se diera cuenta. Su hermoso cuerpo quedó en ropa interior y liguero, luciendo sus finas medias con los gruesos tacones de hebilla importados de París. Justo no le quitó la ropa interior, simplemente la hizo para un lado, hasta dejar libre el paso de su arma de placer. Con movimientos rítmicos y precisos, Justo y Lucero se daban placer mutuo, calculando Justo el momento de su orgasmo, para demorarlo y hacerlo así más exquisito y explosivo. Después de largos minutos, se acostó bocarriba en la cama y Lucero se sentó atrevidamente en él, como si fuera un jinete atizando al caballo a dar lo máximo en una cerrada carrera, hasta enloquecerlo con un movimiento exquisito y cadencioso que los llevó a los dos al clímax al mismo tiempo. Lucero gritaba como loca mientras arañaba el pecho de Justo. Al final los dos quedaron recostados, descansando del exquisito momento vivido.

—Eres una diosa para hacer el amor, Lucero.

Justo la tenía abrazada con el brazo derecho, mientras miraban hacia el techo.

—Soy normal, Justo. Simplemente son las ganas de sexo contenidas por meses, de una mujer ardiente y apasionada, que se desfogan en unos minutos, además de que me fascina como me lo haces. Eres buenísimo, querido.

Lucero le plantó un tierno beso en los labios, mientras que, con sus dedos, jugueteaba con sus patillas.

Mientras esta candente escena comenzaba a desarrollarse

en el cuarto de Wong Li, Arturo Murrieta llegó al cuarto de Lucero, el cual fue abierto por Regino al reconocer la voz de su padre. Al enterarse que su madre andaba por ahí, dio instrucciones al niño de que se quedara en el cuarto en lo que él encontraba a su madre. Cansado de buscarla en el restaurante y los salones, preguntó a una recamarera por su esposa. Al describírsela, la amable mujer le comentó que la mujer acababa de entrar a un cuarto cercano del suyo. Arturo, suspicaz de la situación, le dio unos billetes a la mujer para que tocara la puerta del cuarto mientras él se quedaba a un costado para saber quién era la mujer que estaba adentro. La recamarera tocó varias veces la puerta, hasta que Justo García la entreabrió, mandándola al diablo. Después cerró la puerta y Arturo se puso detrás, tratando de escuchar la voz de la mujer que hablaba en su interior. Al reconocer que era la voz de Lucero, volvió a tocar la puerta. Cuando Justo la abrió furioso, Arturo pateó la puerta, irrumpiendo violentamente en el cuarto, dejando pasmados a Lucero y a Justo. Lucero sólo se tapó con la sábana, Justo no encontró con qué. La recamarera, guardándose sus dólares en el pecho, se perdió en la escalera del pasillo, sabiendo que eso terminaría muy mal.

—Así que era cierto lo del mensaje. Te andas revolcando con este malnacido —dijo Arturo, sacando su pistola del saco.

Justo se sintió perdido. Sabía que si Murrieta, loco por los celos, disparaba, él era un hombre muerto.

—¡Cálmate, Arturo! Es culpa mía, no de Justo. Déjalo en paz —dijo Lucero, incorporándose de la cama, cubriéndose con la sábana. Con angustia abrazó a Arturo tratando de evitar una tragedia.

Justo, arrinconado en el cuarto, buscaba la manera de escaparse de esa difícil situación.

—Tranquilízate, Arturo. Yo te lo puedo explicar.

Arturo, como si hubiera recibido un destello de prudencia, entregó su arma a Lucero.

—Ahora sí, como los hombres, cabrón, a puro puño.

Arturo se abalanzó sobre Justo impactándolo con un
fuerte puñetazo en la nariz, Justo cayó sobre el tocador
del cuarto rompiendo el espejo del mismo. Cuando Arturo
intentó repetir el puñetazo, Justo se agachó arrojándose
sobre él, rodando los dos sobre el amplio piso del cuarto.
Lucero, envuelta en una sábana, con la pistola en la mano,
no sabía qué hacer y sólo gritaba que se separaran. Justo, ya
recuperado del impacto, con la nariz chorreando de sangre,
golpeó con certeros puñetazos a Arturo abriéndole una
ceja y el labio. Arturo, antes de recibir otro golpe, soltó un
cabezazo que dejó atarantado a Justo. Después una patada
en el estómago lo mandó contra un escritorio, donde quedó
inmóvil. Arturo se acercó a Lucero, arrebatándole la pistola,
pensando por un momento en matarlo, pero la luz de la
cordura hizo que guardara el arma. Miró con despreció a
Lucero, mientras se encaminó hacia la puerta.

—Perdóname, Arturo. Fui una estúpida.

La cara de Lucero era una cascada de lágrimas.

—Los tres somos culpables, Lucero, pero más yo.

Justo y Lucero vieron salir del cuarto a Arturo. Después
de este desenmascarado arrebato de pasión, nada volvería
a ser igual entre los tres.

Rodolfo Fierro, después de hablar con Villa sobre su
sospecha de que Fernando había informando a su hermano
Manuel sobre la orden de matar a Obregón, exigió su
inmediato fusilamiento. Francisco Villa, ecuánime, procedió de la manera más justa ante la falta de pruebas de la
traición de Fernando.

—Yo sé que Fernandito no te cae bien, Rodolfo —dijo
Villa, recargado en un madero que servía como cerca
en su casa de Chihuahua—, y creo que el sentimiento es

recíproco. A ti no se te olvida el incidente de Zacatecas y a Talamantes no le gusta cómo arreglas las cosas con nuestros enemigos.

Fernando miraba sorprendido a los dos, un minuto antes pensaba que Villa se pondría del lado del Carnicero.

—No te entiendo Pancho. ¿Qué sugieres? —dijo Fierro molesto, amenazando a Villa con sus ojos de coyote.

—Sugiero que arreglen este asunto con un duelo de caballeros. Puede ser a golpes, balazos, espadazos, a cartas, escupitajos, qué sé yo. Pero algo sí les aclaro, en caso de que los dos sobrevivan después de ese duelo, no quiero volver a verlos pelear frente a mí. Necesito unidad y fuerza, no discordias y envidias entre mis mejores hombres.

Fernando, con otro aliento de confianza, encaramó a Fierro diciéndole:

—¿Qué te parece a trancazos, Fierro? A ver si sin tu pistola eres tan cabrón como dicen.

Fierro, herido en su orgullo y ante la mirada burlona del Centauro, se despojó de su cinturón y cananas, dispuesto a enfrentar a su odiado enemigo a golpes. Fernando hizo otro tanto, y en menos de un minuto estaban rodeados de más de veinte villistas que querían ver el pleito y hasta apostar dinero. Villa reía de la capacidad de convocatoria que había tenido el anunciado pleito.

—Ahora sí, muchachos, pártanse su madre y que gane el mejor —dijo Villa, dando banderazo al pleito.

Rodolfo Fierro, alto y fuerte, intimidaba a cualquiera. Con sigilo, dio varias vueltas alrededor de Talamantes, quien sólo lo esperaba para golpearlo en el intento. Bufando como un toro, Fierro se lanzó tirando golpes a lo loco tratando de conectar a Talamantes, quien sólo lo esquivó y aprovechando su misma fuerza lo proyectó contra los maderos, donde unos minutos antes descansaba Villa. Los compañeros rieron de lo chusco que se veía el temido

Carnicero lleno de polvo y tierra tratando de incorporarse. Con gesto de furia y humillación, Fierro se abalanzó de nuevo sobre Talamantes, quien con maestría le recetó tres certeros puñetazos que pusieron de nuevo al Carnicero en el suelo, esta vez haciendo cruz con los brazos.

—¡Párate cabrón, que me estás aburriendo! —gritó Fernando, apenas empezando un pleito que estaba ya casi liquidado.

Fierro, atarantado, se incorporó como pudo y, haciendo un último esfuerzo por golpear al ágil de Fernando, se fue de largo para ser recibido de un rodillazo en la cara, que lo puso totalmente fuera de combate por varios minutos. Todos callaron asombrados de la habilidad de Talamantes para los golpes. Sus años de infancia en Los Remedios lo habían enfrentado con varios niños muy bravos que sacaron lo mejor de él. Confrontarse a un borracho lento como Fierro, había sido pan comido para el valiente pendenciero. Fernando tomó sus cosas que había colocado en el suelo y se retiró sonriente del lugar saludando a todos.

—Pero quien iba a pensar que este *pelao* fuera tan bueno pa' los trancazos. Sorpresas que se lleva uno —comentó Villa, echándole una jícara con agua en la cabeza a Rodolfo Fierro.

Todos los presentes rieron por el comentario de Pancho Villa, mientras ayudaban a Fierro a recuperarse.

9

LA SOBERANA CONVENCIÓN
DE AGUASCALIENTES

EL PRIMERO DE OCTUBRE DE 1914, EN LA CÁMARA de Diputados de la ciudad de México, se celebró la Convención de gobernadores y generales constitucionalistas. Ante la ausencia de los delegados de la División del Norte y los del Ejército del Sur, Venustiano Carranza renunció como Primer Jefe del Ejército Constitucionalista. Los delegados asistentes, por votación unánime rechazaron la dimisión del Primer Jefe, trasladando dos días después la soberana convención a la ciudad de Aguascalientes.

Carranza y Obregón dialogaban en la casa del Primer Jefe sobre la decisión de trasladar la convención a Aguascalientes.

—No entiendo por qué está tan molesto por irnos para Aguascalientes, don Venustiano. Es mejor mantener a Villa en el Norte, que hacerlo venir hasta la capital con toda su gente —dijo Álvaro Obregón, cómodamente sentado con una copa de vino en la mano.

—Por el lado de mantener a Villa en el Norte está bien, Álvaro. Lo que me enoja es que estoy seguro de que no sacarán nada de Villa llevándola allá. Te puedo garantizar que ese robavacas jamás renunciará a su ejército, por más que se lo exija la dichosa convención.

Carranza furioso, con las manos enlazadas en la espalda, iba y venía dentro del lujoso salón sin encontrar una postura.

—¿Y qué sugiere que haga, don Venustiano?

—Ir en mi representación, Álvaro. Por votación unánime sigo siendo el Primer Jefe y es mi decisión quedarme en la capital, mientras tú me representas en Aguascalientes. Por ningún motivo entregaré el país a un tipo como Villa. Ni Dios lo mande.

Arturo Murrieta se encontraba destrozado anímica y mentalmente. La situación vivida con Lucero lo había dejado fuera de combate. Por momentos le daban ganas de mandar a volar todo e irse a Nueva York con Gretel. El dolor de perder a Lucero lo torturaba por dentro. Sabía bien que la infidelidad de su mujer era una consecuencia de su desapego y descuido. Demasiados meses fuera, sin atenderla, la habían puesto a la merced de bribones como Justo García, que sólo andaban esperando la oportunidad para aprovecharse de la debilidad emocional de mujeres como Lucero. Debía irse a Aguascalientes para representar a Carranza junto con Obregón, pero lo atormentaba dejarla expuesta a Justo García. No soportaba pensar que Lucero viviera con Justo en su casa de la avenida Reforma.

¿Qué dirían sus amigos, los enemigos, en fin, la opinión pública? De por sí el escándalo del hotel había sido equivalente al duelo vivido con el coronel Canales, allá por 1905. Habría quienes le dirían que retara a duelo a Justo, algunos que lo matara como a un perro, y otros que ni se preocupara por una mujer fácil como Lucero, lo cual era para él una puñalada en el corazón.

Arturo amaba a Lucero, incluso más que a Gretel, por la cual no se había preocupado en las últimas semanas y que en una situación parecida ya había sido víctima de los amoríos de John Kent. Afortunadamente, eso era de su completo desconocimiento. Arturo Murrieta era víctima de la problemática de tener amores e hijos con dos mujeres igual de hermosas. «El que a dos amos sirve, con alguno queda mal». Lucero y Gretel eran dos hermosas y jóvenes mujeres que era imposible que pasaran desapercibidas ante los ojos de hombres de mundo como los Apolinar Chávez, Justo García y John Kent.

Por lo pronto, Arturo Murrieta sabía que Lucero había partido el mismo día del pleito a su casa en Veracruz. Eso lo tranquilizaba un poco. Justo García seguía en la ciudad y se le veía frecuentemente en compañía de Obregón. Mientras estuviera lejos de Lucero, su mente podía funcionar bien. Arturo sabía que debería definir su situación pronto. Terminar con Lucero sería equivalente a entregársela en bandeja de plata a ese bribón vividor. Regresar a ella como sin nada, lo dejaba en ridículo. Perdonar una infidelidad de este tipo era como aceptar la posibilidad de que este bochornoso hecho pudiera repetirse. Quizá matar a Justo sería lo mejor. «Muerto el perro se acabó la rabia», pensaba, mientras se dirigía a la estación del tren para partir ir hacia Aguascalientes. Allá lo esperaba su viejo amigo, José Vasconcelos, quien también participaría en la convención, y con quien tenía mucho que platicar para aclarar sus ideas.

Justo García desayunaba tranquilamente en su hotel en Aguascalientes unos deliciosos huevos rancheros con café. A un lado de su mesa mantenía el periódico extendido para enterarse de los últimos hechos de las sesiones diarias llevadas a cabo en el Teatro Morelos. La primera plana mostraba la noticia del día: «La mayoría de los delegados de la Convención pide la renuncia de Carranza, Villa y Zapata para lograr un acuerdo de paz duradero».

—Ese viejo no va a renunciar, amigo. Están perdiendo su tiempo.

Justo volteó sorprendido para ver quién era la persona que se dirigía a él de manera tan amigable. Inmediatamente se sintió sorprendido por la belleza y juventud de esta mujer que parecía estar sola.

—¿Eres huésped del hotel? No te había visto antes —preguntó Justo sorprendido.

—Sí, me acabo de registrar. Esta ciudad parece un cuartel militar por la famosa convención. Está llena de soldados y la gente decente no sale de sus casas.

—Soy Justo García, hombre de negocios, no militar, por lo que creo soy una persona decente. Patricia Solís rió por el comentario divertido de Justo. Los dos se habían atraído al instante. Justo se incorporó de su silla para ofrecerle un lugar en su mesa.

—Gracias, ¿y qué andas haciendo por acá, Justo?

—Como te dije, hago negocios con los convencionalistas. ¿Y tú, vienes con tu marido?

—No. Ando sola. Busco al asesino de mi difunto esposo.

—¿Así qué eres la viuda vengadora?

—Sí. Un villista lo asesinó cuando estábamos en Ciudad Juárez. Lo conozco de vista, no de nombre. En cuanto lo vea me lo trueno.

Justo analizó detenidamente a Patricia. Era el tipo de mujer que encajaba perfecto con sus planes.

—Despreocúpate, Patricia. Yo te ayudaré a encontrar a tu villista. Si vino a la convención, considéralo un hombre muerto.

—Gracias, Justo. ¡Qué amable!

Llegó el mesero y tomó la orden de lo que la bella dama quería desayunar. Otros comensales que indudablemente eran militares, se fijaron en la belleza de la mujer y del porte del hombre que le hacía compañía. El caballero, a pesar de no ser militar, se veía de respeto y mantendría lejos a los que trataran de insinuarle algo.

José Vasconcelos y Arturo Murrieta se reunieron en un restaurante en el centro de Aguascalientes. Llevaban varias semanas de no verse, y la comida era una buena oportunidad para ponerse al día en cuanto a noticias personales.

—Me terminó, Arturo. Adriana ya no quiere nada conmigo. Dice que jamás me perdonará que haya ido a sacarla de ese sanatorio en compañía de mi esposa. Dice que fue insulto a su persona.

—¿Y por qué fuiste con Serafina, Pepe?

—Por imbécil. Cuando llegamos a San Antonio, ella se dio cuenta de que estaba devastado y ausente. Notó, con esa inexplicable intuición femenina, que la presencia de Adriana me hacía falta, como a una planta el sol. Preocupada por mi situación, trató de apoyarme para recuperarla. Cuando menos me di cuenta ya había pasado lo que te conté.

Arturo puso varias rajas de chiles jalapeños en su carne asada. El restaurante, de paredes adornadas con ruedas de carretas y cuernos de toros, estaba a media capacidad y los militares eran la mayoría de ellos. —A mí me fue peor, Pepe.

—¿Qué paso? Cuéntame.

—Lucero me engañó con un tipo. Los encontré en una habitación de hotel, a dos cuartos del nuestro, ahora que estuvimos en la capital.

Pepe, al escuchar esa tremenda confesión, detuvo el viaje de la concha de chocolate hacia su boca.

—¿Conoces al tipo ese?

—Lo conocemos, Pepe. Es el socio del difunto Apolinar Chávez.

Al escuchar el nombre de Apolinar, Vasconcelos recordó aquella ocasión en la que había descubierto a Gretel salir de los cuartos de un hotel en compañía de Apolinar Chávez. Situación que siempre mantuvo en secreto, a falta de pruebas más contundentes del desliz de la holandesa. Parecía que a esos dos bribones les gustaban las mujeres de Arturo Murrieta.

—¿Y qué más pasó?

—Los sorprendí dentro del cuarto. Saqué mi pistola, y antes de hacer una estupidez desquité mi coraje a golpes, mientras Lucero sostenía temblorosa la pistola. Justo García, al ver que le había dado al arma, aceptó sin amedrentarse el duelo a puñetazos. Afortunadamente quedó así, lo que pudo haber terminado en tragedia.

—¿Qué te puedo decir, Arturo?

—La verdad, Pepe. Eres mi amigo, sincérate conmigo. Me lo merezco por cabrón y pendejo. Qué fácil resultó para mí involucrarme con dos bellas mujeres y tratar de mantenerlas satisfechas y contentas, mientras yo andaba en todos lados, menos con ellas. El amor y la tentación son así. Son como enfermedades que invaden cualquier cuerpo sin respetar raza, posición social ni sexo. No culpo a ese cabrón por haberse enamorado de Lucero. Ella es muy bella y le gusta a cualquier hombre. Me culpo a mí mismo, por no haber tenido el coraje de dejar a una de las dos para evitar llegar a esto.

—Eso no es tan fácil, Arturo. Yo tampoco pude dejar a Serafina para quedarme con Adriana. Todo es cuestión de lealtad hacia la mujer que te vio emerger de la nada para convertirte en lo que eres. Es una canallada dejar a una mujer que siempre te fue leal, cuando ya alcanzaste el anhelado triunfo. Es como una traición. Por eso entiendo que te dividas y trates de dar lo más que puedas a las dos, aunque el resultado al final sea algo adverso como lo que te pasó con Lucero.

—Gracias, Pepe. En verdad me reconforta hablar contigo. Este incidente fue un escándalo en la capital. Muchos lo saben y de pendejo, la mayoría, no me baja.

—¿Y qué pasó con los dos? ¿Siguen juntos?

—No. Lucero se fue a Veracruz con Regino y Justo anda aquí en la convención, con una piruja que conocí en Ciudad Juárez.

—¿Una piruja?

—Sí, Pepe. Es una muchacha muy hermosa que conocí en la frontera. Por culpa de ella ya mero me agarro a balazos con Rodolfo Fierro. La chica es como una granada de mano sin seguro.

—¿Te metiste con ella?

—No. Después del incidente con Fierro me puse al margen.

—Volviendo a lo de Lucero, Arturo. ¿Qué piensas hacer? Mi situación con Adriana está perdida. Sinceramente yo no creo volver con ella. Pero tú tienes un hijo con Lucero. Ella está sola en Veracruz y la verdad, te soy sincero, yo no creo que alguien como Justo García, le responda y formalice algo con ella. Ese tipo no formaliza nada con nadie. Él está casado, pero con su ambición por hacer dinero.

Arturo saludaba amablemente a los militares carrancistas que entraban en el local buscando una mesa. Vasconcelos seguía en pleito con su pellejuda carne asada con chilaquiles.

—La amo, Pepe. Más que a Gretel, aunque con las dos tenga hijos. No sé qué hacer.

¿Cómo me veré tragándome mi dolido orgullo y buscándola como si nada hubiera pasado?

¿Cómo le puedo hacer de nuevo el amor, nada más de pensar que se metió con ese cabrón de Justo?

—Pues como hombre que eres, perdónala y haz como que no pasó nada. Después de todo, yo estoy seguro que ella piensa lo mismo de ti cuando llegas a Veracruz de Nueva York. Sabe perfectamente que te has metido con Gretel y se guarda su coraje y su orgullo.

—Tendré en cuenta tu consejo, Pepe. En cuanto a Justo, no sé que vaya a pasar ahora que me lo encuentre en la convención.

Murrieta sacó un cigarrillo cubano, ofreciendo otro a Vasconcelos.

—Rétalo a duelo y salva tu honor, Arturo. Todo mundo sabe de tu escándalo en la capital. Rétalo y lava tu honra. Si no lo haces, serás el hazmerreír de todos los que te vean en un lugar público.

—Lo haré, Pepe. La siguiente vez que nos veamos lo retaré a duelo, aunque me juegue la vida y perezca en el intento.

Los dos se miraron seriamente ante la gravedad del evento que realizaría Arturo.

—Esta reunión es de puros militares, Arturo. El honor entre esta gente es lo más importante. Mira lo que es esta convención. No es más que un gigantesco cuartel militar para demostrarse unos a los otros quien es el más chingón de todos. Villa tiene casi once mil hombres en Guadalupe, a menos de una hora de aquí, todos armados y listos para darle en la madre a cualquiera. Y si es preciso, hasta llegará a la misma capital y sacará a Carranza a patadas de Palacio Nacional. Esta convención no es más que el receso de una espantosa batalla entre Carranza y Villa. Ninguno de los dos acepta su renuncia por miedo a dejar el poder. Estoy seguro, porque lo represento en esta convención, de que Carranza no renunciará, y agárrate porque Villa tampoco lo hará, y como Carranza solo no dispara ni con una resortera, el que hará el trabajo sucio, como siempre, será Álvaro Obregón.

—Los dos representamos a Carranza, aunque tú sabes que yo lo soporto un poco más que tú, Pepe. Siento que es un viejo ambicioso y necio que quiere emular a don Porfirio Díaz.

—Estás en lo cierto. Aguanta un poco que esto está por tronar. Carranza no renunciará, ni Villa tampoco, así que no guardes tus armas, porque esto está por convertirse en un México desgarrado.

El día 16 de octubre de 1914, en el teatro Morelos de Aguascalientes, el general Antonio I. Villareal, presidente de la Convención, tomó emocionado la bandera nacional entre sus manos para decir: «Por mi honor de ciudadano armado, protesto cumplir y hacer cumplir las decisiones de esta convención».

Después la extendió sobre una mesa de madera, cubierta con un mantel de terciopelo verde oscuro y, con el rugido de los aplausos de los delegados, estampó su firma sobre la tela del lábaro. Lo mismo hicieron los demás miembros de la directiva, sin faltar ninguno de los delegados asistentes.

Después de este emotivo momento, hablaron los generales Villareal, Hay, Obregón y otros. Se formaron tres comisiones con el objetivo de invitar y traer a los jefes revolucionarios Villa, Zapata y Carranza.

Al día siguiente, el general Francisco Villa respondió a la atenta invitación de los convencionistas, presentándose en el teatro Morelos junto con su Estado Mayor y el cónsul norteamericano míster George Carothers[42].

Al entrar, fue recibido por aplausos y vivas. Fue conducido y sentado al lado del presidente de la Convención, el general Antonio Villareal.

Villareal, emocionado, tomó la palabra para decir al Centauro del Norte: «Ante todo, por el honor de ciudadano armado, ¿protestas cumplir y hacer cumplir las decisiones de esta Convención?». Villa respondió con ojos lacrimosos: «Sí protesto», tomando la pluma ofrecida por Villareal para estampar su firma en el lábaro patrio y arrancar un

42 Representante de Woodrow Wilson en México.

estruendoso aplauso que dejó por minutos sin habla al jefe de la División del Norte.

De nuevo con aire en los pulmones y ante la exigencia de la multitud, Francisco Villa accedió a dar unas palabras que demostraron que era un hombre carismático pero no hecho para la oratoria:

«Ustedes van a oír, de un hombre enteramente inculto, las palabras sinceras que le dicta su corazón: debo decir a ustedes que Francisco Villa no será vergüenza para todos los hombres conscientes, porque será el primero en no pedir nada para él».

La multitud se desbocó por la sinceridad y espontaneidad de Villa. El Centauro había dado una muestra de su influencia y poder hacia Obregón y Carranza, al contar con casi once mil hombres en Guadalupe, Zacatecas, siendo mayoría en la convención, y por tener a su lado a George Carothers y John Kent, representantes de los Estados Unidos en México.

Rodolfo Fierro quería matar en la misma calle del teatro Morelos a Justo García, al verlo de la mano de Patricia Solís, mujer con la que no lo unía nada, salvo una ocasión en Ciudad Juárez en la que pagó una fortuna por sus servicios, en una noche en la que sólo durmió, sin que pasara absolutamente nada entre los dos.

—Esa vieja es mía. Debe ser mía y de nadie más, Cástulo —le dijo Fierro a su compañero, un villista moreno, flacucho y con cara de ratón.

—No te lo puedes tronar aquí, Rodolfo. El general Villa no nos lo perdonaría. Imagínate, él vino para firmar la paz y nosotros matamos civiles a un lado del teatro.

—Síguelos, Cástulo, y dime dónde se están quedando. Necesito hablar con esa cabrona.

Patricia lucía encantadora con un vestido recién comprado por Justo en la mejor tienda de ropa del centro de Aguascalientes. La mujer era una flor que llamaba la atención en cualquier lugar al que fuera. Así, llegaron juntos a la casa de un acaudalado millonario, el negocio vitivinícola de un socio de Arturo Murrieta, donde se celebraba una fiesta en honor del general Álvaro Obregón. En la fiesta se presentaron, además del general Álvaro Obregón, Alfonso Santibáñez[43], Eduardo Hay[44], Francisco de P. Mariel, el mayor José Siroub y Manuel Talamantes.

La fiesta se llevó a cabo en una enorme mansión con amplios jardines, muy cerca de la estación del ferrocarril. El entretenimiento ocurría tanto adentro como en los jardines de la casa.

Cuando Justo García entró en la casa acompañado de Patricia Solís, fue recibido por el dueño de la casa y el agasajado general Obregón. Los hombres ahí reunidos no podían evitar mirar a la bella dama que acompañaba a aquel civil, que no era militar ni político, pero que era tratado con respeto y admiración por el invicto general sonorense y el dueño de la vitivinícola más grande de Aguascalientes.

—Justo, qué placer tenerte aquí con nosotros —dijo Obregón, estrechándolo con un cálido abrazo.

—Gracias, Álvaro. En verdad me siento muy contento de asistir a tu fiesta —tomando a Patricia del brazo la presentó a Obregón y al dueño de la casa—. General Obregón y don Joaquín, tengo el gusto de presentarles a mi novia, Patricia Solís.

Obregón, con mirada de admiración y respeto, se quedó deslumbrado al ver de cerca a la bella Patricia. Lo mismo hizo don Joaquín, que no encontraba qué palabras decir a la bella compañera del hombre de negocios de la capital.

---

43 Asesinaría meses después a Jesús Carranza, hermano de don Venustiano.

44 Compañero de Francisco I. Madero en la toma de Ciudad Juárez en 1911, donde perdió un ojo en batalla.

—Mucho gusto, señorita. Es usted una belleza que engalana la fiesta con su presencia — respondió Obregón galantemente, dándole un beso en la mano al saludarla.

El dueño de la casa hizo lo mismo, conduciéndolos a donde había otras personas importantes por conocer.

—¿Cómo ves la convención, Álvaro? —preguntó Justo. Los dos caminaban por uno de los jardines de la casa.

—Mal. Esto es un pinche teatro en el que Pancho Villa domina por mayoría. El rompimiento con Carranza es un hecho. Por ningún motivo el viejo va a renunciar a la jefatura y Villa manipula a Eulalio Gutiérrez como si fuera su títere.

—Tengo las armas que necesitas, Álvaro.

—Lo sé, Justo. Te pagaremos a tiempo y serás bien recompensado por tu importante ayuda. El pinche Villa tuvo la desfachatez de entrar al teatro Morelos con Carothers y Kent, a su lado. Es tan pendejo que con eso nos quiere amedrentar, haciéndonos creer que Wilson está con él.

—El hecho de que lo ha abastecido de armas es innegable, Álvaro.

—Lo armó para asegurar el triunfo sobre Victoriano Huerta, Justo. Ahora eso es historia, Wilson quiere unidad y paz y sabe que Villa no se la dará. Será nuestra misión acabar con él, cuando estalle la guerra entre él y Carranza. Ahí estaremos y lo acabaremos, Justo. Sólo acabando con Villa y su División del Norte, habrá paz en México. No hay otra solución. Le prestamos una pistola cargada al niño, y ahora no sabemos cómo acercarnos para quitársela.

—Supe que casi te mata con esa pistola cuando estuviste en Chihuahua.

—El pendejo me dejó escapar vivo y ahora yo no se la voy a perdonar, Justo. Apenas tenga la oportunidad me lo chingo.

—¿Lo enfrentarás en Chihuahua?

—Ese sería precisamente el error, Justo. Él es casi invencible con su caballería en terreno plano. Pienso sacarlo de Chihuahua y traerlo al sur, de preferencia cerca de la capital, y ahí merito me lo voy a chingar. Le tengo una sorpresa reservada a su invencible División del Norte. Ya verás.

—Me sorprendes, Álvaro.

—A mí me sorprendes más con la mujer con quien llegaste a la fiesta. Está chulísima.

—Es sólo una amiga que enviudó al perder su marido a manos de un villista.

—Dile que no se preocupe. El año entrante el que mató a su marido será historia.

Los dos regresaron caminando a la fiesta, cuando la música comenzaba a amenizar el evento.

Al regresar al salón principal de la fiesta, Manuel Talamantes platicaba con Patricia Solís. Su misión había sido la de entretener a la dama, mientras su general Obregón dialogaba con Justo García. La oportunidad brindada a Manuel sólo había servido para que la bella muchacha lo flechara discretamente. Talamantes se había quedado impresionado con su belleza y carisma. Ya habría otra ocasión para volver a platicar.

De regreso al hotel donde se hospedaba Justo García, Rodolfo Fierro se topó de frente en la calle con él y Patricia Solís.

—¡Miren a quién me encuentro en donde menos lo esperaba! —dijo Fierro, arrogante y seguro, al venir con cinco tipos atrás de él.

Justo García, habiendo oído hablar de Fierro, en segundos dimensionó la problemática a la que se enfrentaba.

—La señorita y yo tenemos una cita pendiente desde Juárez, ¿verdad, Patricia?

—Vete al diablo, borracho asesino. Yo no tengo nada

que ver contigo —espetó Patricia, arrogante y segura al sentirse protegida por Justo García.

—Ya escuchaste a la dama, Fierro. Así que compórtate y no hagas estupideces —dijo Justo, acercándose serenamente hacia el Carnicero. Atrás de Justo y Patricia apareció la guardia personal del famoso hombre de negocios de la capital. Eran diez jinetes fuertemente armados, con caras de pocos amigos y con muchas frustraciones marcadas en sus rostros. Todos venían vestidos de negro, como si fueran los Jinetes del Apocalipsis. Rodolfo Fierro y sus cinco pistoleros cambiaron su arrogante rostro por uno de cautela y respeto. Era claro que Justo García era un hombre previsor que no andaba solo y enfrentarlo sería algo complicado que podría derramar mucha sangre.

—Está bien, amigo. Ya habrá otra oportunidad de encontrarnos en una situación diferente — dijo Fierro, abriendo paso a Justo y a sus jinetes a quienes llamaba «los cuervos».

—Ojalá no ocurra así, Rodolfo. Morirías muy joven —espetó García, sin voltear a verlo. Fierro y sus cinco hombres se alejaron del lugar cautelosamente.

—¿Pues no que muy cabrón, Rodolfo? —preguntó Villa a Fierro, después de que éste le explicó el incidente con Justo García.

—Podemos llegar a su hotel con los dorados, lo sacamos y lo fusilamos ahí mismo al *jijo* de la chingada.

Villa se encontraba con su gente en un camino rural en las afueras de la ciudad, a punto de partir hacia Guadalupe. Su precaución de fiera al acecho le aconsejaba no pernoctar esa noche en una ciudad donde sería blanco fácil. Su lema era jamás dormir dos veces en el mismo sitio y siempre decidirlo al momento. Gracias a estas precauciones, Villa ya pasaba de los treinta años de edad.

—Estás loco, Fierro. Justo García es amigo de Obregón.

Si hago la pendejada que me sugieres es guerra declarada contra los obregonistas, en una ciudad donde se supone que se viene a discutir la paz y armonía entre las tropas. Guárdate tu orgullo para otra ocasión, te prohíbo meterte con Justo mientras él este en esta ciudad. ¿Entendido?

—Sí, Pancho —contestó Fierro poniendo cara de niño regañado.

Era asombroso ver a un asesino como Fierro someterse dócilmente, como un niño, a la autoridad de Pancho Villa sin chistar ni discutir nada.

—Bien hecho, muchacho. Ahora acompáñeme a un asuntito que traigo entre ceja y ceja. Fierro y Villa se dirigieron a una hacienda donde sus hombres tenían detenido al «gaucho», el argentino Francisco Múgica. Por medio de un espía secreto de Villa, se había descubierto que el argentino había sido comisionado desde la capital por el general Francisco Cosío Robelo, inspector de la policía de la ciudad de México para asesinar al Centauro. Algunos rumores decían que por órdenes de Carranza, otros que por orden del general Pablo González. Independientemente de quién hubiera pagado al «gaucho», Villa no se tentó el corazón y lo fusiló en Guadalupe, Zacatecas. El «gaucho» era un hombre de mediana estatura, barrigón de piel blanca, pelo negro y ojos de un azul intenso, con fino bigote negro elevado con puntas hacia arriba.

En 1910, el «gaucho» vino de visita a la ciudad de México para las fiestas del centenario. En un altercado de cantina discutió con el cónsul de su país, Carlos Schnerb, matándolo a balazos en el pleito y siendo conducido a prisión. Cuatro años después, en días previos a la Convención de Aguascalientes, por un arreglo especial de liberación, el «gaucho» fue liberado para ir en busca de Villa y matarlo. El día de su ejecución, el «gaucho» vestía elegantemente su traje negro de pampero, su amplio sombrero con sus

chaparreras holgadas, espada al cincho, pañoleta blanca
y sus voladoras, para enlazar animales de un solo lanzamiento. El gaucho recibió estoico la muerte, sin rogar un
segundo por su vida ni pedir clemencia, muriendo como
todo un representante de las pampas argentinas. En ese
periodo también murieron, por órdenes de Villa, el coronel
Manuel Manzanera, fusilado por Tomás Urbina por ser
representante personal de los hermanos Arrieta, sus
odiados enemigos, y el licenciado José Bonales, quien se
atrevió a proponer una alianza a Villa con Félix Díaz para
desconocer a Carranza. El Centauro, furioso e iracundo al
escuchar la propuesta del asesino de Francisco I. Madero,
ordenó hecho un desquiciado el fusilamiento de Bonales, sin
ni siquiera dejarlo articular una oración más en su defensa.
Estos crímenes llegaron a oídos de los convencionistas que,
con temor, consideraron el potencial asesino del Centauro
del Norte, tratando de mencionar el tema en sus sesiones
sin ofenderlo o provocarlo, para no terminar alguna de las
asambleas con una lluvia de plomo.

Justo García recibió el desafío al duelo por parte de
Arturo Murrieta en su hotel. Él era un hombre de honor,
hecho entre la violencia del campo y las haciendas, y
también tenía grabado en granito el código de honor
que de muchacho le enseñó Apolinar Chávez. Sabía que
lo ocurrido en México con Lucero tendría que lavarse en
sangre para mantener intacto el honor de Arturo Murrieta
y el suyo. Sabía que habría muchos testigos en una ciudad
donde la única ley que imperaba era la de los convencionistas. La cita era a mediodía a un costado de la estación de
ferrocarriles y las armas escogidas por los duelistas habían
sido las espadas. Poco tiempo tuvo para practicar y pensar
en las tácticas elementales de defensa para repeler a su
adversario. Hubiera sido mejor para él con pistolas, con las
que era un letal enemigo.

La cita se acordó, en un espacio amplio dejado entre dos largos trenes. Los padrinos portaban dos idénticas espadas de fino acero, las cuales fueron revisadas y aprobadas por los mismos duelistas. Alrededor se congregaron decenas de testigos que observaban con particular interés entre ellos Álvaro Obregón, Manuel Talamantes, Tomás Urbina y Rodolfo Fierro.

El sol caía como plomo derretido, en una tarde donde ninguna nube intentaba obstaculizar los inclementes rayos del sol.

Los dos duelistas se despojaron de sus sacos y sombreros, quedando cómodos en camisa de manga larga.

Sin decirse absolutamente ninguna palabra o saludo, se miraron gélidamente. Ambos duelistas tragaron saliva ante el inminente encuentro con la guadaña de la muerte que acechaba, paseándose con su negra túnica que cubría su descarnado cuerpo.

Después de escuchar las indicaciones del juez, se entendió que el duelo sería de máximo cinco minutos de intenso intercambio, si al concluir el tiempo ninguno había muerto, quedaría repuesto el honor lastimado de los duelistas. Si alguien moría en ese lapso de tiempo, sería reconocido y validado por todos los congregados, quedando el victimario libre de cualquier cargo ante la justicia por la muerte del victimado.

—Cinco minutos es una eternidad cuando tienes a un acérrimo espadachín atacándote —dijo Obregón a Manuel Talamantes.

—Creo que sería mejor si fuera a balazos.

—Cualquier pendejo dispara una pistola, Manuel. Aquí se tendrán que batir contra la muerte en serio. Justo me cae bien y sé que es un excelente pistolero. Pelear con una espada es otra cosa.

—Éste es el segundo duelo de Arturo Murrieta que por

casualidad presencio, general. Ojalá todo salga bien para él.

Del otro lado del círculo de hombres, Urbina comentaba a Fierro sobre el duelo que estaba por comenzar:

—Presiento que de aquí no pasa el rotito ése de Murrieta. Ese Justo se ve que es un cabrón hecho y derecho en todo.

—A mí me vale madres quién muera. Lo que sí reconozco es que un duelo a espadazos sí es de hombres. Ahí nada de qué te pasa rozando el balazo y ya te salvaste. A espadazos o matas a tu contrincante o te parten el corazón con el acero.

En la multitud reunida, Talamantes reconoció entre la guardia personal de Justo García a Patricia Solís. Los dos cruzaron miradas como un código secreto que sólo ellos entendían. Vasconcelos se quitaba y ponía el sombrero hecho un mar de nervios.

El duelo dio inicio con la caída de un pañuelo al suelo. Justo, sin perder un solo segundo, se lanzó a la ofensiva tratando de herir rápidamente a su contrincante para acabar lo más rápido posible. Murrieta, conocedor del manejo de la espada en sus años de adolescente en la hacienda vitivinícola de su padre, sólo repelió los embates, midiendo la habilidad y peligrosidad de su contrincante. Un descuido de Murrieta le costó un leve corte en la manga de su brazo izquierdo y la sangre pintó de rojo la blanca camisa.

Con bravura y destreza, Murrieta echó para atrás a Justo, quien inmediatamente sintió la violenta ofensiva de Arturo, que hasta ese momento sólo había sido un oponente a la defensiva. Poco a poco, con espadazos diestros tanto arriba como abajo, Arturo empezó a hacer caminar en reversa a Justo, haciendo que el círculo de hombres que los rodeaba se acoplara al avance de los duelistas. Justo sudaba como un condenado. La camisa se pegaba a su cuerpo como si se hubiera zambullido en el agua. Era increíble que en sólo tres minutos de duelo los dos hombres estuvieran al límite de su capacidad física. Arturo brincaba y se agachaba como si tuviera la agilidad de un adolescente. Justo se olvidó de contraatacar siendo superado por el hábil abogado. En un último esfuerzo, Justo se lanzó con ímpetu, hiriendo con un leve rozón un costado del pecho de Arturo, quien con maestría hirió a Justo en la muñeca que sostenía la espada haciendo que este la soltara, presa del dolor.

Desarmado, Justo miró con desesperación a su oponente, esperando que este lo atravesara como a una mariposa. Arturo, seguro de su triunfo, ofreció la oportunidad de que Justo empuñara la espada con la mano izquierda. Justo, desesperado, lo intentó, pero la diferencia de habilidad entre su diestra y siniestra quedó mostrada en segundos al ser desarmado de nuevo con las dos muñecas escurriendo sangre a borbotones. Faltaba un minuto para que concluyera el tiempo acordado. Arturo se acercó poniendo la punta de su acero en el cuello de Justo, paralizado y resignado a recibir valientemente la muerte. Todos los reunidos esperaban el estoque final, cuando el triunfante Arturo articuló palabras para decir:

—A este hombre debo mi vida, cuando él valientemente me la salvó en los días de la muerte de Madero en la ciudad de México. Aunque yo soy el agraviado y vencedor del duelo, le devuelvo el favor de haberme salvado la vida en aquella ocasión, respetando su vida en este duelo y quedando a mano en favores. Doy por concluido este duelo y no deseo que se vuelva a mencionar entre nosotros las razones que nos condujeron a esto. Mi honor está intacto. ¡Con su permiso, señores!

Justo cayó exhausto al suelo, para ser asistido medicamente por sus heridas en las muñecas, y Arturo se alejó del lugar en compañía de Vasconcelos, ante la admiración y respeto de todos los congregados que aplaudían y abrían paso al señorial vencedor.

—¡Ese cabrón si tiene güevos —dijo Rodolfo Fierro, aplaudiendo.

—Ese güey me hubiera matado en diez segundos, Rodolfo —dijo Tomás Urbina asombrado.

—De nuevo ha vuelto a ganar y de qué modo —comentó Manuel Talamantes.

—El honor es una prenda que hace brillar como un sol a los triunfadores —dijo Obregón, siguiendo con la mirada al victorioso Murrieta.

El día 5 de noviembre de 1914, el general Eulalio Gutiérrez protestó ante la soberana Convención como presidente de la República por el término de veinte días. Carranza recibió un comunicado oficial de la Convención de que si en diez días no hacía entrega formal del poder, sería desconocido y declarado como enemigo de la soberana Convención y, por ende, de México. Para reforzar lo anterior, se formó una comisión representada por los generales Álvaro Obregón, Antonio I. Villareal, Eduardo Hay y Eugenio Aguirre Benavides, con la misión de comunicárselo en persona al Primer Jefe.

El presidente provisional, Eulalio Gutiérrez, designó al general Francisco Villa como jefe de la División del Norte. El Primer Jefe don Venustiano Carranza desconoció a la Convención y a cualquier decisión emanada de ella, y ésta lo despidió como encargado del Poder Ejecutivo.

La Convención terminó con una desbandada de todas las fuerzas militares involucradas, preparándose los ejércitos para la más sangrienta etapa del movimiento armado: el inevitable enfrentamiento entre Villa y Obregón.

10

El encuentro Villa-Zapata

E L 8 DE NOVIEMBRE DE 1914, EL SEÑOR VENUSTIANO Carranza, después de un largo viaje de ocho días pasando por San Juan Teotihuacán, Tlaxcala y Puebla, llegó a Córdoba, Veracruz, donde fue alcanzado por los comisionados Antonio I. Villareal, Álvaro Obregón, Eduardo Hay y Eugenio Aguirre Benavides. Después de una larga junta con los delegados de la Convención, Venustiano Carranza decidió no reconocer los acuerdos, contestándoles un largo telegrama a los jefes y gobernadores reunidos en Aguascalientes, manifestando las razones de su rebeldía.

La convención se divide entre dos acérrimos enemigos, Francisco Villa y Venustiano Carranza. Los líderes principales del ejército constitucionalista, según su criterio y visión, decidieron aliarse ya sea con Villa, Carranza o Zapata, preparándose para las batallas más sangrientas de la Revolución mexicana.

El 24 de noviembre, Álvaro Obregón, como aliado de Carranza, abandonó la ciudad de México y se trasladó a Veracruz, donde Venustiano Carranza fungió de nuevo como Primer Jefe y líder máximo de México. Ese mismo día, entraron en la capital del país las fuerzas zapatistas comandadas por el general Antonio Barona, quienes tomaron el Palacio Nacional.

Patricia Solís estaba aterrada por todo lo que se decía que pasaría en la ciudad de México con la entrada del ejército zapatista. Al igual que la vez anterior con la entrada de los convencionalistas, ahora las mejores casas serían tomadas por los zapatistas.

—Huyamos, Justo. Estos salvajes van a destruir la ciudad y matarán a todos sus habitantes. Justo, sentado en su cómodo sillón de piel con una copa de coñac en la mano, respondió a Patricia, quien se encontraba parada en medio de la sala con una maleta en la mano:

—Tranquila, mujer. No pasará nada. Déjamelo a mí. Yo me encargo de todo.

Afuera de la casa, junto con cuatro zapatistas más, tocaba a la puerta el general Eufemio Zapata. Con ojos vidriosos por efecto del alcohol, acariciaba nervioso con su mano izquierda el puño de larga espada colgada al cincho.

—¿Qué quiere aquí? —le preguntó secamente Macario, líder de los cuervos, guardia personal que se encargaba de cuidar a Justo.

—Háblame con más respeto, cabrón, que yo soy Eufemio Zapata y esta ciudad es mía por el momento.

—A mí me vale madres quién seas. Yo me encargo de cuidar al patrón, y si eres el mismo diablo y vienes con malas intenciones, aquí mismo te trueno.

—Déjalo pasar, Macario. El señor Eufemio es mi amigo y es bienvenido a ésta, su humilde casa —gritó Justo García desde la puerta de la mansión.

Eufemio dio indicaciones a los generales Antonio Barona y Genovevo de la O, que lo esperaran afuera. Macario abrió la reja y dejo libre el paso para el pendenciero hermano de Emiliano.

—Parece que han pasado muchos años desde que nos vimos en el robo del barril de monedas de plata de don Octavio Arredondo, Justo.

—Así es, Eufemio, a ese pinche viejo le sobraba la plata y tenía que compartirla —dijo Justo sonriente, dándole un cálido abrazo al general zapatista.

—O cuando te tronaste a mi amigo Eustaquio en la cantina de don Melchor, el día de la comida de Madero con el gobernador Juan Carreón en el jardín Borda.

—Ese pinche Eustaquio andaba muy pendejo, Eufemio, si no hubiera sido yo, no tardaba otro en tronárselo por güey.

Eufemio, parado en el vestíbulo de la enorme casa, miraba asombrado la elegancia y el lujo de la casa del ladrón que conoció años atrás en Morelos. Al mirar a Patricia Solís traer una jarra con café, casi se le cae el puro de la boca. Justo García mostraba, en los detalles, que era un triunfador en todos los aspectos.

—¡Patricia! —dijo Justo abrazándola—. Te presento a Eufemio, hermano del Atila del Sur, Emiliano Zapata.

—Mucho gusto, general Eufemio —Patricia estrechó la mano del general suriano, sonriente y amable.

—El gusto es mío, señora. Siempre había sabido que Justo tenía buen gusto por las damas y usted es una prueba de ello.

—Gracias, general.

Patricia se alejó para dejar platicar libremente a los viejos amigos.

—Ni dudarlo que te ha ido bien, Justo.

—A ti también, Eufemio. Eres el segundo después de Emiliano. Toda la ciudad está a tu disposición. Ahora mismo, si lo deseas, te puedes proclamar presidente de México, en el Palacio Nacional. No hay quién te lo impida.

—Gracias, Justo. La política no es para mí. A mí me gustan el jolgorio y las viejas. Si algún zapatista quiere ser presidente que lo sea Emiliano u Otilio Montaño.

—¿Dónde anda Emiliano?

—Está en Xochimilco. Dice que la ciudad lo abruma y siente que las banquetas lo marean.

—¿Sabe que Villa y su División del Norte vienen para acá? —preguntó Justo, mientras le acercaba una copa de coñac al feroz morelense.

—Así es, Justo. En unos días tendré el gusto de entregarle Palacio Nacional a don Eulalio Gutiérrez. También conoceré al general Villa, que es toda una leyenda.

Los dos chocaron sus copas amistosamente.

—Sí, Eufemio. Éste es un momento crucial en la historia de México. Carranza huyó a Veracruz con el gobierno y el presidente electo por la soberana Convención tomará el poder en unos días en la capital, apoyado por los más feroces y valientes generales del movimiento armado: Emiliano Zapata y Francisco Villa.

—Qué bonito hablas, pinche Justo. Deberías meterte a la política.

—Apaga tu puro y mejor fúmate algo diferente. Ahora sí vas a sentir chingón, Eufemio. En el centro tengo un local con un chino donde puedes llevar a toda tu gente a que fume esta maravilla —Justo colocó la pipa de varias boquillas en el centro de la mesita y extendió una boquilla para Eufemio—.También tengo nenas para que se les quite lo encabronado a los sureños.

Eufemio estalló en una sonora carcajada al recibir en su mano derecha una copa de coñac, servida directamente por Justo de su licorera de cristal cortado.

—Ah, pues si es así, yo soy el primer encabronado, Justo.

El fino opio encendió los sentidos adormilados de Eufemio. Era algo raro y diferente que nunca había probado en su vida. Las piernas se le adormecían con un cosquilleo sabroso.

—Ah, Justo. Esto te hace sentir bien chingón. Por más

puros que me fume, no siento tan rico en el cuerpo como con esto. ¿Cómo se llama?

—Opio, Eufemio. Directamente traído de Asia. Es del mejor que hay —dijo Justo aspirando por una de las boquillas.

—Y dices que en el centro lo encuentro.

—Sí, por el Gambrinus, en la calle de San Francisco. El local se llama como el dueño, Café Wong Li y lo atiende personalmente mi asiático amigo.

Los minutos se fueron y Eufemio entró en un delicioso sopor del que no quiso salir por un par de horas. Afuera, en la calle, Genovevo de la O y Barona ya no sabían qué hacer y, aburridos, caminaron juntos hacia Palacio Nacional, por instrucciones de su jefe, quien por el momento no tenía la más mínima intención de irse.

El día domingo 6 de diciembre de 1914, el heroico Ejército Convencionista hizo su entrada triunfal en la ciudad de México. La capital era un hormiguero de militares que atiborraba con sus tropas de caballería, infantería y artillería los llanos de Chapultepec, Anzures y Paseo de la Reforma. La columna convencionista era de más de 50,000 hombres. Las banquetas y azoteas, así como cualquier monumento estaban abarrotados de civiles deseosos de ver a los famosos generales Francisco Villa, Felipe Ángeles y Emiliano Zapata, montados en sus briosos caballos.

Por el sur de la ciudad avanzaba la columna zapatista comandada por Emiliano Zapata. El punto de reunión acordado para unirse con Francisco Villa, quien venía del pueblo de Tacuba, era la calzada de la Verónica. Los dos famosos generales se encontraron sobre sus corceles y después de darse la mano, acompañados de vivas y aplausos de sus tropas y muchedumbre, cabalgaron juntos rumbo a Palacio Nacional, donde los esperaba el presidente provisional, Eulalio Gutiérrez, para compartir una excelente comida.

La indumentaria del general Emiliano Zapata era espectacular: pañoleta blanca al cuello, un enorme sombrero de color oscuro, traje de charro compuesto por una chaquetilla de gamuza con una detallada e imponente águila en la espalda, bordada en brillantes hilos de oro; pantalón negro brilloso con bordados desde las botas hasta la cadera, y decenas de botones a los lados.

Francisco Villa vestía su elegante traje caqui con gorra militar, su piel bronceada y mirada de fiera intimidaban hasta a los espectadores escondidos tras los monumentos y balcones.

La diferencia entre vestimentas de los zapatistas y villistas era notable. Los zapatistas vestían huaraches, calzón blanco; y amplios sombreros de petate, muchos de ellos agujerados por el extenso uso; cananas en cruz al pecho y muchos guerrilleros iban desfilando a pie por falta de caballos. Los Dorados, de Villa, calzaban finas botas americanas de cuero, resistentes uniformes militares, y montaban enormes y bien alimentados corceles. La diferencia en poder económico entre el Ejército del Sur y la División del Norte era tan evidente como entre Villa y Zapata. Villa era alto en comparación con el sureño, simpático y ocurrente, lucía seguro y con confianza de ser el más fuerte general del momento, además iba acompañado de los gringos George Carothers y John Kent como invitados especiales. Ambos mostraban el apoyo de Wilson al Centauro del Norte. Emiliano Zapata lucía tímido, introvertido, por momentos con inexplicables silencios que desconcertaban por Villa y a sus Dorados. Cualquier observador poco conocedor de armas y ejércitos, con sólo mirar el desfile sabría de la superioridad militar de Villa, muy diferente a Emiliano Zapata, quien no había tenido hasta el momento ninguna batalla de consideración, más allá de las luchas por los territorios de Morelos. Villa era el rey desde Ciudad Juárez hasta Palacio Nacional.

Los ejércitos del Sur y del Norte desfilaron por Paseo de la Reforma, avenida Juárez, la calle San Francisco o Plateros hasta salir al Zócalo, para ahí desmontar sus caballos y entrar en Palacio Nacional.

Dentro del importante edificio de gobierno, Zapata y Villa fueron recibidos por el presidente de la Convención, Eulalio Gutiérrez, y su gabinete, para ser conducidos a los pisos superiores y desde el balcón de Palacio Nacional contemplar el espectacular desfile y luego comer en uno de los elegantes salones. Después de la comida, Zapata y Villa, que ya venían contemplando el suceso desde la calzada de la Verónica, se dieron un paseo dentro de los salones hasta llegar a donde se encontraba la silla presidencial.

Villa reía al tocar la silla como si fuera el trono de algún faraón o un rey lejano. Después de sentarse cómodamente en ella, comentó a Zapata que lo miraba divertido:

—Se tiene que estudiar mucho o ser muy asesino para sentarse aquí y gobernar, amigo.

Zapata, al que era casi imposible arrancarle una sonrisa, le regaló una a Villa contestándole:

—Parece mentira, Pancho, pero esa silla es por la que todos estamos aquí. Mucha sangre se ha derramado por ocupar su lugar.

—Pues a mí no me interesa, Emiliano. Soy muy bruto e ignorante para ocupar un puesto tan importante. Si tú quieres tomarla, adelante.

—Yo no estoy peleando para ser presidente, Pancho.

—Ni yo tampoco, amigo. Pero una cosa sí es segura. Tendremos bien vigilado al pelado que la ocupe y a la primera falla que cometa lo cambiamos por otro.

Pancho Villa se mantenía sentado, sonriente y haciendo

bromas en la silla, con Zapata y Otilio Montaño, ubicados a su izquierda. De pie, con el sombrero en la mano, posaba solemne, para la cámara, El Carnicero, Rodolfo Fierro. Tomás Urbina se encontraba sentado a la derecha de Villa, junto con más de quince personas más, que posaron para la histórica fotografía.

Arturo Murrieta, junto con José Vasconcelos, miraba a Villa y Zapata en la silla y comentaban entre sí:

—Estamos tan cerca de que gente, como ese par de ignorantes, nos gobierne, Pepe. Me horrorizo nada más de pensarlo.

—Si supieras lo que pensé cuando tuve que saludar a Eufemio Zapata a la hora de entregarle Palacio Nacional a Eulalio Gutiérrez. Él pensaba que era un victorioso Porfirio Díaz entregándole la capital a Benito Juárez. Se encontraba ebrio y con los ojos tan vidriosos que no alcanzaban a enfocar bien, e intentó decir unas palabras para engalanar el emotivo momento. Fue como para morirse de risa. Al caminar rayaba los finos pisos del palacio con sus espuelas. Su gente se orinaba en los patios ante la flojera de caminar hacia los baños. Al caminar, te encontrabas con verdosos gargajos adheridos como tlaconetes en los inmaculados pisos del recinto nacional.

Murrieta reía con los ocurrentes comentarios de su gran amigo.

—Pronto tendremos que definir con quien nos quedaremos, Pepe. Ahorita estamos con la Convención, pero Carranza ya no forma parte de ella, así que siento que peligramos aquí en cuanto empiecen las hostilidades entre Villa y Obregón.

—Tienes razón, Arturo. A mí, Eulalio me acaba de nombrar ministro de Instrucción Pública en su gabinete. Asumo el cargo con gusto, aunque no sé por qué siento que ese gobierno va a ser muy volátil. Eulalio es un títere de Villa. Seamos realistas, Pancho Villa es el verdadero presidente de la Convención. Ese gordito de Eulalio, que parece presentador de circo, no es más que su pelele.

—Por lo pronto, si me pregunta Villa que con quién estoy, le diré que con la Convención. Si le digo que con Carranza me fusila.

—Lo dudo, Arturo. Pancho te estima muchísimo.

El presidente provisional atendió a sus invitados en unos de los salones de Palacio Nacional. Eulalio Gutiérrez, con gafas oscuras como si el encuentro hubiera sido en un soleado jardín, se encontraba sentado entre Villa y Zapata. A la derecha de Villa se encontraba José Vasconcelos, quien se reía por momentos de las puntadas y el carácter bromista de Villa.

—Usted es una persona admirable, licenciado —le dijo Villa a Vasconcelos.

—¿Por qué me dice eso, mi general? Usted es el hombre admirable. En febrero del año pasado cruzó la frontera con cinco personas y ahora tiene un ejército de 50,000 hombres acampando en los llanos de la ciudad. Usted es como Pompeyo amenazando Roma.

Villa evitó preguntar quién era Pompeyo para no parecer un ignorante ante el Filósofo de la Revolución.

—Sí, licenciado, pero yo no sé más que pelear. A mí las letras y los catrincillos de traje se me indigestan. Yo soy hombre de campo y de acción. A mí estar sentado en una oficina todo el día me hace daño. Necesito de la tierra y el sol. Necesito estar sobre un caballo para sentirme vivo.

—Muy válido, mi general. Es admirable aquel hombre que hace lo que le gusta, porque ese hombre no trabaja.

Villa era torpe en el manejo de los cubiertos, por momentos tomaba los alimentos con la mano sin importarle o exageraba en el uso de la cuchara. Masticaba la comida con la boca abierta y se carcajeaba bromeando por igual.

Eulalio Gutiérrez se mostraba bonachón y conciliador, sonriendo a todo mundo como si se tratara de una reunión de familiares y amigos. Zapata fijaba sus ojos aguanosos en los alimentos, como si temiera a las cámaras y a tantas miradas sobre él. Se veía a leguas que no estaba cómodo entre tanta gente importante. Estar fuera de Morelos era como tener a un oso polar en el bosque. Él era el único líder revolucionario que no había salido de su estado natal a enfrentar al enemigo.

Esa noche, Arturo Murrieta cumplió una visita que tenía pendiente desde hacía años y que, por una razón u otra, había pospuesto. La reunión era con doña Inés, la madre de Manuel y Fernando Talamantes. Desde su duelo con Regino Canales en 1905, había nacido una bonita y sincera amistad entre los Talamantes y Arturo. Doña Inés contaba con 47 años de edad y lucía aún joven y fuerte.

—¡Qué gusto volver a verte, Arturo! —dijo doña Inés dándole un abrazo afectuoso. Junto a ella se encontraba Juliana Talamantes. Hermosa jovencita de 23 años.

—El gusto es mío, doña Inés. Por usted no pasa el tiempo.

—Estoy hecha de madera vieja, Arturo. Ése es el secreto.

Arturo saludó a Juliana y se quedó asombrado de la belleza de la joven, a quien vio por última vez cuando era una niña.

—Juliana. Estás hecha toda una mujer. ¿Quién es el afortunado marido?

—Un soldado federal de Huerta, quien desde que se fue a combatir contra Villa no hemos vuelto a saber nada de él.

Los dos se miraron con una atracción instantánea. Arturo no soltaba la mano de Juliana al contemplar de cerca su hermoso rostro. Juliana era una belleza de cabello negro, enredado en dos largas trenzas y piel blanca, con una boca de labios carnosos. Sus grandes ojos negros de largas pestañas miraban con asombro al famoso Arturo Murrieta, a quien ella recordaba, cuando estuvo inconsciente en una cama con la chaqueta embarrada en sangre.

—Fernando debe saber algo de él. Pelea con Pancho Villa en el norte y Manuel lo hace con Obregón. Yo apoyo a Carranza, pero ahora me creen aliado de la Convención.

—En una carta de Manuel, nos dijo que Fernando lo salvó de que Rodolfo Fierro lo matara en Juárez. Lo salvó pero no volvió a saber nada de él.

—Sí lo salvó de Fierro, créanme que hizo una gran hazaña. Es el tipo más cruel de los que andan con Villa. Yo por poquito y me agarro a balazos con él en Juárez.

—Fernando y Manuel nos visitaron ayer, cuando Obregón pasó por México. Me hace muy feliz saber que mis hijos están bien, Arturo.

—Y hay que estarlo, doña Inés. Estamos viviendo una violenta guerra civil y no sabemos quien puede morir en cualquier momento.

—Voy a preparar tu cuarto por esta noche, Arturo. Es muy peligroso que regreses a la ciudad a estas horas. Los caminos están tomados por zapatistas y villistas y cualquiera te podría confundir. ¿Para qué te expones?

—Gracias, doña Inés. Aunque tengo mi cuarto de hotel en el centro, acepto la estancia aquí, por esta noche. No vale la pena arriesgarse.

—¿Y cómo están tus mujeres, Arturo? —cuestionó doña Inés, mientras le servía su chocolate como si la pregunta fuera la cosa más sencilla del mundo.

Arturo miró sorprendido a doña Inés y luego puso su apenada mirada en Juliana, tratando de leer alguna señal de decepción. Juliana rio entendiendo la incomodidad de Arturo, un tema que ya había sido platicado por la familia Talamantes durante años.

—¡Arturo!... Tú eres como mi hijo y sabemos toda tu

vida por pláticas con mis hijos. Siéntete con la confianza de hablarnos libremente. Estás entre amigos.

Arturo dio un breve resumen de cómo se encontraban Gretel y Lucero. Aunque trató de brincarse el tema del duelo en Aguascalientes, Juliana se lo recordó de manera cómica.

—No nos has dicho de tu duelo a espadazos en Aguascalientes, Arturo.

—Salí vivo de milagro, Juliana.

—Igual que en tu duelo con el coronel Canales, aquí en Los Remedios, Arturo —dijo doña Inés sonriente, mientras quebraba una rosca de azúcar en su chocolate.

—¿Desde cuándo dejó de recibir mi ayuda económica, doña Inés?

—Desde que Manuel y Fernando trabajan, Arturo. Nosotros te estimamos y no queremos tu amistad por el dinero. Ni te atrevas a ofrecérnoslo de nuevo.

—Está bien, doña Inés. No se enoje, sólo preguntaba.

Esa noche Arturo descansaba en sus habitaciones, cuando Juliana se presentó de improviso para entregarle una bacinica, ya que su cuarto estaba muy alejado del baño.

Arturo se murió de risa al ver la enorme bacinica despostillada de uno de los lados. Juliana contagiada también se carcajeaba por el extraño encargo de doña Inés.

—Espero que mañana no me toques la puerta para llevarte también el contenido.

—Ah, seguro que sí, Arturo. Será lo primero que haga.

Arturo miró seriamente a Juliana para decirle:

—Tu madre, por orgullosa, no va a aceptar mi ayuda económica, Juliana. Acéptala tú para ella. No te atrevas a negármelo, mujer. Las dos están solas y es como si estuvieras viuda. Acepta que te ayude en lo que aparece tu marido. Hazlo por la amistad y el cariño que siento por tu familia.

Juliana lo miró con ojos de amor. Había algo en Arturo

Murrieta que la enloquecía. Llevaba meses sin estar con su marido, el único hombre con quien había estado en su vida. Deseaba acostarse con Arturo pero, por recato y respeto a la casa de su madre, se frenó por el momento. Dejó esa tentación para otro momento.

—Gracias, Arturo. La acepto, nos va a servir de mucho.

Juliana se acercó para plantarle un tierno beso en los labios, lo que tomó por sorpresa a Arturo, porque al tratar de reaccionar y tomarla, la mujer ya había corrido hacia su habitación.

A la mañana siguiente se presentó en el desayuno Inesita, otra hija de doña Inés, quien venía a refugiarse por temor a las tropas que habían tomado la ciudad. Inés tenía dos hijos con su marido, un comerciante de Naucalpan.

—¿Qué pasó con tu marido, Inés? ¿Por qué viniste sola? —pregunto doña Inés a su hija. Inesita tenía veinticinco años y era igual de guapa que Juliana, aunque con unos kilos de más, en comparación con la delgada hermana.

—Jacinto tiene que atender la tienda, mamá. Yo no me voy a exponer a un asalto con los zapatistas o los villistas. La ciudad es un pueblo sin ley.

Inesita no necesitó presentación con Arturo, lo reconoció al instante y saludó alegremente.

—¡Arturo Murrieta! Qué milagro tenerte con nosotros. Se necesitó una invasión de los villistas para que te dignaras a visitar a tus amigos, ¿no?

—Tiempos difíciles Inés, pero aquí andamos.

—¿Cómo está Lucero? —preguntó Inés de un modo más discreto que su madre.

—De vuelta en Veracruz, Inés. Lucero huyó con los carrancistas hacia su casa en el puerto.

—¿Y a ti como te va?

—Bien. La tienda vende artículos de piel. Jacinto tiene un local en San Cosme y vende bien, pero ahora anda temeroso por las tropas que tomaron la ciudad. Dice que nada más de verlos da miedo que lo vayan a balacear.

Después del desayuno Arturo se disponía a partir hacia la cuidad, pero ocurrió algo sorpresivo que cambió sus planes. Un grupo de zapatistas se presentó a la casa de doña Inés después de visitar el santuario de Los Remedios. Al ver el tamaño de la casa se les hizo fácil exigir provisiones y dinero para la causa. Doña Inés, después de esconder a las mujeres y los niños, bajó al sótano de la casa, intentó cooperar dándoles provisiones, pero cuando uno de ellos le metió la mano bajo la falda la cosa se puso difícil.

—Déjeme en paz, majadero. Estoy ayudándoles y todavía me hacen esto.

—Cállese, pinche ruca, que en esta casa hay viejas escondidas. La mesa está puesta con varios platos, no traga en todas las sillas, ¿verdad?

Doña Inés temblaba de miedo mientras el zapatista, con aliento aguardentoso, le hablaba al oído y acariciaba sus nalgas.

—Por favor váyanse. Aquí no hay mujeres y ya les di maíz y gallinas.

El zapatista se bajó sus calzones de manta dispuesto a violar a la señora de la casa. Los compañeros celebraban con risotadas la ocurrencia de su comandante.

—Sí, Eraclio. Vamos a cogernos a esta pinche vieja y luego sacamos a sus hijas del sótano.

—Todavía aguanta la ruca, ¿verdad? —dijo el ebrio comandante, desgarrando el vestido de doña Inés, con los pantalones enredados en los guaraches lodosos.

De pronto se escuchó un disparo y los compañeros vieron caer a su comandante con un agujero en la frente. Los otros tres desenfundaron, pero dos fueron muertos en el intento sin, darles tiempo de nada; mientras el tercero, mirando fugazmente a Arturo Murrieta huía como podía del lugar. Su amplio sombrero de petate había caído al suelo con un hoyo de bala en la punta. La providencia lo había salvado.

Arturo abrazó a doña Inés haciendo todo lo posible para calmarla del terrible incidente vivido. Las hijas salieron del sótano llorando de miedo, contagiando a los pequeños de Inés, quienes al ver tres hombres en el suelo en viscosos charcos de sangre y uno de ellos con las morenas nalgas al aire, comenzaron a lloriquear sin control.

Arturo, después de tranquilizarlas, las llevó personalmente a un hotel de un conocido suyo en la ciudad de Toluca, donde se hospedarían mientras los zapatistas se alejaban de la capital. Mantenerse en la casa era un suicidio, tarde o temprano regresarían los zapatistas buscando venganza.

Rodolfo Fierro brindaba con sus compañeros en el restaurante del hotel Sylvain, con la altanería y prepotencia que le daba ser la mano derecha del general Villa.

En una de las mesas del lujoso restaurante, Arturo Murrieta platicaba con Fernando Talamantes sobre los acontecimientos ocurridos con los zapatistas que habían irrumpido en el hogar de su madre.

—Gracias por todo, Arturo. No sabes cómo agradezco tu ayuda. Yo me encargo de buscarlas en el hotel.

—No te preocupes, Fernando. Gracias a Dios, estuve en el momento oportuno.

—¿Dices que uno de los zapatistas escapó y te vio?

—Sí, Fernando. Eso no me da tranquilidad. Parto mañana mismo hacia Veracruz. Por favor, no digas mi destino porque eso me traería problemas con Villa.

Fernando tomó con camaradería el brazo de Murrieta para decirle:

—Amigo, antes de ser villistas, zapatistas, alemanes o lo

que sea, somos amigos y eso vale más que todo. Vete con cuidado que nadie sabrá nada.

De pronto, Rodolfo Fierro se incorporó de su silla para proponer un brindis por Arturo Murrieta:

—Dedico una ronda de tequilas para mi amigo Arturo Murrieta. Que es un cabrón de güevos, al que le tengo mucho respeto por lo chingón que se vio en Aguascalientes en el duelo contra el hijo de la chingada de Justo García. No hay un cabrón que le pueda ganar en los espadazos.

Todos aplaudieron contentos por la puntada de Fierro, celebrando la ronda invitada por él.

—Eres afortunado en caerle bien, Arturo. Ese cabrón está loco y en cualquier momento te desconoce y te mete un tiro argumentando que lo miraste feo.

—Pues voy a aprovechar ese buen momento para retirarme. No sea que cambie de opinión en un rato.

—Tienes razón. Yo haré lo mismo que tú.

Para su sorpresa, el que ya se iba en ese mismo instante era Fierro, quien había sido llamado por Villa, que se hospedaba en el hotel Palacio del centro.

Con gran respeto pasó a despedirse de Talamantes y de Murrieta, enfilándose hacia la puerta, cuando el encargado del restaurante lo alcanzó con la cuenta en la mano. Fierro, furioso al ver la cuenta en el papelito, sacó su pistola encañonando al pobre diablo para decirle:

—¡El Sylvain paga! Es un honor para este pinche changarro el haber tenido aquí al general Rodolfo Fierro y a su gente. El hombre muerto de miedo no dijo más, dejando que Fierro se encaminara hacia la puerta, cuando una voz fuerte y serena llenó el lugar, causando un extraño silencio.

—Ustedes son una vergüenza para el movimiento revolucionario de la Convención. Este negocio se mantiene del dinero que los clientes pagan en sus consumos. Esto no es la beneficencia pública y por eso los ciudadanos

nos repudian. Su actitud es una vergüenza para el general Francisco Villa. Pásame la cuenta a mí. Yo la pago.

Acababa de hablar el coronel David Berlanga, oriundo de Saltillo, hombre activo en el movimiento armado de Francisco I. Madero, y delegado valioso de la soberana Convención de Aguascalientes.

Rodolfo Fierro quedó helado por las palabras del coronel Berlanga. Todo podría haber esperado menos que alguien dentro del restaurante se atreviera a reprimirlo delante de todos los comensales. La manera de expresarse del coronel Berlanga era la de un hombre culto y educado. Parado frente al Carnicero Fierro, parecía una espigada estatua de bronce con su elegante uniforme coronado con un fino sombrero tejano.

—¿Quién te crees que eres para criticar el proceder de mi general Villa? —preguntó Fierro, armándose de valor al saber que eran muchos los que estaban contra el atrevido interlocutor que los desafiaba.

—Un orgulloso delegado de la Convención que busca enaltecer la caballerosidad de nuestro movimiento, pero con acciones ejemplares y no con robos y asesinatos como los que han estado haciendo desde que pusieron pie en esta memorable ciudad.

La piel brillosa y morena de Fierro sudaba como la de un condenado. Sus ojos de asesino miraban a su instruido enmendador. Con la seguridad que le daba su envestidura de general, tomó a Berlanga de la solapa y con la mano derecha lo encañonó, sacándolo a empellones del lugar. Murrieta estaba a punto de pararse para defender a Berlanga cuando Talamantes lo detuvo en el intento.

—¡No lo hagas, Arturo! Serías un hombre muerto.

David Berlanga fue conducido a empellones por los hombres de Fierro al cuartel de San Cosme, mientras que El Carnicero consultaba personalmente con Villa el incidente con el insolente delegado de la Convención. Villa, sentado en el restaurante del hotel Palacio con un helado de vainilla en la boca, dio instrucciones al Carnicero de que lo liquidaran por andar de machito, caliente y pendejo con el jefe máximo de la División del Norte. El Centauro estaba furioso porque llevaba horas sentado esperando a la mesera francesa del lugar, de la que se había enamorado y que estaba pensando secuestrar en esos días para hacerla suya.

Al llegar al cuartel de San Cosme, David Berlanga permanecía vigilado, sentado en una banca de piedra a un costado de la entrada principal.

—Ahora sí ya te cargó la chingada, pinche coronelito de quinta. A ver si ahora que te ponga en el paredón no te meas del miedo.

—Prepara al pelotón de fusilamiento, Rodolfo, y concédeme la gracia de fumarme un último cigarrillo habanero. Después podrás llevar a cabo lo único que tu primitiva naturaleza animal te permite hacer: matar como un asesino.

El color se fue de la morena cara del Carnicero. El temple de acero mostrado por Berlanga lo tenía impresionado: el delegado estaba firme como una estatua de mármol, el cigarrillo no temblaba, la crecida y alargada pavesa llegaba a la mitad del cigarrillo y se mantenía adherida a él, sin caer al suelo. No se veía la más mínima muestra de nervios o miedo en el viril militar. Por momentos miraba el cielo azul de la capital para, después, torturar con su inquisidora mirada a sus verdugos, que nunca en su ordinaria vida habían visto a un hombre tan valiente asumir su muerte de una manera tan natural, como si fuera a recibir una sagrada ostia o una condecoración por su gallarda actuación en el movimiento armado. Los minutos se acabaron y Berlanga caminó él mismo hacia el paredón donde el vergonzoso pelotón lo esperaba.

—Anden, mátenme, que eso es lo único que saben hacer y por lo que serán recordados en su insignificante y despreciable vida.

Rodolfo Fierro cerró los ojos al ver que las balas golpeaban el pecho del valiente coronel para verlo caer muerto en el polvoriento suelo. Sin decir nada, avergonzado por primera vez de uno de sus cobardes asesinatos, se alejó aterrado del cuartel a buscar la compañía de su inseparable amigo, el alcohol. La imagen de Berlanga lo perseguiría desde ese día hasta su muerte, como un fantasma que tarde o temprano lo arrastraría con sus huesudas garras al inevitable infierno.

Arturo llegó desconsolado y triste a su cuarto de hotel. Tenía pensado huir al día siguiente a Veracruz. Su vida peligraba en la ciudad. La capital se había vuelto insegura y un campo de batalla donde a diario había asesinatos al aire libre, secuestros y abusos de autoridad. El asesinato del general Rafael Garay por Juan Banderas, *El agachado*, en el comedor del hotel Cosmos, en una discusión sobre caballos, lo tenía consternado. El crimen del periodista Paulino Martínez, engañado por Rodolfo Fierro para asesinarlo en el cuartel de San Cosme con un falso llamado del ministro de Guerra, el general Isabel Robles, puso al punto de la ruptura la relaciones entre Villa y Zapata. Fue un horrendo fusilamiento, por parte de los zapatistas, del intendente del Palacio Nacional, el general Guillermo García Aragón. Vasconcelos peligraba al ser acusado por Villa y El Agachado de querer dividir a la Revolución con sus pensamientos y filosofías extrañas. Le tranquilizaba saber que Vasconcelos también huiría para salvar su vida. Y, para colmo, la horrenda muerte de David Berlanga, que él pudo haber evitado y dejó ocurrir, al ser frenado por el sensato Fernando Talamantes.

La puerta del cuarto sonó con un leve golpe. Arturo

sacó su pistola del saco y se acercó para ver quién llamaba. Al abrir se quedó sorprendido de ver a la bella Juliana Talamantes.

—¿Qué, vas a hablar a seguridad para que me saquen?

—¡Juliana! ¿Qué diablos haces aquí? ¿Sabes lo peligrosa que está la ciudad?

—Me urgía verte, Arturo. Después de lo que ocurrió en Los Remedios, siento que nos quedamos con ganas de platicar.

—Pues sí, mujer, pero no ahora. ¿Qué pasaría si se enterara Fernando que estás aquí?

—Me importa un comino lo que piense y diga Fernando. Al final de todo, estoy sola. Soy una viuda y tengo derecho a buscar pareja de nuevo.

Arturo le ofreció asiento en un sillón que se encontraba junto a la cama. Los dos se miraron con emoción contenida. El momento era único. Los dos se deseaban y secretamente habían anhelado un momento así cuando se vieron en Los Remedios. Ahora el momento era suyo y no habría quien los parara.

—Gracias por la ayuda, Arturo. No sabes cómo la necesitaba. Odio pedirle dinero a mi madre y mucho más a mis hermanos.

—No te fijes, Juliana. No tiene importancia.

Arturo se acercó a ella y le plantó un tierno beso mientras se mantenía parado frente al sillón. Juliana se incorporó y los dos se fusionaron en otro candente beso que fue como la chispa que incendió un seco pastizal. Arturo desvistió lentamente a Juliana hasta dejarla en ropa interior. Juliana se defendía quitándole el fino cinturón que sujetaba sus pantalones. En cuestión de segundos los dos quedaron totalmente desnudos, pasaron a la cómoda cama que se encontraba sin destender. Una de la ventanas del cuarto se mantenía abierta hacia la calle, dando hacía otro edificio. A los dos no pareció importarles. El momento era de ellos y había que disfrutarlo al máximo. Arturo quedó sorprendido del bello cuerpo desnudo de Juliana. Como si fuera un prisionero de una mazmorra que es liberado y encuentra a una mujer, así de ardoroso actuó Arturo al sentir la delicada y tersa piel de Juliana. La bella jovencita se dejaba tomar y hacer cualquier cosa que se le ocurriera a Arturo. Murrieta gemía como un toro embravecido al poseer a la delicada Juliana. La muchacha disfrutaba este delicioso placer con leves gemidos y con los ojos entrecerrados. Así continuaron toda la noche, hasta que el cansancio y el sueño los venció.

Al amanecer los dos partieron discretamente rumbo a Toluca. De ahí Arturo se dirigió hacia a Veracruz, donde se reuniría con los carrancistas y definiría su situación con Lucero.

Felipe Ángeles desayunaba con Villa en el hotel Palacio. La misteriosa desaparición de la mesera francesa[45] parecía no importarle a nadie. Meseras había para aventar en una ciudad tan grande. La verdad era que Villa la tenía secuestrada en una de las enormes casas de la ciudad de México.

—Ataquemos a Carranza en Veracruz, Pancho. Si los vencemos será la estocada de muerte al carrancismo. Todo espera, menos que los ataquemos allá. Obregón no es fuerte en el puerto y Pablo González se encuentra sin hombres para hacernos frente.

—No me siento bien en esa zona, Felipe. Si lo ataco y no lo venzo, nos pueden estrangular en la retaguardia. La cuestión sería atacar con los cincuenta mil dorados y hacerlos pinole[46].

---

45 El escandaloso secuestro llegó a oídos del gobierno francés que exigió, por medio de un ministro acreditado en México, la liberación de la bella francesa.

46 Villa decidió regresar a Torreón cuando surgió la amenaza de los

—Por armas y municiones no te preocupes, Pancho. Te puedo abastecer lo que necesites para hacer tu guerra a Obregón —dijo el oportuno John Kent que ya hacía números de cuanto serían sus ganancias en el siguiente pedido. Las finanzas de Villa estaban bien y el crédito del Centauro estaba abierto.

Villa dejó sus chilaquiles repentinamente. Le impactaba saber que su siguiente enfrentamiento a muerte sería contra Obregón, al que tuvo en sus manos para liquidarlo y por estupidez había dejado salir vivo.

—El pinche Barbas de Chivo de Carranza es nada sin Obregón. Venciendo al sonorense, México será nuestro, amigos. Prepara el pedido de armas y municiones, míster Kent. Vamos a aplastar a Obregón donde lo agarremos.

Don Jesús Carranza, hermano casi idéntico del Primer Jefe don Venustiano, colaboró con los constitucionalistas en desarmar a las ex fuerzas federales de Victoriano Huerta en el Istmo. La idea era conseguir que algunas de éstas pasaran a manos de los constitucionalistas para sofocar futuras insurrecciones. Uno de ellos fue Alfonso Santibáñez, quien engañó a los convencionistas en Aguascalientes inventando que tenía muchos hombres a su cargo. Al no poder demostrarlo, su credencial de delegado fue anulada, quedando resentido con Carranza en el sur. Santibáñez era un hombre bajo de estatura, flaco y con barba lacia de un color negro intenso que lo hacía ver como a un Rasputín oaxaqueño. Nunca miraba a los ojos al hablar, y claramente se veía como un hombre de no confiar para cualquier simple observador.

El 30 de diciembre de 1914, don Jesús Carranza, al pasar por San Jerónimo, Oaxaca, fue detenido junto con su Estado Mayor y su pequeña escolta, por el mismo Santibáñez.

---

carrancistas, de tomar la estratégica ciudad norteña.

Santibáñez se puso en contacto con el Primer Jefe exigiendo, a cambio de la vida de su querido hermano, medio millón de pesos y de cartuchos. Don Venustiano, furioso, mandó una columna a hacer frente al secuestrador.

El último día de 1914, Santibáñez fusiló cobardemente a más de quince hombres, todos miembros del Estado Mayor de don Jesús. La aguerrida columna del Primer Jefe llegó a los dos días, pero Santibáñez ya había huido a la sierra con ciento cincuenta hombres y llevándose prisionero a don Jesús, a su hijo Abelardo y a su sobrino Ignacio Peraldi, quienes fueron salvajemente masacrados el 11 de enero en la ranchería de Xambau, Distrito de Villa Alta, Oaxaca.

Hasta un mes después fueron encontrados los cadáveres y llevados a Veracruz el 12 de febrero para darles sagrada sepultura.

—¿Por qué a mi hermano, Silvia? ¿Por qué habiendo tantos hombres tenían que matar a mi hermano y a mis sobrinos? Me siento devastado.

Silvia Villalobos y don Venustiano desayunaban en las oficinas provisionales del gobierno constitucionalista del edificio de Faros, Veracruz. La hábil Silvia se había echado al viejo en la bolsa, empleando naturalmente las enseñanzas de su ex marido, Apolinar Chávez, y de su socio Justo García. Don Venustiano la veía a escondidas y estaba perdido por la belleza y encantos de la joven mujer.

—Eres un blanco vulnerable, Venus. Eres el hombre más importante de México. De ahora en adelante te intentarán matar tus enemigos.

—Eso lo entiendo, Silvia. Lo que me sorprende es que me haya hecho daño el tipo más insignificante que te puedas imaginar. Ni siquiera lo tenía en mi lista de enemigos. El tipo es un mediocre resentido de Oaxaca, que fue invitado de Álvaro en una fiesta que le organizaron en Aguascalientes.

Al mismo Álvaro le cuesta trabajo creer que ese mentecato haya podido hacer algo de esta envergadura[47].

—No hay enemigo pequeño, Venus —repuso Silvia, acariciando los argentos cabellos del Barón de Cuatrociénegas—. Ya habrá tiempo para vengarte, cariño. Por lo pronto prepara a tu ángel exterminador, Álvaro Obregón, y mándalo a liquidar a Villa, que es lo que ahora nos amenaza más que el insignificante asesino de tu hermano.

Carranza miró como un dulce padre a la joven mujer. Aunque deseaba mandar a todo su ejército a hacer pedazos a Santibáñez, sabía que Silvia tenía razón. El único hombre capaz de liquidar a Villa era el sonorense garbancero. Santibáñez era una rata de coladera que en cualquier momento encontraría y mataría de un palazo.

---

47 Alfonso Santibáñez fue atrapado en 1916, en Lachiguiri, Oaxaca, por Aurelio Hernández y Juan Andrew Almazán, quien fue testigo del fusilamiento del asesino de don Jesús Carranza.

11

Obregón vence a Villa en Celaya

El día 28 de enero de 1915, el general Álvaro Obregón volvió a ocupar por segunda ocasión la ciudad de México. El invicto general estableció su cuartel general en el St. Francis.

En el comedor de ese lujoso hotel se reunieron en el desayuno Justo García y Álvaro Obregón. El sonorense vestido con su traje caqui, lucía tostado por el sol y un poco más embarnecido.

—La situación en la ciudad es desesperante, Justo. El fantasma de la hambruna ya asoma su cabeza por los edificios de las calles. Los zapatistas nos cortaron el agua potable que venía de Xochimilco.

El jugo de naranja radiaba como un sol en la mesa. Justo embarraba mantequilla y mermelada al pan tostado. Aquel desayuno tan sabroso hacía olvidar por momentos la espantosa hambruna que asolaba a la capital, como el vuelo en círculos de decenas de negros zopilotes sobre la carroña de un animal muerto.

—Los comerciantes esconden sus productos para que suban de precio, Álvaro. Prefieren el pago en oro que recibir papel moneda cuyo valor cambia con la entrada y salida de los ejércitos convencionista y constitucionalista.

—Esos pinches curas tienen dinero, Justo. Se los voy a

sacar, así tenga que voltear de cabeza a cada uno, hasta que las monedas se les salgan por la boca y los oídos.

—Por las buenas no te lo darán, Álvaro. Necesitas amenazarlos.

—Los hijos de la chingada bien que aflojaron dinero para apoyar a Huerta, ¿no? Pues ahora me van a conocer, Justo.

—¿Qué piensas hacer?

—Les voy a poner un ultimátum de cinco días para que me entreguen medio millón de pesos. El dinero será manejado por la «Junta Revolucionaria de Auxilios al Pueblo», una organización caritativa que fundaré y manejará Beto Pani, Juan Chávez y el doctor Atl. No quiero que piensen que ese dinero será para mí. Si no hago eso, antes de medio año habrá gente muerta en las calles, pero no por balas, sino por hambre. La situación es más grave de lo que Carranza se imagina, ya que él está bien cómodo en el edificio de Faros en Veracruz, o como Villa que come diario carne en el norte.

—Por mi parte haré una contribución a la fundación para socorrer a esa pobre gente, Álvaro.

—Gracias, Justo. Aunque ya sabes que necesito parque para mantener a raya a esos pinches zapatistas.

—El parque viene en camino vía Veracruz. En un par de días estará aquí.

Los verdes ojos de Obregón se agrandaron al escuchar esas palabras que eran como música para sus oídos.

Don Teodoro Manrique tenía sus bodegas por el rumbo de Tacuba retacadas de maíz. El acaudalado español sacaba a la venta los costales de maíz en los momentos en los que más dinero podía obtenerse por ellos, cuando la moneda en circulación podía cambiarse por oro o dólares. A don Teodoro no le importaba el hambre del pueblo. A él le interesaba hacerse más rico y mantener felices a sus amantes. Al pueblo se lo podía cargar el diablo.

Los hábiles cuervos de Justo García entraron en las bodegas rompiendo los muros con dinamita. Los pocos hombres que custodiaban las bodegas fueron fácilmente sometidos.

—Lleven los costales al centro y entréguelos a la Junta Revolucionaria de Auxilios al Pueblo. Digan que es un regalo de Justo García.

Las cinco carretas fueron retacadas de costales e iniciaron su viaje hacia el centro de la ciudad, ante la mirada satisfactoria de Macario. De ahí, el hombre de confianza de Justo, condujo hacia la casa del acaudalado español para asaltarlo y dejarlo sin nada. El inocente sevillano pensaba que, aparentando vivir solo, en una humilde y sencilla casa con sus gatos, pasaría desapercibido para el ojo escrutador de fortunas de Justo García. No fue así. Macario vació su casa y se deshizo del acuchillado cuerpo del español en una pestilente acequia. Las bolsas de oro llegaron a casa de Justo, distribuyendo su comisión a sus valientes e infalibles cuervos y guardando el resto para ser cada vez más rico en este río revuelto llamado Revolución. El día había sido bueno para ellos.

El canónigo Antonio Paredes, junto con ciento ochenta de sus sacerdotes, comunicó a Obregón la imposibilidad de la iglesia de proveer del dinero que el invicto general demandaba.

—Así que no tienen dinero —dijo Obregón, mirando de frente al sacerdote, quien con cara de suplicio trataba de amedrentar al sonorense.

—No, general. La iglesia carece de fondos por haber dado mucho dinero en los últimos meses para ayudar a los pobres y a las víctimas de los movimientos armados.

—Es usted un hipócrita, mentiroso. Sé del dinero con

el que ayudaron al asqueroso de Victoriano Huerta. Sé del dinero que esconden y que siempre sacan para ayudar al político o a la causa que les favorezca. Ustedes no están con los pobres, están consigo mismos y con sus intereses. Ustedes son un tumor canceroso y supurante para el pueblo.

Obregón estaba furioso y fuera de sí. Por el momento pensó en fusilar al canónigo para que sirviera de escarmiento, pero sabía que eso lo enemistaría con el pueblo.

—¡Manuel!

—Sí, mi general.

—Encierre, en la comandancia militar de la plaza, hasta nuevo aviso a todos estos hijos de la chingada. Les voy a demostrar que sí hay dinero y que de mí no se burlan. Bola de mierdas, el pueblo sufriendo hambre y estos cabrones casi revientan de marranos.

El avergonzado canónigo miró hacia abajo su prominente vientre que le impedía verse las puntas de sus zapatos.

—Otra cosa más, Fernando.

—Sí, mi general.

—Al rato tendremos una junta en el Teatro Hidalgo con los comerciantes. Van a soltarnos el mismo cuento de que no tienen mercancías ni dinero para ayudar al pueblo. Prepara más celdas porque también a ellos los vamos a encerrar y por qué no, fusilar. Al fin que aquí ya tenemos a los padrecitos para que los confiesen.

El canónigo Paredes tragó saliva de miedo al saber los planes del general Obregón.

Álvaro Obregón se encontraba muy a gusto como invitado especial en la casa de Justo García en su mansión de Paseo de la Reforma. Justo había hecho una reunión exclusiva para agasajar a sus amigos constitucionalistas más íntimos. En la reunión, Justo había procurado llevar bellas mujeres, junto con los mejores vinos y la más exquisita comida, preparada por un exitoso cocinero desempleado, que era de lo mejor, y que en estos tiempos difíciles se había encontrado a un ángel salvador, llamado Justo García.

—Estoy que me lleva la chingada, Justo —dijo Obregón, sirviéndose vino tinto francés, directamente de la botella.

—¿Por qué, Álvaro?

Justo se encontraba parado junto a él, vestido con una fina levita negra, con una copa de coñac y un habano en la mano. Otros compañeros de Obregón, como Manuel Talamantes, platicaban a gusto con sus compañeros y con las bellas damas invitadas. El chino Wong Li también estaba presente y tenía listas sus famosas pipas de opio para quien las requiriera.

—Recibí una carta de parte del Departamento de Estado en Washington, entregada por J. M. Cardoso de Oliveira, ministro de Brasil y su representante aquí en México. En la carta los gringos me expresan su preocupación por el hostigamiento y la presión que estoy ejerciendo sobre los extranjeros y acaudalados en esta ciudad para conseguir dinero y comprar alimentos. En breves palabras, me echan la culpa de la inseguridad y violencia vivida en estos días.

—¿Y qué le respondiste?

—Que yo no tengo autoridad para contestar directamente a los Estados Unidos, porque el asunto que reclaman no es de carácter internacional y eso atañe al Primer Jefe, Carranza, no a mí. Al viejo sí le expliqué la problemática que vivimos tal cual es, Justo.

—Pinches extranjeros, sólo les preocupan sus propiedades y su dinero. Que el pueblo se muera de hambre les tiene sin cuidado —adujo Justo, bebiendo de su copa mientras una de las bellas acompañantes se acercaba a coquetearle al oído.

La bella Patricia Solís había sido enviada a un hotel para no estar en la fiesta. Justo procuraba mantenerla donde no pudiera causar problemas, alejada de sus eventos sociales.

—¿Sabes por qué los odio a esos pinches extranjeros, Justo?

Obregón buscó dentro de su casaca una cajetilla de cigarrillos El Buen Tono, S.A. y se la enseñó con risa burlona a Justo.

—¡Unos cigarros conmemorativos con la foto de Victoriano Huerta!

—¡Así es, Justo! ¿Y sabes quién autorizó la venta de esto, que es una vergüenza para la Revolución mexicana?

—Debió haber sido el dueño de El Buen Tono, ¿cierto?

—Exacto, fue Ernesto Pugibet, el director de El Buen Tono. Lo hizo para halagar a ese hijo de la chingada de Huerta. Aparte de la foto, ve la rastrera dedicación autorizada por los dueños de la cigarrera para adular al más abominable traidor que ha habido en la historia de México —Obregón extendió de nuevo la cajetilla a Justo—. Pugibet tuvo el descaro de sacar a la venta varias marcas conmemorativas para los otros cerdos de la decena trágica como Félix Díaz y Manuel Mondragón. ¿Puedes creerlo, Justo? Este hijo de puta es uno de esos extranjeros que se quejan y nos acusan con los gringos de exigir cosas fuera de la realidad a los ricos, que nos están matando de hambre. Si tuviera a mi alcance a los dueños, los fusilaría aquí mismo. Dime ¿qué han hecho esos hijos de puta por la hambruna de la ciudad? Nada. Sólo esconder su dinero, quejarse y presionar a Wilson de lo nefastos que somos los constitucionalistas para la estabilidad y el orden de la ciudad. La mayoría se encuentra en una fiesta similar a esta, pero en los Estados Unidos y Europa. Ninguno se va a arriesgar a ser linchado aquí por la plebe hambrienta.

—Te ruego que me des algunos nombres de ricos como este hijo de puta de Pugibet, junto con sus direcciones para hacerles una visita.

—A alguien como tú, Justo, que has cooperado en especie

como con el maíz que regalaste al pueblo y en dinero como el que donaste a Beto Pani, le doy la información que quiera.

—Gracias, Álvaro. Me hace sentir bien tu comentario.

—Pero déjame contarte sobre la carta que me mandó, desde Texas, el cobarde de Federico Gamboa. Me escribió exigiéndome que se hiciera una junta entre jefes constitucionalistas de la convención y el grupo de residentes en el extranjero que él abandera para buscar la paz y un nuevo gobierno en México.

—¿Qué le contestaste al mequetrefe ese?

La charolita con los quesos franceses llegó a su lado y rápidamente los probaron con sus finos tenedores.

—Le dije que el día que tenga los güevos para empuñar un rifle o una espada dentro de nuestro país, para pelear por el gobierno que nos conviene, le prestaré atención. Mientras tanto, yo no negocio con cobardes que huyen del país, esperando que otros arreglen los problemas que ellos no se atreven a enfrentar.

—Muy buena respuesta, Álvaro.

En ese momento, Álvaro se distrajo al ver a uno de los invitados barajar unas cartas de póker. Obregón llamó al militar Macario, jefe de los cuervos de Justo García y le hizo una apuesta de quinientos pesos. Le podría decir, sin equivocarse, una vez que se las hubieran mostrado, todas las cartas de la baraja en el orden en que habían salido los naipes. El militar aceptó el reto y presentó sobre la mesa los cincuenta y dos naipes. Después los guardó de nuevo en el orden en el que habían salido y colocó el paquete de cartas sobre la mesa.

—¡Listo, mi general! —dijo Macario sonriendo, creyéndose futuro ganador de la apuesta.

Los invitados se congregaron alrededor de la mesa para ver si Obregón lograba ganar la apuesta haciendo tal proeza.

—Está bien cabrón que ganes, Álvaro. Es más, yo no me acuerdo más que de las tres primeras cartas —dijo Justo sorprendido por la seguridad del general.

—Yo sólo de dos —dijo Manuel Talamantes, admirado por la apuesta, pensando que su jefe estaba un poco tomado.

—Adelante, amigo. La primera es el as de tréboles.

Macario volteó el paquete de naipes, dejando hacia arriba la carta que había mencionado Obregón, esperando que dijera las siguientes, para ir quitándolas y que todos vieran si el invicto general había acertado. La siguiente fue el seis de espadas, luego el dos de tréboles. Así siguió adivinando, hasta terminar con la baraja completa. La apuesta fue ganada por el sonriente sonorense, ante el asombro de todos.

—Tiene usted una memoria prodigiosa, general. Mis respetos —dijo Macario, entregando los billetes al general ante el aplauso de los invitados. Su estatura de uno noventa la hacía ver enorme junto al sonriente sonorense.

—Tengo mi truco, amigos, pero no se los voy a decir.

—Digamos que tienes memoria fotográfica —dijo Justo, felicitando a su amigo. Manuel revisaba la baraja, no encontraba una explicación ante semejante proeza.

El día 9 de marzo, a falta de respuesta de los sacerdotes y comerciantes al requerimiento monetario de emergencia de la Junta Revolucionaria de Auxilios al Pueblo para hacer frente a la hambruna en la ciudad de México, el general Álvaro Obregón ordenó a su general Cesáreo Castro el inmediato reclutamiento de los curas y mercantes a sus fuerzas castrenses para partir al día siguiente hacia Veracruz.

El canónigo Antonio Paredes pidió al general Castro una revisión médica a sus curas, ya que la mayoría argumentaba

severos problemas de salud como para convertirse súbita-
mente en soldados de la noche a la mañana. Obregón
ordenó los exámenes médicos necesarios, los cuales arroja-
ron sorpresivos resultados de que casi la mitad de ellos
estaba contagiada con enfermedades venéreas. El padre
Paredes, escandalizado por el resultado, argumentó que
eso no podía ser cierto ya que ellos eran los representantes
de Dios en la Tierra y estaban siendo difamados antes sus
feligreses.

—¡Que representantes de Dios ni que la chingada!
Encuéramelos a todos y sácalos a la calle para que el pueblo
vea sus pitos supurantes de sífilis y gonorrea, y sepa que
nos son unos santos sino unos cabrones de mierda —dijo
Obregón, sentado en su oficina en el Hotel Saint Francis
revisando unos papeles, preparando su partida de México.

Minutos después, el general Castro regresó muerto de
risa diciendo que los curas sí irían con Obregón a Veracruz,
aunque Dios castigara al insensato sonorense con un rayo
celestial en el campo de batalla sobre su caballo. Los
enfermos de algún mal que les impidiera desplazarse o por
ser mayores a sesenta años fueron relegados del llamado.
Ciento sesenta y siete curas, incluyendo al canónigo
Paredes, acompañarían a Obregón a Veracruz.

Los comerciantes, viendo la seriedad del asunto, accedie-
ron al pago de su contribución y salieron libres. Los extranjeros fueron castigados barriendo la calle de Madero, ante
la risa y burla de los ciudadanos. El despreciable Pugibet
no se encontraba entre los improvisados barrenderos.

Justo García, al conocer el listado de extranjeros y
comerciantes con dinero y propiedades en la capital,
procedió al ataque de cinco estratégicas casas y bodegas en
busca de barras y monedas de oro para enriquecerse más.
La Junta Revolucionaria de Auxilios al Pueblo agradeció
enormemente la contribución en materias primas y dinero

que hizo el espléndido jefe de los cuervos ante el choque de copas entre Obregón y Justo, en la casa del acaudalado hacendado.

La llegada de Gretel Van Mess fue algo que tomó totalmente por sorpresa a Arturo Murrieta. La hermosa holandesa, cansada de estar sola en Nueva York y ante la renuncia a su empleo con Cass Gilbert, decidió alcanzar a Arturo en México y hospedarse en Veracruz, la ciudad portuaria que le prestaba la mayor seguridad para el cuidado de sus hijos.

—¿Por qué renunciaste a tu trabajo, Gretel? —preguntó Arturo en el elegante comedor del hotel donde se hospedaba la familia Murrieta Van Mess, en Veracruz.

—Estoy harta de estar sola, Arturo. Ganaba bien y estaba con mis padres, pero no estaba contigo. No te tengo a ti y eso me desespera. Tu promesa de que la revolución casi termina, la vengo escuchando desde que Madero ganó Ciudad Juárez con el exilio de Díaz en 1911 y no pasa nada. La situación cada vez está peor. ¿Pensabas que me iba a hospedar en la ciudad de México, cuando está llena de bandidos y siempre está es ocupada por diferentes ejércitos? Hay fuentes confiables en Nueva York que afirman que hay gente muriéndose de hambre en las calles ante la falta de abastecimiento por el control de las vías ferroviarias por Villa y Zapata. Los campesinos no siembran nada, sólo huyen tratando de salvar sus vidas ante los zapatistas, villistas, obregonistas, carrancistas, convencionistas... En fin, no sé cuantos ejércitos más habrá en este país de locos. Estoy en la ciudad donde se encuentra mi marido y el Primer Jefe y, aunque odie aceptarlo, tu otra mujer y tu hijo Regino.

La mención sobre Lucero le cayó como un balde de agua helada sobre la cara. Era un hecho que Gretel lo sabía, pero su discreción la había mantenido callada por meses.

—Déjame rentar una casa aquí en el puerto. Nos saldrá más barato que pagar hotel diariamente.

—Me parece bien, Arturo. Espero que vengas a comer todos los días y que en la noche les cuentes cuentos a Lucy y Arturo —dijo condescendiente y con sarcasmo la bella holandesa.

—Me encanta tu ironía, Gretel.

—De nada, mi amor. Si no hago bromas de mi situación, créeme que puedo volverme loca.

En la ciudad de México la habitual fauna de compañía de los habitantes de la gran metrópoli empezó a desaparecer paulatinamente. Aquella ciudad ruidosa con cantos de gallos, pájaros, rebuznos de burros, ladridos de perros y maullidos de gatos, se convirtió sorpresivamente en una urbe silenciosa.

Por las mañanas aparecían sorpresivas ventas de conejos en barbacoa que no eran otra cosa que gatos domésticos. Carne de burro y caballo fue ofrecida a todo tipo de consumidores. Los oportunos compradores no se preocupaban en indagar qué tipo de animal era, salvar la vida de morir de hambre era la prioridad.

Los soldados obregonistas ocupantes del centro de la ciudad, empezaron a tener más cuidado en vigilar a los caballos que dejaban amarrados, ya que desparecían misteriosamente para abastecer de carne a toda una familia por varios días.

Los matorrales fueron despojados de su vegetación silvestre como epazote, quelite, verdolagas. Las nopaleras fueron arrasadas, día con día, hasta desparecer por completo.

Los sanatorios, hospicios y manicomios, ante la imposibilidad de seguir alimentando a sus pacientes, los dejaron libres en la calle y a su suerte. Empezaron a aparecer cadáveres en banquetas, parques y callejones, sin ninguna herida de muerte, sólo el abrazo mortal del fantasma del hambre.

Manuel Talamantes pasó a Los Remedios a despedirse de su madre y hermanas. Desde la salida de los zapatistas de la capital, las Talamantes habían regresado a su casa.

—Me voy, madre. Aquí tienes algo de dinero. Estaré bien con Obregón. La idea es derrotar a Villa en el norte y con esto traer la paz definitiva a México.

—Que Dios te cuide a ti y a Fernando, Manuel. Cuando hablas de enfrentar a Villa, se me hace un nudo en el corazón de saber que con él está tu hermano y tengo el temor más grande que cualquier madre puede tener en una guerra civil: un enfrentamiento entre hermanos.

—No piense en eso, madre. Si se diera el caso, me haría guaje y lo ignoraría. La sangre y la familia son primero que cualquier cosa.

Las dos hermanas salieron con ojos llorosos a despedirse de su hermano. Inés balbuceaba como niña, mientras que Juliana se mantenía sería y triste.

—No llores, Inés. Nos veremos pronto.

—Que Dios te cuide, Manuel.

—Si llego a saber algo de tu marido, te aviso inmediatamente, Juliana.

Manuel, al darle el abrazo de despedida, notó la prominencia en el vientre de su hermana menor. Callando por discreción, no dijo nada, pero el rostro pálido de Juliana le hizo quedarse intranquilo. Por su torturada mente pasaba en la posibilidad de que Juliana hubiera sido violada por alguien de la tropa zapatista y que por vergüenza y dolor, lo hubiera mantenido en secreto. La verdad era que Juliana Talamantes estaba embarazada de Arturo Murrieta, y eso sería una bomba entre la familia Talamantes cuando se enteraran.

Juliana vio partir a su hermano con tristeza. Su embarazo era una realidad y pronto su madre lo notaría. Tendría que hablar con ella y decirle la verdad. Su situación era angustiosa, estaba embarazada de un hombre involucrado con dos mujeres, y ella no sabía si ya era viuda o soltera, y con la angustia de no saber si Murrieta al saberlo le correspondería como hombre. La ayuda económica que desinteresadamente le brindaba le ayudaba mucho. Era desesperante depender de su madre o de los hermanos. Tener una cierta independencia económica la alegraba. Arturo Murrieta era una posibilidad. ¿Qué haría si supiera que espera un hijo de él? ¿La dejaría de ver? ¿La desconocería? El tiempo se lo haría saber.

Silvia Villalobos se hacía fuerte en Veracruz. La amistad con Carranza le había concedido ciertos privilegios para invertir su dinero y no depender del apoyo de Justo García. Carranza era sólo una aventura de la que esperaba sacar ventajas económicas. «El anciano, ni naciendo otra vez se podría conseguir una belleza como yo», pensaba, mientras contemplaba su bien proporcionado cuerpo desnudo en el espejo, de marco de conchas de mar, en el cuarto de su casa. Su largo cabello negro cubría sus dos rosados pezones como un velo obscuro.

Obsesionada con conseguir el amor de Justo a como diera lugar, se acostó en la ancha cama para buscar ella misma el placer que Justo se negaba darle. Entre gemidos de delicia, al pensar en el hombre que se resistía a sus encantos, maquinaba planes para conseguir su amor. Justo García tenía que ser de ella y de nadie más. «Mantendré a raya a la maldita de Lucero, cuando Justo venga a Veracruz. No le daré un respiro a esa perra. Cuidado y se atreva acercarse a Justito. Mmm…. mmm… qué rico…», pensaba.

Al llegar a la puerta, Pachita, su empleada doméstica, detuvo su intento de tocar cuando escuchó los gemidos de la señora. Interrumpirla le podría costar su trabajo y bien lo sabía. Era mejor regresar después.

Lucero recibió con los brazos abiertos a su ex empleada y amiga, Isaura Domínguez. Acababa de llegar de España y su única conocida y amiga era la mujer que le dio albergue después de la tragedia de los Madero en la Decena Trágica.

—¡Mujer, pero qué hermosa te ves embarazada! —comentó Lucero al recogerla en el muelle del puerto.

Isaura vestía ropa fina y de moda comprada en París. Preparada para llegar al caluroso puerto, su vestido se adaptaba a lo mejor del momento que se usaba en las playas de la Costa Azul.

—Gracias, señora.

—¿Señora? ¿Cómo me hablas así, Isaura? Dime Lucero. Tú ya no trabajas para mí. Eso es historia. Ahora eres la esposa de un prominente diplomático alemán y yo simplemente soy tu amiga Lucero, así de fácil.

Reginito se acercó para dar un beso en la mejilla a su antigua nana. Con caballerosidad, le quitó la bolsa que Isaura cargaba para dejarla más cómoda.

—Eres todo un caballero, Regino. Gracias.

—De nada, nana Isaura.

—Mejor llámame tía, Regino. Así no me siento tan vieja.

—¿Cuándo viene Frank? —preguntó Lucero mientras el camarero ponía las cosas en un amplio taxi.

—Espero que en un mes, Lucero. La guerra contra Inglaterra y Francia lo tiene abrumado. La verdad es que me mandó a México por seguridad. No tenía confianza en estar en un país enemigo de los teutones.

—Lo entiendo.

—¿Y que hiciste todos estos meses aparte de embarazarte?

—Viajar, leer y tratar de complacer a mi marido. ¿Qué más querías que hiciera?

—¿A qué hotel la llevo, señora? —preguntó el taxista.

—Al Estrella del Golfo.

—A mi casa, señor. Por nada del mundo permitiré que esta mujer se hospede sola en un hotel —dijo Lucero autoritaria, sin dejar opción a Isaura.

—Gracias, amiga. Qué gentil de tu parte.

El enfrentamiento entre Villa y Obregón en las dos batallas de Celaya de abril de 1915 definiría el destino de la Revolución mexicana. El ganador de esta estratégica conflagración sería el que gobernaría a México y del que se desprenderían los futuros gobernantes del país.

El ejército de Villa era superior al de Obregón en cuanto a equipo, armamento y municiones. Villa manejaba las cargas brutales de su caballería como su as en la manga. Era como un Gengis Kan mexicano, en el norte del país.

Obregón pelearía como mejor sabía hacerlo: esperando, aguantando y contraatacando cuando el enemigo flaqueaba. La primera batalla dio inicio el 6 de abril con un ataque fulminante y contundente que hizo pensar a Obregón seriamente en la derrota. Sus bajas llegaron a casi 2,000 hombres.

Para la una de la tarde del día 7, las cargas de caballería de Villa pasaban de más de treinta embates sin poder tomar las trincheras de Obregón. La resistencia y artillería de Obregón empezaba a marcar la diferencia: los villistas se replegaron dejando más de mil cadáveres y miles de heridos. Obregón había ganado la primera de las dos batallas. La siguiente tomaría lugar una semana después.

Fernando Talamantes logró abrirse paso entre tierra, polvo y cadáveres de hombres y caballos. Su mente estaba concentrada en salir vivo de esta horrenda conflagración en la que se habían metido por seguir a Villa. Con energía y valentía logró llegar a la pequeña casucha donde sabía que se encontraban los soldados obregonistas. Tenían ya varios minutos de no disparar, lo que significaba que se habían quedado sin parque y que serían presas fáciles.

Fernando y su compañero llegaron cubriéndose el uno al otro hasta la puerta de la casucha y entraron con la confianza que les daban sus máuseres y el saber que el enemigo no tenía balas.

Como si fuera una broma del destino se encontraron con tres obregonistas entre los que se encontraba su hermano Manuel. Sin perder un segundo en averiguar el compañero de Fernando disparó hacia el pecho del obregonista más cercano, matándolo al instante y metiéndole otro tiro en la cabeza al otro que trató de huir hacia la puerta. Cuando el villista se disponía a matar a Manuel, Fernando lo golpeó con un certero cachazo dejándolo fuera de combate en el suelo. Manuel no salía del asombro. Su hermano lo había salvado de una muerte segura y no había tenido que enfrentarse a él.

—¡Huye, Manuel! Regresa con tus hombres y piérdete. Esta batalla está decidida. Quizá en otra tengan más oportunidad, pero eso no me importa. Corre y salva tu vida. El máuser de este hijo de puta te salvara.

—¿Qué harás con cuando despierte?

—Despertará solo y no sabrá lo que pasó. Le diré que nos tomaron por sorpresa y que lo salvé. Eso es todo.

—¡Gracias, hermano!

Los dos se dieron un fraternal abrazo y luego Manuel se perdió en la distancia.

Para la nueva batalla del 13 de abril, Obregón contaba con cinco mil hombres de refuerzo. Su táctica sería igual a la de la semana pasada, donde había salido triunfador. Villa atacaría de nuevo con sus acostumbradas cargas de caballería y Obregón escondería a su gente en trincheras individuales llamadas «loberas» dentro de las que habría hombres con ametralladoras, dándose gusto en despanzurrar caballos y jinetes hasta diezmar la invencible fuerza hípica del terco norteño. Obregón esperaría a las columnas villistas en un movimiento envolvente, con una poderosa columna de reserva de 6,000 caballos afuera del círculo de combate al mando del general Cesáreo Castro, quien entraría en acción para marcar la diferencia en el momento en que las fuerzas villistas flaquearan. En el compacto círculo de defensa de Obregón, marcaría la diferencia el letal coronel artillero Maximiliano Kloss. A las 38 horas del encarnizado combate, entró finalmente en acción la columna de 6,000 caballos que marcaría la diferencia y daría el triunfo definitivo a Álvaro Obregón.

Villa fue repelido una y otra vez, causándole considerables bajas hasta hacerlo huir, dejando al ejército obregonista un botín de más de treinta cañones con su parque, más de cinco mil máuseres con cajas de municiones, ocho mil prisioneros, gran número de caballos, monturas y más de catorce mil bajas entre las que había muertos, heridos, prisioneros y desaparecidos.

Aunque los contrincantes se volvieron a enfrentar en batallas de menor magnitud en Trinidad, León y Aguascalientes, la derrota de Villa era definitiva y jamás se recuperaría de esta estocada de muerte. Obregón se levantaba como máximo triunfador y de ahí a la silla presidencial, no le llevaría más que cinco años.

A principios del mes de junio, Álvaro Obregón acampó en la hacienda de Santa Ana del Conde, Guanajuato.

Caminando en compañía del general Francisco Serrano, el coronel Piña, los tenientes coroneles Jesús M. Garza y Aarón Sáenz y los capitanes Manuel Talamantes, Ríos y Valdés, Obregón se dirigió hacia las trincheras para evaluar la situación.

Caminaban a escasos treinta metros de las trincheras. Obregón iba al frente, bromeando como era su costumbre, con toda la confianza de sentirse vencedor de Villa y de comandar el ejército más poderoso del país.

La hacienda presentaba un aspecto fantasmal de abandono y descuido que invitaba al relajamiento. En ese momento vino la desgracia.

Al encontrarse en el casco de la hacienda, se sintió la explosión de una granada que mandó a todos al suelo.

Obregón, boca abajo en el suelo, se recuperó rápido del impacto para levantarse y hacer frente al enemigo. Cuando intentó gallardamente desenfundar su pistola, miró con horror que su brazo derecho no podía tomarla, porque simplemente había desaparecido. Espantosos calambres y agudísimos dolores lo torturaron en segundos. Presa del pánico de morir desangrado al ver su sangre correr a borbotones, tomó su pequeña pistola Savage que ocultaba en su casaca para volarse la sien con la mano izquierda. La pistola no tronó porque un día anterior el capitán Valdés la había limpiado y olvidado cargar de nuevo. La providencia estaba con él. En ese instante, el teniente coronel Garza[48], al saber de sus fatales intenciones, llegó oportunamente a desarmarlo. En unos segundos Obregón fue cargado por el coronel Piña y el capitán Valdés para ser puesto contra un muro donde estaría protegido de la artillería villista que seguía cayendo inclementemente sobre la tétrica hacienda. Obregón moriría en minutos si no le contenían la hemorragia. Entendiendo la gravedad de la situación, llegó corriendo el teniente Cecilio López, quien rápidamente contuvo la hemorragia al hacer un torniquete con una venda en el sangrante muñón.

Manuel Talamantes también había sido herido por unos de los petardos en la rodilla. Afortunadamente para

---

48   Por ironía de la vida este teniente se suicidó años después.

Manuel, su herida no era de cuidado, en comparación con la horrible mutilación sufrida por su valiente general.

En la improvisada enfermería, convalecían Álvaro Obregón y Manuel Talamantes. El doctor Enrique Osornio había tenido que amputar el brazo derecho del general un poco más arriba del codo para evitar la gangrena. Obregón descansaba bocarriba con el pecho desnudo y trapos húmedos en la frente para bajarle la temperatura. Su barba crecida de semanas era por la promesa que se había hecho de no rasurase hasta derrotar a Villa. Sobre el viejo camastro, más parecía un pirata mutilado en la cubierta de un galeón, que un general de un moderno ejército. El valiente sonorense se mantenía con la mirada perdida en el techo, meditando sobre sus triunfos y derrotas. Era un momento crítico en la vida del general[49].

—Me quise matar, Manuel. Me quise volar los sesos y la bala no estaba en la cámara de mi Savage.

—Dios no quiso que muriera, mi general. A sus treinta y cinco años de edad todavía tiene mucho por delante.

—No es la primera vez que deseo morir, Manuel. En 1907, a los veintisiete años de edad, perdí a dos de mis cuatro hijos y a mi esposa. También pensé en esa solución fatal y me frené porque las caritas de mis otros dos niños, Humberto y Refugio, me decían: «Papá, eres todo lo que tenemos. No lo hagas». Gracias a mis tres hermanas pude seguir trabajando, mientras ellas cuidaban a sus sobrinos. A los dos años de esa tragedia inventé una máquina cosechadora de garbanzo que se fabricó en serie y fue comprada por todos los agricultores del Valle del Mayo. Para las fiestas del centenario fui a la capital como un hombre con dinero y de respeto. La vida me brindó otra oportunidad

---

49 Cinco años después, cuando Obregón llegó a la presidencia en 1920, a los cuarenta años de edad, lucía como un hombre de sesenta, ante el envejecimiento prematuro que sobrevino después su horrible mutilación.

y le respondí bien. Ahora soy un manco con la ambición de ser presidente de México y voy a luchar hasta lograrlo, Manuel.

—Carranza ha de estar muy orgulloso de usted.

El gesto de Obregón cambió al ver entrar a la rechoncha enfermera que daba su ronda para saber si algo se le ofrecía al valiente general. La mujer le preguntó si necesitaba algo y Obregón la despidió con su mirada de diablo. Odiaba ser interrumpido.

—Ese hombre me debe la presidencia, Manuel. Mientras yo he expuesto mi vida desde Sonora hasta la capital, el arrogante anciano sólo ha dado órdenes e instrucciones en elegantes salones con copas de vino y terrazas, mirando hermosas plazas. Tiene meses que no veo a mi familia. Me siento como Porfirio Díaz, mientras él huye como Juárez en su carruaje.

—Villa está derrotado, mi general. Ya no hay nadie que lo detenga.

—Así es Manuel, pero debo seguir el orden natural de los acontecimientos y las jerarquías políticas. El Primer Jefe, al triunfar el ejército constitucionalista, debe ser el siguiente presidente de México. Después seguiré yo y no quedaré manchado en la historia como un asesino oportunista.

Obregón, en ese crudo momento de despertar mutilado en una enfermería, estaba preocupado por sus ambiciones políticas, sin todavía asimilar la magnitud de su tragedia al haber perdido su brazo derecho. Con el correr de los meses se acostumbraría a su nueva forma de vida. Tendría que aprender a escribir y a hacer todo con la mano izquierda, hasta jalar bien el gatillo de una pistola para eliminar a sus peligrosos enemigos.

John Kent celebraba en el elegante comedor de primera clase del enorme transatlántico inglés, con copas de cristal de Baccarat y fina champaña francesa, su éxito rotundo al haber embarcado clandestinamente en Nueva York, ocultas entre alimentos, más de un millón de cajas de granadas y 4,927 cajas de municiones, para totalizar una carga furtiva de guerra de 171 toneladas, y así apoyar a los aliados contra la implacable Alemania. Junto a él, con un habano en los dedos, brindaba alegre el excéntrico millonario Alfred Gwynne Vanderbilt. Woodrow Wilson apoyaba a Inglaterra, aunque se negaba a entrar abiertamente en la guerra por fiel apego a su criticada política de neutralidad.

A setecientos metros del enorme transatlántico inglés se encontraba el submarino alemán U-20 capitaneado por Walther Schwieger, con instrucciones precisas de hundir a este coloso del mar con 1959 pasajeros a bordo. El joven alemán de treinta y dos años, divisó en su periscopio las cuatro enormes chimeneas entre los dos mástiles, en el barco de 239 metros de largo y 45,000 toneladas de peso. Sin titubear la orden asesina, disparó el único torpedo que le quedaba después de haber hundido otros tres barcos más ese día. Con asombro, como si fuera la primera vez que lo hiciera, vio desde la proa del submarino cómo el torpedo viajaba en línea recta dejando tras de sí una línea de espuma, mientras la mortífera bomba flotante se dirigía irremediablemente al costado derecho del orgullo de la naviera británica Cunnard Line.

Eran las dos de la tarde del 7 de mayo de 1915, cuando en el costado derecho o estribor del enorme transatlántico *Lusitania* se sintió una violentísima explosión. Después de la primera, sobrevino otra mucho más potente, apoyada por la furtiva carga dinamitera de Kent, que causó más daño que el mismo torpedo, inclinando el barco hacia estribor en una espantosa agonía de dieciocho minutos, para desparecer junto al faro de Old Kinsale, frente las frías costas de Irlanda.

John Kent cayó sobre Vanderbilt, empapándole su fino traje con champaña. Los pasajeros, al escorarse[50] el barco veinticinco grados por el impacto, sin poder mantener el equilibrio, cayeron sobre las mesas, rodando sobre la alfombra entre loza, sillas y alimentos. El agua entraba en cantidades alarmantes, llenado la proa del barco, lleván- dolo a pique. Las potentes cuatro hélices de tres palas, quedaron fuera del agua, aventando brisa de mar sin poder impulsar más el barco, que intentaba acercarse lo más que se pudiera al faro de Old Kinsale. Los botes salvavidas de estribor[51] estaban inclinados hacia el mar y resultaba muy difícil bajarlos al agua. Los del otro lado, por estar volteando el barco, quedaban fuera de la caída natural del los botes al mar. Algunos botes caían de popa o de proa y se hundían con sus pasajeros, otros aplastaban a los que sí habían logrado caer bien al mar.

Kent ayudó lo más que pudo a subir gente a los botes, hasta que el inevitable hundimiento lo hizo aventarse al mar y nadar lo más que pudo hacia uno de los pocos botes que logró mantenerse a flote con pasajeros. Su fortaleza física y juventud fueron sus llaves de éxito para vencer la potente corriente de succión y llegar a uno de los botes. Al subirse, lloró la magnitud de la tragedia. Después se enteraría que el asesino U-20 alemán, había matado 1198 pasajeros, entre los que se encontraban cien niños y doscientos treinta y cuatro compatrio- tas. Sólo setecientos sesenta y un pasajeros lograron

---

50 Inclinarse.
51 Costado derecho del barco, visto desde arriba. El lado izquierdo es babor. El frente es la proa y atrás es la popa.

salvarse. Entre ellos no estaba su amigo Vanderbilt[52]. A pesar de la magnitud de esta tragedia, Estados Unidos entró irremediablemente en la Guerra Mundial dos años después, y no en ese momento que era lo que clamaban los norteamericanos e ingleses.

[52] Vanderbilt ayudó a subir pasajeros a los botes salvavidas y ofreció su chaleco a una mujer con su bebé en brazos Esta acción, vista por algunos sobrevivientes, habla del altruista sacrificio del famoso millonario ferrocarrilero.

12

Villa invade Columbus

L A FILA DE GENTE HUMILDE FORMADA A LAS PUER-
TAS de la escuela de Minería, en espera de un poco de
maíz, pasaba de diez mil personas y abarcaba seis cuadras.
El gobierno de la Convención, encabezado por Roque
González Garza, había gastado cincuenta mil pesos para
distribuir este preciado cereal entre la desesperada gente.
Junto a los hombres que entregaban el maíz, había soldados fuertemente armados para contener a la turba enarde-
cida que llevaba más de ocho horas formada bajo los inclementes rayos del sol para comprar algunos granos. Hubo
más de cien mujeres desmayadas por insolación, golpes
entre hombres exasperados que no soportaban los empujones. La gente desesperada intentó tomar por la fuerza
el centro de distribución, lo que originó el pánico y que la
soldadesca cargara contra la masa, ocasionado el atrope-
llamiento de cientos de personas, lo que ocasionó decenas
de muertos entre aplastados y asfixiados.

En las calles de la ciudad empezaban a aparecer muertos
por inanición, tirados en parques y banquetas. El espectro
del hambre acariciaba con sus huesudas manos a los desposeídos.

La tienda de abarrotes «La Ametralladora», ubicada
en la esquina de Dolores y Victoria, fue saqueada por la

hambrienta turba. Las autoridades tuvieron que detener la violencia vendiendo lo último que quedaba en las bodegas del negocio. Las colas para adquirir carbón eran de cientos de metros. Los pocos que conseguían algo tenían que defenderlo camino a casa, no siempre con mucha fortuna. El pueblo desesperado empezó a talar los árboles de los jardines para obtener un poco de leña. Los asaltos a mano armada eran cosa de todos los días a cualquier hora. La turba, por momentos era incontrolable y a las autoridades les dolía a tener que matar gente que ya casi estaba muerta de hambre por robar un puño de maíz o un mendrugo de pan.

Doña Inés Talamantes avanzaba por las calles de San Cosme feliz por haber podido adquirir un poco de maíz después de una espera de toda la noche. Juliana, con su embarazo de meses encima, apenas si podía con ella misma como para ayudar a cargar las bolsas de carbón y maíz que habían conseguido con el dinero que había recibido de Arturo.

—¡Denme eso, pinches viejas! —gritó el indio que se las topó en la calle, aventando a la pobre de doña Inés al suelo. En segundos el indio huyó con las dos preciadas bolsas ante los gritos de desesperación de las dos indefensas mujeres. Cuando el indio con los dos costalitos intentó dar la vuelta en la esquina, fue detenido por Justo García, quien de dos violentos bastonazos le voló los tres dientes que le quedaban, dejando inconsciente al oportunista ladrón. Otros dos hombres vieron la escena y se alejaron temerosos ante el implacable catrín que castigaba justamente al abusivo ofensor.

—¿Se encuentran bien, señora? —les preguntó Justo, agachándose a recoger las bolsas del suelo, preocupado por el estado de doña Inés.

—Gracias, señor. Es usted un ángel —dijo Juliana,

llamando la atención de Justo, ante la radiante belleza de la joven mujer embarazada que tenía enfrente.

—La situación es desesperante, joven. Si no llegan alimentos moriremos irremediablemente de hambre— adujo doña Inés, sacudiéndose el polvo de su vestido.

—¿Dónde vive, señora?

—En Los Remedios, joven. Ahí tengo mi ranchito, pero no tengo alimentos porque fue saqueado hace poco por los zapatistas. Lo poco que sembré a escondidas, se dará hasta las lluvias de agosto, y eso si no me lo roban antes los vecinos al ver las milpas.

—Tú te ves muy cansada, mujer. No debería una embarazada venir aquí. Es muy peligroso. Permítanme invitarlas a mi casa a comer y descansar un poco. Después de que hayan comido bien, las mandaré en un carro con mis muchachos para que lleguen bien a su destino.

—Gracias, joven. ¡Repito que es usted un ángel!

La casa de Justo García dejó impresionadas a las Talamantes. La mansión de Reforma era algo que arrancaba el aliento. Patricia Solís saludó amablemente a las mujeres y se encargó de que comieran bien y que quedaran contentas. Patricia se desvivía por hacer bien cualquier encargo de Justo.

—Su casa está preciosa, señora —dijo Juliana.

—Gracias. Justo la compró hace un año y nos ha costado trabajo mantenernos aquí por los constantes cambios de gobierno. Es por eso que tenemos una guardia personal. Si no fuera así, ya nos la hubiera quitado los zapatistas o los villistas.

—Sí, lo entendemos.

—¿Ustedes dónde viven?

—En Los Remedios, señora. En las afueras de la ciudad. Es el primer templo de América.

—Ah, no lo conozco. Yo vengo de Chihuahua y para mí en la ciudad todo es novedoso.

—Es muy hermoso el lugar. Ojalá algún día pueda ir a saludarnos para poder pagarle así tanta amabilidad.

—¿Para cuándo esperas a tu bebé?

—Para septiembre, señora. Tengo seis meses.

Doña Inés tragó saliva. Ya tenía meses que se le había pasado el coraje de saber que su hija estaba embarazada de Arturo Murrieta, y la apoyaba manteniendo el secreto entre ellas. Ya pensaría qué decirles a sus hijos cuando regresaran a la capital. Su preocupación era hacérselo saber al catrín del duelo de Los Remedios, que había abusado de su confianza.

—¿Y tú marido? —preguntó Patricia.

—Peleando con Villa en el norte. No he vuelto a saber de él.

—Como muchas mujeres que no saben donde andan sus maridos.

—Te envidio, mujer. Yo anhelo tener un hijo. Ojalá pronto Justo me conceda uno. Él también desea un bebé.

Justo se acercó sonriente a la mesa para despedirse y quedar a las órdenes de las Talamantes. Patricia se encargaría de decir a Macario que las llevara a su casa. De preferencia ella iría también para conocer ese mágico templo del que le hablaba doña Inés.

En los primeros días de junio de 1915, Victoriano Huerta se reunió con Frank Faber en El Paso, Texas. El motivo de la reunión era para proveer de dinero y garantías a Huerta por parte del gobierno de Alemania para que El Chacal recuperara el poder al derrotar a Carranza y después provocara una guerra entre los Estados Unidos y México, que distrajera la inminente entrada del coloso del norte en la Guerra Mundial.

Al día siguiente, en la misma ciudad de El Paso, Huerta

se reunió con sus ex compañeros Pascual Orozco, Ignacio A. Bravo, Eduardo Caúz, Alberto Quirós y otros más.

El día 28 del mismo mes, fueron aprehendidos por las autoridades americanas Victoriano Huerta, Pascual Orozco, Ignacio Bravo y Eduardo Caúz. El 3 de julio fueron puestos en libertad con la condición de no abandonar El Paso, mientras su situación se regularizaba.

Pascual Orozco, temeroso de la cárcel o de morir asesinado por los gringos, logró escaparse de la policía norteamericana y huyó por la frontera buscando internarse en México. Confiado de haberlo logrado, el 4 de septiembre fue balaceado por los *rangers* americanos al intentar cruzar por Bosque Bonito, cerca de Ojinaga. De este triste modo moría uno de los iniciadores de la Revolución mexicana, quien por no definirse en un bando fijo, terminó a la deriva, cayendo masacrado como un vil bandido.

Al enterarse las autoridades de la muerte de Orozco, decidieron, por precaución, encerrar a Victoriano Huerta en el fuerte militar de Fort Bliss, donde murió por alcoholismo el 13 de enero de 1916.

El 10 de junio de 1915 fue relevado de su cargo de presidente de la Convención Roque González Garza para tomar su lugar Francisco Lagos Cházaro[53], el último presidente de la agonizante Convención de Aguascalientes. Hombre de cabello rizado con frente arrugada de eterna preocupación.

El 2 de julio murió en París, a sus ochenta y cinco años de edad, el ex presidente de la República Mexicana don Porfirio Díaz Mori. En su delirante y espantosa agonía, dos descarnadas mujeres lo acompañaban a las puertas del

---

53 Semanas después huiría a Centroamérica, donde permaneció refugiada por varios años.

infierno: Rafaela Quiñones[54] y doña Catalina, sus grandes y tormentosos amores. Dentro del atiborrado infierno, cientos de víctimas de su dictadura lo jalaban con manos huesudas.

Desde la derrota en Celaya, Tomás Urbina ya no creía más en su compadre Villa. Estaba probado que después de ser vencidos por Obregón en el Bajío, todo sería huir para salvar la vida. El momento de la separación había llegado. «¿Para qué exponerme a que me maten, si ya soy inmensamente rico? De aquí en adelante todo va a ser esconderse», pensaba al llegar a su bella hacienda de Nieves en Durango.

Como un general romano después de una gran conquista, Urbina fue recibido con fiesta y comida por su familia, que se alegraba al escuchar la nueva vida de tranquilidad y familiar que su héroe les prometía.

—Ahora sí ya no voy a salir a pelear. Me quedaré aquí a trabajar mi hacienda y mis tierras.

Después de celebrar, el compadre de Villa cavó, por la noche, un profundo hoyo en un lugar secreto, donde escondió el oro[55] con el que sus nietos vivirían desahogadamente.

Una semana después, el 19 de septiembre de 1915, Pancho Villa, Fernando Talamantes y Rodolfo Fierro se acercaban junto con diez jinetes a la Hacienda de Nieves. Habían viajado de noche y en completo sigilo para sorprender en plena fiesta al compadre traidor.

—Algo le pasó a mi compadre. Les aseguro que él no era un traidor. Lo conozco desde que era un muchacho y nunca me falló —dijo Villa, buscando alguna justificación para que sus compañeros desviaran la atención de su querido compadre.

---

54 Madre de Amada Díaz.
55 Cincuenta y cuatro lingotes de oro y monedas de oro y plata.

Los trece jinetes cabalgaban tranquilamente en una ancha vereda a la luz de la luna llena.

—Tu compadre se hizo pendejo en la batalla del Ébano, Pancho. Su favoritismo por los carrancistas y el petróleo está más que claro. Su primo Víctor dice que se anda levantando la falda con los constitucionalistas y, para colmo, en el momento más importante de la batalla, retiró a la segunda brigada sin darnos alguna explicación creíble.

—Yo creo que ahí fue pendejada de Petronilo Hernández, Rodolfo.

—¡Pendejada ni madres, Pancho! —Los ojos de Fierro estaban inyectados en sangre al hablar del odiado rival que Urbina representaba para él. Fierro quería ser el único y fiel amigo del Centauro—. Su esposa, harta de sus engaños y chingaderas, nos chismeó que el compadre recibía dinero de los carrancistas. Nos vendió en el Ébano, Pancho. Cuando le dijimos que mandara a Borboa, su jefe de Estado Mayor, a la chingada por los problemas que nos causaba en el estado, se hizo pendejo y lo protegió. No te tortures porque sea como tu hermano. Te chingó y merece la muerte.

Talamantes no intervenía. Trataba de ser neutral y no enemistarse ni con Villa ni con el Carnicero Fierro. En el fondo él le tenía estima a Urbina, porque una vez fue salvado por él en la toma de Ciudad Juárez en 1911.

—Ya tendrá mucho que explicarme ese cabrón. Todo espera, menos que le caigamos ahorita por sorpresa. Ya lleva días en el jolgorio. ¿Tú qué opinas Fernando, que no dices ni madres?

—Habla con él y decide lo que tu corazón diga, Pancho.

Fierro sonrió satisfecho de que Talamantes se mantuviera al margen. Ya era una preocupación menos para el Carnicero.

Los dorados cayeron por sorpresa en la hacienda de Nieves. En minutos, los experimentados hombres de Villa controlaron a los plateados de Urbina, que se encontraban borrachos en una gran fiesta que les había organizado su espléndido patrón.

Urbina recibió un balazo que le destrozó el antebrazo, imposibilitado para disparar, fue paralizado por el arma de su compadre Villa.

—¿Qué te pasa compadre? ¿Te has vuelto loco? ¿Por qué me tratas así?

—¡Cállate, cabrón, que tú ya no eres mi compadre! Necesito que me aclares unas cositas aquí mismo.

Los compadres se encerraron en un cuarto a hablar por más de una hora. Urbina lloró e imploró por la entrañable amistad que los unía. Villa se conmovió y por un momento pensó seriamente en el perdón para su amigo de toda la vida. Los dorados se dedicaron a registrar la casa y encontraron dos bolsas llenas de dólares y monedas. Fierro sabía que eso era nada comparado con el tesoro que Urbina había ocultado. Fernando buscó en un chiquero y para su sorpresa encontró a un lado del chiquero una bolsa de cuero con muchas monedas de oro. Jugándose la vida, la escondió dentro de sus ropas. Si le reclamaban diría que sí encontró algo, si no, su vejez estaría asegurada con este preciado tesoro.

Al salir del cuarto, ayudando a su compadre a caminar por sus heridas, se encontró con un Rodolfo Fierro inclemente, que acababa de regresar de esculcar la casa de Urbina en busca del tesoro. Villa con ojos de compasión le dijo al oído a su segundo:

—Llévate a mi compadre con un doctor para que cure sus heridas, Rodolfo.

—Yo no curo perros traidores, Pancho. Este cabrón es un renegado y todos lo sabemos. Esto ya está más que hablado, ¿no?

Villa no supo que decir, aunque deseaba rogarle a Fierro

que se olvidara de Urbina, ya era demasiado tarde para retractarse. Sería un error imperdonable para mantener su liderazgo.

Fierro, sin darle más oportunidad al Centauro de seguir dudando, se llevó a Urbina y a su jefe de seguridad para que supuestamente curaran al compadre. Todos, al verlos partir, sabían que Urbina era hombre muerto.

Después de pasear en el auto por los alrededores, Fierro, acompañando de tres esbirros más sentados a su lado en el asiento trasero, detuvo el auto en un paraje desolado. A empellones bajó a Urbina y a Justo Narváez. Sin pensarlo, mató de un certero balazo en la cabeza a Justo. Urbina, viendo lo que le esperaba, se arrodilló implorando perdón al que hace unas semanas era su inferior, en cuanto a nivel y fama.

—Dame otra oportunidad, Rodolfo —imploraba arrodillado, el hombre fuerte y seguro que posó en la foto de Palacio Nacional junto a Villa y Zapata. El millonario era dueño de trescientas mil ovejas, cincuenta y cuatro lingotes de oro, bolsas con monedas de plata y oro; y, para rematar, un pueblo entero en Durango.

—Ya te cargó la chingada por traidor.

—¡Por favor, Rodolfo! ¡No me mates!

Los ojos de Urbina lloraban, mientras un hilillo de baba se estiraba entra la punta de la bota vaquera de Fierro y su boca implorante.

—Soy padre, tengo hijos… dame otra oportunidad por favor, Rodolfo, te lo ruego…

La frente de Urbina estalló con la detonación a quemarropa de Fierro. Su cráneo abierto como una granada se vació de su contenido, como le ocurre a un coco al ser macheteado para buscar su preciado jugo. Rodolfo sonrió satisfecho por su logro. Creyó ver el alma de Urbina abandonar el cuerpo por la espantosa herida. Por fin, él era la máxima estrella después de Villa. Sus compañeros, aterrados por la crueldad de su jefe y su probada influencia sobre Villa, subieron con respeto al auto sin decir una sola palabra.

Desde su escandalosa derrota en Celaya, Villa iba de desgracia en desgracia. De su menguada División del Norte, no quedaban más que unos cuantos hombres, en comparación con los miles de soldados que había tenido a su cargo meses atrás.

Después del asesinato de su compadre Urbina, el Centauro del Norte se reorganizó en Chihuahua. Contaba con el valioso apoyo de José María Maytorena, quien dominaba todo el estado de Sonora, exceptuando Agua Prieta, que era defendida por el general Plutarco Elías Calles. Villa decidió alcanzarlo, para juntos reorganizar sus fuerzas contra Carranza.

El 6 de octubre, la mermada División del Norte partía hacia Nuevo Casas Grandes, Chihuahua. Al frente de la columna iba Rodolfo Fierro junto con Fernando Talamantes. Fierro, después de su ríspida relación meses atrás con Talamantes, ahora se llevaba bien con él y hasta parecía tenerle aprecio. Talamantes, jugándose el pellejo en la Hacienda de Nieves, había logrado sacar entre sus pertenencias una bolsa con monedas aztecas de oro de la casa de Urbina. La preciada bolsa se encontraba enterrada en un lugar que sólo él conocía y que era inaccesible para cualquiera. Al terminar la refriega regresaría y le daría a Gisela la vida que se merecía por haberlo esperado tanto. Pensar en desertar ahora era una locura. Aún no salía del asombro de que Villa hubiera fusilado al ex general federal José Delgado por razonablemente renunciar a su División y querer irse con su familia a los Estados Unidos. El Centauro, fuera de sí, ordenó su inmediata ejecución por cobarde. Ya ni pensar en lo que le había hecho a su preciado compadre Urbina. Esperar a que esto se acabara era lo mejor.

Rodolfo Fierro era el único general que seguía ciegamente al Centauro. Bien le había dicho una vez Villa a Eugenio Benavides cuando le exigió castigo a Fierro por sus excesos y mal comportamiento:

—Amigo Benavides. Cuando mi estrella caiga y tenga que pelarme a la sierra, Urbina y Fierro serán los que comerán coyote conmigo. Ustedes, si no están muertos para entonces, se habrán unido a Carranza o habrán huido a los Estados Unidos.

El Carnicero cabalgaba orgulloso y altivo, como desafiando a la naturaleza. Frente a él se presentaba un paraje desolador, con decenas de enormes lagunas que cortaban el paso para el norte. Cruzarlas parecía fácil, pero acababa de terminar la temporada de lluvias y todas ellas estaban en estado cenagoso. Había que ahorrar energía, víveres y tiempo, así que el valiente general decidió cortar camino por una laguna que los demás no se atrevieron a cruzar.

A la orilla de la laguna había diecinueve hombres como testigos del desafío de Fierro a los elementos. Confiado en que ni las balas ni el fuego lo habían detenido antes, era irrisorio pensar que un charquito de agua con ranas lo pararía.

—¡Bola de putos! Les mostraré como se hace esto.

Fierro comenzó a avanzar adentrándose en la laguna. El agua llegaba a la mitad de las patas del brioso caballo y así parecía que sería todo el cruce, cuando de pronto, como si dentro del agua surgiera una gigantesca mano que jalara las patas del espantado corcel, comenzó a hundirse poco a poco, como si empezara a descender al mismísimo infierno. El cuñado de Fierro, Buenaventura Herrán, le gritaba como loco que saltara del caballo y regresara a nado. El Carnicero intentó lo contrario, apretó al caballo con sus filosas espuelas para hacerlo salir del atolladero. El agua ya llegaba a medio cuello del aterrado equino. El peso del caballo de Fierro era enorme por las bolsas de oro que llevaba sobre su lomo. Segundos más tarde, despareció la enloquecida cabeza del caballo, y Fierro, ahora sí, sintiendo que su fin había llegado, gritó que le lanzaran un lazo pero nadie tenía uno tan largo. Cuando maquinaban dónde conseguir uno, el valiente general había desparecido para siempre en las cenagosas aguas de la macabra laguna.

Fierro trató de zafarse del caballo y nadar hacia la orilla, pero, en su delirio de muerte, sintió claramente cómo los colorados descarnados jalaban sus piernas para hundirlo al infierno junto con ellos, mientras Benton y Berlanga con carcajadas macabras y rostros cadavéricos lo agarraban cada uno de un brazo.

Así llegaba el fin del asesino más grande de Pancho Villa y de su División del Norte. En el infierno lo esperaban pacientemente todas sus víctimas para cobrarle las deudas pendientes.

Ya era demasiado tarde. El fin del feroz Fierro[56] había llegado, sumando otra calavera más a la mala estrella que perseguía al Centauro del Norte.

Higinio Granda y Francisco Oviedo llevaban meses intimidando, en la ciudad de México, con espectaculares

---

56 Villa pagó quinientos pesos a un buzo japonés por rescatar a Fierro del fondo de la laguna. De su lodosa ropa se rescató una finísima daga, su pistola y un anillo que llevaba al dedo de 24,000 pesos, que fue comprado en la ciudad de México cuando la visitó con Villa. Su cuerpo fue enterrado en Chihuahua, junto al de Antonio Villa, hermano del Centauro. El oro que llevaba el caballo a sus costados y que lo hundió como fierro en el agua, jamás fue recuperado y forma parte de las leyendas de tesoros perdidos: los de Cuauhtémoc, Fierro y Urbina.

asaltos y secuestros a la asustada población capitalina, que carecía de una policía fija por los constantes cambios de gobierno, desde la caída de Victoriano Huerta.

Higinio Granda era un español de piel blanca, ojos claros, rostro de barba cerrada, impecablemente rasurado con un elegante bigotito. Había visitado la cárcel de Belén un par de veces, y la última de ellas había escapado por uno de los boquetes hechos en las paredes por los cañones de la Decena Trágica. Tenía un hermano con grado de coronel zapatista que militaba en el ejército del general Amador Salazar. Aprovechando esta influencia, entró con el grado de capitán en el ejército salazarista. Higinio Granda se convertiría en pocos meses en el jefe de la famosa Banda del Automóvil Gris, que asolaría la capital del país con sus descarados robos y asesinatos.

Operaban disfrazados con trajes de militares, botas y armamento adecuado, y rondaban la ciudad en un automóvil Fiat 1914, con órdenes de cateo firmadas por las autoridades que, en ese momento, tuvieran el control de la ciudad. Las familias de ricos los dejaban entrar para evitarse problemas con la justicia y, una vez adentro, este grupo de malandrines los despojaba de joyas, oro y dinero.

El chino Wong Li recibía constantemente la visita de los integrantes de esta camarilla del Automóvil Gris y en sus indiscretas pláticas se enteró de cómo operaban y cuáles eran sus objetivos.

Justo García fue prevenido por Wong Li de que él sería la siguiente víctima de la peligrosa banda en su mansión de Reforma. Patricia Solís abrió temerosa la puerta y los dejó entrar con la falsa orden de cateo que mostraban. Justo García, conocedor del teje-maneje de estos asuntos, los sometió en segundos con la oportuna ayuda de sus cuervos.

—Así que me querías robar con una de tus falsas órdenes de cateo, malandrín de cuarta —le dijo a Higinio, maniatado por Macario y sus muchachos.

—¿Quién es usted?

—Soy el último con el que se te hubiera ocurrido toparte, gachupín —le dijo Justo, cortando con su filosa daga las cuerdas que aprisionaban las muñecas de Granda. Con una mano le indicó que pasara al estudio para que dialogaran. Después de ponerse de acuerdo con Higinio Granda, encerró en un cuarto especial a todos los integrantes y se quedó a solas con él, planeando el siguiente golpe, con el cual pasarían a la historia.

—No sabes cómo me recuerdas a mí, cuando me inicié en este negocio del robo, Higinio. Se me ocurrió asaltar por una desolada vereda al ratero más cabrón de México en ese entonces. No sabes cómo aprendí de ese tipo.

El gallego Granda lo miraba parpadeando nervioso. Se sentía como una mosca atrapada en una telaraña frente al voraz arácnido.

—Te quedan pocos golpes por dar, Higinio —continuó hablando Justo, mientras encendía su fino habano, ofreciendo otro al hábil ladrón.

—¿Por qué lo dice? —Higinio hablaba de usted a Justo, por el respeto y temor que sentía hacia él al haber sido atrapado por un simple civil. Sus temerosos ojos miraban a todos los rincones de la casa, y no dejaba de preguntarse quién era este misterioso hombre que se veía tan opulento y contaba con la protección de quince feroces hombres vestidos de negro.

—La policía carrancista te tiene entre ceja y ceja, Higinio. El detective Juan Manuel Cabrera está esperando que cometas un error para atraparte y fusilarte en el zócalo. Se dicen muchas cosas de ustedes. Que Pablo González está con ustedes y es él quien les firma las órdenes de cateo.

Que fue el capitán de Estado Mayor, Amador Salazar; en fin, estás a un pelo de que te atrapen. El asalto a la casa de Gabriel Mancera fue un escándalo Higinio, quinientos mil pesos, un collar de esmeraldas que dicen que está en el alhajero de María Conesa, *la Gatita Blanca*, y que se lo regaló el mismo Pablo González. Como ves, lo sé yo, lo sabe Carranza y González, y no piensan arriesgarse a perder todo por unos idiotas como ustedes.

—¿Y qué propone? Usted no me tiene aquí para decirme que soy muy cabrón y que me admira. Algo busca de mí por lo que me tiene aquí.

Justo se incorporó de su silla, dio una profunda fumada a su habano y después de rodear el sillón del español, le dijo:

—Te propongo dar otro golpe más para mí, y si eres un insensato, otros más para ti, hasta que te atrapen. Después yo influiré para que te escapes y la culpa caerá sobre tus compañeros. Sólo tú y Oviedo se salvarán. El resto tendrá que pagar por ustedes. Estás copado, Higinio. Si no aceptas mi ayuda te detendrán, te quitarán el dinero y te fusilarán como escarmiento. Pablo González y Carranza tienen mucha presión encima y no tolerarán más robos y bribonadas.

—¿Qué golpe propone, don Justo?

Justo se paró altivo y sereno frente a Higinio. Sabía que lo tenía en sus manos.

—Asaltarán la Tesorería de la Nación, Higinio —los ojos del Gallego se abrieron desmesuradamente al escuchar la osadía del excéntrico millonario—. Te robarás el dinero del país, no el de un anciano o una solterona, como has estado operando. Te irás a lo máximo y todos ganaremos. Tú saldrás libre si te agarran y serás famoso, pero por robar algo grande, no el alhajero de un señora con una falsa orden de cateo. «La Banda del Automóvil Gris» pasará a la inmortalidad después de este ambicioso golpe.

—¿Y si me niego?

—Mis cuervos entregarían a tus compañeros hoy mismo a la policía, y yo te metería un tiro en la frente por haber irrumpido en mi hogar con semejantes intenciones.

—Está bien, don Justo. Hagámoslo.

En el temido Fiat gris, llegaron a la puerta trasera de Palacio Nacional ocho integrantes de la peligrosa banda. El Gallego manejaba el vehículo junto con el Pifas. José Fernández y León Cedillo venían disfrazados de soldados. Había cuatro elegantes policías, en las personas de Higinio Granda, Santiago Risco, Francisco Oviedo y Ángel Chao.

Los tres soldados que cuidaban la puerta salieron altaneramente a preguntar a los maleantes que por qué se estacionaban en la puerta. En cuestión de segundos fueros salvajemente apuñalados y escondidos tras unos árboles. Ángel Fernández y León Cedillo cerraron la puerta y tomaron el lugar de los soldados, mientras, dentro de la Tesorería, el Pifas abría la caja fuerte y sacaba junto con sus compañeros los costales repletos de dinero. Minutos después el temido automóvil gris huía, después de haber dado el golpe más espectacular de su corta historia.

Lo dicho por Justo García se cumplió al pie de la letra, el gobierno no pudo tolerar otro golpe más y por presiones sociales la banda fue capturada y puesta en el paredón.

El 2 de diciembre de 1915 los integrantes de «La Banda del Automóvil Gris» fueron fusilados en la Escuela de Tiro de la Ciudad de México. Higinio Granda y Francisco Oviedo escaparon misteriosamente de esta espantosa suerte. En el momento de la muerte de sus socios, Granda y Oviedo disfrutaban de unas frescas limonadas en la cubierta de un vapor rumbo a Cuba. Justo García aumentó su caudal millonario con la valiosa aportación de sus prófugos socios antes de que huyeran a la Habana.

Años después, cuando Pablo González buscaba la presidencia de 1920 y necesitaba limpiar la mancha que había dejado la Banda del Automóvil Gris, encomendó al cineasta Enrique Rosas[57] que filmara una película sobre la famosa banda donde se incluyeran las escenas reales del fusilamiento. La película fue un éxito.

Por extrañas coincidencias, en cuestión de años Rafael Mercadante, quien fue sorprendentemente perdonado frente al pelotón de fusilamiento, moriría envenenado en su celda al haber comido unos deliciosos pastelillos, que alguien amablemente le había llevado. Francisco Oviedo moriría apuñalado en un pleito de borrachos. Higinio Granda, después de esconderse con una amante en Toluca, sería atrapado y misteriosamente liberado por instrucciones de alguien poderoso y con influencias. No se volvería a saber nada de él. Fuentes confiables[58] dirían que murió de tifus en una casona de la colonia Guerrero a finales de los años veinte.

El 19 de agosto de 1915, Washington reconoció al Primer Jefe, Venustiano Carranza, como presidente de México en un gobierno *de facto*. Aquello significaba que Woodrow Wilson dejaría de apoyar a Villa y se concentraría en la consolidación de Carranza para conseguir la paz de México.

El 1 de noviembre Francisco Villa llegó con seis mil hombres a las afueras de Agua Prieta, Sonora. Venía con la intención de derrotar a Plutarco Elías Calles y, de ahí,

---

57 El día del fusilamiento grabó con su cámara la escena donde mueren los seis condenados en el paredón. Esta escena aparecería en la película *El automóvil gris* en 1919, causando impacto por ser auténtica.

58 Según la versión del general Juan Mérigo, carrancista que hizo negocios con la banda.

partir hacia Hermosillo y continuar por todo el Pacífico, como la había hecho exitosamente Obregón meses antes. Cuando lanzó su ataque nocturno fue sorprendido por 6,500 carrancistas, que le habían ganado la plaza al haber ingresado por territorio americano con el beneplácito de Woodrow Wilson. Villa fue derrotado y sus fuerzas desperdigadas por el norte. Meses después declararía que los gringos ayudaron a los carrancistas poniendo reflectores en la noche para que los blancos de la batalla fueran visibles. Su odio hacia los Estados Unidos, sentimiento que semanas antes era de amor y admiración, se tornó por uno de aborrecimiento y repudio hacia ellos, por haber dejado pasar a los obregonistas por su territorio para sorprenderlo en lo que sería su batalla de la última esperanza.

Francisco Villa no podía creer lo que Frank Faber le proponía. Reunidos en el lujoso comedor del hotel Sheldon, en El Paso, Villa se sacudía bien los oídos para saber si estaba escuchando correctamente lo que el teutón le planteaba.

—Pasaremos armas y municiones para México escondidas en ataúdes. La paga será buena y te dará la oportunidad de vengarte de Carranza y Obregón. Tendrás de nuevo armas suficientes para un contraataque. Sólo tienes que hacer lo que te pido.

Villa acercó su silla para decirle directo en el rostro a Frank Faber:

—Atacar a los pinches gringos y provocar una intervención armada en México.

Faber se cercioró de que nadie estuviera cerca para escucharlo. Pancho bajó la voz ante la cara de enojo del alemán.

—Atacarás un poblado gringo y te echarás a los Estados Unidos encima. Wilson invadirá México para buscarte, cortarte los güevos y clavar tu cabeza en una estaca —Villa se llevó inconscientemente la mano a los testículos—. México defenderá su soberanía y estallará la guerra entre los dos países. Eso asegurará el triunfo de Alemania en Europa.

—¿Y qué gano yo con eso, güero?

Villa se acomodó nervioso su sombrero. Sabía de la magnitud de persona que era Frank Faber. Esperó a que una señora de mediana edad, que hablaba perfectamente el español, le trajera los chilaquiles bien picosos, como a él le gustaban.

—Ahora sí quedaron bien, mija. Si sigues así te voy a llevar a México como mi cocinera. La señora sonrió satisfecha y regresó a la cocina. Faber, impaciente por la interrupción, continuó hablando, al verla lejos.

—Cuando Estados Unidos ataque México, Carranza se tendrá que aliar contigo, Pancho, y tú serás la máxima estrella en la lucha contra los gringos. Si Carranza no te apoya, el pueblo lo fusilará por traidor a la patria.

Pancho Villa sonrió satisfecho. Faber le daba una nueva oportunidad de recuperar los cincuenta mil hombres que tuvo antes de que lo derrotara Obregón. Esta vez no cometería los mismos errores y llegaría a la presidencia. Se olvidaría de ese cuento que dijo en México, de que él no podría gobernar un país porque era muy ignorante. Ya lo había hecho con Chihuahua, y podría hacerlo con todo México, al final no dejaba de ser lo mismo: «dar órdenes y aplacar pelados con dinero y plomo», pensó. Mientras tanto, miraba los azules ojos del teutón pasándole el sobre con los miles de dólares que recibiría como pago por su hazaña.

Al salir del restaurante, el Centauro le rogó a la bella señora de los chilaquiles ir juntos por un café y un pastel al terminar su turno en un bonito café francés del centro de El Paso. La distinguida señora aceptó por guardar en sus recuerdos futuros, el gusto de haber salido con el hombre más famoso de la Revolución mexicana. Quizá algún día se lo confiaría a su hija Gisela. El tiempo hace amigas a madres e hijas para contarse cosas.

Fernando Talamantes había aprovechado la ida con Pancho Villa al Paso, Texas para pasar a ver a Gisela, su mujer. Llevaba meses de no estar con ella, y el Centauro, quien tendría una cita con Frank Faber, lo apoyaba para que se vieran. «A la familia se le dedica tiempo, siempre que se pueda, mijo», le decía Pancho.

Gisela y Fernandito, al verlo en el patio de la casa, recibieron a su padre corriendo hacia él. Gisela, emocionada y con lágrimas en los ojos, lo abrazó y llenó de besos. El niño era la viva imagen de su padre y andaba por los tres años de edad.

—Este señor es tu papá, Fernandito —dijo Gisela emocionada, al tener enfrente a su amado hombre después de meses de espera.

Fernando, con lágrimas en los ojos, se agachó para abrazar a su hijo. Era muy parecido a él, pero con los ojos de su madre.

—¿Cómo estás, hijo?

—Bien, papi. ¿Por qué nunca estás en la casa?

Fernando sintió la pregunta de su hijo como si fuera una bala de alto calibre.

—Tengo que trabajar, hijo. Ya pronto estaremos todos juntos.

En el fondo del cuarto se escuchó un tosido que hizo voltear a Fernando extrañado.

—Es mi padre, Fernando. Después de su ruina con la Revolución ha perdido todo y enfermó por la presión de sus deudas. Ya no es el hombre fuerte que te amenazó y mandó hombres a buscarte. Mi madre desesperada nos buscó, y ahora viven conmigo.

Juntos caminaron hasta el cuarto donde descansaba don

Víctor Escandón, diez años atrás considerado un hombre opulento y fuerte.

—Lo que es la vida, ¿no? Este hombre me quiso matar hace cuatro años y ahora tengo que darle albergue para que no muera como un perro en la calle.

Gisela puso una mirada triste por las palabras de Fernando. Aunque sabía que tenía razón.

—¿Eres soldado, papá? —preguntó Fernandito, sin quitar la vista de su padre, admirándolo.

Fernando sonriente se agachó para quedar a su altura y decirle:

—Eso dicen, hijo. Lo más importante es que soy tu padre.

Fernando se acercó para mirar mejor al anciano. Don Víctor se dio cuenta de todo y con una lágrima brotándole de un ojo comentó entre carraspeos:

—Perdóname por todo... lo pasado, hijo —susurró don Víctor entre tosidos—. Soy un hombre acabado... en el final de sus días. Perdóname por todo lo que te hice y... gracias por cuidar de mi hija.

—No hay problema, don Víctor. Usted y su esposa son bienvenidos en mi casa.

—¿Pero dónde está tu madre? —preguntó Fernando al salir del maloliente cuarto.

—Trabaja en el Hotel Sheldon, en la cocina. Todavía es una mujer joven y quiere ayudar en la casa.

—En ese hotel se reunió Villa hace rato con una persona.

—De seguro me lo va a presumir al rato que la vea. No la conoces. Pancho Villa es su héroe y hasta sueña con él.

Fernando sacó una bolsa de cuero desgastado entre sus ropas y se la entregó a su esposa.

—Guarda este dinero, mujer. No tendrás problemas por mucho tiempo. Sé sensata y cuídalo. Gisela sintió el peso de la bolsa en sus manos y adivino lo que contenía.

—Descuida. Aquí estará segura. Yo me encargo de eso.

—¿Podemos ir al parque, papá?

—Sí, hijo. Vamos.

El 10 de enero de 1916, en Santa Isabel, Chihuahua, el general villista Pablo López[59] detuvo un tren que viajaba de Chihuahua a Cusihuiráchic. Dentro del tren viajaban decenas de pasajeros, entre ellos diecisiete norteamericanos que trabajaban en la mina, perteneciente a la Cusihuiráchic Mining Company. Todos platicaban y vacilaban sobre cuestiones de trabajo y de sus familias, cuando de pronto un fuerte ruido y sacudida detuvo la marcha del tren.

Al bajar tres norteamericanos para averiguar qué era lo que había detenido al tren, fueron victimados por un grupo armado que disparó al escucharlos hablar en inglés. Uno de ellos, Thomas B. Holmes, fue dado por muerto al caer entre los matorrales.

Pablo López entró al tren y aclaró que él no tenía nada contra los mexicanos. La bronca era contra los gringos. López identificó a los gringos que quedaban y ordenó que entregaran todas sus pertenencias y ropa, dejándolos sólo en calzoncillos. El italiano César Sala fue perdonado al aclarar que él no era gringo.

Los norteamericanos, entre gritos de burla sobre si su mamá Wilson los iba a defender, caminaron fuera del tren sobre las vías y fueron masacrados salvajemente por los hombres de López.

—Tengan, jijos de la chingada. No que muy chiles. Al final se mueren igual que todos —les gritó uno de los

---

59 Fue fusilado en Chihuahua el 10 de mayo de 1916. Al ser detenido, agonizante en una cueva, contestó al general Benjamín Garza, que gritaba su nombre: «Bueno, aquí estoy; si son gringos, no me rindo; si son mexicanos, me entrego». Al estar en el paredón exigió que retiraran a un gringo que miraba su ejecución. Eran los meses de la «Expedición Punitiva» de Pershing para encontrar a Villa.

hombres de López, mientras abría fuego sin misericordia sobre los indefensos mineros.

Al terminar, dándoles puntapiés, revisaron que ninguno de ellos quedara vivo y subieron al tren satisfechos de su cobarde labor, bajo la mirada escrutadora entre las sombras de la noche del sobreviviente Thomas B. Holmes.

Villa y Talamantes se encontraban a una milla de Columbus, Nuevo México. Venían acompañados de las columnas encabezadas por Candelario Cervantes, Pablo López, Francisco Beltrán y Martín López.

Villa comentaba que atacarían Columbus en represalia a Wilson por haber ayudado a los carrancistas a cruzar por Texas para sorprenderlo en Agua Prieta y así derrotarlo.

—Apenas entraron al pueblo me buscaron y fusilaron a Sam Ravel —Pancho hacía girar su caballo mientras hablaba, mostrando su maestría al dominar a la bestia—. Ese hijo de puta me robó dinero vendiéndome armas que no servían y de mí ningún pinche gringo se burla.

—¿Y qué con el banco? —preguntó Pablo López, el aborrecido asesino de Santa Isabel.

—Candelario les ayudará a volar la caja fuerte y traerse el dinero. Algo bueno tenemos que sacar de este pinche pueblo rascuache, ¿no?

Todos rieron confiados en el éxito de la operación. Candelario Cervantes había espiado la guarnición militar de Columbus e informó a Villa que no pasaba de sesenta hombres. La sorpresa vino cuando se dieron cuenta de que eran seiscientos.

El contingente se dividió en dos destacamentos. Uno atacaría la guarnición militar de Camp Furlong al sur, y el otro, el centro de Columbus para asaltar el banco y ejecutar a Sam Ravel, después de quemar el Commercial Hotel. Villa permanecería con una pequeña reserva de hombres en el lado mexicano de la frontera para intervenir en el mejor momento de la conflagración.

El ataque dio inicio a las 4:45 de la mañana del 9 de marzo. El primer destacamento atacó Camp Furlong, abriendo fuego contra las barracas de los militares, pero equivocando su objetivo al confundir los establos con los dormitorios de los soldados. Muchos caballos murieron, pero irónicamente ningún norteamericano. Eso dio oportunidad de que los soldados norteamericanos se reorganizaran y contraatacaran eficazmente. El comandante de la compañía de ametralladoras, Ralph Lucas, colocó a su gente con sus modernas armas de repetición y abrió fuego letalmente contra los mexicanos, haciéndolos huir y dejando varios muertos en el camino.

La segunda columna de villistas irrumpió en el centro de Columbus soltando tiros a quien se cruzara en su camino o se asomara por alguna ventana. Gritaban ¡Viva México! ¡Viva Villa, cabrones! Sin perder tiempo, algunos se dirigieron al banco y otros en busca de Sam Ravel al Commercial Hotel.

Fernando Talamantes entró al hotel y amenazó al recepcionista preguntándole por Sam Ravel. El asustado empleado explicó que Ravel estaba en El Paso con el dentista. Talamantes le puso el cañón en la sien diciéndole que lo llevara a su casa. El empleado obedeció aterrado mientras sus compañeros prendían fuego a los pasillos del hotel. Los villistas mataron a cuatro huéspedes por intentar sacar sus pistolas, los demás huyeron despavoridos por la oscura calle. El asustado empleado llevó a Talamantes con Arthur Ravel, hermano menor de Sam. Al comprobar que Ravel no se encontraba ahí, Fernando ordenó a sus hombres que fueran con Arthur a la tienda de la familia y que, después de saquearla, la incendiaran.

Antes del incendio del hotel, la noche era oscura como

boca de lobo y eso ayudó a los villistas a sorprender a los asustados ciudadanos y soldados de Columbus. El fuego del hotel sirvió para iluminar a los invasores y hacer así más fácil dispararles.

Talamantes se dirigió al banco con cuatro de sus hombres, mientras los dos que se llevaron a Arthur fueron baleados al pasar cerca del hotel en llamas, liberando así al menor de los Ravel. Fernando, al notar que sería imposible sacar el dinero del banco sin ser balaceado por los soldados, huyó por una de las calles para ser interceptado en la penumbra de la noche por dos valientes norteamericanos que dispararon hacia él. Fernando, mucho mejor tirador que ellos, mató a ambos y, al quedarse sin balas, quiso tomar las pistolas de los victimados. Al registrar sus cintos brincó como si el hombre al que despojaba de su arma fuera una mortífera víbora de cascabel o el diablo mismo. Con angustia y dolor en su alma reconoció al difunto Roberto Guzmán, su cuñado, quien gracias a su ayuda había escapado de la ejecución de los colorados para huir con Daniela Ostos a Columbus para rehacer su vida y nunca más regresar a México. El destino había sido cruel con él. Había encontrado accidentalmente la muerte en las manos de su cuñado, su anterior salvador. Los sollozos de Fernando se escuchaban desgarradores mientras trataba de revivir al esposo de Juliana. De entre sus ropas buscó desesperado una identificación para cerciorarse que esa desgracia era una broma macabra. Encontró su cartera y ahí había una identificación mexicana con el nombre de Roberto Guzmán y una foto de una bella mujer, Daniela Ostos, dedicada al difunto. Sus compañeros llegaron y con sólo ver lo que pasaba entendieron que el difunto era un amigo o familiar de Fernando. Muy cerca se escuchaban las voces de los gringos. Sus compañeros apuraron a Fernando para que huyeran porque los soldados ya andaban cerca.

Maclovio se llevo a Fernando a empellones y, como

pudieron, huyeron del lugar. Columbus se había convertido en la pesadilla de Fernando Talamantes. Había dado muerte a su cuñado, quien se sumaba entre la veintena de víctimas norteamericanas, contra las más de cien de los villistas.

El Primer Jefe viajaba en su tren de regreso de Guadalajara rumbo a Querétaro, la capital provisional de la República Mexicana.

Un oficial llegó al lado de Carranza y le entregó un telegrama con carácter de urgente. Carranza lo abrió, colocándose bien los lentes, pero inmediatamente arrugó el papel, furioso.

—¿Qué pasa, Venus? ¿Por qué esa cara?

Carranza miró preocupado hacia el paisaje seco de invierno y con enojo contenido contestó la pregunta de su esposa, doña Virginia Salinas.

—El bandido de Villa atacó un poblado de Estados Unidos dejando varios muertos. El cónsul de El Paso, Andrés García, exigió una disculpa y explicación para el presidente Wilson. Los Estados Unidos están en pie de guerra por el atentado.

—No me digas que nos van a invadir otra vez, Venus. Haz algo rápido antes de que ataquen de nuevo Veracruz.

Don Venustiano miró alentador a su anciana esposa, inconscientemente la comparó con la belleza radiante de Silvia Villalobos, que ya tenía varias noches quitándole el sueño. «Que horror. Esta vieja parece mi mamá», pensó mientras volvía al problema que le aquejaba.

—Tranquila, Virginia. Ahorita mismo calmo al presidente Wilson. Tu casa de Veracruz, que es lo que te preocupa, no sufrirá ninguna invasión norteamericana otra vez.

El 15 de marzo de 1916, se internó en territorio mexicano del estado de Chihuahua la Expedición Punitiva o patibularia con la que Woodrow Wilson intentaría detener al feroz bandido Francisco Villa. Era comandada por John J. Pershing, aquel inteligente general que había compartido en Fort Bliss la mesa con Obregón y Villa, meses antes de la ruptura Villa-Carranza que conduciría a lo más violento del movimiento revolucionario.

El Primer Jefe protestaría enérgicamente ante los Estados Unidos por este atropello a la soberanía mexicana. Mandó telegramas a los principales jefes constitucionalistas para que estuvieran preparados al tomar las armas contra este formidable invasor.

Pershing buscaría incansablemente a Villa por rancherías, pueblos, cañadas y parajes del camino. No rebasaría la frontera sur de Chihuahua; más allá sólo se encontraría con una población unida que lo repudiaba y donde todos eran de Villa y nadie se atrevería a entregarlo.

En el primer combate de los pocos que hubo en Ciudad Guerrero, Villa fue herido de la rodilla por una bala perdida. De ahí huiría hacia una cueva en la sierra donde buscaría curarse y esperaría a que la tormenta yanqui se calmara.

Wilson golpeó con el puño cerrado la mesa de madera en la Casa Blanca. John Kent trató de calmarlo.

—Lo sabíamos, John. Alemania compró al bandido ése para que atacara a los Estados Unidos.

—Todo esto es una provocación, señor presidente. Alemania quiere que nos enfrasquemos en una guerra con México para que no los combatamos en Europa. No caigamos en el ardid y preparémonos para acabarlos allá. Villa es una fiera herida en la montaña. No tiene ni hombres ni armas para volver a atacar. Mantengamos a Pershing un rato por ahí, para exaltar nuestro patriotismo ofendido pero no caigamos en la trampa. El enemigo no es Carranza, es el káiser.

—Debimos entrar en la guerra contra Alemania desde que hundieron el Lusitania. Yo no sé por qué hemos esperado tanto.

Un sudor frío corrió por el cuerpo de Kent al recordar la manera milagrosa en la que había salvado su vida. Todavía tenía pesadillas recurrentes sobre el agua helada del mar de Irlanda que amenazaba con congelarlo al entrar al milagroso bote al que se aferró para volver a la vida.

—Yo estuve en ese barco, señor presidente. Yo vi cómo, en dieciocho minutos, más de mil hombres, mujeres y niños, que horas antes comían, cantaban y bailaban, fueron tragados por el helado mar de Irlanda. Yo sabía que el submarino alemán que nos había atacado andaba cerca y veía a través de su periscopio cómo nos moríamos sin hacer nada por ayudarnos. Desde ese día odié más a los alemanes que antes.

—Lo supe, John, y te considero todo un héroe. Por eso insisto en que debimos atacar para vengar ese crimen hacia los ingleses y americanos.

—Nunca es tarde, señor presidente. Preparemos todo para hacerles la guerra en Berlín.

—Hay un agente alemán infiltrado en México, John. Es el que le dio armas a Huerta y convenció a Villa de hacer esta estupidez. Búscalo y acábalo. No quiero más ataques como el de Columbus. Mientras, yo prepararé a mis generales para que invadan Europa. Es bueno que Patton y Pershing practiquen en México. No quiero que se me acalambren en Francia.

—Sí, señor. Así lo haré.

Semanas después del ataque a Columbus, Fernando Talamantes regresó como incógnito en busca de la viuda de Roberto Guzmán. En sólo un día averiguó sobre el paradero de Daniela Ostos, la mujer con la que su cuñado

Roberto había vivido en Columbus después de su huida de México.

Daniela vivía en una casa pequeña en las afueras de Columbus. La casa tenía ropa recién lavada tendida al sol en uno de sus costados. Un perro pequeño de color negro avisó con furiosos ladridos la aproximación de Fernando a la casa.

Con una caricia amistosa, Fernando se hizo amigo del pequeño can, mientras Daniela con un rifle en la mano le dio la bienvenida.

—¿Quién es usted?

Fernando subió las manos al ver el cañón doble del rifle apuntando a su pecho.

—Un amigo de la infancia de Roberto Guzmán.

Daniela cambió su férreo rostro por uno más amistoso. Aceptando la visita de Roberto, bajó el rifle al suelo e intercambió más palabras con él en la puerta de la casa.

—¿De México?

—Sí, señora. Él fue mi vecino en un ranchito en las afueras de la ciudad de México. Ahí crecimos juntos hasta que el destino nos separó.

Daniela buscaba el nexo entre su difunto marido y este hombre. Ella siempre supo que Roberto era un desertor del ejército huertista. «¿Qué importancia tendría que viniera alguien a buscar el cadáver de un desertor para llevárselo de vuelta a México?», pensaba, mientras analizaba el gallardo físico del amigo de su difunto.

—¿Cómo supo que Roberto estaba en Columbus?

Fernando supuso que si le decía que se lo había encontrado meses atrás aquí, mientras él iba hacia México, no habría manera de probar lo contrario. Sólo le quedaría la duda de porqué nunca se lo dijo Roberto. Los muertos, al partir, se llevaban secretos y misterios con ellos. La duda siempre estaría de su lado.

—Me encontré con Roberto hace unos meses. Él me dijo que vivía aquí y que tú eras su mujer.

—Él nunca me dijo nada.

—Sus razones tendría. México representaba un peligro para él por haber desertado del ejército de Victoriano Huerta.

—Pues él murió, ¿señor...?

—Fernando Talamantes, señora.

Sabía que la había jugado al decir su nombre completo. Si alguna vez Roberto mencionó que su ex mujer era Juliana Talamantes, todo estaría perdido, pero las probabilidades de que lo hubiera hecho eran mínimas porque él había escapado completamente de su pasado.

—¿Fernando Talamantes? Nunca me mencionó su nombre.

—Roberto calló muchas cosas sobre su vida en México que tú nunca sabrás.

Daniela se sintió más cómoda al ser tuteada. Eso le daba más confianza con el amigo de su marido.

—¿Gustas tomar un refresco? Este calor está de locos.

—Gracias, Daniela.

Dentro de la casa, Fernando en unos segundos notó las limitaciones económicas en las que había quedado la viuda. Ayudarla era algo que su consciencia atormentada le demandaba.

—Ella es Danielita.

Una linda niña de un año de edad caminó hacia ellos con una muñeca de trapo en sus brazos. Roberto sintió como un relámpago la comparación de esta mujer con Gisela, que lo esperaba por igual en El Paso.

—Es una linda nena. Igualita a su madre.

Daniela sonrió complacida con el comentario.

—¿Qué te dice el gobierno de la muerte de Roberto? ¿Te darán alguna ayuda económica?

—Roberto no era soldado. Él sólo se defendió la noche que nos atacaron los villistas. Me dieron dinero para los gastos del funeral, pero eso es todo. Habrá que cóbraselo a Villa.

Mientras Daniela preparaba el desayuno, Fernando la miraba extasiado. Era una jovencita encantadora, flotando a la deriva en la incertidumbre de la frontera norteamericana. Tenía su cabello recogido en un compacto chongo que dejaba ver mejor su hermoso rostro. Roberto había sido muy afortunado en haber encontrado una mujer así al escapar de México. Juzgarlo por no volver con Juliana era una estupidez. Él hubiera hecho lo mismo. Con Juliana no tuvo familia. Qué sentido tenía regresar con ella cuando Daniela le había dado una hija y los Estados Unidos la seguridad de un porvenir.

—No sé que pase con Villa si lo atrapan. Existe el riesgo latente de una guerra contra México en la cual los mexicanos quedaríamos muy mal parados, Daniela.

—¿Y tú con quién peleas?

—Con Obregón y Carranza.

Fernando sabía que si mencionaba que pertenecía al ejército villista, cosa que dudaba en ese momento, Daniela lo culparía por el ataque a Columbus.

—Yo, aunque vivo aquí, no me siento gringa. Soy tan mexicana como los nopales.

—Quédate aquí, Daniela. México es muy riesgoso para una viuda como tú. Aquí, de un modo u otro, tienes el apoyo americano.

Daniela lo miró fijamente mientras le servía una taza de café. Había algo que le atraía de este amigo de Roberto, pero no encontraba explicación.

—¿Por qué está aquí, señor Talamantes?

Fernando la miró fijamente. La pregunta era directa y

no había manera de eludirla. De lo que contestara en ese momento dependería el futuro de su relación.

—Roberto era un amigo muy entrañable para mí. Por ello, me siento obligado moralmente a ayudarla, aunque él ya no esté aquí.

—¿Ayudarme?

—Toma esto y guárdalo para la seguridad de Danielita. No lo rechaces y tampoco me hagas preguntas incómodas. Soy Fernando Talamantes y si alguna vez necesitas algo, búscame. No estás sola y siempre veré la manera de ayudarte.

Daniela aceptó el dinero y con una mirada sincera le dijo:

—Gracias, Fernando. Dios sabe lo que hace y por algo te envió a nuestro lado.

13

La Constitución de 1917

ERNANDO Talamantes reposaba sobre una cómoda silla en el jardín de su casa en El Paso, Texas. Después del ataque a Columbus, estuvo algunos días más en Chihuahua, hasta que el propio Villa, obligado a esconderse unos meses en una cueva de la sierra de Chihuahua, lo mandó a descansar para que pusiera su cabeza en orden al saber que su gran amigo había eliminado accidentalmente a su cuñado.

Frente a él se encontraba su hermano Manuel, quien había venido, junto con Obregón, en misión diplomática a las Conferencias de Paz de Ciudad Juárez entre el general Obregón y el general Hugo L. Scott. El Primer jefe había mandado a su mano derecha Obregón (aunque irónicamente éste no tenía mano derecha) a convencer a Scott de que Pershing saliera de Chihuahua. Las pláticas dieron inicio el 29 de abril y terminaron el 11 de mayo de 1916, no consiguiendo ningún resultado positivo. Scott sólo saldría de México si Obregón le entregaba vivo o muerto al bandido Francisco Villa.

—Que gusto verte, Manuel. Todo me hubiera imaginado menos que me visitaras en fechas así, en mi casa de El Paso, y que yo estuviera aquí para recibirte.

—El destino es así, hermano. A veces surgen coincidencias

difíciles de creer, como si Dios jugara con nosotros y fuéramos piezas en un enorme tablero de ajedrez.

El rostro de Fernando cambió. Las palabras sobre el juego del destino habían calado en su afectada psicología. La muerte accidental de su cuñado por sus propias manos y no querer dejar desamparada a su viuda lo atormentaban cada noche. Ni Manuel ni nadie de su familia sabían del fatal final de Roberto Guzmán y era el momento de hacérselo saber a Manuel.

—Cómo verás, hermano, Villa anda prófugo en la sierra de Chihuahua. Pershing lo anda persiguiendo como fiera herida y no descansará hasta acorralarlo y matarlo.

—¿Crees qué lo logre?

—Ni estando diez años en Chihuahua lo atraparía. Todo el pueblo repudia a los pinches gringos y nadie le dirá donde está. Al entrar en cualquier pueblo, todos los hombres son Panchos Villas. Pershing sólo está perdiendo su tiempo.

—¿Y tú por qué no estás con él?

—Estaba, pero me mandó a descansar. Él fue herido de una rodilla en Ciudad Guerrero y de ahí huyó a la sierra a esconderse en una cueva para curarse. Ni los mismos murciélagos los sacarían de ahí en caso de localizar su escondite. Está seguro y nunca lo encontrarán. Además confío en tu discreción, como hermanos que somos.

—Me ofendes, Fer. Créeme que no me faltaron ganas de meterte un tiro en Celaya. La risa de Manuel era contagiosa. Al reír mostraba toda su blanca dentadura.

—Y a mí también, pinche hermano menor abusivo —la risa, por fin, brotó de la cara de Fernando.

—Pero sigo intrigado, Fernando, ¿por qué te mandó Villa a descansar?

El rostro de Fernando cambió por otro serio, de fatalidad. Volteó para cerciorarse de que no había nadie que los escuchara en el jardín de la casa. Manuel se intrigó más por tanto misterio.

—La noche del ataque en Columbus yo estuve con Villa. Hubo más muertos de nuestro lado que gringos. Lo peor de todo fue que de entre los gringos muertos me tocó matar en defensa propia a dos, y a uno de ellos, el diablo lo puso en mi camino para burlarse de mí.

Manuel se echó para atrás en su silla. Las palabras de su hermano lo tenían desconcertado.

—¿A quién mataste, Fernando?

—Al esposo de Juliana, Manuel. A nuestro cuñado Roberto Guzmán. Dejé viuda a nuestra hermana. El asesino soy yo, nadie más que yo.

Manuel no salía del asombro. Ésa sí era una jugarreta del destino. Roberto Guzmán era para ellos un amigo de la infancia, un agradable compañero que se había enamorado de su hermana Juliana. Era simplemente un miembro de la familia. Ahora entendía el abatimiento de su hermano.

—Fue un accidente, Manuel. Era de noche y ellos dispararon primero. No les di otra oportunidad de disparar —Fernando se incorporó de su silla y tomó angustiado a su hermano de los hombros—. Yo lo ayudé a escapar de la bodega en la que Fierro mató a más de trescientos colorados. Yo nunca lo hubiera lastimado, hermano.

—Entiendo, Fernando. Tranquilízate. No es tu culpa. Así es la guerra y nos pudo haber pasado a los dos en Celaya.

Fernando se sentía más reconfortado sabiendo que un miembro de su familia lo apoyaba.

—Qué jamás se entere Juliana de esto, Manuel. Yo nunca hablaré. Es mejor para todos. Manuel asintió con la mirada. Con su apoyo tranquilizaba a su hermano.

—Yo te traigo otra noticia de México, Fernando.

Afortunadamente no tan trágica como la tuya, pero sí delicada y relacionada con ésta.

Fernando lo miró desconcertado. La inquietud se reflejaba en su rostro.

—¿Algo le pasó a mamá? ¿A mis hermanas?

—Juliana tuvo un hijo.

—¿Juliana, un hijo... pero de quién? ¿Acaso fue violada por los zapatistas?

—No me quiso decir, Fernando. Pero, por como la vi, te puedo decir que está enamorada y no fue ningún ultraje a su persona.

—No es conveniente, por el momento, que le digamos lo que pasó con su esposo. Después, le contaremos que lo reportaron muerto en Columbus. Eso es todo. No tiene caso decirle la verdad. No me lo perdonaría.

—Sí, tienes razón, Fernando.

Fernando se olvidó por completo del difunto Guzmán y, por segundos, no apartó la vista de su hermano.

—¿Tienes alguna sospecha de quién pudiera ser el padre? —preguntó Fernando, sospechando que Manuel sabía algo.

—No, pero te puedo decir de buenas fuentes que se reunió con Arturo Murrieta.

—¿Arturo Murrieta? Pero si ese cabrón está casado con Lucero y tiene también hijos con una gringa. ¿Qué quiere?, ¿hacer su harén?

—No tengo la seguridad de que Arturo sea el padre, Fernando. Sólo te digo que visitó la casa para ver cómo estaba nuestra madre. Le dejó dinero a Juliana y eso es todo. No puedo garantizar que Murrieta sea el padre.

—Bueno, ¿y si lo es?

—Pues si lo es, ya hablaremos con él y veremos qué pasa.

—Con tal de que no lo retes a duelo en Los Remedios,

todo está bien. Ese cabrón ya tiene mucha práctica en duelos de faldas.

—¿Sí, verdad?, y yo ni vieja tengo todavía —cerró la plática Manuel, satisfecho de que Fernando estuviera controlado.

—Con tal de que no nos salgas con que eres puto, hermano, no hay problema.

—Te garantizo que no, hermano. Lo que pasa es que soy más selectivo que tú. Nada más.

Del 2 de diciembre de 1916 al 31 de enero de 1917, se reunió el Congreso Constituyente en la ciudad de Querétaro. El objetivo de las sesiones era la reformación de la Constitución de 1857 para tener una nueva Carta Magna para el mes de febrero de 1917.

El general Álvaro Obregón era el hombre fuerte de México, la máxima luminaria del movimiento revolucionario que había encumbrado al poder a Venustiano Carranza. Hábil conocedor del teje-maneje político, le guardaría lealtad a Carranza para que éste fuera el presidente de 1917 a 1920; pero, una vez terminado el gobierno del coahuilense, le tocaría el turno al invicto sonorense.

Obregón contaba con 37 años de edad, la misma edad que tenía Porfirio Díaz al triunfo de la República, cuando le entregó la ciudad de México a Benito Juárez en 1867. Como si la historia se repitiera, Obregón sintió que el triunfo de Carranza era gracias a él, así como el de Juárez se había debido a Porfirio Díaz. A diferencia de Díaz, Obregón no anunció su retiro de la política. Como secretario de Guerra del gobierno de Carranza, reorganizó lo que más conocía: el ejército. Puso el control de las fábricas de municiones a manos del Heroico Ejército mexicano, abrió la Academia del Estado Mayor, la Escuela de Medicina Militar y el Departamento de Aviación, junto con una escuela de pilotos, donde colocó a su gran amigo y seguidor, Manuel Talamantes.

Justo en el momento medular de la discusión sobre la aprobación de los artículos 3 y 27, Obregón irrumpió en Querétaro para desviar un poco los reflectores que eran acaparados por Venustiano Carranza en ese teatro político. Carranza no pudo evitar la incómoda presencia del caudillo, que le robaba cámaras y periodistas. Debía tratarlo con guantes de seda y en ningún momento mostrar enojo, envidia o repudio. La arena política es una pista donde el que resbale, cae al suelo ante los atentos reflectores.

Los legisladores radicales como Rafael Martín de Escobar, Jesús Romero Flores o don Andrés Molina Enríquez lo consultan y procuran, dándole el reconocimiento que la altísima vanidad del caudillo sonorense requiere. Carranza, receloso tras bambalinas, contemplaba estos destellos de poder. El invencible general sonorense apoyó las propuestas más radicales y dejó presencia en la jura de la Constitución el 5 de febrero de 1917.

Ese mismo día, por acuerdo bilateral entre Wilson y Carranza, los norteamericanos comandados por Pershing también salieron de territorio mexicano, abriendo paso a una nueva etapa en la historia nacional.

A las 5 de la tarde del 1 de mayo de 1917, en el edificio de la Cámara de Diputados de la ciudad de México, el ciudadano Venustiano Carranza protestó como presidente constitucional de la República Mexicana por el periodo 1917-1920.

Al día siguiente, Carranza recibió en Palacio Nacional al embajador de los Estados Unidos, míster Fletcher, en compañía de John Kent. El salón estaba lleno de gente importante que quería dar su mano al nuevo presidente.

—Este gobierno abre una nueva etapa de paz —comentó Arturo Murrieta a Álvaro Obregón.

—Así es, Arturo. De aquí en adelante tenemos que movernos con la democracia y conducir el país por los senderos de la prosperidad.

—Usted es el que sigue, general. Obregón casi tira la copa de su mano izquierda al escuchar el comentario tan directo de Murrieta.

—No diga usted eso, don Arturo. Yo pronto me retiraré un tiempo a mi ranchito la Quinta Chilla a sembrar garbanzo y, desde ahí, sentado con María Tapia en una cómoda silla, vigilaré esta silla con el águila en la cabecera.

—¿A poco tiene tan buena vista, general?

—Claro que la tengo, Arturo. Desde Huatabampo alcanzo a ver las habitaciones de Carranza. Quererme frenar para las elecciones del 20 sería como pararse en la vía con un palo de escoba para descarrilar el tren.

—No hay duda de ello. Salud, general. Por su gran éxito.

—Salud, Arturo, y no se me esconda que lo necesitaré para esas fechas.

—Será un honor, general.

En uno de los amplios pasillos se encontraba Silvia Villalobos y Lucero Santana, quienes habían sido invitadas por Carranza y Murrieta respectivamente.

—¡Qué gusto verte por aquí, Lucero! —dijo Silvia en tono burlón.

—Quisiera decirte lo mismo, Silvia. Pero no me nace.

Las dos mujeres competían en belleza y juventud. Lucero vestía mejor y más aseñorada que Silvia, que con sus entallados vestidos mostraba que andaba en búsqueda de pareja.

—Carranza me invitó, Lucero.

—Pues ojalá no te desgreñe doña Virginia o una de sus hijas.

—No tienen por qué, Lucero. El señor presidente

mantiene una prudente distancia como para no inquietar a su amada y anciana esposa.

—Sí, verdad. ¡Qué agradable!

—¿Sabes algo de Justo García? —preguntó Silvia en tono burlón.

—No y ni me importa.

—¡Qué carácter, mujer! Yo creo que ya no tarda. Él es un genio de la política y de las relaciones públicas. ¿Qué, ya no te procura?

Lucero estaba a punto de explotar por la mordaz labia de la viuda de Apolinar Chávez.

—Con permiso.

Lucero se fue a otro lado del salón, dejando sola a Silvia.

—¡Pero qué carácter! —dijo Silvia burlona.

Fletcher y Kent aprovecharon un momento a solas para comentar sobre la situación en México, mirando desde uno de los balcones de Palacio a la gente que caminaba en el zócalo.

—Sé de buenas fuentes que Alemania ofrecerá ayuda a Carranza —dijo Fletcher, mientras se recargaba en la barandilla para mirar el imponente zócalo de la ciudad.

—¿A cuáles fuentes te refieres, Fletcher?

—El ministro alemán de Asuntos Exteriores Alfred Zimmermann mandó hace dos meses un telegrama en clave al embajador alemán. El cable fue interceptado y decodificado por los ingleses y comunicado al embajador británico en los Estados Unidos, Walter Hines Page.

—¿Qué dice el telegrama?

Fletcher se acercó para chocar las copas y decir más cercanamente a Kent el delicado asunto:

—La idea del káiser es aliarse con México para ir contra los Estados Unidos si entramos a la guerra en Europa. Si ganan la guerra, México recuperaría Arizona, Nuevo México, Texas y California. Eso nunca lo permitiremos,

John. Necesitamos ir a la guerra en Europa y acabar con ellos. No caeremos en provocaciones con México. Permanece alerta y vigila todo lo que puedas. Hay un alemán llamado Frank Faber, no lo pierdas de vista en los siguientes meses.

Kent rio irónicamente para sí mismo. Desde meses atrás sabía de Frank Faber y no había podido probar nada todavía. El teutón era astuto como una zorra.

—Descuida, Fletcher. Lo conozco y te aseguro que no le vuelvo a perder la pista.

Manuel Talamantes no cabía de felicidad en su elegante frac. Había sido invitado por su jefe Álvaro Obregón y al tener dos invitaciones disponibles, le resultó muy natural llevar a su hermana Juliana.

Juliana era como un sol entre las nubes. Era, sin lugar a dudas; por su juventud, la más hermosa de la fiesta. Hombres como Carranza, Obregón, Pablo González y Fletcher, la seguían con la mirada de forma indiscreta dentro del lujoso salón.

Cuando Arturo Murrieta la vio en compañía de Manuel, la emoción la sacudió como si hubiera sido tocado por un relámpago. Juliana era la más bella de la fiesta.

—¡Qué sorpresa, Manuel!

—¡Arturo! ¡Qué gusto vernos de nuevo!

—Juliana, qué gusto verte en tan importante evento— dijo Arturo, besándole galantemente la mano. La emoción de ambos fue claramente notada por Manuel, quien actuó discretamente.

—Juliana también está de fiesta, Arturo.

—Ah, sí, ¿y por qué, Juliana?

Juliana se quedó petrificada pensando qué decir, cuando Manuel astutamente lanzó el petardo:

—Acaba de tener un hijo, Arturo. Toda la familia

Talamantes está de fiesta. Arturo perdió color en el rostro. Los dos se miraron con ojos de incógnita.

—¿Pasa algo, Arturo? ¿Te sientes bien?

—Sí... sí, Manuel, es que me sorprendió mucho la noticia. No sabía nada del esposo de Juliana. ¿Acaso regresó?

—No, Arturo. Fernando se enteró de que murió en el ataque de Villa a Columbus. Mi hermana es una joven y bella viuda.

—Ya no des más explicaciones que me incomodan, Manuel. ¿Quieres?

—Sí, Juliana. Perdóname por indiscreto.

En ese instante Manuel fue llamado por Obregón, dejando sola a la pareja.

—¿Qué fue lo qué pasó, Juliana?

Los hermosos ojos de Juliana miraron a Murrieta con sarcasmo.

—¿Y me lo preguntas, Arturo?

Arturo tomó dos copas de las que ofrecía el oportuno mesero que rondaba el salón. Le dio una a Juliana y bebió la suya de un solo trago.

—¿Es mío?

—Eres un idiota, ¿sabes?, ¿crees que me revolqué con los convencionistas mientras tú jugabas al marido bueno con tu güera o con la viuda?

—Me tienes sorprendido, Juliana.

—No te preocupes, Arturo. No necesito ni te pido nada. Cuento con la ayuda de mis hermanos y de mi madre.

Arturo, olvidándose de Lucero, la tomó con las dos manos de los hombros y la acercó a sí mismo para decirle:

—No estás sola, Juliana. Me tienes a mí y no me importa lo que diga Lucero, ni Gretel ni Carranza o tus hermanos. No te dejaré sola, pídeme lo que quieras. Soy tu hombre y de mí no te faltará apoyo.

Entre las cabezas de los reunidos, Silvia miraba la actitud de Arturo y se lo comentó sarcásticamente a Lucero.

—¿Ya viste cómo tu maridito abraza a esa muchachita?

—Es la hermana de los Talamantes —dijo Lucero sorprendida.

—Para mí es una jovencita que trae idiota a tu marido. Mira como le habla. Pareciera que le pide perdón por algo.

Lucero, inoculada por la cizaña, se olvidó de Silvia y se dirigió a la pareja que discutía en uno de los rincones del salón.

—¿Puedo acompañarlos? —preguntó Lucero en tono burlón.

Arturo miró sorprendido a Lucero. En un segundo intuyó que ella había notado algo al verlos discutir.

—Claro, Lucero. Mira... ella es Juliana, la hermana de Fernando y Manuel Talamantes.

—Mucho gusto, señora —dijo Juliana, mirando a los ojos a la bella Lucero.

—El gusto es mío, Juliana. No sabía que los Talamantes tuvieran una hermana tan joven.

—Así es, señora. Tengo otra hermana un poco más grande, llamada Inés. Nosotros sí conocemos bien a Arturo Murrieta.

—Sí, lo sé. Le salvaron la vida hace años en el duelo con mi ex marido. Juliana, incómoda con la presencia de Lucero, se retiró a otro lado del salón.

—Si me permiten voy a ver a mi hermano. Con su permiso.

—Adelante, Juliana. Fue un gusto conocerte.

Juliana se retiró sintiendo en su espalda la mirada escrutadora de Lucero Santana.

—Hermosa muchacha. Debo admitirlo. Vi que discutían, Arturo. ¿Cuál era el problema?

—Ninguno, Lucero. Sólo tu imaginación.

—¿Imaginación? Creo que claramente vi que...

Arturo Murrieta la dejó hablando sola al percatarse de la llegada de Justo García en compañía de Patricia Solís. Su acérrimo rival del duelo de Aguascalientes fue directo a felicitar a Venustiano Carranza, después hizo lo mismo con Álvaro Obregón y los integrantes del gabinete del Barón de Cuatrociénegas. Al encontrarse de frente con Juliana, se sorprendió con su presencia y la saludó afectuosamente. Murrieta se sintió apuñalado por los celos.

—¡Juliana! ¡Qué sorpresa verte aquí! —dijo galantemente Justo a la jovencita.

Justo García, al igual que todos los hombres acompañados en la reunión, lucía impecable con su levita negra y su fino bastón con empuñadura de oro en la mano derecha.

—¿Acaso me ve cara de política, señor García? —preguntó Juliana sonriente, al reconocer al elegante millonario que la había auxiliado meses atrás en las calles de la ciudad.

—Si usted fuera candidata todo mundo votaría por su deslumbrante belleza, señorita Juliana.

—Gracias, señor García, pero ni tengo belleza deslumbrante ni soy señorita. Tengo un bebé de meses.

—Me lo imagino. Hace meses, cuando nos vimos, estabas embarazada.

La conversación con Juliana termino al presentarse Patricia Solís.

—Amor, ¿por qué me dejaste sola?

Justo, sutil como siempre, presentó abiertamente a Juliana para evitar escenas de celos.

—Mira Patricia, ella es Juliana Talamantes. ¿La recuerdas?

—Claro. Ella y su mamá estuvieron en mi casa. Es un gusto verte de nuevo, Juliana.

—Gracias, Patricia. A mí también me agrada encontrarlos otra vez.

Las dos mujeres se miraron calculadoramente. Las dos eran jóvenes y bellas. Ambas fingieron caerse bien y dialogaron por varios minutos.

El momento más difícil de la reunión, al que todo mundo prestó ojos y oídos, fue cuando se encontraron frente a frente Justo García y Arturo Murrieta. Desde el gallardo duelo de Aguascalientes no había habido otra oportunidad de encontrarse.

—Hola, Justo.

Murrieta miró fijamente a Justo. Los dos se respetaban y admiraban.

—¡Qué tal, Arturo!

Ambos cruzaron algunas palabras sobre Carranza y el gobierno y luego se separaron, fingiendo perfectamente que no había ningún problema entre los dos. El momento álgido había pasado y la fiesta continuó alegremente.

Los celos de Silvia se acrecentaron al conocer a la mujer que vivía con Justo García. En el momento en que los vio entrar de la mano al elegante salón, se olvidó por completo de Lucero, Juliana y de todas las que le podían robar reflectores. La mujer que acompañaba a Justo era joven y bella. No sabía nada de ella y éste era el momento de acercársele y arrancarle información.

Justo la vio y previno lo que ocurriría.

—¡Silvia! ¡Qué sorpresa verte por aquí! —dijo Justo García, saludándola de beso en la mejilla.

—Soy muy amiga de Carranza, Justo. Es natural que esté por aquí.

Silvia y Patricia quedaron frente a frente. Patricia había oído hablar a Justo de ella, pero no la conocía.

—Te presento a Patricia Solís.

—Mucho gusto, Patricia. Sabía que Justo vivía con alguien, pero no sabía con quien.

Patricia sintió una agresión escondida en las palabras de

Silvia. Era un hecho que estaba celosa. También sabía, por labios de Justo, que su cuñada lo pretendía.

—Soy su mujer y por lógica vivo con él. Justo me ha contado que usted es la cuñada y que vive sola en Veracruz.

Silvia sintió un golpe en las palabras de Patricia. La muchacha era hábil y no se dejaría intimidar.

—Vivo con mi hijo Narciso. Es una lindura de cuatro años.

—El hijo de Epigmenio. Justo me habla todo el tiempo de cómo quiere a su sobrino.

—Sí, se llevan muy bien.

Cansada de Patricia, Silvia lanzó un último comentario a Justo para marcar su distancia y relación:

—Luego nos reunimos para ver lo de las haciendas de Morelos, Justo.

—Está bien, Silvia. Cuando quieras.

Silvia se encaminó hacia donde estaba solo John Kent. El norteamericano extrañaba a Gretel. La bella holandesa se acababa de mudar a la ciudad de México y, por nada del mundo, iría a una reunión donde se pudiera encontrar a Lucero. Kent lo sabía y después buscaría la manera de contactarla.

Lucero y Justo se encontraron accidentalmente afuera de los tocadores. Se saludaron de manera rápida. Había demasiados ojos sobre ellos y no se expondrían a mas críticas después de lo acaecido en el duelo de Aguascalientes. Justo la miró alejarse hacia donde la esperaba Arturo.

«Cómo me gusta esta mujer. Tendré que idear algo para volver a verla», pensó Justo.

14

LA CALMA DEL CARRANCISMO
PRESAGIA LA TORMENTA

LA COMIDA DE DESPEDIDA DE ÁLVARO OBREGÓN, EL 14 de mayo de 1917, en el San Ángel Inn, reunió a casi cien personas de altísimo nivel político y social. Obregón dejaba el cargo de ministro de Guerra y se retiraba a su rancho la Quinta Chilla a sembrar garbanzo y a desarrollar otros negocios.

Sentado junto a Benjamín Hill, Obregón disfrutó la comida y, al final dio, unas palabras de agradecimiento a todos los reunidos.

En unos de los pocos momentos de descanso y relajamiento que tuvo el invicto general, intercambió unas palabras con Arturo Murrieta.

—¿Se va para volver, general, o su adiós es definitivo?

Obregón, vestido en flamante traje militar caqui, sonrió a Murrieta.

—Necesito unas vacaciones, Arturo. Tengo que dedicar tiempo a mi mujer y a mis negocios.

—En serio general, ¿cree usted que Carranza lo deje contender para la presidencia del veinte, así de fácil, estando fuera de la arena política? Se va usted, pero se queda Pablo González, Benjamín Hill y otros igual de fuertes.

La pregunta y sinceridad de Arturo agradaron a

Obregón. Sabía que Murrieta no era una figura política y que no le interesaba el poder. También sabía de su hermetismo y discreción.

—La presidencia de México, después de Carranza, será mía, Arturo. No hay quien me la quite. Y quien lo intente se atendrá a las consecuencias. Yo no perdí un brazo en Celaya para retirarme y dejarle el poder a otro. Si lo hago ahorita con ese pinche viejo, es sólo por lealtad e imagen. Después de él sigo yo. Acuérdate de lo que te dije y no me pierdas de vista.

—Lo tendré en cuenta, general.

Los dos se dieron un franco abrazo y se dirigieron con otros miembros de la fiesta.

Esa tarde, Obregón fue despedido por Carranza en una emotiva ceremonia en la estación colonial.

Gretel presionó a Arturo para comprar una casa que, por casualidad, quedaba cerca de la de Carranza. La sensual holandesa sabía que la ciudad de México era otra vez el mejor lugar para vivir.

Desde su llegada a la capital, Gretel había evitado asistir a reuniones donde pudiera encontrarse a Lucero, quien vivía en Veracruz pero se le veía mucho en la capital. Murrieta, temeroso de la astuta holandesa, prefería mantenerla contenta para que no lo molestara en sus asuntos privados. Gretel era discreta y nunca había sido descubierta por Murrieta en ningunos de sus deslices. Odiaba la actitud machista de Arturo y prefería pagarle con la misma moneda, y así mantener la unidad en su relación. El secreto radicaba en ser astuta y no dejarse ver en público con periodistas y gente chismosa.

Segura de no haber sido vista por nadie, se dirigió a la suite del elegante hotel donde la esperaba John Kent.

Tocó a la puerta y fue recibida por el agente diplomático

norteamericano. Desde su último encuentro en Nueva York no habían vuelto a estar juntos.

—Esto me recuerda Nueva York —dijo Kent al abrir la puerta. Gretel se percató, al instante, que sólo traía un pantalón puesto.

—¿Así recibes a todas las que tocan a tu puerta?

—Si son tan bellas como tú, sí. Si es un viejo feo como Fletcher o Wilson ni la puerta abro.

—Eres un sinvergüenza, ¿sabes?

—Y tú una belleza en números rojos, por no ser complacida por tu marido.

—No estés tan seguro del color de mi satisfacción, John. Sigues siendo el mismo arrogante y presumido de siempre.

Kent la cargó como si fuera una muñeca de trapo. En unos segundos la acostó boca abajo en la mullida cama y metió la cabeza dentro de su largo vestido, como hacen los camarógrafos que buscan la oscuridad de un manto para obtener la mejor foto. Gretel apretaba las sábanas de la cama, sumida en un placer indescriptible del que no quería escapar. Con ojos entrecerrados deseaba que ese placer se prolongara hasta la eternidad. Kent la conocía y sabía perfectamente lo que la enloquecía. Entre gemidos ahogados, la bella holandesa alcanzó el clímax, para luego, ser tomada repetidas veces en esa soleada tarde de primavera en la que su marido comía con el invicto general Álvaro Obregón en su banquete de despedida.

La pequeña flotilla comandada por el coronel Alberto Salinas Carranza, con la que luchó junto con los constitucionalistas, se convirtió en la flamante Escuela Militar de Aviación.

El coronel Alberto Salinas contó con el valioso soporte de Guillermo Villasana, el señor Horacio Ruiz y otros grandes aviadores e inversionistas. De esta grandiosa escuela saldrían pilotos notables como Samuel Rojas, los hermanos Santa Ana, Pablo Sidar, Felipe y Emilio Carranza, Juan Gutiérrez y Manuel Talamantes, éste último recomendado por Obregón y el amigo de Villasana.

Los primeros hangares fueron los que ya tenía Alberto Braniff en los llanos de Balbuena. Con el correr del tiempo estos terrenos darían paso a los mejores hangares nacionales y al aeropuerto de la ciudad de México.

Aquella mañana del 25 de junio de 1917 se reunieron los notables pilotos en los campos de Balbuena para dar una exhibición de vuelo y reunir fondos para las víctimas del terremoto de la República de Salvador.

Manuel Talamantes tendría la oportunidad de volar por primera ocasión un biplano.

—Es la primera vez que volaré sobre la ciudad de México, Alberto. No creo estar preparado. Sólo sé un poco de mecánica que me enseñó Villasana, pero de eso a volar en una exhibición, es otra cosa.

Alberto Salinas, joven alto, moreno, de frente amplia, quien denotaba una gran inteligencia contestó sin rodeos a Manuel:

—Si no vuelas hoy, estás fuera, Manuel. No te lo diré dos veces. Mi misión es desarrollar la mejor escuela de pilotos de América y no voy a aceptar titubeos o dudas entre mis pilotos.

¿Está claro?

Manuel miró serio a Alberto Salinas, reconociendo la grandeza de carácter de este muchacho y, sin retractarse, le gritó orgulloso:

—Sí, señor. Hoy vuelo y no quedaré mal. Me siento honrado de pertenecer a tan grandiosa institución y brillaré junto con tus demás pilotos.

La demostración se llevó a cabo sin problemas y el

primer paso para crear una academia militar de pilotos fue exitosamente dado ese glorioso día de junio.

Arturo Murrieta y Gretel Van Mess fueron invitados a Querétaro a la boda de la señorita Julia Carranza con el gobernador del Estado de Veracruz, Cándido Aguilar.

El presidente de la República, don Venustiano Carranza, salió de la capital el 20 de agosto de 1917 para llegar puntual a la boda de su hija el 24 del mismo mes. Carranza adoraba hacer este viaje a caballo y solía hacerlo con un numeroso grupo de personas.

La cita fue en la Iglesia de la Consagración, en el centro de Querétaro. Afuera del histórico templo había muchas personas importantes esperando la llegada de la novia, ante un nervioso e inquieto Cándido, quien, por momentos, dudaba que de poderse casar con la hija del señor presidente. De este matrimonio dependería su proyección política a nivel nacional.

Al bajar la novia del vehículo, fue recibida por calurosos aplausos mientras que su sonriente novio sentía que Dios lo había favorecido entre millones de interesados, dispuestos a luchar por la bella hija del Barón de Cuatrociénegas.

Gretel se acercó un poco a los jóvenes novios que sonreían a todos los invitados.

—Cándido se merece la presidencia después de su suegro —comentó Gretel sin quitar la vista de la novia.

—¿Por qué lo dices, Gretel? —inquirió Arturo curioso por la pregunta.

—La novia está tan fea como para que Cándido salga corriendo y trepe al primer caballo que vea y no vuelva jamás.

Murrieta soltó una carcajada que atrajo la mirada severa de doña Virginia, madre de Julia.

—Pues mira a la madre. ¿Cómo quieres que un naranjo

dé peras? Ahora entiendo por qué don Venustiano anda
volado con Silvia Villalobos.

—Definitivamente el señor Aguilar ya se ganó la presidencia, ante este acto tan noble y altruista —contestó
Gretel muerta de risa.

Cinco jinetes cabalgaban lentamente por un camino de
tierra que conducía al pueblo de Puruándiro, Michoacán.
Eran José Inés y sus secuaces Octavio de la Peña, Jesús
Cíntora, Macario Silva, Félix Ireta y Roa. Atrás venían
quince jinetes más que formaban parte de la temible banda
del general José Inés Chávez García.

José Inés se había iniciado como soldado raso bajo las
órdenes del general Joaquín Amaro. Ante el rompimiento
entre Villa y Carranza, José Inés se olvidó de Amaro
y comenzó a trabajar solo y sin bandera. No seguía las
órdenes de nadie, no estaba con ningún movimiento
revolucionario y se hizo el amo de Michoacán. De 1916
a 1918 se convertiría en la leyenda negra del estado de
Michoacán. Sus olas de asesinatos y robos causarían tanto
escándalo durante el gobierno de Carranza, que éste tuvo
que mandar a los federales en su búsqueda. Las agravia-
das familias michoacanas, junto con algunos curas, se
organizaron para formar su propio ejército y combatir las
infamias de este bestial asesino.

José Inés era un tipo de físico insignificante. Era chaparro, de complexión fuerte, una enorme cabeza con forma
de calabaza y un ralo bigote que, por momentos, se perdía
entre su moreno rostro. Sus cabellos tendían a erizarse como
los de un puercoespín y solía aplacarlos con el sombrero de
ala ancha que rara vez se quitaba. Sus ojos miraban como
los de una fiera asesina, hacia el sitio por donde huiría al
destrozarle la garganta de un zarpazo a cualquiera.

Los hombres de José Inés irrumpieron por sorpresa en el pueblo. En pocos minutos controlaron la magra resistencia que los desvalidos hombres y mujeres pudieron ofrecer.

Dentro de la casa, que por su aparente riqueza llamó la atención de José Inés, se encontraban cinco mujeres y dos hombres: el padre y tío de Macario, feroz líder de los cuervos de Justo García en México. Macario mandaba dinero a sus padres y hermanas para que se mantuvieran desahogadamente. Los padres, invirtiéndolo bien, habían hecho lucir la casa de modo tal que llamaba la atención del feroz Lobo de Michoacán.

José Inés, junto con sus secuaces, entró con lujo de violencia en la casa de los Soto, después de golpear y someter a Macario y Tiburcio, el padre y el tío de Macario Soto.

—¡Ahora sí van a tener *chou*, *jijos* de su puta madre! —gritó José Inés a los siete sometidos. Las cinco mujeres y los dos hombres miraban aterrados al Cavernario de Puruándiro.

—¿Quién son las esposas de esos cabrones? —preguntó el asesino.

Después de señalar a la madre de Macario y a la esposa del tío, José Inés las golpeó mientras les rompía la ropa para dejarlas desnudas. Después, uno a uno, los seis asesinos las violaron ante los ojos aterrados de las tres hermanas, don Macario y Tiburcio.

Los asesinos hacían que los hombres vieran de cerca y en detalle como una y otra vez las violaban y golpeaban.

—¿Te gusta como nos cogemos a tu vieja, cabrón? —le gritaba José Inés con ojos de demonio a Tiburcio Soto—. Ve la cara de placer que tiene de sentirme adentro.

Los otros aprovechaban para violar a las hermanas, de modo que todos estaban ocupados en el festín de sexo y sangre.

Al final, el mismo José Inés cortó con un filoso cuchillo los genitales de la joven esposa de Tiburcio, como si desprendiera carne de algún animal para después aventarla bromistamente a sus compañeros, como si fuera un animal ponzoñoso que los fuera a picar. Los compañeros reían como locos ante las macabras bromas de su líder. Después del festín de sangre, los dos prisioneros fueron horriblemente masacrados, dejando las paredes de la casa embarradas de vísceras y sangre. De las cinco mujeres sólo sobrevivieron las tres hermanas de Macario, que sólo fueron golpeadas y violadas, perdonándoles la vida el engendro de Michoacán.

Al abandonar la casa, José Inés avanzó solemne y orgulloso en su caballo, mostrando los genitales de la mujer de Tiburcio en el soporte central de su silla de montar.

El cura del pueblo se santiguaba como si estuviera seguro de que José Inés fuera el anticristo en la Tierra.

Una semana después, Macario recibió noticias del horrendo suceso ocurrido en su casa de Puruándiro. Con ojos llorosos terminó de explicar a Justo García lo que había pasado con sus familiares. Justo, con mirada de odio, dijo a su fiel amigo:

—Llévate a todos los cuervos, recluta a otros más que necesites y peina la sierra hasta dar con ese hijo de puta. No te quiero de regreso hasta que traigas noticias de que ya mataste a esa bola de asesinos. Acuérdate, Macario, que los federales de Carranza jamás van a dar con él, sólo tú podrás hacerlo.

—Gracias, patrón.

—Toma este dinero para que hagas un funeral digno y para que asegures a tus hermanas aquí en la capital o donde quieras, no en ese pueblo rascuache lleno de peligro.

—Gracias de nuevo, don Justo.

Aquella tarde del 17 de junio de 1917, Eufemio Zapata bebía alegremente dentro de la mejor cantina de Cuautla. Deprimido por el terrible declive del zapatismo desde la llegada al poder de Venustiano Carranza, Eufemio bebía más cada día, hasta perder el control.

Eufemio se encendió en cólera al escuchar el comentario de un anciano, que decía que lo mejor era pactar la paz con Pablo González, para salvar al pueblo morelense.

Eufemio se levantó de su silla y con mirada vidriosa se dirigió al anciano borracho para reprimirlo por hablar mal de los Zapata.

—Pinche viejo estúpido. Te voy a enseñar a no decir pendejadas delante de mí.

Eufemio lo golpeó bestialmente hasta dejar lo inconsciente. Afortunadamente fue detenido por los demás clientes, antes de que lo matara de una patada en la cabeza. Iracundo e insultando a todos, Eufemio abandonó el lugar.

En menos de una hora, Sidronio Camacho, hijo del anciano vapuleado, se enteró del alevoso abuso del hermano de Emiliano.

Sidronio «el loco» Camacho[60], no tenía ese mote por simpático. Era un asesino de armas tomar, quien sin medir las consecuencias de sus actos, dominado por el odio y la venganza, alcanzó a Eufemio en la plaza de Cuautla. La gente se acercó curiosa a ver lo que ocurría.

—Ahora sí te pasaste *jijo* de tu puta madre —le espetó Sidronio en la cara al borracho de Eufemio, quien no supo qué decir, sin embargo, intentó sacar su pistola, pero fue madrugado con un balazo en el vientre. Eufemio cayó de

60　Después de huir a la sierra se unió a los carrancistas, quienes lo ascendieron a general y lo mandaron a combatir a su propia gente en Morelos, donde fue muerto en una emboscada entre Santa Catarina y San Andrés de la Cal.

rodillas presa del dolor. Sidronio lo desarmó, guardando sus pistolas, y ante la mirada de asombro de la gente, lo lazó de los tobillos para jalarlo y sacarlo del pueblo con su caballo. El cuerpo de Eufemio dejaba rastros de ropa, piel y cabello al ser arrastrado por la calle hasta perderse entre la vegetación, en los límites del pueblo. Fuera de Cuautla y de la vista de testigos, Sidronio, con risa burlona, miró al despellejado y agonizante cuerpo de su ex jefe.

—Ya ves, cabrón, que fácil te llevó la chingada por andar de abusivo con la gente mayor. Te metiste con mi padre y ya te cargó la calaca.

Eufemio intentaba articular palabras, pero nada salía de sus sangrantes labios, presa del dolor por el balazo y el despellejamiento.

Sidronio cortó el lazo y dejó el agonizante cuerpo de Eufemio sobre un agujero de enormes hormigas rojas, que se pusieron eufóricas al sentir la ingrata presencia del invasor sobre la entrada a su hormiguero. En cuestión de minutos, el lacerado cuerpo fue literalmente cubierto por miles de hormigas que castigaban al intruso con mortales piquetes.

Sidronio Camacho, satisfecho por su hazaña, se fumó tranquilamente un cigarro mientras contemplaba el horrendo espectáculo.

—¡Pinches hormigas! Ahora todo el hormiguero está ebrio por comerse a este pinche borracho.

Arturo Murrieta recibió la visita inesperada de Manuel y Fernando Talamantes. Por las miradas que traían se veía que no era una visita muy amistosa. Gretel, un poco inquieta, lo entendió y dejó que se encerraran en el despacho de Arturo.

—Me imagino el porqué de la visita —dijo Murrieta, extrañado de tener que portarse fríamente con los que eran como sus hermanos—. Sin preguntarles, les ofreció una copa de coñac y se sentó frente a ellos para escucharlos.

Los Talamantes se miraron seriamente uno a otro, como decidiendo en ese momento quién era el que hablaría.

—Me incomoda mucho tener que buscarte para aclarar un asunto concerniente a la honra de nuestra hermana Juliana —dijo Fernando, y el hermano mayor de la familia.

Arturo se acomodó sereno en su silla de piel y sin más rodeos al asunto les dijo:

—El niño de Juliana es mío. Les pido una disculpa como hombre que soy. En estas cosas del amor a veces las palabras están de sobra. Juliana es una mujer muy bella y al visitarla y conocerla, ocurrió lo inesperado. Me responsabilizo al cien por ciento por mi hijo, acepto que lleve mi apellido y contará con el apoyo económico que cualquier miembro de mi familia tiene.

Fernando Talamantes, serio como un enterrador, tomó la palabra para decir su parecer a Murrieta:

—Tus palabras son las de un hombre serio y con honor, Arturo. Entiendo tu situación familiar con Gretel y Lucero, y no te voy a exigir más de lo que a ellas has podido dar. El hecho de que reconozcas y te hagas cargo de mi sobrino, te hace automáticamente mi pariente, mi cuñado y lo que no has dejado de ser para mi familia: nuestro amigo y hermano.

Manuel se mantuvo callado, sintiéndose satisfecho con la disculpa de Arturo. En el fondo le agradaba tener como cuñado a Arturo.

—Pues cambiemos esas caras y brindemos por nuestra nueva relación. ¡Salud, caballeros! Los tres chocaron sus copas y entraron a otros temas del momento.

Cuando los Talamantes ya se habían retirado de la casa, Gretel preguntó a Arturo la razón de la visita. Arturo, nervioso y resignado, soltó la verdad tal cual era. La idea era que ahora mismo la verdad quemara, y que con el tiempo cicatrizara.

—Tuve un hijo con Juliana. Voy a reconocerlo con mi apellido. Lo apoyaré económicamente hasta su mayoría de edad. No mantengo una relación con Juliana, si eso es lo que te preocupa.

Gretel agrandó sus enormes ojos azules, tratando de no dejar escapar nada de la escena. La verdad era como un petardo que le había explotado en la cara. Sabía de su relación con Lucero, porque ésta era previa a su encuentro en Nueva York. Había aprendido a vivir con eso. El escuchar que ahora había otra mujer y un hijo de por medio, fue algo que sobrepasó su paciencia.

—*You are a sick mother fucker* (Eres un hijo de la chingada) —reventó la holandesa con furia—. Mientras yo trabajaba y cuidaba a los niños en Nueva York, tú andabas aquí tirándote a las soldaderas y a quien te diera las caderas. Me decepcionas. En mal momento me fui a enamorar de un pito largo como tú.

Arturo se agachó al ver un florero volar hacia su cabeza y estrellarse contra la pared. Gretel corrió a un pequeño mueble y tomó una figura de una Venus que, para su mal tino, destrozó la vitrina de la casa. Lucy y Arturo salieron de sus cuartos y desde el barandal de la escalera vieron a su madre que iba por el atizador de la chimenea. Gretel, al verlos, cambió instantáneamente y se detuvo en su carrera. Arturo, sorprendido y sin saber que decir, sólo tomó su saco y se fue por un par de horas de la casa en lo que la tormenta se calmaba.

Venustiano Carranza y Pablo González disfrutaban un delicioso corte argentino en la casa de González en Tacubaya. La hermosa casa de Pablo contaba con un mini lago para sentirse como en Suiza.

—Necesito que te apliques, Pablito, y que acabes

con Emiliano Zapata en Morelos. Afortunadamente el hermano Eufemio murió en un pleito de borrachos en Cuautla, pero Emiliano es al que lo traigo como un clavo de ferrocarril en mi bota derecha.

—No se preocupe, don Venus. En menos de seis meses exhibiremos el cadáver de Zapata, como Porfirio exhibió el de Aquiles Serdán en Puebla. Si no habíamos acabado con él antes, sólo fue porque no le habíamos dedicado tiempo. Ése es como una rata a la que se le saca con humo y se le mata de un palazo.

—Me gusta tu confianza, Pablo. Pídeme lo que quieras, pero cumple con tu tarea.

—¿Y cómo está la veracruzana esa con la que se encuentra de vez en cuando?

El Barón de Cuatrociénegas rió vanidosamente. Con un fino trapo de seda limpió sus lentes.

—No es veracruzana, Pablo. Es más capitalina que el ángel de la independencia. Es una viudita de mucho dinero. Precisamente ella me dijo que ya está harta de no poder ir a Morelos a ver sus haciendas, sin correr el riesgo de ser violada. En una de sus propiedades, los zapatistas se metieron y, con sus finos muebles y libros europeos, hicieron una fogata. El colmo vino cuando se cagaron en su cuarto sin usar los retretes.

Pablo González tosía de la risa al imaginarse la casa su novia defecada por las hordas salvajes de Zapata.

—Dígale que no se preocupe, que en unos meses podrá ir a su hacienda y dormir tranquila con la ventana abierta.

Frank Faber y Justo García brindaban como en los viejos tiempos en un lujoso restaurante de la calle de Madero.

—¿Quién iba a pensar que mi amigo Frank Faber tendría un hijo de dos años con una mexicana tan guapa?

—Eso ni yo lo pensaba, Justo. Casarme para mí era imposible.

—¿Y cómo está ella?

—Bien, Justo. Se disculpó por no venir, pero me dijo que quería visitar a una amiga que tiene aquí en la ciudad. Dice que la conoció en tiempos de Madero.

—Ha de ser Lucero, la esposa de Arturo Murrieta.

—Sí, ella misma. Isaura la adora. Después de trabajar con los Madero estuvo un tiempo con ella.

—Conozco la historia, Frank.

—¿Cómo va nuestro negocio del opio, Justo?

A Justo le encantaba cómo cambiaba de tema Frank. Lo mismo hablaba de las caderas de Isaura, que del telegrama Zimmermann al siguiente minuto.

—Las ventas van bien, Frank. Sobre todo aquí en la capital. Wong Li no ha tenido necesidad de regresar a Sinaloa. Fumar opio es un gusto caro, para los ricos.

Justo entregó discretamente un sobre con dinero donde venían las ganancias del alemán en tráfico de armas y opio. La relación había sido buena y los dos estaban satisfechos.

—Gracias, Justo.

—¿Y cuál es tu siguiente paso, Frank? Parece que Carranza se ha hecho guaje con ofender a los gringos para aliarse con tu káiser.

—Ese viejo es muy listo, Justo. Sólo coquetea pero no hace nada. Está comprometido con Wilson y no ocurrirá nada. Por más que tratamos de provocar una guerra contra los gringos haciendo que Villa atacara Columbus, ambos presidentes no cayeron en la trampa. El pinche viejo algo ha aprendido con los años.

—Ya se me ocurrirá algo. Si Estados Unidos gana la Guerra Mundial, Alemania quedará muy mal parada. Resurgir otra vez ante tantas pérdidas y penalizaciones nos dejaría en una espantosa crisis económica. Tenemos que ganar la guerra, Justo. No hay de otra.

Isaura desayunaba en el elegante restaurante del hotel Francis. Mientras degustaba sus deliciosos huevos rancheros, vigilaba al pequeño Frank que, a sus casi tres años, dominaba todo el comedor con sus intrépidas carreras esquivando mesas y meseros torpes.

—No corras, Frank. Te vas a pegar con una de las mesas.

Mientras agitaba las dos cucharadas de azúcar que había vertido en su café con leche, se quedó impresionada al reconocer a un hombre que también desayunaba, y se entretenía leyendo el periódico.

Era Fernando Talamantes, quien esperaba la llegada de su hermano Manuel para ir a los hangares de Balbuena.

—¿Fernando Talamantes? —preguntó Isaura desde su mesa.

—Sí, señora. ¿Nos conocemos?

—¡Vaya que nos conocemos!

Fernando trataba de reconocer a la elegante morena que lo interrogaba. Su cara se le hacía familiar, pero no sabía dónde la había visto. Por su porte y buen vestir, se notaba que era una mujer de sociedad.

—Soy Isaura Domínguez, la mujer que ayudaste a escapar, junto con Epigmenio García, de Valle Nacional.

Fernando, sorprendido por el recuerdo y la presencia de la hermosa morena, casi vierte todo el café sobre el periódico *El Universal,* que leía.

—¡Isaura! ¡Claro! ¿Qué te has hecho que estás bellísima? ¡Y diferente!

Fernando se cambió a la mesa de Isaura para platicar sobre todo lo ocurrido desde que le perdió el rastro en la casa de los Madero, en Parras, Coahuila. Isaura no podía creer todo lo vivido por Fernando al haber sido expulsado del Ejército Federal por haberlos ayudado a escapar de Valle

Nacional: su nueva vida en el rancho de los Escandón, su pelea con Villa en la División del Norte y su última desventura al haber atacado Columbus y matar accidentalmente a un amigo (jamás diría que a su cuñado).

Fernando tampoco salía del asombro de que Isaura, de sirvienta de los Madero hubiera pasado a nana con Lucero para terminar como esposa de un rico alemán. Eso era como de novela.

—Es increíble todo lo que te ha pasado, Fernando.

—Lo mismo digo yo de ti, Isaura. Esposa de un rico alemán, con un hijo precioso, renovada y bella.

—Y tú, casado con la hija del patrón don Víctor Escandón, sin rancho y desempleado en México, viniendo a reclamar a Murrieta que responda como hombre por haberse metido con tu hermana.

Los dos se carcajearon como niños de sus vivencias y de su suerte, hasta que Fernando preguntó por Epigmenio.

—Murió en Veracruz. Manejaba los negocios de un rico hacendado morelense. Dicen las malas lenguas que se metió con la mujer del patrón y por eso murió asesinado.

—¡Qué tristeza!

Como si los dos estuvieran en la misma frecuencia, ambos recordaron la noche que pasaron juntos en la Hacienda del Zapote, en Valle Nacional. Fernando reconocía que Isaura estaba mucho más hermosa que en aquella ocasión, que al amanecer se espantó de verla tan fea. Isaura era otra. Por su parte, Isaura veía a Fernando más maduro y embarnecido. La experiencia vivida en Valle Nacional los había marcado y ambos lo sabían.

—¿Sabes que después de ti sólo he estado con mi marido?

Fernando miró sorprendido a Isaura por su sinceridad y franqueza. Era un hecho que los dos habían pensado lo mismo.

—Te creo, gracias por guardarme lo mejor de ti. Yo

también nada más he estado con mi mujer —dijo en broma tomándole la mano.

—¡Que eso te lo crea tu abuela, Fernando Talamantes! Por nuestra nueva amistad.

Los dos chocaron sonrientes los jarritos de chocolate como si fueran copas. A un lado el pequeño Frank se había sentado un rato, cansado de tanto explorar el comedor.

Pancho Villa no creía lo que veía y escuchaba. Felipe Ángeles, después de meses de estar refugiado en Estados Unidos, había regresado para pelear de nuevo con él, pero no como su brillante artillero y estratega militar, sino como salvador de almas condenadas al purgatorio. Los dos hombres se encontraban a un lado de un granero en un rancho cercano a Ciudad Juárez.

—¿Pues qué te hicieron los gringos, Felipe, que estás tan cambiado?

Felipe Ángeles con cara de apóstol, miraba con ternura y amor al Centauro del Norte.

—Tenemos que buscar la paz entre nuestra gente, Pancho. Busquemos la unidad y el amor, para acabar con este río de sangre que no nos conducirá más que al infierno. Todos tus mejores hombres han muerto. ¿Hasta dónde quieres llegar con esto?

—¿Sabes que pienso de ti, Felipe?

—¿Qué, Pancho?

—Que eres un desperdicio de cabrón. Tienes todas las facultades que cualquier líder revolucionario hubiera soñado tener: presencia, estudios, buena cuna, carrera militar en los mejores colegios de Europa, cultura, inteligencia y bondad —Los ojos de Ángeles se iluminaron con los halagos del Centauro—. Madero, al iniciar la Decena Trágica fue por ti a Cuernavaca, exponiendo su vida en territorios zapatistas, con toda la confianza y seguridad de que tú te impondrías como su hombre fuerte. Madero te prefirió a ti antes que a Huerta, y no tuviste los *güevos* para fusilar a ese cabrón. Tuviste hombres y cañones en las puertas de Ciudadela para apuntarlos a Palacio y sacar achicharrada la carne del traidor de Huerta, sin embargo, te faltaron *güevos* para hacerlo. Te hiciste pendejo y viste cómo de tu misma prisión en Palacio Nacional sacaban a Madero para matarlo y no hiciste un carajo por él. Pero sí agradeciste que te perdonara la vida Huerta. Nunca tuviste los tanates para juntarte con toda esa gente que te respetaba y admiraba para contragolpear a Huerta. Al contrario, huiste como un cobarde. Luego te uniste a mí y llegaste hasta la cima, casi tocando las estrellas. Sabías que yo no podía ser presidente por ser un pinche ignorante, ni mucho menos mis amigos Urbina y Fierro que apenas sabían escribir su nombre. Y sin embargo, nunca me gritaste a la cara: ¡Hey, Pancho! yo quiero ser el presidente de la Convención o de México. Una vez en la capital me aconsejaste que atacáramos a Carranza en Veracruz. No sabes cómo soñé con escuchar de tu voz: «tomemos Veracruz y hagamos nuestro propio gobierno, Pancho». Pero no, de ahí te fuiste para abajo hasta caer en esto, que es una vergüenza —Villa estaba fuera de sí. Parecía que iba a abofetear a Ángeles—. Casi me muero solo por las altas fiebres en una pinche cueva en la sierra de Chihuahua. De milagro no perdí la pierna, y meses después te encuentro como un pinche misionero pregonando la paz y el poner la otra mejilla. ¡Vete a la chingada, Felipe Ángeles! No te necesito ni te quiero conmigo. No quiero saber más de ti. Piérdete en la sierra y escóndete, por que si de algo estoy seguro es que si te atrapan los carrancistas te van a fusilar, como el máximo *show* para el Barbas de Chivo.

Las lágrimas brotaron de los ojos congestionados de Ángeles. Villa lo dejó ahí y jamás se volvieron a ver. Después de semanas de deambular por la sierra sin ser reconocido por nadie, fue aprehendido el 15 de noviembre de 1919 en el cañón de Salomé, en un lugar llamado irónicamente el Valle de los Olivos, por el Mayor Gabino Sandoval, quien lo entregó al gobierno carrancista de Chihuahua, reclamando oportunamente su recompensa.

Felipe Ángeles fue juzgado militarmente el 24 de noviembre en el Teatro de los Héroes de la ciudad de Chihuahua. El jurado lo condenó a muerte y Carranza se rehusó a perdonarlo.

Ángeles murió creyendo lo que escribió en un papel mientras lo juzgaban:

«Sé que mi muerte hará más por la causa democrática, porque la sangre de los mártires fecundiza las grandes causas».

Al agonizar, en el suelo, después de recibir la mortal descarga; Madero y Pino Suárez, con esplendorosas alas blancas como la nieve, lo tomaron de la mano para conducir su espíritu con Dios, haciéndole ver que él debió irse con ellos aquel 22 de febrero de 1913, la noche en el que los vio partir y cobardemente no quiso acompañarlos.

15

Una cita mortal en Chinameca

Los cuervos comandados por Macario Soto llevaban semanas siguiendo el rastro de José Inés Chávez. Los hábiles soldados entrenados en situaciones extremas habían dado alcance y muerte a la mayoría de los compinches del feroz lobo de Michoacán. Cada hombre de Chávez que era encontrado, terminaba colgado de un árbol con los genitales cercenados, dejando un mensaje claro de que así terminarían los violadores y asesinos de su banda.

Cuando Macario pateó la puerta de la cabaña, donde José Inés llevaba días refugiándose en los espesos bosques de Michoacán, se encontró con la decepción de que la gripe española le había ganado a la víctima. José Inés Chávez no había muerto en sus manos pagando el crimen de su madre. La mortal epidemia se lo había llevado primero, al igual que a miles de mexicanos.

Faber estaba por jugarse su última carta para provocar una guerra entre Estados Unidos y México. Alemania estaba acorralada en Europa y la entrada de los norteamericanos en la guerra europea inclinaría la balanza a su favor. Sin embargo, él cambiaría los planes para favorecer a los teutones.

—¿Para qué quieres a mis cuervos, Frank? —preguntó

Justo García, bajo la fresca sombra de una palapa en un restaurante de mariscos a la orilla del mar veracruzano.

—Será mi última carta para provocar la guerra entre Estados Unidos y México, Justo. Si fracasa, ya no tendré otra oportunidad de hacerlo y es seguro que los gringos me atraparán o me matarán.

Justo detuvo el viaje de la cerveza a su boca. Con mirada de incógnita demandó una explicación a su socio y amigo:

—¿Pues qué piensas hacer, Frank? ¿Entrar en la embajada americana con mis cuervos y matar a todos los gringos incluyendo al Gatito y dejar un letrero «Fue Justo García, mexicano»?

—No, Justo. Simplemente vamos a volar los pozos petroleros gringos en la Huasteca.

Justo limpió la espuma de la cerveza de su bigote con el antebrazo. La osadía de Faber lo asustaba.

—¿Pues qué crees que los pozos están vacíos para que llegues y pongas tu bomba entre los tubos?

—No, Justo. Precisamente por eso necesito a tus cuervos y te pagaré muy bien.

—Estás loco, pinche alemán del demonio.

El general Pablo González y su subordinado, el coronel Jesús Guajardo, fingieron hábilmente un pleito para llamar la atención del Atila del Sur, Emiliano Zapata. Pablo González sabía que Zapata estaba desesperado por municiones, armas y comida; pero lo que más necesitaba era un aliado poderoso para inclinar la balanza a su favor. Jesús Guajardo sería el señuelo. La noticia del supuesto distanciamiento entre González y Guajardo sería conocido por él, y haría que Zapata lo buscara para convocarlo a sus menguadas huestes. Pablo González mostraba la carta de Zapata a Guajardo, recientemente interceptada, donde lo invitaba a unirse a sus fuerzas contra el carrancismo.

—Ahí está nuestra carta ganadora, coronel Guajardo

—dijo Pablo González, aventándole la carta en las piernas a Guajardo, quien descansaba en la silla de un campamento en las afueras de la capital.

—Comuníquese con Zapata y gánese su confianza. Haga que se acerque a las fauces del lobo y trágueselo. La oportunidad de acabar con Zapata está en sus manos. Si usted lo logra será ampliamente recompensado.

Guajardo leyó pensativamente la carta mientras con sus dedos peinaba su bigote hacia arriba. En sus manos tenía el anhelado boleto de la traición.

Macario y sus cuervos, después de días en la huasteca, lograron llegar hasta las inmediaciones de un pozo de la Mexican Petroleum Company. El dueño de este pozo era el magnate estadounidense Edward Doheny.

El último medio kilómetro del camino, lo recorrieron en la oscuridad de la noche sin los caballos, para evitar ser vistos por los trabajadores del pozo o algún campesino del lugar. El rugir del pozo era como un potente ronroneo que se sentía en el suelo desde kilómetros de distancia. Era como el latir del corazón de un gigantesco monstruo que dormía enterrado en los bosques de la huasteca.

—El plan es tomar por sorpresa a los guardias, someterlos y después volar con la dinamita el pozo. El regreso será más fácil porque las llamas se verán hasta donde nos esperan los caballos y servirán como antorchas gigantes para ver el camino.

—¿Y qué si nos ven, Macario? —preguntó Eustaquio.

—Después de volar el pozo me vale madres que nos vean. Nadie nos conoce, y lo que reportarán al gobierno es que una gavilla terrorista atacó los pozos. Esto será la excusa que quiere don Justo para que los pinches gringos entren de nuevo por Veracruz a encerrar a Carranza en San Juan de Ulúa.

—¡Pues hagámoslo! —dijo Eustaquio, el tercero en confianza en la gavilla de Macario.

Eustaquio llegó a la puerta principal del Pozo Cerro Azul 4[61]. Con sigilo brincó ágilmente la malla y en menos de un minuto sometió al guardia principal y abrió el acceso a los demás cuervos. Cuando se dirigían hacia la torre principal del pozo, de las penumbras de la noche salieron más de treinta hombres armados con rifles de alto poder abriendo fuego contra los sorprendidos cuervos. En menos de dos minutos, la banda de veinte hombres de Macario fue acribillada casi por completo. Macario Soto, al agonizar en el lodo aceitoso con doce balazos en el pecho, veía a José Inés Chávez amarrado en una silla esperando su castigo... Después todo fue silencio.

Eustaquio se quedó sin parque tras haber vaciado la carga completa. De entre las sombras surgió el general de confianza de Manuel Peláez, Rodolfo Herrero. Lo encañonó en la distancia y le dijo:

—Vete y no vuelvas. No puedo matar a alguien desarmado. Estos pozos son de los gringos y nos pagan para cuidarlos. Anda, ¡vete! Antes de que me arrepienta.

Eustaquio y tres cuervos más lograron escapar alcanzado a pie los caballos, para huir del fatídico momento en el pozo. La ventaja en armas había sido determinante, además del factor sorpresa porque todo hubieran esperado menos ser recibidos por una gavilla tan bien colocada y prevenida, con armas más modernas que las de ellos.

Los cuervos de Justo García habían sido emboscados por las fuerzas armadas independientes de Manuel Peláez, empleado a sueldo de los petroleros gringos, con todas las

61 Explotado por primera vez en 1916 por Herbert Wylie. Cuando su potente chorro de aceite brotó, alcanzó una altura de 185 m, bañando con gotas de petróleo un radio de 3 km a la redonda. En catorce años llegó a producir más de 55 millones de barriles.

armas y hombres necesarios para evitar ataques como el que Frank Faber intentó hacer aquella negra noche.

Al día siguiente Frank Faber fue detenido por John Kent en los muelles de Veracruz. En menos de lo que él creía, fue embarcado hacia una cárcel de máxima seguridad en el estado de Florida, Estados Unidos. Nadie vio ni supo que pasó con el hábil espía alemán, enamorado y casado con una mexicana. Wilson había ganado la partida haciéndole jaque mate a Alemania en territorio mexicano. El siguiente en la mira de John Kent sería Justo García, pero a éste, que era hábil y tenía sensores especiales para el peligro, no se le vería por meses en ningún lado.

Obregón terminó de hacer el amor con su esposa y bañado en sudor, se incorporó a beber un fresco vaso con agua. Al mirarse desnudo en el amplio espejo que había colocado María Tapia en una de las paredes del cuarto, espetó furioso:

—¡Me caga tu pinche espejo, ahí viéndolo todo! —Obregón, mirándose de perfil, trató de esconder la panza de algún modo pero era imposible. Era como quitarle el caparazón a una tortuga—. No sé que me está pasando, María. Estoy gordo, abotagado y viejo. Soy un hombre de 39 años y parece que tengo veinte más.

—Son las preocupaciones, Álvaro. Cargas con demasiados problemas.

Obregón regresó de nuevo a la cama y se sentó dubitativo junto a su amada esposa.

—Mujer, soy un hombre rico. En los últimos años la Quinta Chilla ha crecido de 180 a 3 500 hectáreas sembradas con garbanzo. Además de eso, el precio de la semilla se duplicó este año y me ha hecho ganar más de cincuenta mil dólares, y mira que no estoy hablando de otras inversiones en agricultura y ganadería. Le doy de comer a más de mil quinientas bocas.

—Sí, Álvaro, pero estás aburrido. Se te nota. Lo tuyo es la política y ya te anda por lanzarte a la grande para ser presidente.

Dando una palmadita de cariño en una de las piernas de su esposa, el invicto general dijo:

—Qué bonito es estar casado con alguien que te conoce y te entiende. A partir de hoy empiezo a hacer ruido por la presidencia de México.

—A ver cómo lo toma Carranza. No creo que le agrade mucho que te empieces a auto promocionar desde casi un año antes, pero en fin, hazlo.

—A ese pinche viejo no le va a gustar de ningún modo, María, así sea desde un día o diez años antes. Si no le parece lo quitaré de la silla a cañonazos, pero la presidencia de México será mía.

María lo abrazó orgullosa, segura de que su marido la haría primera dama muy pronto.

Emiliano Zapata recibió la respuesta del coronel Jesús Guajardo, en la que aceptaba su interesante invitación a unirse a su Ejército del Sur para combatir a Carranza. Zapata, hábil y desconfiado como siempre, exigió una prueba de lealtad de su futuro aliado.

—Dígale al coronel Guajardo que entre sus filas hay un desertor zapatista, recién incorporado con Pablo González.

—¿Quién es? —preguntó el enviado de Guajardo.

Zapata se acercó al enviado con cara de odio y de pocos amigos. El secretario de Guajardo tragó saliva pensando que sería ejecutado por preguntar lo obvio.

—Es Victoriano Bárcena. El perro traidor aceptó la amnistía del gobierno de Carranza y se incorporó en su ejército federal. Le ha pasado información valiosa a Pablo González de nuestra ubicación, nuestro armamento, nuestros recursos y nuestras debilidades. Si lo tuviera cerca de mí le sacaría los ojos con mis pulgares antes de mandarlo al paredón.

—Entiendo, general. Hablaré con el coronel Guajardo y le responderemos positivamente.

—Eso espero. Si no, ni se vuelva a parar por aquí porque mi gente lo fusila.

Victoriano Bárcena, junto con sus hombres, fue fusilado para comprar la alianza de Zapata. En la triste decisión, Guajardo cambió la vida de varios de sus hombres por conseguir la alianza con el Atila del Sur. En el pestilente chiquero de las traiciones era imposible mantenerse limpio y sin salpicaduras.

Emiliano Zapata, experto en caballos, acarició el lomo del hermoso As de Oros, que como prueba de adhesión y alianza le había ofrecido el coronel Jesús Guajardo.

—Hermosa bestia, coronel —dijo Zapata satisfecho, mientras acariciaba la larga melena del tranquilo equino.

—Un detallito para sellar nuestra alianza, mi general.

—Cuando juntemos a mis hombres con los suyos, levantaremos de nuevo el zapatismo y pondremos de rodillas al cabrón de Pablo González.

—Así es, general. Es un hecho que González contraatacará con furia. Debemos estar preparados para lo peor.

—¿Cómo piensa defenderse?

—Por lo pronto le daré doce mil cartuchos y armas para proveer a los dos bandos. Es preciso que nos veamos en la hacienda de San Juan Chinameca. Ahí estaremos fuera de los alcances de González y ofreceremos una comida en su honor, general. Lleve a todos los hombres que quiera.

Al mencionar Guajardo «todos los hombres que quiera», eliminó toda sospecha de una posible traición. Guajardo había actuado magistralmente y había convencido al desconfiado Atila del Sur.

Zapata recapituló sus vivencias en la mencionada

hacienda. En ese lugar, de niño, junto con el travieso de Eufemio, entregó materiales de construcción para el español, dueño de la hacienda. Años después, contra él tendría su primer enfrentamiento verbal como representante del estado de Morelos. Como si Guajardo lo hubiera sabido, la hacienda tenía un extraño embrujo o influencia sobre el bravo general sureño.

En aquella soleada mañana del 19 de abril de 1919, Zapata rodeó la hacienda con sus hombres. Durante un par de horas platicaron y fumaron cigarrillos, mientras esperaban que no ocurriera nada, tanto dentro como afuera, que pudiera levantar sospechas de una traición.

Zapata se acercó sonriente a sus generales Ceferino Ortega, Muñoz y Feliciano Palacios, quienes fumaban plácidamente recargados en la fresca sombra de un frondoso huizache.

—Palacios. Vigila a Guajardo. Observa cualquier señal de peligro. Se acerca la hora de la comida y no está mal echar un último vistazo. Tú sabes, no vaya a ser la de malas.

—Descuida, Miliano. Yo huelo el peligro a kilómetros y sé que no hay problema. Si nos quisieran tronar, lo hubieran hecho desde que llegamos. Tú crees que te iban a dar chance de tomar el solecito aquí *ajuera*, *jumando* tu cigarrito como sin nada.

—No, *pus* sí. Anda, haz lo que te dije, de todos modos.

Dentro de la hacienda, Palacios platicó con Guajardo quien, como señora que orgullosamente hubiera preparado la comida, urgía a los comensales a entrar.

Palacios, convencido de que todo cuadraba para una emotiva ceremonia de bienvenida a Zapata, con todo y guardia de honor, salió sonriente para hablar con su general.

Todo en orden, Miliano. La comida está lista y no se ve

ninguna cosa sospechosa o rara. En verdad organizaron todo un evento en tu honor.

—Pues entremos, que ya hace hambre.

A la 1:45 pm Zapata, junto con diez jinetes más, se encaminó, sobre el cabriolado As de Oros, hacia la puerta principal de la hacienda, para encontrarse con el coronel Jesús Guajardo. Como siempre, por precaución dejó a un grupo numeroso de hombres con las carabinas enfundadas, bajo las frescas sombras de los árboles, fumando y contando chistes e historias del lugar.

—No se traguen todo, cabrones, que aquí también hace hambre —gritó bromeando uno de sus hombres, con una ramita en la boca.

Zapata entró al frente del grupo. A los lados se encontró con la guardia de honor flamantemente uniformada, lista para orgullosamente rendirle los merecidos honores a generales de altísimo rango como él. En el centro del soleado patio, se encontraba de pie el coronel Jesús Guajardo[62] junto con tres de sus hombres, con caras sonrientes al ver llegar a su nuevo aliado, el Gengis Kan del Sur, Emiliano Zapata.

Tres veces sonó el clarín, como saludo al heroico general. Al terminar, la guardia de honor disparó dos veces a quemarropa contra el general Zapata y sus hombres, sin siquiera darles tiempo de sacar sus armas. Emiliano fue acribillado, intentando por reflejo llevarse la mano al cinto para luego caer pesadamente sobre el piso del patio de la hacienda y no levantarse jamás. Los hombres que esperaban afuera al general huyeron al salir los militares en su persecución.

Horas después, el abotagado cuerpo de Zapata fue

---

62 Jesús Guajardo fue ascendido a general por este importante logro en su carrera, además de recibir un premio de cincuenta mil pesos en oro. Moriría al año siguiente fusilado por órdenes de Obregón en Monterrey por sublevarse contra el gobierno de Adolfo de la Huerta en la rebelión pablista.

morbosamente exhibido en Cuautla para que todo mundo supiera que el Atila del Sur había muerto. Los incrédulos periodistas y la gente se retrató con el cadáver para dejar testimonio en la historia de que ahí, finalmente, yacía el cuerpo inerte del máximo líder guerrillero de Morelos.

—Nos quieren hacer pendejos, Fausto —le dijo un campesino a otro frente al cuerpo de Zapata.

—¿Por qué lo dices, Timoteo?

—A Miliano le faltaba un pedazo del dedo chiquito de la mano y este *güey* los tiene completos. De niño se lo cortó con la reata cuando lazó un potro. Además también le falta el lunar en la cara, cerca de los ojos.

Fausto se acercó incrédulo hacia el cuerpo congestionado y hasta tocó tímidamente la mano del cadáver, ante la mirada reprobatoria de un gendarme.

—Sí es cierto, Timoteo. Este *güey* no es Zapata. ¿Tonces ónde andará el verdadero Miliano?

—Eso nunca lo sabremos, Fausto. O regresa a pelear con nosotros o se esconde pa' siempre, hasta morir de viejo en un rancho olvidado en la sierra de Guerrero.

—Ahora sí podrás visitar tu hacienda en Cuautla sin miedo, preciosa —le dijo Carranza a Silvia Villalobos en su despacho en Palacio Nacional.

Silvia, sentada coquetamente en una esquina del escritorio, le dijo con cara de admiración:

—Lo dices por Zapata, ¿verdad?

—Así es, chiquita. Con la muerte de este tipejo se acaba la guerra en Morelos.

—Gracias, Venus. En verdad me sorprende la manera en que has vencido a tus enemigos. Villa no es ya más que un robavacas de nuevo a salto de mata y Zapata ya se pudre en tierra morelense. Ahora sí tiene toda la tierra que tanto peleaba alrededor de él.

—Todo es por custodiar al país, Silvia. Quiero que el

cambio de gobierno sea pacífico y que lo tome un civil, no un militar.

—Es una tristeza que tengas que dejar el poder, Venus. ¿No habrá manera de que te reelijas de algún modo?

Carranza caminó de un lado a otro del lujoso salón, pensando en la idea de Silvia. Ella tenía razón, y debía de haber algún modo para seguir en el poder. El país lo necesitaba. Bien sabía que Obregón andaba moviéndose para hacerse notar. Pablo González lo tenía mareado con su «Ya me toca, ¿no, don Venus?». Era injusto que todo lo logrado por él, lo disfrutara otro así de fácil.

—Si propongo reelegirme traicionaría yo mismo la Constitución y los principios básicos del Plan de Guadalupe, por el que llegué hasta aquí, Silvia. Sería casi como declararle la guerra al pueblo.

Silvia se acercó al Barón y, con gracia y coquetería, tocó el miembro viril de Venustiano con sus blancas manos, sobre su pantalón caqui. Carranza reaccionó en el acto ante el juego coqueto de la ardiente mujer.

—No seas ingenuo, Venus. No serás el presidente directamente. Eso te costaría la cabeza. Sólo pon como presidente a un pendejete bajo tus órdenes y sigue gobernando como a ti te gusta. El país y tu bella Silvia te lo van a agradecer.

El Barón ya no sabía qué hacer con ese abultamiento sobre su pantalón. Orgulloso de aún poder responder a estímulos así, corrió hacia la puerta de la oficina para cerrarla y finiquitar este gallardo asunto privado con su fogosa amiga, que tan sabia y buena consejera era.

Patricia Solís llevaba semanas de estar sola en su casa de Reforma. Justo García se encontraba escondido. Las presiones del embajador Fletcher y John Kent sobre Carranza, detenerlo, habían dado fruto. Se le acusaba de terrorismo al haber intentado, junto con Frank Faber, volar uno de los pozos petroleros de Edward Doheny. Lo que la prensa callaba era el asesinato de Macario y sus cuervos y el encierro de Frank Faber, en una cárcel de Florida. Carranza era un títere de los gringos y bailaba al son de la canción que le pusieran.

Sentada en un sillón de piel, Patricia acariciaba su abultado vientre. Llevaba cinco meses de embarazo y las náuseas todavía no la dejaban tranquila. En su mente recordaba tristemente el día en que Rodolfo Fierro entró en su casa de Chihuahua y mató a su padre. Afortunadamente ella se había escondido a tiempo en un sótano secreto. Desde el oscuro escondite escuchó a Fierro insultar y golpear a su padre hasta asesinarlo. Al salir, horas después, desconsolada, enterró a su padre y juró vengarse de Rodolfo Fierro. Para lograr esto, inventó que era una prostituta para moverse más fácilmente entre los hombres y llegar hasta él. La noche en que planeó matar a Fierro fue cuando él contrató sus servicios como supuesta suripanta. Borracho, al borde de una congestión alcohólica, no pudo tomarla como mujer. Convencida de que matar a un hombre indefenso era algo imposible para ella, bajó decepcionada al restaurante del hotel, donde se encontró con Arturo Murrieta y su destino cambió. Meses después, bajo la protección de Justo García, le confesaría su realidad, y desde ese día la haría su mujer. Aunque no estaban casados, Justo García la amaba, era su pareja y esperaba orgullosamente un hijo de ella.

El timbre de la casa sonó. Patricia, temerosa de los carrancistas, pidió a Wong Li que viera quién llamaba a la puerta.

—Vengo a ver a tu patrona, Chino. Dile que soy Silvia Villalobos.

Wong Li, reconociendo a la odiosa cuñada de Justo, la dejó entrar sin hacerle ninguna reverencia.

—¿Por qué tan serio, Chino? ¿Extrañas a tu patrón o a China?

—Sí, señola. La casa se siente sola sin él.

—No te preocupes, Chino. Ese cabrón tiene más vidas que un gato. Al rato regresa.

—¿Cómo está, señora? ¿Qué la trae por aquí? —preguntó Patricia, sonriente y amable como era su estilo.

—Bien Patricia, ¿y tú?

Los sorprendidos ojos de Silvia quedaron fijos en el enorme vientre de Patricia. Este embarazo daría la fuerza a esta unión que ella reprobaba en todo momento. Silvia consideraba a Patricia como una loca oportunista que abusaba de Justo. El hecho de verla esperando un hijo, que sería el primo de su pequeño Narciso era como una bofetada a su terso rostro.

—¡Santo Dios! —continuó Silvia— ¡Qué sorpresa verte embarazada!

—¿Por qué sorpresa, señora? Soy la mujer de Justo. ¿Qué tiene de raro que esté embarazada? Es lógico que cada noche me haga el amor, como su esposa que soy.

—Bueno, es que siempre he pensado que eres sólo una aventura para mi cuñado. En verdad tú no eres su esposa.

Las mejillas de Patricia se enrojecieron, anunciando la cólera que estaba a punto de descargar sobre la odiosa mujer.

—Soy más esposa de él, que lo que fue usted de Epigmenio. Sé que sólo fue su fugaz amante. Jamás vivieron juntos, como lo hago yo con él, en esta preciosa casa. No me venga con baños de pureza, señora. Sé quién es usted y para nada la respeto.

Silvia no salía del asombro por la arrogancia y carácter de

la muchacha. Había entrado en la casa con la total intención de intimidarla y había sido verbalmente vapuleada.

—¡Cállate, perra oportunista! Si no te agarro a bofetadas aquí mismo es porque estás embarazada, si no, ni tu madre te reconocería por cómo te dejaría esa cara de cínica que tienes.

—¡Lárguese de mi casa, vieja amargada! Qué lástima me da que ande de arrastrada con su cuñado y que no le haga caso. Justo nunca se va a fijar en usted. Es un hombre de valores. Tendrá muchos defectos, pero él no se mete con nadie de la familia. Así que mejor lárguese de mi casa y vaya con el anciano de Carranza a que le haga el favor. Ese tipo de viejos es lo único que se le acerca, vieja bruja.

Silvia se acercó para soltarle una bofetada, pero fue oportunamente frenada por Wong Li.

—Tlanquila, señola. Esto no le gustalía vel al señol Justo. Pol favol váyase. Es mejol así pala todos.

Silvia abandonó furiosa la casa de Justo, prometiéndose a sí misma regresar para poner en su lugar a esa infeliz.

—Esto no se queda así, maldita prostituta.

—Váyase al diablo, meretriz de octogenarios.

En los primeros meses de 1919, Félix Díaz regresó levantando armas contra el gobierno de Venustiano Carranza. En el puerto de La Habana se embarcó para reunirse en Veracruz con el general Aureliano Blanquet, el general Francisco de P. Álvarez, el licenciado Francisco Trasloheros, el general Juan Andrew Almazán y otras personalidades.

Meses después de su levantamiento, el gobierno carrancista estaba en su máxima alerta contra el enemigo: más de doce mil federales combatían a los insurrectos a lo largo de todo el estado de Veracruz.

El segundo en autoridad en esta milicia llamada

«Ejército reorganizador nacional», después de Félix Díaz, era el general Aureliano Blanquet, quien tenía su centro de operaciones en Huatusco, Veracruz.

El 14 de abril, Blanquet y sus hombres fueron sorprendidos en las barrancas de Chavaxtla por el coronel carrancista Guadalupe Sánchez. Blanquet, temeroso de ser fusilado, trató de huir a caballo por el peligroso voladero de la barranca, despeñándose con todo y animal al fondo del abismo. El coronel Sánchez, lleno de curiosidad por saber quién era el que había caído al fondo de la barranca, bajó a cerciorarse, trayéndose de vuelta la cabeza cercenada del asesino de la Decena Trágica. La macabra testa Blanquet fue exhibida en el puerto de Veracruz para que sirviera de escarmiento, como el cadáver de Zapata en Cuautla.

Lucero, Regino y Arturo Murrieta caminaban por el cuartel de la guarnición de la plaza de Veracruz, cuando se toparon con la exhibición de la tétrica cabeza del asesino de Madero y Pino Suárez.

Lucero trató de taparle los ojos a Regino, pero ya era demasiado tarde, además de que el color chapeado de su rostro se perdió por la impresión de tan funesta exhibición.

—¿De quién es esa cabeza, papá? —preguntó Regino, sorprendido por la lúgubre testa colocada sobre una mesa, con la boca abierta mostrando un rictus de dolor y ojos sebáceos mirando en dolorosa súplica.

—Fue de Aureliano Blanquet, hijo; el cobarde traidor que arrestó a Madero en la Decena Trágica y participó en su muerte —contestó Lucero, quien varias veces lo vio en Palacio Nacional y en su casa, cuando buscaba a Regino Canales.

—¡Pobre hombre! Por el rostro de dolor que tiene la cabeza, es indudable que se la cercenaron cuando aún estaba vivo.

—Que Dios me perdone, Arturo, pero qué bueno. Un cerdo así se merecía un final como ése.

Los dos hombres de la familia Murrieta no dijeron más, entendiendo el odio y dolor contenido en una mujer que había conocido al asesino de Madero.

Carranza golpeó furioso la mesa de su despacho con su mano derecha, mientras leía el periódico, sosteniéndolo con la mano izquierda.

—Claramente indiqué que no quería lanzamientos a la presidencia de nadie, antes de que yo lo autorizara. ¿Qué se cree este manco idiota al empezar a hacerse campaña?

Arturo Murrieta trató de calmarlo. El Barón de Cuatrociénegas estaba enojadísimo y no entendía razones.

—El manco no tiene ni idea de lo que es un programa de gobierno, no tiene la más remota idea de lo que es la problemática nacional, y lo peor de todo, es un militar acostumbrado a dar órdenes a la plebe, no a gente preparada, de traje y con estudios.

Carranza le mostró la respuesta que, Obregón había dado a Luis Cabrera y a él:

«Nunca creen lo que dices porque nunca dices lo que crees. El país y yo creemos que, de acuerdo con usted, nada que lo halague es prematuro y nada que lo afecte es oportuno».

—Obregón hizo caso omiso de no hacer campaña antes de que usted diera el banderazo inicial. Es un hecho que va con todo por la presidencia.

Carranza caminó alrededor de su escritorio peinándose la barba con los dedos, miró por la ventana que daba al zócalo y volteó para decirle:

—Yo también me lo puedo madrugar y superar con

la prensa, Arturo. De mi cuenta corre que ese manco no llegue a la presidencia.

—Tenga cuidado, don Venus. Obregón es un militar reconocido y de armas tomar. No juegue con él porque es capaz de todo. Está enfermo de poder y es un hombre peligroso.

Don Venus, quitándose los lentes para limpiarlos, se acercó para decirle:

—Zapata, Orozco, Huerta y Blanquet también lo eran.

Murrieta guardó silencio, entendiendo el mensaje implícito de esas palabras. Dentro de poco tiempo, Obregón o Carranza les harían compañía.

Fernando Talamantes, por recomendación de su hermano Manuel, colaboraba con Obregón en su campaña política. Regresar con Villa era impensable. Desde su separación en Columbus, Fernando había decidido buscar otros horizontes. El mayor de los Talamantes terminó decepcionado y cansado de la brutalidad y sin objetivos de Francisco Villa. Obregón era el futuro para él, y con el sonorense seguiría hasta el final.

—Yo le aseguro, mi general, que el viejo no se va a desesperar ni a atacarlo abiertamente por lanzarse como candidato a la presidencia en forma temprana. Carranza está atrincherado en su política de continuidad y es un hecho que no lo quiere ni a usted ni a Pablo González como candidatos. Su mensaje es claro: el siguiente presidente tiene que ser un civil para acabar con los presidentes que son también generales.

—¿Qué sugieres que hagamos, Fernando?

—Algo similar a lo que usted hizo en Sonora con los batallones rojos y yaquis.

—¿Te refieres a una alianza con los obreros y su líder?

—Así es, general. Hacer un pacto con la recién fundada CROM. De llegar usted a la presidencia, debería crear un nuevo departamento autónomo del trabajo y designar como su líder y aliado a Luis Napoleón Morones. Los obreros, como enorme fuerza de empuje, lo llevarán a la presidencia y el anciano no encontrará manera de frenarlo.

Obregón miró con ojos de asombro al muchacho que lo asesoraba. La recomendación de Murrieta y Manuel había sido un acierto. Fernando sería un invaluable aliado para el sonorense en su carrera hacia la presidencia.

—Listo, Fernando. Prepara mi autopostulación con un manifiesto a los habitantes del país. Yo me encargo de contactar a Morones.

El manifiesto fue publicado el 1 de junio de 1919 y fue tomado como una declaración de guerra entre Carranza y Obregón.

Álvaro Obregón se reunió en secreto con Justo García. Los carrancistas, junto con John Kent, andaban tras sus pasos. El mejor lugar que se le ocurrió para esconderse fue Nogales, Sonora.

—¡Qué gusto verlo de nuevo, Justo! Desde que nos vimos en la capital no habíamos platicado otra vez.

—Como le mencioné en mi carta, general, ando huyendo de la policía de Carranza y de un espía gringo llamado John Kent.

—Sí lo recuerdo bien. ¿Por qué lo persiguen?

—Por compra de armas a Alemania. Creen que soy un espía alemán.

—¿Y sí lo es, don Justo?

—No, general. Simplemente vendí armas alemanas cuando los gringos no vendían a los anteriores gobiernos. Sólo negocios. A mí me valen madres Alemania y Europa. Soy un hombre de negocios y vendo cuando me compran y compro cuando me venden.

—¿Y por qué los gringos le quieren echar el guante?

—Renté los servicios de mis cuervos a Frank Faber. El

alemán bribón trató de volar un pozo perolero gringo y lo sorprendieron con un formidable ejército comandado por Manuel Peláez. Acabaron con casi todos mis hombres y a Faber lo encerraron en Florida.

—Ahora entiendo. Carranza apoya a los gringos y prometió al embajador Fletcher que te atraparían.

—Así es, general. Yo no tengo nada contra los gringos, pero los carrancistas me quieren chingar.

—Eso me tranquiliza, Justo. Si estuvieras contra los gringos te diría simplemente que no te podría ayudar. Ellos, como bien sabes, son los que gobiernan este país. Si estás en su contra, estás contra el diablo. Yo me pienso apoyar en ellos ahora que llegue a la presidencia.

—Bien hecho, general. Yo lo apoyo y estoy con usted. Cuente con mi ayuda económica para su campaña y lo que necesite.

—Gracias, don Justo. Hay que tutearnos, ¿no? Basta de «dones», «ustedes» y «generales». Cuento con tu apoyo. Por lo pronto estarás seguro aquí en Nogales. Dejemos que pasen algunas semanas para ver cómo responde Carranza a la presión.

—Gracias, Álvaro. Vamos con todo por la presidencia.

Los dos se dieron un fraternal abrazo de amigos y socios.

Isaura estaba desesperada de no saber nada del paradero de su marido Frank Faber. El único que la podía ayudar, por los negocios que hacían juntos, era Justo García, pero él también estaba desaparecido. Isaura tomó la opción de ir a la casa de Patricia Solís en la capital. Patricia, en sus últimos meses de embarazo, la recibió y trató amablemente como a una gran amiga.

—Despreocúpate, Isaura. Justo me dijo que Frank está detenido en una cárcel americana. Los hombres de Justo fueron acribillados por un tal Peláez, que trabaja para los gringos cuidándole sus pozos petroleros en la huasteca. Carranza está con ellos y ordenó la detención de Justo por ser el jefe de los cuervos.

—Tengo miedo de que me detengan a mí también, Patricia.

Patricia, sonriente y optimista, le contestó:

—Quédate aquí conmigo, Isaura. Me siento sola en esta casa tan grande. Al pequeño Frank le va a encantar estar aquí. Además yo no tardo en dar a luz y sólo cuento con el apoyo de Wong Li, pero él es hombre y tú sabes, no es lo mismo.

Isaura sonrió comprensiva y cariñosamente acarició el enorme vientre de la norteña. Frank, el pequeño niño de Isaura, ya exploraba la casa sintiéndose a gusto con la anfitriona.

—Sólo por unos días, Patricia. No quiero ser una carga. La verdad es que me siento mejor a tu lado, que sola en Veracruz. Allá sólo tengo a mi amiga Lucero Santana, pero su marido está muy metido con Carranza aquí en la capital y me da miedo de que me acuse con los carrancistas.

—¿Arturo Murrieta? —preguntó Patricia con gesto alegre.

—Sí, ¿lo conoces?

—Claro, es uno de los hombres de Carranza. Justo y él se batieron a espadazos en Aguascalientes por cuestiones políticas. Vive con una mujer rubia, a tres cuadras de aquí… y como dices, también vive con tu amiga Lucero en Veracruz. ¡Qué tipejo!

—Sí, Paty. Todo mundo sabe de las dos mujeres de Arturo Murrieta. El tipo es un bígamo descarado. ¿Dices que se batió con Justo a espadazos? Debe haber habido una razón muy delicada para llegar a esos límites, ¿no?

—Creo que no se pusieron de acuerdo en cuestiones de política.

Isaura sonrió incrédula. Sabía que el duelo había sido por Lucero. Quedarse callada era lo mejor en estos casos.

—Bueno, mujer, siéntate y relájate porque te voy a preparar una deliciosas pellizcadas veracruzanas.

Patricia sonrió contenta de tener la compañía de Isaura.

—Qué suerte que hayas llegado, Isaura. La verdad siempre salgo a comer a la calle.

El Toreo de la Condesa estaba a reventar por la gran pelea de la tarde: Jack Johnson[63] contra Kid Cutler. Johnson era la máxima figura del box en la categoría de peso completo. El Gigante de Galveston visitaba la ciudad de México aquel 28 de septiembre de 1919 para enfrentar al bravísimo Kid Cutler.

Frente al cuadrilátero de la Plaza del Toreo, había llegado puntual a la pelea la familia Murrieta Van Mess.

Cómodamente sentados en sus lugares no perdían un solo detalle de lo que ocurría a su alrededor.

—Johnson lo va liquidar en menos de tres *rounds* —dijo Murrieta a su hijos, orgulloso de estar sentado en su asiento de primera fila.

—Johnson tiene cuerpo de atleta —comentó Lucy, quien desde su llegada a la plaza había atraído la mirada de muchos hombres.

La hija de Arturo y Gretel tenía dieciocho años y era una bella jovencita con mirada angelical, de largo cabello negro hasta la mitad de la espalda. Su vestido blanco a la

---

63   John Arthur *Jack* Johnson (1878-1946), fue el primer campeón mundial negro estadounidense de peso completo de 1908 a 1915. Se le conocía como el Gigante de Galveston. Su récord fue de ciento catorce peleas (ochenta ganadas, veintiún empates y trece perdidas).

moda neoyorkina la hacía lucir radiante y un poco más grande de la edad que realmente tenía.

—Estás loco, papá. El Gigante de Galveston ya está viejo. Tiene 41 años, ¿cómo crees que le va a ganar a Cutler que es diez años más joven? —comentó Arturito.

—No se ve de esa edad, hijo —comentó Gretel, impresionada por los músculos de Jack Johnson al subir al *ring* y por la presencia de John Kent del otro lado del *ring side*.

Kent les hizo un saludo con la mano, que toda la familia regresó. Ya habría tiempo de saludarlo después del cotejo.

—Hijo, Cutler es un costal de box. Ésta es su catorceava pelea por un título y nunca ha ganado. ¿Qué te hace pensar que ahora si ganará?

—Johnson está viejo, papá.

El ruido del público era ensordecedor y ya no cabía un alfiler en el Toreo de la Condesa[64]. La presencia del campeón mundial de los pesos completos había sido la noticia de la semana. Llevaba cinco meses sin entrenar por problemas con la justicia americana. El hecho de que manejara un vehículo último modelo por las avenidas de Texas y tuviera una segunda esposa blanca, era un insulto para la escandalosa sociedad estadounidense.

—¿Saben que Johnson ganó el título mundial en 1908 después de innumerables negativas de peladores blancos a enfrentarse con él? Peleó contra el caucásico Tommy Burns en Sidney, campeón en ese momento, y el público se volvió loco al ver que Jack golpeaba y detenía a Burns para que no cayera y hubiera más espectáculo para la

---

64 Plaza de Toros con capacidad para veinticinco mil personas inaugurada el 22 de septiembre de 1907 en la colonia Condesa. Al ser demolida en 1946, su estructura fue trasladada a su nueva ubicación en la Hacienda de los Toros o Cuatro Caminos, en Naucalpan; donde estuvo hasta el 2010 para ser demolida y en su lugar construido un centro comercial. En el sitio donde estuvo el Toreo de la Condesa se encuentra actualmente la tienda El Palacio de Hierro.

gente. Al final lo mandó a la lona y ahí nació la leyenda. Jack Johnson se convirtió en el primer campeón mundial negro en la historia del box. El escritor Jack London, indignado porque el campeón mundial era negro, escribió que de algún lugar del mundo tenía que surgir algún blanco que lo pudiera derrotar. A este anhelo se le llamó «La Esperanza Blanca». Pasaron trece años y nadie le pudo ganar. Incluso el ex campeón blanco J. Jeffries, que siempre se negó a pelear con él, regresó para enfrentarse a él en la pelea del siglo y fue derrotado. La policía destruyó las cintas donde se veía la brutal golpiza que Jack le puso al insolente de Jeffries, mandándolo a la lona en el *round* quince con la cara destrozada.

Arturo y Lucy se quedaron impresionados con los datos y la información que su padre les daba sobre El Gigante de Galveston, haciendo para ellos mucho más emocionante la pelea. Ahora ya no estaba tan seguro Arturito de que Cutler ganara.

Gretel miraba a Kent entre las cabezas del otro lado del *ring*. En una oportunidad, Johnson se acercó a las cuerdas para saludar a Gretel que lo apoyó gritando en inglés:— *Come on, Jack! Beat him up.* «¡Vamos, Jack! Acaba con él».

—*Sure, lady! This goes for you and your family!* «¡Claro, señora! ¡Ésta va por usted y su familia!» —respondió sonriente Johnson, mientras hacia ejercicios de sombra.

Después de ser anunciados los contendientes, la pelea finalmente dio inicio.

Jack Johnson era un experto en la defensa. Cutler se le dejaba ir con los brazos al frente como un perro rabioso, buscando con un solo golpe liquidar a la amenaza negra. Johnson lo recibía con los letales *jabs* de sus enormes brazos de 74 pulgadas, y en menos de cuatro *rounds* la cara de Kid Cutler estaba tumefacta. Al final del quinto *round*, Johnson, totalmente superior al jovencito que tenía enfrente, jugueteó con él regalándole un *round* más. En el sexto y último, Cutler tuvo un poco de suerte y alcanzó o golpear a Johnson con un volado que le rozó el pómulo izquierdo. La gente se emocionó un poco y, harto del marrullero nativo de Chicago, Johnson lo mandó a la lona con un elegante *upper cut*. El noqueado requirió un minuto de descanso en el suelo para volver en sí.

La multitud aclamaba al campeón Johnson quien, sin haber entrenado en medio año, había vapuleado y demostrado en seis *rounds* por qué era el campeón invicto.

Después de esta pelea siguieron dos más en las que Jim Smith derrotó a Barranco y Paul Samson venció a Honorato Castro.

Al final de las peleas, John Kent se acercó a saludar a los Murrieta.

—Excelentes peleas, ¿no?

—Sí, John. Valió la pena el precio de nuestros boletos —contestó Arturo, saludando amablemente a Kent.

—Ese hombre es un gorila invencible —dijo Kent despectivamente sobre Johnson.

—A mí me parece un hombre muy sonriente, John. Creo que lo odian nada más porque es negro y porque no hay blanco que le gane —comentó Lucy.

Kent, sorprendido por la belleza de la jovencita Lucy, se quedó mudo, para después amablemente disculparse por haber hablado así del campeón.

—Discúlpenme, señorita. Soy un torpe. No debí hablar así del campeón.

De entre el público aparecieron Manuel Talamantes y su hermana Juliana para saludar a los Murrieta y a John Kent.

—Los vimos desde arriba, pero nos fue imposible acercarnos —dijeron los hermanos Talamantes.

Arturo Murrieta sentía que la camisa lo asfixiaba. La belleza de Juliana lo dejó perplejo. Era seis años más joven que Gretel y diez menos que Lucero, pero se veía mucho más joven aunque tenía treinta años, aparentaba fácilmente tener veintitrés.

Después de saludarse los hombres, Gretel y Juliana quedaron frente a frente, mientras ellos discutían sobre la paliza que le habían propinado a Cutler.

—¿Cómo está tu hermano, Fernando? —preguntó Gretel, buscando algo de qué platicar en los incómodos pasillos de la Plaza de Toros.

—Se acaba de juntar con Obregón en su campaña política. Manuel lo recomendó con él.

—Sí, sé que Manuel estuvo muy de cerca con Obregón en sus campañas militares.

—Fernando anduvo todo el tiempo con Villa hasta que éste perdió todo y mejor se fue con Obregón. La política es así.

—Te entiendo. Arturo así anda con Carranza. Es como su consejero.

Gretel sabía de los amores de Murrieta con la hermana de los Talamantes. Sabía del hijo que tenía con ella, pues el mismo Arturo se lo dijo la noche que los Talamantes lo visitaron su casa y en ella casi destroza todo al escuchar a Arturo confesar su pecado. Como un áspid que se acerca a su víctima, así trató Gretel de cazar a Juliana.

—¿Eres casada, Juliana?

—Viuda. A mi marido lo mataron en Columbus, precisamente en el ataque de Villa. Después de ese penoso incidente, Fernando rompió con él.

—¡Que viuda tan joven! En cualquier momento puedes rehacer tu vida con un hombre.

—Eso pienso, señora.

—Por favor, llámame Gretel que me haces sentir como una vieja.

—Tengo un hijo con un político. Es probable que pronto me case con él.

—¡Un hijo con un político! ¡Qué bien! ¿Qué edad tiene el niño?

—Cuatro años cumplidos. Se llama como tu marido. Me gusta ese nombre.

—¡Se llama Arturo!

Arturo sudaba como un condenado al mirarlas platicar en el pasillo de la arena. En su cabeza no significaban nada las lecciones gratuitas de box que le daban Manuel y Kent. Arturo temía lo peor. Varias veces le había dicho Juliana: «algún día dejaré de ser tu tonta y le gritaré a tus dos viejas que yo también soy una de tus amantes, pero que yo soy la mejor y la más bella de todas». Arturo siempre sonreía por la ocurrencia, pero ahora el destino le había jugado una broma y parecía que en verdad eso podría ocurrir.

—Así es, Gretel. Se llama como tu marido porque es su hijo. Arturo Murrieta y yo tuvimos un amorío en diciembre del catorce. Cuando Villa y Zapata estaban en México y tú vivías muy relajada en Nueva York, descuidando a tu cónyuge.

La cara de Gretel tomó un gesto incrédulo. Arturo temió lo peor al ver este rostro que ya conocía.

—Esto es una broma, ¿verdad?

—No, no lo es, Gretel —Juliana hizo una señal a Arturo—. ¿Puedes venir un segundo por favor?

Los expertos en pugilismo odiaron ser interrumpidos. Kent estaba seguro de conocer al futuro campeón blanco de peso completo; Manuel, creía que Johnson aún tenía para cinco años más de buen box. Lucy y Arturo esperaban formados para que Johnson les firmara un autógrafo.

—¿Es cierto que tienes un hijo con esta mujer?

Arturo casi se desmaya de la impresión al escuchar a la acusadora Gretel. Él ya se lo había dicho y eso casi le costó la cabeza, pero tener a ambas mujeres frente a frente rebasaba toda la realidad.

—Déjame explicarte, cariño... es que...

—*Son of a bitch!* «¡Hijo de puta!». ¿Cómo pudiste meterte con esta ramera y hacerle un hijo?

La discusión de box se suspendió. Kent se olvidó de «la gran esperanza blanca». Manuel temió que algo malo ocurría. Los muchachos, junto con Johnson, quien ya tenía la pluma en la mano con el póster, voltearon sorprendidos al ver a su madre y a la amable Juliana jalarse del cabello y rodar por el suelo. Arturo intentó lo que ni el mismo *referee* de la pelea de Johnson hubiera podido lograr: separarlas. La gente hizo un círculo alrededor de las dos feroces y bellas contendientes que no se soltaban. Los elegantes sombreros y las bolsas de mano quedaron en el suelo. Gretel logró zafarse para darle dos sonoras cachetadas a Juliana, que rápidamente, se la quitó de encima metiendo su pierna entre ella y la feroz holandesa. Juliana logró soltarle un zarpazo que marcó tres líneas en la mejilla nacarada de la bella Gretel quien, fuera de sí, tomó del suelo su bolso, tomó la pistola que siempre cargaba, en un país tan violento como México, donde había que cuidarse de todo mundo. Antes de que lograra empuñar el arma, John Kent logró desarmarla, mientras Jack Johnson sujetaba a la jadeante Juliana.

—*Enough!* «¡Basta!». Aquí el único que pelea y se lleva la palmas soy yo —gritó El Gigante de Galveston.

El público que aún quedaba en la arena de la Condesa, gritaba feliz por el *show* extra que habían dado las celosas mujeres de Murrieta.

La exhibición aérea daría lugar en la Playa Norte de Veracruz. Esta playa era una un promontorio gigante de dunas de gruesa arena, que por momentos parecía una maqueta del desierto del Sahara.

Lucero Santana y su hijo Regino habían sido de los primeros en llegar al importante evento. Un par de horas después, el lugar estaba lleno de gente importante y curiosa, que se dio cita para ver el singular evento.

Manuel Talamantes volaría un avión biplano para competir con lo mejor del momento en esa mañana del 3 noviembre de 1919.

—Es un gusto conocerla, señora Murrieta.

—El gusto es mío, Manuel. Mira que encontrarme con uno de los hermanos que le salvaron la vida a Arturo en ese duelo de 1905.

—El mundo es pequeño, señora. El año pasado Obregón nos apoyo para fundar la Flotilla de Exhibiciones. Hemos hecho varios vuelos en Balbuena, Toluca y Puebla. Ahora nos toca aquí en Veracruz, y qué gusto que usted esté aquí para verlo.

—Gracias, Manuel. ¡Qué agradable!

El primer vuelo fue espectacular y aplaudido por toda la concurrencia. El pequeño biplano ganó gran altura para luego bajar volando vertiginosamente cerca de la playa, asombrando a los espectadores. El segundo vuelo le tocaría a Amado Paniagua, un muchacho de veintiún años, bajito de estatura, con una perenne y contagiosa sonrisa. Su cabeza estaba protegida por una gorra de zorro, adaptada a las necesidades de Amado. En esa época no existía todavía ningún equipo especial para pilotos y la indumentaria era variada. Lo más diferente era la diversidad de gorras y *goggles*.

El motor de seis cilindros alcanzó su máximo nivel de funcionamiento en su calentamiento previo al despegue.

La hélice Anáhuac giraba vertiginosa, amenazando con levantar remolinos de arena alrededor de los espectadores, lista para cumplir su cometido. Todo iba bien, mientras las alas del biplano 28-A-43 eran sostenidas por Manuel Talamantes y otro colega para mantener en equilibrio a la nave antes del despegue. Amado, satisfecho con el rugir del motor, verificó su tacómetro e hizo una señal de que lo soltaran para que el biplano ganara terreno en la playa y lograra su despegue. El biplano ganó altura ante aplausos y gritos de los espectadores.

—Me gustaría ser piloto, mamá —dijo Regino emocionado, haciéndose sombra en los ojos con la palma de su mano, mientras veía a Paniagua tomar altura.

Regino tenía trece años y era alto y espigado. Había heredado el físico de su padre, Arturo Murrieta.

—Podemos hablar con tu padre, hijo. Estoy seguro que le gustará la idea.

Manuel se acercó a Regino para explicarle un poco sobre el vuelo que haría el piloto Amado Paniagua.

—En unos minutos verás al teniente Amado realizar la vuelta Immelmann[65]. Él fue el primer mexicano en hacerla.

—¿Qué es una vuelta Immelmann? —preguntó Lucero curiosa.

—Es volar el avión de cabeza haciendo un rizo y luego voltearlo para quedar de frente. El piloto alemán Max Franz Immelmann, conocido como el Halcón de Flandes, la inventó para atacar a los aliados en la Guerra Mundial. Antes de que tiraran su avión los aliados, puso en tierra dieciséis aviones[66] enemigos.

---

65 Giro que hace el avión al bajar con gran velocidad para después subir de frente, haciendo un giro de cabeza para voltear el avión y volver a su posición normal. Paniagua fue el primer mexicano en hacerlo el 26 de agosto de 1918.

66 Investigaciones posteriores confirmaron que Immelmann cayó por haber destrozado la hélice de su avión con su propia ametralladora ya que

—¡Qué piloto tan valiente! —comentó Regino sin perder detalle del avión.

Manuel, al explicarles sobre Paniagua, admiraba en secreto la belleza de la señora Santana.

«Es bellísima. Tiene los ojos más hermosos que he visto. Me recuerdan los de Carmen Mondragón cuando la conocí en la exhibición de Miguel Lebrija», pensó mientras veían a Paniagua ganar velocidad para hacer la famosa vuelta Immelmann, la máxima atracción del día.

El biplano voló a su máxima velocidad en ligera picada, ascendió intempestivamente de frente y, al intentar girar el avión para quedar en la vertical, el biplano entró en una mortal barrena, cayendo desde una gran altura en giros de tornillo hasta impactarse sobre la arena de la playa.

—¡Oh, Dios! —gritó Lucero.

Los colegas corrieron hacia el sitio del impacto, esperando encontrar todavía con vida a Paniagua. Al llegar, encontraron al valiente teniente destrozado por el impacto. Las llantas del avión, debido al duro golpe, estaban aplanadas, a un lado de la trompa del avión. Las alas se habían quebrado y perdido. El fuselaje se había encogido como sándwich por la magnitud del encontronazo con la arena de la playa, aprisionando a Paniagua entre sus paredes como en un ataúd.

—¿Está bien? —preguntó Lucero angustiada.

—¡Ha muerto! gritó entre sollozos el piloto José Rivera.

Un silencio sepulcral invadió el lugar. Paniagua quedaría registrado en la historia de México como la primera víctima de un accidente de aviación.

ésta se había desfasado durante los disparos. Cada tiro debía pasar entre las aspas de la hélice al girar.

16

Carranza escoge a alguien para sucederlo

Carranza regresó a Querétaro a fines de octubre de 1919, de un largo viaje por los estados del norte de la República. Durante su recorrido por su estado natal Coahuila, fue acompañado por el embajador de los Estados Unidos, el ingeniero Ignacio Bonillas.

Mientras daban un paseo a caballo por la sierra coahuilense, el ingeniero fue informado directamente por el Barón de Cuatro Ciénegas que él sería el siguiente presidente de México.

El ingeniero, sudando como un condenado con los abrazadores calores de la sierra, respondió que él no se sentía preparado para tan importante puesto. Que sólo gente del rango y nivel intelectual como el del Barón podían con puestos tan demandantes de talento.

—Usted no se preocupe, ingeniero. Yo estaré detrás de usted aconsejándole lo mejor para el beneficio de los mexicanos. Juntos haremos de este México un país grande.

El ingeniero Bonillas, sintiéndose totalmente confiado del triunfo al lado del Barón de Cuatro Ciénegas, cabalgó orgulloso, pensando a quién escogería para formar su gabinete.

—Pues así sí le entro, señor presidente. Juntos lo haremos muy bien.

—Tiene que estar preparado, don Nacho. El manco no va a dejar que le quiten el juguete de la única mano que tiene, sin tirar mordidas.

—¿Qué sugiere que hagamos, señor presidente?

Los dos jinetes, seguidos por una escolta a prudente distancia, se detuvieron junto a un solitario árbol en un paraje de la sierra. Frente a ellos, dando tumbos, pasó una raíz seca de matorral llevada por el salvaje viento del paraje.

—Usted preocúpese por ganarse a los votantes, don Nacho. De Obregón me encargo yo. Le aseguro que voy a encontrar algo por lo que ni siquiera contendrá contra usted.

Don Nacho sonrió confiado del apoyo y fuerza de su padrino. «Qué bueno es estar con Carranza», pensó.

La muerte de doña Virginia Salinas de Carranza, el 9 de noviembre de 1919 en Querétaro, no tomó por sorpresa a nadie. Su entusiasmo y quebrantada salud se fueron deteriorando, poco a poco, como un cirio al viento, ante la atenta observación de dos mujeres interesadas en su inminente partida: doña Ernestina Hernández, eterna amante del Barón quien había engendrado cuatro hijos, y Silvia Villalobos, más joven, acaudalada y bella que su aguerrida contrincante.

Uno a uno, los familiares y amigos del matrimonio Carranza Salinas dieron el sentido pésame al anímicamente destrozado Barón de Cuatro Ciénegas. Detrás de sus gafas oscuras de soldador, se escondía una mirada de desconcierto y zozobra al no saber con quién de las dos mujeres reanudaría su candente vida conyugal.

Al día siguiente, a las tres de la tarde en el Panteón de la Cruz, en una fosa justo al lado de la corregidora Josefa

Ortiz de Domínguez, sería inhumada la que por 37 años compartió la vida con don Venustiano Carranza.

Entre el grupo de dolientes, surgió Silvia Villalobos para externar abiertamente su pésame al señor presidente de la República. Para su buena fortuna, su discreción la salvaba de miradas indiscretas que nada sabían de su candente relación con don Venustiano. En el caso de doña Ernestina era impensable que se presentara al sepelio por miedo a ser repudiada por las dos hijas de doña Virginia.

—Mi más sentido pésame, Venus. Aunque la verdad no me caía nada bien la viejita, tampoco puedo hablar mal de ella en un día tan triste para ti.

El Barón la abrazó para recibir el pésame, entendiendo lo directa que a veces era Silvia.

—Gracias por venir, Silvia. De una u otra manera Virginia fue mi compañera durante 37 años. Es justo darle una buena despedida.

—Estoy de acuerdo, Venus. Pero en una semana te quiero caliente como siempre y cuidado te acerques a Ernestina porque entonces te armo un relajo con tus hijas, que ni te imaginas.

—Eres injusta, Silvia. Con Ernestina tengo cuatro hijos. Aunque ahora ya no tengo nada con ella, no puedo dejar de verla porque es la madre de mis hijos.

—No es nada más verla, Venus. Tú sabes bien a lo que me refiero. No te hagas pendejo, ¿sí?

Virginia, la hija de don Venustiano, miró con ojos suspicaces a Silvia.

—Te dejo, Venus. Nos vemos en una semana. Ya me voy porque tu hija Virginia me está arrojando puñales con sus ojos de mojigata. ¿Para cuándo tendrás esos papeles de las haciendas de Morelos que te encargué?

—Para la otra semana, Silvia. Las haciendas que tanto

has añorado ya están a tu nombre. Gracias de nuevo por haber venido.

Silvia sonrió y abandonó el lugar ante la mirada flamígera de Virginia, quien al decir una majadería en voz baja fue reprendida por su marido, Cándido Aguilar.

La energía de Álvaro Obregón era incontenible. Acompañado de su equipo de campaña visitaba pueblos y ciudades importantes, daba conferencias, publicaba declaraciones contra el gobierno de Carranza, recibía amablemente a los periodistas, líderes obreros y campesinos. Sin importarle los riesgos, se metía en cualquier mercado o colonia para saludar a la gente, compartiendo tacos y tepache, escuchando a los ciudadanos exponer sus problemas. Su carisma era arrebatador y admirable.

Carranza, aconsejado por su gabinete, movió la reina en el ajedrez de las estrategias, quitándole su envestidura militar. En la calle, Obregón, como candidato a la presidencia, sería un ciudadano más y no un general con poder sobre las tropas.

—Como ciudadano común y corriente, ya no tendrá poder para poner a los militares contra usted, señor presidente —comentó Murrieta, satisfecho por la estrategia sugerida.

El Barón de Cuatro Ciénegas, sentado en su silla presidencial, se acomodó las gafas para leer el encabezado.

—Excelente, Arturo. Ese manco no me va a ganar la partida. Si con esto no se aplaca ya idearemos otra estratagema para acabarlo. A lo mejor hasta el otro brazo le mochamos, ¿por qué no?

—¿Cómo va la campaña de Nacho? —preguntó Murrieta.

—Opaca, Arturo. Nacho no levanta gente como el manco. Lo entiendo, Obregón es el general invicto de la

Revolución, y Nacho, ni siquiera su esposa sabe que haya hecho algo.

—Si siguen así las cosas, don Venus, en las urnas nos van a apabullar.

Carranza lo miró con ojos flamígeros. No le gustaba que le mencionaran la posibilidad de perder.

—Si es preciso cambiaremos las urnas o no sé qué haremos Arturo, pero Obregón no gana las elecciones. Te lo juro.

—¡Hijo de la chingada! —gritó Obregón al enterarse por escrito en una carta del Senado que le informaba que ya no tenía su envestidura militar.

—Ese anciano me acaba de hacer un ciudadano como a cualquiera que te encuentres en la calle.

—Al contrario, general, el Senado acaba de ponerle otra estrella más a su campaña. Ahora usted se podrá presentar a cualquier lugar como un ciudadano común y corriente, sin tener que rendir cuentas al ejército —comentó Fernando Talamantes al leer su carta.

Talamantes detuvo su auto frente a una cantina de barrio cerca de los cuarteles militares. Obregón descendió del auto y caminó rumbo al horrendo lupanar sin dar crédito a lo que Fernando planeaba.

—¿Estás loco, Fernando? Aquí me van a acuchillar nada más por entrar.

—No, mi general. Este lugar lo visita el jefe de la escolta presidencial de Carranza. Ahora sabremos si está con usted o con Carranza.

Al entrar Obregón al pintoresco lugar, fue inmediatamente reconocido por el jefe de escoltas, y él y sus compañeros se volcaron sobre el sonorense para aclamarlo como el próximo presidente de México.

El invicto general sonrío para sí mismo, satisfecho de la audacia y astucia de Fernando Talamantes. Ahora sabía que la guardia del presidente Carranza no le era hostil, muy al contrario, lo aclamaban como a un héroe nacional.

Gretel Van Mess, indignada por la traición de Arturo Murrieta, decidió irse un tiempo a casa de sus padres en Nueva York. Lucy y Arturo se quedarían por unos meses con su papá en la casa de la ciudad de México. El tiempo era una poderoso bálsamo que curaba todo y en este caso la separación haría su parte para poner las cosas en su lugar.

Arturo y sus hijos se encontraban en los mejores lugares para ver la última actuación del gran Enrico Caruso en el Toreo de la Condesa, aquella tarde del 3 de noviembre de 1919.

Arturo, con un nudo en la garganta por no estar junto a Gretel, recordaba aquella tarde de abril de 1906 en San Francisco, cuando juntos visitaron a Enrico Caruso en el Hotel Palace para verlo cantar «Carmen» junto con los músicos de la Ópera Metropolitana. Después del pavoroso terremoto de aquella noche, volvieron a convivir con el tenor en la remoción de escombros y búsqueda de sobrevivientes. Ese día fue cuando Arturo conoció a su hija Lucy, y ese año Gretel se embarazó de Arturito.

Los minutos se fueron rápido, arrancando alaridos al público compuesto por veinticinco mil personas, durante los actos terceros de «Elixir de Amor» y «Martha». Al estar cantando el acto primero de «Los payasos», comenzó un fuerte aguacero que hizo pensar al público que se suspendería la actuación. Caruso, como si no existiera la lluvia, siguió cantando estoico mientras el agua escurría por su rostro corriendo la pintura de sus ojos. De acuerdo con el público congregado. Ese fue el día en el que Caruso cantó mejor que nunca en sus diferentes representaciones en la ciudad de México.

Después de la apoteósica actuación, Arturo se presentó en el camerino de Caruso para saludarlo.

—¡Enrico! Sé que ha pasado el tiempo y quizá no me reconozcas, Soy Arturo Murrieta. Nos conocimos en el terremoto de San Francisco.

Caruso se paró frente a Murrieta, sonriendo al escuchar la palabra San Francisco. Con sus fuertes brazos saludó a Arturo.

—¿Cómo no voy a acordarme, Arturo? ¡Qué gusto volver a verte! ¿Dónde está tu esposa, Gretel?

Arturo tomó asiento en el elegante camerino. Aceptando un cigarro del tenor, lo encendió, tragó el humo que parecía ya no regresar, para de pronto sacarlo por boca y nariz con un gesto de nostalgia.

—Creo que la he perdido, Enrico.

—¿Está desparecida?

—Físicamente no, pero mi relación con ella sí. Tengo amores con dos mujeres más, Enrico. Gretel, tolerante hasta más no poder, se hizo de la vista gorda con Lucero, con quien tuve un hijo cuando nos vimos en San Francisco. Este año descubrió que tengo un hijo con otra mujer y simplemente me mandó al diablo. Me dejó a los niños y empacó para irse a casa de sus padres en Nueva York. La he perdido y me lo merezco.

Caruso lo miró con ojos comprensivos. Pasándose un algodón en los ojos para remover el maquillaje, comentó:

—Cuando una mujer regresa a la casa de los padres es recuperable, Arturo. Cuando huye a los brazos de otro hombre, entonces no hay remedio. Búscala y recupera su amor. Esa mujer es una joya que no puedes permitir que otro hombre te la quite. Corre a Nueva York y recupera su amor. Con un poquito de suerte quizá nos vemos allá para presentarte a mi esposa y convivir en parejas.

Caruso tosió varias veces, llevándose la mano al pecho.

—¿Te sientes bien, Enrico?

Caruso lo miró más tranquilo al terminar la crisis de tos. Tomó agua fresca de un vaso que descansaba sobre una mesita para contestarle:

—He tenido dolores de garganta y molestias en el pecho. Nada que me pueda frenar, Arturo.

—Gracias por el consejo, Enrico. Tomaré en cuenta tu sabia experiencia.

Horas después, Caruso, junto con su grupo de cantantes, se reunieron con Arturo y los niños para su cena de despedida de México.

En su viaje de regreso a Nueva York, Gretel fue alcanzada por el astuto John Kent en El Paso Texas.

Furiosa con Arturo por haber tenido otro hijo con una nueva mujer, decidió mandarlo al diablo y avivar el fuego de su relación con el representante americano de Wilson en México.

—Siempre he sabido que Murrieta es un cabrón de primera. Le aguanté su relación con Lucero por el hijo que tienen juntos y porque, de una u otra manera, ella llegó primero a su vida —comentó Gretel, mientras se ponía las medias de seda después de su ardiente encuentro con el espía norteamericano.

—¿Y por qué te enojaste tanto, Gretel?

—Que él tenga un hijo con otra es un ancla de por vida con esa nueva mujer. Implica que se pueda ir con ella para siempre y todo se termine entre nosotros. Si me hago de la vista gorda, aceptaría tácitamente que Arturo vea a esa mujerzuela y que yo acepte al niño brincando en mis muebles, comiéndose mis bombones y llegar al extremo de renirnos en una cena navideña.

—El niño no tiene la culpa —exclamó Kent, fumando su cigarrillo, acostado sobre la cama, mientras cruzaba una pierna y miraba a Gretel en el espejo del cuarto del hotel.

—Es cierto. El chiquillo no tiene la culpa, pero no por eso me voy a convertir en la hazmerreír de Arturo, cortando mi libertad y aceptando a otro niño en mi casa.

—El niño no tiene que estar en tu casa, Gretel. Esa mujer lo puede cuidar en su propia casa.

—Exacto. En otra casa pagada por el idiota de Arturo.

—¿Prefieres que Arturo lo cuide viviendo en esa supuesta casa?

—La verdad lo veo tan poco que no sé si me importa.

Gretel tomó su maleta que estaba sobre una mesa en el cuarto y colocó sus últimas pertenencias para cerrarla.

—¿A qué hora sale tu tren para Washington?

—En media hora. Espero que me alcances pronto en Nueva York.

—Lo haré, Gretel, sólo déjame arreglar unos pendientes en México y te alcanzo.

Los dos se despidieron en la estación del tren con un ferviente beso. Kent vio partir el tren y se encaminó de nuevo a su hotel. Al pasar por un puesto de periódicos, compró el diario donde se hablaba de la agresiva campaña de Obregón para llegar al poder en México. Al dar la vuelta por una solitaria esquina, fue recibido con un violento batazo por un chino. Al instante llegaron cuatro tipos más a ayudar a Wong Li a subir al inconsciente Kent en un automóvil y llevarlo a una bodega rentada por Justo García en El Paso, Texas. La venganza de Justo había iniciado y la primera víctima sería el eficiente espía norteamericano.

El embajador de México Fletcher recibió una sorpresiva

llamada en su oficina mientras revisaba unos papeles del presidente Wilson.

—Sí, bueno, ¿quién habla?

La voz del otro lado del auricular tardó en decir algo. Sólo se escuchaba el respirar de una persona.

—Si quieren que John Kent vivo, tienen que dejar libre a Frank Faber en Florida. Si no lo hacen en un plazo de tres días, encontrarán a su estúpido espía flotando en una bolsa en el río.

—¿Quién habla? ¿Qué broma es ésta?

—No es ninguna broma, viejo imbécil.

Eustaquio, el hombre de confianza de Justo García, acercó el teléfono al oído de Kent, quien estaba perfectamente amarrado a una silla con los ojos vendados. En inglés le comunicó brevemente su situación al embajador mexicano.

—Fletcher, soy Kent. Me sorprendieron y me tienen prisionero. Mi vida está en sus manos. No sé quiénes son, pero creo reconocer... —Kent fue golpeado para que no hablara más.

—¡Es suficiente!

Eustaquio le cubrió la cara con un costal para que no hablara de más, después lo metió de nuevo en una celda.

Justo García colgó el teléfono. Ya haría más llamadas con el embajador en las siguientes horas.

Justo habló de nuevo con el embajador dándole instrucciones sobre la liberación de Frank Faber en Florida sin hacer ningún escándalo. La propuesta era sencilla: Faber por Kent. Aquí no había dinero de por medio ni tenía por qué intervenir la policía de Carranza o la americana.

Abrumado por la noticia, Fletcher se colapsó sobre el sillón de su oficina, pensando qué debía hacer para salir bien de esta engorrosa situación.

En el frío cuartucho donde mantenían encerrado al corpulento Kent, las horas pasaban lentas y desesperantes.

—Así que andas de cabrón con la esposa europea de Murrieta, gringo coscolino —dijo Eustaquio Estrada, parado frente a Kent, amarrado con la cabeza cubierta con una bolsa de tela negra.

Kent se quedó helado al escuchar esas palabras. Quizá esta fuera una venganza del mismo Arturo al haberlos sorprendidos en el hotel del Paso.

—No te culpo, cabrón. Esa güera está muy bien y yo también andaría tras ella si tuviera chance. ¿A quién le dan pan que llore?

—¿Por qué me secuestraron? —la voz de Kent sonó firme y serena.

—No te puedo decir nada, cabrón. Sólo te puedo anticipar que si en tres días no nos dan lo que queremos, te mandaremos en cachitos rumbo a México.

—Tu voz tiene el acento de la capital. Tú no eres de aquí ni de la frontera.

—Todos somos de la Tierra, míster John Kent... de Gretel van Mess.

John Kent apretó los puños furioso ante la impotencia de estar sometido por unos profesionales.

—Arturo no me secuestraría para preguntarme por qué me enredé con su mujer. Él simplemente me retaría a duelo o me metería un tiro al salir de cualquier hotel. Esto es obra de otra inteligencia y no precisamente la tuya.

—Piensa lo que quieras, gringo presumido. Serás muy chingón como espía, pero aquí te tengo amarrado en una silla, en tu propio país y si quiero te mato en el momento que yo lo decida. ¿Quién resultó ser más chingón, tú gringuito o nosotros *made in Mexico*?

—¡Váyanse a la mierda!

Eustaquio sonrió satisfecho de saber que tenía ganada la partida.

El embajador Fletcher recibió la respuesta del presidente Woodrow Wilson el mismo día que recibió el sobre manila en la oficina de México. El telegrama indicaba que Frank Faber sería liberado al día siguiente de la cárcel de Florida. El alemán no sería perseguido y podría ingresar libremente a México como cualquier ciudadano común y corriente. El gobierno mexicano estaría al margen en este asunto internacional y Estados Unidos no guardaría represalias.

Fletcher sonrió satisfecho por el buen arreglo en las negociaciones. En el momento en el que Faber se pusiera en comunicación con los secuestradores, Kent sería liberado.

Kent fue dormido con un trapo con cloroformo. Sus ataduras fueron aflojadas para que al volver en sí, pudiera desatarse él mismo. Horas después Kent, por su propio pie, abandonó la bodega en la zona ferroviaria de El Paso. Una carta breve le advertía que no indagara ni buscara nada, y todo quedaría en el olvido.

Días después, Isaura abrazaba emocionada a Frank Faber en su casa de Veracruz. El maltrecho alemán necesitaría de un buen descanso y de buenas comidas para recuperar el físico que Isaura recordaba.

Con ojos lacrimosos Frank abrazó a su hijo de cuatro años que le exigía ir a ver los barcos en el muelle. Isaura y Frank esperarían la oportunidad de ver pronto a Justo García para darle las gracias por el favor recibido al liberar a Faber sano y salvo. Estaba probado que la amistad era una fuerza poderosa que podía hacer milagros.

Carranza reprendió al albañil que había dejado restos de mezcla en la entrada de su fastuosa residencia de la calle de Río Lerma número 35.

—¿Cómo es posible que hagan estas porquerías? —le gritó al humilde hombre que no salía del asombro de ser regañado directamente por el presidente de México.

—Yo me encargo de esto, señor presidente. Es sólo mi culpa y de nadie más —intervino el famoso arquitecto italiano Manuel Stampa, contratado con un sueldo exorbitante para rediseñar la casa del Barón de Cuatro Ciénegas con pisos de parquet francés, mármoles de Carrara, y acondicionarla con finísimos muebles europeos.

—Muy bien, arquitecto. Necesito que se apure porque ya me urge habitarla.

—Terminaré mi trabajo una semana antes de lo acordado, señor presidente.

—Me gusta esa respuesta, arquitecto.

En la puerta de la casa apareció Silvia Villalobos quien, por promesa de don Venus sería quien habitaría esta fastuosa vivienda después del lamentable deceso de la primera dama, doña Virginia Salinas.

—Es hermosa, Venus. Tienes muy buen gusto.

—Gracias, mi amor. Sabía que te iba a encantar.

—¿Para cuándo crees que esté lista?

—En una semana, a lo mucho.

Aprovechando que estaban a solas en uno de los cuartos, Silvia puso el seguro a la puerta y empezó a acariciar las partes nobles del Barón, sobre su acostumbrado pantalón caqui. Nervioso, pero emocionado por la travesura de Silvia, la obligó a continuar y terminar tan placentero trabajo. En cuestión de minutos, por el explosivo placer alcanzado, el regidor de todos los mexicanos miró desde los cielos su adorada patria para descender poco a poco, flotando como una pluma que cae lentamente al suelo.

—Gracias, Silvita. ¿Qué haría sin ti?

—De nada, Venusito. Ya me urge ver esta casa con mi nombre plasmado en las escrituras.

—Así será, mi amor. Eso es un hecho.

La campaña de Obregón avanzaba inconteniblemente. El gobierno legal y de principios que aparentaba encabezar Carranza empezaba a mostrar grietas en las columnas que lo sostenían. El lanzamiento de campaña de Ignacio Bonillas había sido como una abierta declaración de guerra para los generales Pablo González y Álvaro Obregón. Estaba claro que el Barón de Cuatro Ciénegas no pararía hasta poner en Palacio Nacional a su simpática marioneta calva.

Carranza, ciego y obstinado, no dimensionaba el poder que representaban los jóvenes sonorenses comandados por Álvaro Obregón. Cualquier estupidez de su parte haría que se echara encima esa canasta de venenosos escorpiones del desierto sonorense.

El primer error lo cometería en abril de 1920. Obregón fue citado a declarar en el juicio que se le hizo a un militar felicista llamado Roberto Cejudo, a quien supuestamente se le encontró correspondencia de Obregón con instrucciones para iniciar un levantamiento contra el gobierno. Obregón llegó a la ciudad de México para presentarse a declarar. Lo acompañaron a la cita Fernando Talamantes, el general Francisco Serrano y los licenciados Miguel Alessio Robles y Rafael Zubarán Capmany.

Obregón desconoció los cargos que se le imputaron y no reconoció las cartas que lo involucraban. Fue citado de nuevo el día 13 de abril y en esta comparecencia estarían presentes los generales Pablo González y el yerno, cómplice del presidente, Cándido Aguilar, como jefe de la campaña civilista y testigo de la conjura en el estado de Veracruz. El objetivo de Carranza era arrestar a los dos candidatos a la presidencia el mismo día, y así dejar el camino sin piedras al anodino ingeniero Bonillas.

Obregón, como fiera salvaje, olió oportunamente el peligro y huyó ese mismo día de la capital. Alrededor de las diez de la noche Obregón abandonó la casa de Miguel Alessio Robles en la calle de Colima número 18 en la colonia Roma. Dentro de su vehículo, le prestó su sombrero a Fernando Talamantes, quien iba agachado dentro del carro en el asiento trasero y en una brusca vuelta en una esquina en la Plaza de Orizaba, Obregón aprovechó para saltar del vehículo y esconderse entre unas macetas. Talamantes, con el sombrero puesto, despistó por unos valiosísimos minutos a los enemigos, este tiempo sirvió al caudillo para esconderse en la central de trenes buscando subirse al primero que pudiera para huir de sus perseguidores.

Auxiliado por un humilde maquinista de la calle de Magnolia, llamado Margarito Ramírez, Obregón escapó disfrazado de garrotero en el convoy número 10 con dirección a Iguala, Guerrero.

—Póngase esta capa negra, general, para que nadie se dé cuenta de que está incompleto y le falta un brazo —le dijo Margarito sonriente, preparando la fuga de la estación.

—Cuando me lo empine verá que no estoy incompleto, don Márgaro.

Los dos soltaron una carcajada por la puntada del sonorense.

—¿Y si tengo que saludar de mano a alguien, don Márgaro, qué hago? —preguntó el caudillo, chocarrero como siempre.

—Lo saluda con los labios nomás, mi general, si no me lo trepan al carro de la policía carrancista.

—O no lo saludo, aunque digan: ¿y ese gordo majadero qué se cree, el presidente de México?

Obregón, vestido con bombín, cara maquillada, botas mineras, pantalón de mezclilla tipo obrero, con un saco arrugado, ingresó en un carro con una linterna en su mano izquierda sin levantar la más mínima sospecha. El caudillo sonorense fue escondido dentro del carro del tren express, en un rincón donde apenas cabía, rodeado de pollos y borregos.

Horas después, Obregón llegó a Iguala donde fue recibido por obregonistas que le declararon fidelidad total.

Obregón partió de Iguala rumbo a Chilpancingo y en Mezcala, a la altura de El Túnel, fue interceptado por el jefe de Operaciones Militares, Fortunato Maycotte, su lugarteniente en las feroces batallas de Guanajuato.

Fortunato, con mirada de enterrador, mostró el telegrama del gobierno en el que se ordenó la inmediata aprehensión de Obregón, donde se le encontrara.

Obregón, con mirada de resignación, leyó el cable y valiente miró a los ojos su ex lugarteniente para decirle:

—Entiendo mi situación, señor Maycotte. Soy su prisionero.

Maycotte se acercó al hombre que admiraba por sus grandes logros militares para espetarle con energía:

—No. Usted es ni más ni menos que mi comandante, el invicto general Álvaro Obregón.

¿Dígame que sigue de aquí? Estoy a sus órdenes, mi general.

Obregón y Maycotte se abrazaron como grandes amigos ante los aplausos de sus compañeros. Había nacido la primera célula del Plan de Agua Prieta, que pondría al mes siguiente a Carranza en un ataúd y a Adolfo de la Huerta en la presidencia.

De ahí partieron rumbo a Chilpancingo para llegar a la

capital de Guerrero el 17 de abril de 1920, donde Obregón sería recibido como un héroe nacional. La guerra contra Carranza estaba declarada y el caudillo se prepararía para hacer alianzas y derrotarlo hasta ganar, en breve, la presidencia de la República.

El 20 de abril en Chilpancingo, Guerrero, Obregón lanzó un manifiesto en el que acusó a Carranza de imponer a Ignacio Bonillas como candidato a la presidencia y de financiar su campaña con el gasto público. Reiteró su apoyo al gobernador de Sonora, don Adolfo de la Huerta, quien con dignidad y civismo representaba los derechos del pueblo.

Obregón, en abierta campaña contra Carranza, avanzó de Chilpancingo a Iguala y Cuernavaca. En el camino se le unieron muchos amigos y partidarios, así como las tropas del general Francisco Cosío Robelo, jefe de operaciones de Morelos.

Si Obregón no había sido derrotado por Pascual Orozco, Victoriano Huerta, Francisco Villa, Emiliano Zapata ni una granada en Santa Ana, ¿qué le podía preocupar un Carranza trastornado y senil?

John Kent, con una nueva perspectiva y un nuevo enfoque de la vida después de haber sido liberado por los secuestradores, se dirigió al encuentro de Gretel en Nueva York.

Durante todo el trayecto del tren, Kent hizo un análisis de su vida y de lo que quería de ella. Gretel era el amor de su vida y lucharía contra todo por casarse con ella. La hermosa holandesa no estaba unida legalmente con Arturo Murrieta. La situación de su rival era preocupante y delicada al tener a Lucero y a Juliana en México y no estar casado con ninguna de ellas. Gretel era legalmente soltera y él aprovecharía esa oportunidad para casarse con ella en los Estados Unidos. Él no tendría otras mujeres como Arturo, sólo a Gretel, suficiente mujer como para no pensar en otras más. Él no caería en los errores de Arturo Murrieta. Gretel sería legalmente suya, con papeles en mano, como una propiedad inmueble, y cuando Murrieta la peleara, sería demasiado tarde.

Arturo Murrieta, junto con sus hijos, llegó a Nueva York para dar alcance a Gretel. Le urgía verla y obtener su perdón.

Gretel había estado una semana completa a solas con John Kent en Nueva York. Su amor había madurado y tomado más fuerza que nunca.

Arturo y Gretel caminaban por Central Park como dos personas civilizadas. Gretel había escogido este paseo para platicar con más libertad, mientras los hijos esperaban en casa.

—Necesito otra oportunidad, Gretel. Te necesito a mi lado, como mi esposa, como la madre de mis hijos.

Gretel lo miró seria. Sus azules ojos se clavaron inquisidores en Arturo.

—Tu vida es muy complicada, Arturo. Tienes dos mujeres más e hijos con ellas. Yo no soy plato de segunda o tercera mesa. No tengo por qué competir o compartirte con otros amores. No quiero hacerlo. Estaba a punto de dejarte por tu insoportable situación con Lucero. Imagínate lo que siento después de haber tenido un hijo con la hermana de los Talamantes. Eso fue la gota que derramó el vaso, la paja que rompió el lomo del camello.

—Tú me amas, Gretel. Acuérdate de todo lo que hemos vivido juntos. Tenemos dos hermosos hijos y una casa en México.

—Sí, te amo, Arturo. No lo niego. Pero hay algo que necesitas saber.

—¿Qué, Gretel? ¿Qué me tienes que decir?

—Estoy enamorada de otro hombre. Él es libre y soltero.

Lo amo más que a ti y además tengo derecho a probar una vida con él.

Arturo se sintió como sacudido por una descarga eléctrica. Todo hubiera esperado menos una confesión de esta magnitud. Un ciclista casi choca con él por haberse quedado petrificado como un árbol atravesado en el andador.

—No lo acepto, Gretel. Yo me encargaré de que lo olvides. Sé que eso ocurrió por haberte descuidado, pero empezaremos de nuevo y todo será diferente.

—No entiendes nada, Arturo. No sólo lo amo, también estoy esperando un hijo de él.

Arturo perdió el color. Acababa de ser inoculado con su mismo veneno, el cual pensaba que era inofensivo. Gretel Van Mess le había hecho lo que él acostumbraba hacer a las otras. Su carácter de macho había sido estocado de muerte por alguien que le pagaba con la misma moneda. El cazador había sido cazado. Arturo Murrieta agonizaba sintiendo los estertores de su mismo veneno.

—Sí, Arturo. Espero un hijo de John Kent. Nos casaremos en mayo y viviremos con mis hijos en Nueva York y en México. Él los adora y no tiene ningún inconveniente en formar una familia con ellos. Arturito y Lucy también pueden pasar tiempo contigo y con alguna de tus mujeres en México, si así te place.

Arturo la dejó seguir sola por el andador. Se desplomó en una banca con las manos acariciando sus sienes, asimilando el dolor que había hecho sentir a las otras. Finalmente el tiempo le había pasado una factura. Era hora de pagar. Una paloma se aburrió de esperar a un hombre que no proveía de comida, mientras Gretel regresó sola a casa.

17

El Plan de Agua Prieta

F ERNANDO TALAMANTES, COMO EN 1905 CUANDO conoció a Huerta, viajó a Sonora por órdenes de Obregón para ayudar a Adolfo de la Huerta con el Plan de Agua Prieta.

El Jefe, don Venustiano Carranza, nombró a Manuel M. Diéguez (el héroe de Cananea que peleó junto con Arturo Murrieta en la famosa huelga de 1906), como jefe de operaciones en los Estados de Sonora, Sinaloa, Nayarit, Jalisco y Colima.

—El viejo se ha vuelto loco, Fernando. Mira que enviar a Diéguez a invadirnos y ponernos en orden, ¿pues que se cree ese anciano? —dijo el general Plutarco Elías Calles[67], conocido como el Turco, de carácter férreo como su amigo Obregón.

—Manuel Diéguez llega mañana para discutir este asunto con usted y con el gobernador Adolfo de la Huerta.

Calles entrecerró sus ojos en un gesto de desacuerdo. Como profesor de primaria que había sido en su juventud,

---

67 Carranza intentó comprar la lealtad de Calles nombrándolo Ministro de Industria y Comercio en mayo de 1919. Calles se aliaría tras bambalinas con Obregón para su campaña a la presidencia de 1920 y se convirtió en su futura estrella para la presidencia de 1924.

acostumbraba a dominar en sus conversaciones y a imponer su opinión.

—No hay nada que discutir con ese Diéguez, Fernando. Si Carranza insiste en movilizar tropas hacia Sonora, lo desconoceremos y lo pondremos en un barco hacia el Caribe como a Santa Anna.

—A Obregón le preocupa que sea Diéguez el que encabece este desafío, general Calles. Diéguez es amigo de todos nosotros. Estuvo con Arturo Murrieta, Esteban Baca y Juan José Ríos en la masacre de Cananea en 1906.

Plutarco Elías Calles, maquinando su respuesta, entrecerró sus ojos, formando dos líneas con su mirada, caminó hacia la mesa para servir dos vasos con fresca agua y ofreció uno a Fernando externandole:

—Desde que Obregón se lanzó a la campaña en junio del año pasado, gente como Manuel Macario Diéguez, Panchito Serrano, Aarón Sáenz, tú y yo, hemos tenido tiempo para ponernos del lado del ganador o del perdedor, aunque arriesguemos todo, hasta la vida misma. Yo era Ministro de Industria y Comercio con Carranza, un gran puesto con un buen sueldo, y lo dejé todo este mes de febrero por subirme al caballo de Obregón. Si Diéguez está con Carranza, está contra nosotros y que asuma las consecuencias.

—Cierto, mi general. Que cada quien decida su destino buscando el árbol con la sombra más fresca.

Diéguez finalmente se entrevistó con el gobernador del estado de Sonora, Adolfo de la Huerta y el general Plutarco Elías Calles. Con una idea completa de la situación en Sonora, regresó a México para explicarle a Carranza la posición antagonista de los sonorenses: «Si el Ejecutivo en cargo insiste en la movilización de tropas del Estado, usted será el único responsable de todas las consecuencias, puesto que los sonorenses están dispuestos a cumplir con su deber».

Con esta controvertida respuesta, el gobierno de Sonora se declaró en rebeldía abierta contra Carranza y se preparó para no permitir el regreso de Diéguez con sus tropas.

El gobernador de Sonora, Adolfo de la Huerta, nombró al general Plutarco Elías Calles como jefe de operaciones en Sonora y a Ángel Flores como su homólogo en Sinaloa.

El Congreso del Estado nombró a Adolfo de la Huerta como Jefe Supremo del movimiento armado y Jefe del Ejército Liberal Constitucionalista contra el gobierno de Venustiano Carranza.

Toda la inconformidad del movimiento sonorense tuvo que ser puesta por escrito en un manifiesto con bases claras para que todo el país entendiera las razones del levantamiento.

Esta asonada, por haberse llevado a cabo en la ciudad sonorense de Agua Prieta, el documento adoptó su nombre y fue firmado por los altos jefes del Ejército y funcionarios del Estado de Sonora, después de que el ingeniero Luis L. León le diera lectura completa.

Todos los congregados se abrazaron emotivamente. Sabían las consecuencias que traería al país el lanzamiento del Plan de Agua Prieta.

—Felicidades, Fito. Vamos con todo por ese viejo necio —dijo el coronel Abelardo L. Rodríguez[68].

—Ahora sí, Abelardo. No nos queda otra cosa más que triunfar. Si perdemos nos fusilan. Comenzando por Obregón que anda en el sur y está más cerca de ellos.

—Dalo por hecho —secundó Fernando Talamantes—.

---

68 (1889-1967). Presidente de México de 1932 a 1934. En septiembre de este último año, Abelardo Rodríguez inauguró el Palacio de Bellas Artes, obra que estuvo estancada en su construcción por casi cuatro décadas.

El general anda en Morelos en plena campaña contra el gobierno. Sería al primero que agarrarían.

—Pues hagamos todo para triunfar. El siguiente presidente tiene que ser Fito u Obregón. No hay de otra —dijo Plutarco Elías Calles dando una palmadita amistosa a Adolfo de la Huerta.

—¡Vamos por todo! —gritaron en coro los cuatro insurrectos.

Fernando Talamantes programó su regreso de Sonora a la capital con una escala obligada en El Paso. Ahí se reunió con Gisela a la que le explicó su interés en que se moviera con Fernandito hacia la capital al triunfar el Plan de Agua Prieta.

—Si ganamos, Gisela, tendrás que irte a la capital con Fernandito. Gisela lo abrazó amorosa y condescendiente.

—A donde vaya mi hombre, allá iré yo.

—¿Y qué pasará con tu madre?

—Mi madre trabaja y vive aquí, Fernando. Ella cuidará la casa.

—Pues entonces nos vamos para la capital.

—Tú juras que triunfará Obregón y que será presidente. Fernando abrazó a su mujer para explicarle:

—Si te digo que ganará Obregón, es porque sé quién es ese hombre y de qué está hecho.

—Pues vámonos para allá que Obregón nos espera.

Los tres integrantes de la familia Talamantes Escandón: Fernando, Gisela y Fernandito se abrazaron, emocionados por la mudanza hacia la capital.

—¿Pero qué se creen esos pendejos sonorenses, Arturo? —preguntó Carranza dando un puñetazo en la mesa de su despacho.

—Van por todo, señor presidente. Necesitamos preparar bien el ejército en el centro de la República. Es un hecho que intentarán avanzar hacia acá, como Obregón alguna vez lo hizo contra Huerta.

—Mandaré a Diéguez para que los aplaste allá mismo.

—La situación es muy delicada para Diéguez, señor. Él es tan sonorense como todos ellos. Estuvo conmigo en la Huelga de Cananea. Es un hombre muy querido por Sonora. El hecho de mandarlo contra sus hermanos es casi como sentenciarlo a muerte si fracasa en apaciguarlos.

El Barón se incorporó de su silla. Caminó hacia la ventana dándole la espalda a Murrieta.

—Tanto mejor, Arturo. Qué mejor que combatir a los sonorenses con uno que los conoce hasta los callos.

Murrieta calló su respuesta. En el fondo presentía que Manuel Diéguez[69] estaba sentenciado a muerte al enfrentarse a Obregón. Si no ganaba, era un hecho que podría terminar mal.

La mañana del 5 de mayo de 1920, Carranza se encontraba en el panteón de San Fernando presidiendo un homenaje a los veteranos de esa batalla. Su mirada desencajada trataba de ocultar lo que era evidente y todos los presentes sabían. Los aguaprietistas combatían a escasos cincuenta kilómetros de la capital y estaban a punto de tomar la ciudad de México. Carranza, como si fueran unos niños, les vendía la idea de una ceremonia tranquila dirigida por un presidente que tenía todo bajo control.

—Señor Carranza, nos tienen rodeados por todos lados. Es sólo cuestión de horas para que los aguaprietistas entren en la ciudad —le dijo Arturo Murrieta, al oído al Barón de Cuatro Ciénegas, quien sonreía amable a los ancianos que habían venido puntualmente a su merecido homenaje.

—No nos queda otra cosa más que huir, Arturo.

69 Manuel Macario Diéguez fue liberado de San Juan de Ulúa por el maderismo en 1911. Fue gobernador de Cananea y Jalisco. Cambiar de bando y unirse a Villa casi le costó la vida y lo dejó fuera del grupo sonorense del poder. En 1924 se levantó contra el gobierno y fue fusilado en los patios de una escuela primaria en Tuxtla Gutiérrez, Chiapas.

Arturo sonrió por el buen juicio del presidente. Aún había tiempo para que huyeran en tren rumbo a Puebla, que era la ruta menos cubierta por los aguaprietistas.

—Prepara todo el gabinete, mobiliario, las armas, municiones, el tesoro de la nación y todo el Palacio Nacional si es preciso porque nos mudamos a Veracruz como en 1914.

Arturo se quedó helado por la locura de Carranza. Los ancianos héroes de Puebla, a lo lejos en sus sillas, pensaron que Murrieta se desmayaría, pues lo veían perder el color en el rostro.

—Señor presidente, con el debido respeto que le tengo debo comentar que eso es una locura.

Carranza se paró furioso frente a Murrieta perdiendo toda la compostura. Parecía que las arrugas de su frente iban a sangrar ante el coraje de haber sido contradicho por Arturo.

—Usted no es nadie para juzgar mis órdenes, señor Murrieta. Prepare todo, que nos vamos tan rápido como haga su trabajo.

—Señor Carranza. Preparar todo eso nos tomará un par de días y tiempo es lo que no tenemos. Adonde usted vaya será el presidente de México, pero si insiste en irse junto con cincuenta vagones, nos bajarán rumbo a Puebla y ahí mismo nos fusilarán.

—Haga su trabajo que me está exasperando, señor Murrieta. No tengo un par de días para que prepare el éxodo a Veracruz. Tiene doce horas nada más.

Arturo se aflojó el nudo de la corbata para evitar el sofocamiento. Carranza estaba desquiciado y, en su locura se llevaría al fondo del mar a todos los que estuvieran con él, en su barco.

—Está bien, señor presidente. Así se hará.

—Algo más, Arturo —Carranza olvidó un poco el

formalismo—. Lo espero hoy por la tarde en mi casa. Me casaré con la señora Ernestina Hernández y me halagaría que usted estuviera presente con su familia.

—Ahí estaré, don Venustiano. Será un placer.

Arturo cambió paulatinamente con Lucero desde el día en que se enteró que se había metido con Justo García en Veracruz. Por más que trataba de ser moderno y empático, no toleraba imaginársela desnuda recibiendo placer de su acérrimo enemigo a quien casi mata en Aguascalientes.

Odiaba pensar en la traición de Lucero porque el primer traidor había sido él mismo, orillándola involuntariamente a hacerlo con el bribón de Justo. Desde su regreso con ella trató de ser tolerante, pero lo suyo simplemente se había enfriado y no avanzaba. Murrieta se aceptaba a sí mismo como un macho intolerante y no podía soportar esa flaqueza de parte de Lucero. Años atrás sufría cuando pensaba en los momentos en los que Regino Canales la desnudaba e intentaba lo que nunca pudo. Por años fue tolerante ante la relación forzosa que Lucero sostenía con el difunto Regino. Todo marchaba bien con ella, hasta que sucumbió ante los encantos del millonario morelense que simplemente la usó como diversión, porque no la volvió a buscar y ahora vivía con una bella jovencita con la que esperaba un hijo y pensaba casarse.

Lucero fue una víctima de la debilidad natural que cualquier mujer puede sufrir. Ella era un ser humano y por lo tanto estaba sujeta a cometer errores. La vida de Murrieta era una desvergüenza total y sabía que él era el menos indicado para juzgar a Gretel, a Lucero o a Juliana. Él había sido un infiel consumado y ahora estaba pagando las facturas.

Presentarse solo a la boda de Carranza fue una prueba inequívoca de que lo suyo con Lucero andaba mal. Carranza, como buen observador de la situación, le preguntó en uno de los pocos momentos que tuvo libre esa tarde:

—¿Qué ha pasado con Gretel y Lucero, Arturo?

Arturo puso mirada de sorprendido ante la pregunta directa y amistosa que le hacía Carranza. En ese momento no hablaba con él el primer mandatario de la Nación, sino con un amigo sincero, lleno de dudas, que esa noche se casaba frente a los temores de no poder salir vivo de su fuga de la capital. Además de que por razones obvias, trataba de poner en orden la relación que había sostenido por años con una mujer con la que tuvo cuatro hijos. Carranza se dirigía en tren al mayor peligro al que se había enfrentado y lo sabía.

—Gretel se casa en Nueva York con John Kent. Lucero se enredó hace años con Justo García y eso hirió de muerte nuestro amor. La herida se fue desangrando poco a poco hasta que mató por completo al amor. Mi relación con ella es simplemente verla como la madre de mi hijo Regino.

—¿Y qué hay de cierto que tienes un hijo con la hermana de los Talamantes?

Arturo sacó un cigarro de la cajetilla y meditando la respuesta se lo llevó a la boca para responder:

—Es cierto y me he enamorado de esa mujer. Poco a poco ha desplazado a las otras dos mujeres de mi vida y estoy dispuesto a pedirla en matrimonio a sus hermanos.

—Felicidades, Arturo. Que todo salga bien con esta mujer.

—Gracias, don Venus. ¡Por que salgamos con vida de la capital y alcancemos juntos Veracruz!

—¡Salud! —dijeron los dos chocando las copas.

Carranza estaba listo para partir hacia Veracruz. Con la calma que lo caracterizaba veía que todo fuera empacado correctamente para ser enviado a la estación de Buenavista.

Desde el segundo piso de su casa de Río Lerma, miró

en la entrada a Silvia Villalobos que le hacía una visita de última hora.

El Barón, con mirada nerviosa y peinando su blanca barba con los dedos, salió a recibirla en la puerta.

—Hola, Silvia, ¡qué sorpresa!

—Eres un hijo de la chingada, ¿sabes?

Carranza se incomodó por el insulto. Miró alrededor para ver si había gente que escuchara. Por precaución la llevó al jardín para oir mejor lo que su amante le tenía que decir.

—No te entiendo, Silvia.

—Te casaste ayer con Ernestina. Lo mantuviste en secreto. Te casaste a escondidas, cabrón.

—Fue por mis hijos, Silvia.

—¿Tus hijos? ¿No será que presientes que de este viaje no sales y quisiste hacer las paces con Dios, haciendo buenas acciones? Me traicionaste, cabrón. Vete a la chingada y ojalá no salgas con vida de esta estúpida fuga que te va a poner en un cajón de pino.

—¡Silvia!

—Vete al diablo. A ver cómo le haces para escapar de las fauces de Obregón.

Silvia abandonó furiosa la casa dejando al Barón desplomado en una banca del jardín, dolido por la terrible y fatídica maldición que Silvia le había gritado.

La estación del tren en Buenavista era la locura. Diez mil individuos entre burócratas y sus familiares se dieron cita para participar en el más grande éxodo gubernamental que se haya dado en la historia de México. Todo Palacio Nacional tenía que partir hacia Veracruz dentro de 23 trenes que cubrirían casi veinticinco kilómetros de largo en abierta vulnerabilidad para el gobierno en fuga ante los embates de obregonistas y pablistas[70].

Carranza, como un Noé moderno, se paseaba entre la multitud caminando con cuidado para no tropezar entre una muralla de maletas y enseres personales que serían guardados en más de setenta furgones.

Dentro de los vagones se empacó todo el tesoro de la nación, junto con las máquinas para fabricar billetes y monedas. La fábrica completa de cartuchos[71] fue empacada dentro de los furgones junto con varios aviones que eran el orgullo de Carranza.

El espectáculo dentro de los andenes ferroviarios era de comedia. Los burócratas cargaban con sus enseres personales como baúles, estufas, neveras, muebles y mascotas. Muchos maquinistas, obregonistas como Margarito Ramírez, se pasaron al bando contrario, teniendo que ser sustituidos de última hora por garroteros, fogoneros y revisores de boletos.

Carranza, emulando a Juárez que se llevaba a su gobierno en su carruaje para huir de conservadores y franceses, lo hacía por segunda vez en un tren. La ciudad estaba rodeada de aguaprietistas y la única escapatoria sería por Puebla.

El general Benjamín Hill, junto con la alianza de las tropas zapatistas, amenazaba por Morelos al igual que Obregón, quien comandaba a las tropas de Guerrero. Por Puebla se acercaba, amenazante, Pablo González. Carranza contaba con la ayuda de tres personas elementales en la arrebatada decisión de irse de la capital: su yerno Cándido Aguilar, gobernador de Veracruz, Guadalupe Sánchez y Francisco Murguía, ambos militares que ilusionaban al

70 Tropas de Pablo González.

71 El hecho de que lo carrancistas y obregonistas fabricaran cartuchos marcó una diferencia definitiva contra Villa y Zapata, que siempre dependieron de la compra de los mismos.

primer mandatario de que, una vez en el puerto, en poco tiempo le darían la vuelta a los aguaprietistas.

Dentro del tren dorado, que sería protegido por los soldados y cadetes del Colegio Militar y dos aviones militares que se adelantarían para ver desde el aire la situación de los rebeldes alrededor del tren, se encontraba cómodamente instalado el Barón de Cuatro Ciénegas con una tranquilidad gélida que contagiaba. Era como si de Buenavista a Veracruz fueran a cruzar por territorios inhóspitos donde nunca hubiera puesto un pie el ser humano.

—Llegando a Veracruz todo será diferente, Arturo. Ahí tomaremos control de la aduana y tendremos dinero para comprar armas y reforzar nuestro ejército. Yo encabezo al legítimo gobierno de México y recuperaré el apoyo de los Estados Unidos —dijo el primer mandatario, sentado frente a Murrieta con la pierna cruzada, presumiendo el brillo fulgurante de sus botas de cuero negro.

—Será un calvario el avance, don Venus. Son muchos los trenes y los obregonistas tendrán cientos de kilómetros para atacarnos. Nos tomará días llegar al puerto.

—A mí me encanta cabalgar, Arturo. Ya adelantados bien podemos seguirla a caballo hasta allá. ¿Cuántas veces hice el viaje a Querétaro desde la capital?

Las últimas horas vividas durante la boda del Barón habían servido para fortalecer sus lazos de amistad y hablarse más francamente y sin tanto formalismo político.

—La verdad que lo admiro, don Venus. Usted tuvo todo para entregarle pacíficamente el gobierno a Obregón. El sonorense le hubiera hecho una magna fiesta de retiro y usted no se acabaría el dinero que tiene ni aunque viviera doscientos años. ¿Por qué exponerse a estos límites? Usted sabía bien que Obregón era de armas tomar, ¿por qué desafiarlo y arriesgarse a morir en este éxodo de locura donde todo está en nuestra contra?

—Es simplemente negarme a entregar el gobierno a los militares, Arturo. Me resisto a dejarle el poder a Pablo González o al manco.

—¿Aunque eso nos lleve a la muerte?

—No seas tan fatalista, Arturo. Veracruz es mi aliado. Sólo tendremos problemas para llegar a Puebla. Después todo será diferente. Ya verás.

—¿Por qué no trajo a doña Ernestina? Esta sería como su luna de miel.

—Creo que por la misma razón que tú no trajiste a Lucero, Arturo. Es mucho riesgo.

—Lucero y yo quedamos muy mal, don Venus. La separación es un hecho.

Don Venustiano lo miró con mirada triste como la de un patriarca bíblico que no encuentra a Dios.

—Lo siento mucho, Arturo. En cierta manera somos compañeros del mismo dolor.

El tren avanzaba lentamente cuando, en la estación de la Villa de Guadalupe, una máquina loca chocó contra el último carro de la enorme serpiente de fierro de veinticinco kilómetros de largo, matando a más de doscientos reclutas. Los pocos que sobrevivieron fueron atacados entre fierros retorcidos por el malagradecido general Jesús Guajardo, el orgulloso asesino de Zapata que, sufriendo de amnesia, ahora atacaba a Carranza, quien lo había premiado con el puesto de general y cincuenta mil pesos.

El tren dorado alcanzó la estación de Apizaco, en Tlaxcala, hasta el día siguiente. El Barón coahuilense había estado prácticamente varado dos días en las inmediaciones de Buenavista entre preparativos, demoras y el ataque cobarde de Guajardo, en la Villa.

En Apizaco se hizo un balance de las pérdidas, el recuento arrojó como resultado que la mitad de los carros que salieron de México fueron tomados por Guajardo.

Carranza ahora sólo contaba con tres mil soldados de infantería y del Colegio Militar, mil cien de caballería y dos cañones con sus respectivos artilleros para ofender al enemigo. Los dos aviones que escoltaron el avance habían sido destruidos por la artillería terrestre.

Mientras esto ocurría en Tlaxcala, el 7 de mayo, el general Jacinto B. Treviño tomó Palacio Nacional y dio un mensaje triunfal al pueblo.

Al día siguiente, Álvaro Obregón, junto con el ejército zapatista que se le unió semanas atrás, entró triunfante por Xochimilco.

Acompañado de Genovevo de la O y Fernando Talamantes, Álvaro Obregón se hospedó en un sencillo hotel de Tacubaya donde se entrevistó con el otro candidato a la presidencia, el general Pablo González.

—¡Pablo! ¡Qué gusto saludarte como amigo y colega!

—¡Álvaro! Es una gusto también para mí saludar al invicto general y colega con quien, juntos, derrotamos a Huerta, Zapata y Villa.

Los dos se dieron un efusivo abrazo de camaradas. González, astuto como una zorra, sabía que el triunfo de Agua Prieta era de Obregón y ganaría más siendo su aliado que enfrentandolo por la presidencia. Pablo González sabía perfectamente cuáles eran los alcances del héroe de Celaya y prefería asociarse con él que terminar con una bala en la frente tratando de arrebatarle la silla.

—La capital es nuestra, Álvaro. El Plan de Agua Prieta»ha triunfado —dijo González, dando su lugar a Obregón desde el inicio para de la entrevista.

—Es el triunfo de todos, Pablo. El viejo se volvió loco y nos sacó a los dos de la jugada para imponer a su títere y seguir gobernando a su antojo. Así tenía que terminar el asunto.

—No ha terminado, Álvaro. Carranza Intentará llegar a Veracruz para seguir gobernando desde allá.

—Te garantizo que ese vejete no llega al puerto, Pablito. Tengo gente esperándolo apenas cruce Puebla y Veracruz. Allá afuera, en el *lobby*, está esperando para hablar conmigo mi amigo y aliado Manuel Peláez

González, espulgándose su enorme bigote negro de brocha, abrió los ojos con sorpresa y admiración.

—Fletcher y los petroleros gringos ven esa amistad con muy buenos ojos. Estados Unidos está con nosotros. Como ves, la caída del viejo es sólo cuestión de horas, Pablo.

—Estoy contigo, Álvaro. Cuenta con mi lealtad y amistad.

Los dos generales se miraron con franca amistad. Cada uno sabía el lugar que le tocaba en el juego del poder. González sabía que al lado de Obregón podría conquistar la presidencia después de que él la tomara primero. Había que estar con los ganadores y él estaba con Obregón.

—Gracias, Pablo. Aprecio mucho tu apoyo —dijo Obregón, estrechando con su mano izquierda a Pablo González.

El temor del pueblo de una balacera entre obregonistas y pablistas había terminado en un acuerdo inteligente para llegar al poder.

Justo García se había vuelto a organizar y contaba con veinte feroces nuevos cuervos comandados por el sobreviviente del ataque de la Huasteca, Eustaquio Estrada.

Su misión era perseguir a Carranza y asaltar uno de los vagones que tenía plenamente identificado con todo el dinero del presidente de México. Justo buscaba vengarse de Carranza por la muerte de Macario y sus hombres, con un golpe doble: matarlo en la huida y quedarse con su dinero.

Obregón lo había apoyado en Sonora, después de que Carranza ordenara su aprehensión por su nexo con Frank Faber en el atentado a los pozos de Doheny.

La primera parte de su venganza había tenido resultados extraordinarios. Faber había sido liberado a cambio de Kent, y no se le perseguía por ningún cargo. Ahora tocaba liquidar al Barón de Cuatro Ciénegas y después festejar con Obregón, con champaña y caviar, la conquista de la presidencia.

—¿Cuánto tiempo esperaremos aquí, señor? —preguntó uno de los hombres de Eustaquio a su líder, quien miraba con unos binoculares la aproximación del tren presidencial en la distancia.

—Poco, Caballo. Ya se alcanza a ver el lento tren. La víctima viene sola a las fauces del tigre.

El Caballo sonrió mostrando la enorme dentadura por la que fácilmente había ganado su perenne apodo.

Al día siguiente de la famosa entrevista Obregón-González en Tacubaya, Obregón fue recibido por los representantes del «Partido Liberal Constitucionalista» en un impresionante desfile a los largo de la calzada de Tacubaya y del Paseo de la Reforma hasta el Hotel San Francis, el favorito del invicto general sonorense.

Junto a Obregón desfilaban gallardos y orgullosos los generales Benjamín G. Hill, Fortunato Maycotte, Gustavo Elizondo, Francisco Cosío Robelo, Rómulo Figueroa, Salvador González, Manuel García Vigil, Genovevo de la O, Valentín Reyes, Fernando Talamantes y otros más.

Obregón, montado en su brioso caballo con su uniforme caqui, con su cara tostada por el sol guerrerense, saludaba orgulloso y victorioso a la muchedumbre que abarrotaba las aceras de las calles.

En el balcón del Hotel Francis, Álvaro Obregón dirigió unas palabras de agradecimiento a sus colaboradores y al pueblo:

«Señores: Quisiera que en este pequeño balcón estuviera cada uno de los soldados, de esos anónimos del ejército que conquistan con su sangre las libertades y que no tienen el derecho de que se conozca su nombre y que son, sin embargo, los que salvan nuestras instituciones... Ellos se llaman Francisco y Rómulo Figueroa, de una familia liberal por abolengo, cuya sangre ha regado las estepas de nuestra República para conquistar sus libertades. Ellos se llaman Fortunato Maycotte, que es luchador, también de abolengo y cuyo nombre ya figura en la Historia con caracteres gloriosos... Salvador González que, sin vacilaciones de ningún género abrazó la causa del pueblo, Cosío Robelo, que la secundó con igual civismo. Todo ese grupo de entusiastas luchadores de nuestras libertades, apoyados por un no menos digno grupo de coroneles, cuyos nombres no quiero citar, porque olvidaría alguno de ellos y no deseo hacer distinciones, de todas aquellas personas se han colocado en el mismo plano de moral y civismo...».

El pueblo se volcó en abrazos y felicitaciones al invicto general. Todos sabían que era cuestión de semanas para que se convirtiera en el legítimo presidente de México.

Dentro de la gente que abarrotaba la calle para ver al general Obregón se encontraba Daniela Ostos y su hija Danielita. Desde el golpe dado por Villa en Columbus, la señora había recibido una pensión especial por parte del gobierno de los Estados Unidos con la que salía fácilmente de apuros. Decidida a encontrar de nuevo a Fernando Talamantes y orientada por sus cartas, viajó desde la frontera a la capital, donde su intuición femenina le indicaba que lo encontraría.

Dentro de su hotel, Talamantes fue informado que en

recepción lo buscaban dos mujeres. Pronto bajó para encontrarse con la bella Daniela, quien lo recibió con una radiante sonrisa.

—¡Daniela! ¡Qué sorpresa!

—Danielita y yo andamos de paseo, conociendo la capital. Escuchamos que aquí andaba el general Obregón y por tus cartas adiviné que aquí te encontraría.

Fernando quedó impresionado con la belleza de la viuda. Vestía bien y se veía segura, más educada y plena.

—Qué difícil tiempo para andar de paseo, Danny. No creo que haya sido fácil para ti viajar en tren desde la frontera.

—Fernando, desde la toma de Ciudad Juárez por Madero, hace nueve años, ¿qué ha sido fácil? O te acostumbras o te acostumbras, aquí no hay de otra.

Sintiéndose incómodo platicando en el *lobby* ante la mirada de obregonistas y conocidos, Fernando las invitó al comedor del hotel para seguir platicando.

—Sé, por nuestras cartas, que el gobierno americano te está ayudando.

—Sí, Fer, el gobierno me da una pensión por la muerte de mi marido. No es mucho, pero gastándolo en México hasta me sobra. Además, te agradezco mucho la ayuda que me has brindado desinteresadamente.

Fernando la miraba atónito, y en un vertiginoso viaje dentro de su cerebro pensó en lo bella que era esta mujer y cuáles serían sus propósitos para estar aquí. Lo de viajar a la capital para pasear, no se lo creía ni su hija Danielita.

—Como te dije en Columbus, Daniela. Cuenta conmigo en lo que necesites para salir adelante.

—Gracias, Fer. Por lo pronto estoy bien. ¿Cómo está tu familia?

La pregunta fue como una descarga para Fernando. Nunca había platicado con ella sobre Fernando y Gisela.

Hacerlo ahora sería muy incómodo, pero tampoco podía negarlo. Él era casado y era cuestión de semanas para que su familia llegara a la capital.

—Bien, Daniela. Se van a mudar aquí a la capital por un tiempo. El Plan de Agua Prieta triunfará y tendré trabajo con los sonorenses.

Daniela terminó pidió de comer para la niña, mientras escuchaba a Fernando. Desde su viudez había tomado clases en Columbus para saber más sobre México y el mundo. Se veía diferente, más refinada y segura. Desde la muerte de Roberto Guzmán, Daniela había abrazado con más fuerza la religión católica. El catolicismo se ejercía con menos intensidad en Columbus que en la capital de México. Su sueño y obsesión era conocer la Basílica de Guadalupe y los grandes templos de la capital.

—Me da mucho gusto, Fernando. Tienes una familia hermosa y debes cuidarla.

Fernando pasó de la incomodidad a la confusión. Daniela no parecía incomodarse o tener celos por su situación marital. Era como si no tuviera ninguna intención con él y eso lo confundía de sobremanera. ¿Qué diablos hacía en la capital sino era para buscarlo porque lo amaba?

—Me encantaría conocerlos. Si hay una oportunidad no dejes de invitarme para charlar con tu mujer y tu hijo.

—Sí, claro… no veo por qué no.

La quijada de Fernando parecía salirse de la impresión. Daniela lo confundía y eso lo exasperaba. Una amistad entre Gisela y Daniela era imposible. Gisela no sabía sobre Daniela y él jamás se lo diría.

—¿Cuánto tiempo piensas estar en la capital?

—Unos meses, Fernando. Tengo la inquietud de vender ropa aquí, traída de los Estados Unidos. Cuando ganen los sonorenses como dices, México será el edén de la oportunidad. Aquí estoy para ser una de las oportunistas.

—Muy buena idea, Daniela. Estoy seguro de que te irá muy bien.

—Yo también estoy segura de que te irá muy bien con Álvaro Obregón.

La comida de Danielita llegó y continuaron platicando unos minutos más. Fernando tenía que verse con Obregón en breve. Prometieron reunirse de nuevo para seguir charlando.

Daniela Ostos había dejado una semilla de confusión que empezó a germinar en la cabeza de Fernando. Ahora ya no sabía si ella se interesaba por él o no. La mujer era más lista de lo que aparentaba.

18

DE PALACIO NACIONAL
A TLAXCALANTONGO

9 DE MAYO DE 1920

EN TEPEXPAN, SE UNIERON A LA SUICIDA COMITIVA DE Carranza los generales Francisco Murguía y Heliodoro Pérez. En Apizaco, se incorporó al convoy de la muerte un pequeño regimiento del general Pilar R. Sánchez. Por la tarde, fueron atacados por los enemigos que venían de Puebla y Tlaxcala. Las fuerzas carrancistas recién incorporadas demostraron su fuerza y entrega, haciendo huir al enemigo. El Barón, satisfecho, sonrió pensando que así de afortunado podía seguir su avance hacia el puerto.

10 DE MAYO

El heroico escuadrón de Caballería del Colegio Militar partió de Apizaco hacia San Marcos. En el campo de batalla los valientes muchachos demostraron su entrega y valentía haciendo huir a los infidentes. El valiente general

Heliodoro Pérez derrotó también a los rebeldes y se unió al escuadrón en San Marcos.

Carranza se sintió optimista con estos triunfos y brindó contento con Murrieta y Bonillas en el carro comedor de su lujoso tren.

—Si seguimos así, Arturo, llegaremos sin problemas a Veracruz.

Las copas chocaron dentro del carro. La mirada de Arturo no era tan optimista como la del ingenuo Barón. Bonillas, sin dimensionar la magnitud del enemigo, reía optimista de que al final de este tortuoso viaje, él seguiría como sólido candidato a la presidencia.

—Tenemos que cuidarnos más apenas entremos en terreno veracruzano, don Venus. Bien sabíamos que Tlaxcala y Puebla serían los territorios más débiles al haberlos abandonado Pablo González para llegar a la capital primero que Obregón —añadió Bonillas, jugueteando con la aceituna ensartada en su bebida.

—Descuida, Nacho. En Veracruz, mi yerno, Cándido nos apoyará como si estuviéramos en casa.

—Qué así sea, don Venus —espetó Arturo, llevándose la copa a la boca.

11 DE MAYO

El convoy avanzaba tan lentamente como si fueran a pie, llegando a la estación Rinconada. Por la tarde se desarrolló un encuentro en tierra en el que participó valientemente don Venustiano. Cabalgando, se batió por igual que sus compañeros sin importarle su distinción de presidente. En una de esas, cayó al suelo cuando mataron a su caballo. Sin dar ni pedir cuartel, continuó peleando en el suelo frente a la lluvia de balas, como si fuera un inmortal Apolo. Arturo, oportunamente, lo trepó a su caballo y lo sacó de la zona de peligro.

Los trenes, ante un vendaval de dificultades, lograron llegar a la estación Aljibes. La estación se encontraba desierta y los depósitos de agua vacíos. La falta de combustible y agua para las máquinas hacía desesperante la situación.

Los carrancistas no encotraron comida para ellos ni forraje para los caballos. Carranza temía que, de seguir así la situación, tendría que abrir su depósito privado de quesos y vinos importados para la iracunda tropa.

Por la retaguardia se empezaron a ver los trenes del general Jacinto B. Treviño quien, después de ser el primero en entrar en la capital días atrás, ahora iba tras Carranza por instrucciones de Obregón para ofrecerle un salvoconducto y embarcarlo a Cuba. Por si esto fuera poco, al frente, el general Guadalupe Sánchez (quien cortó la cabeza a Aureliano Blanquet y que llamaba «señor padre y presidente» a Carranza) lo traicionó convirtiéndose en un orgulloso obregonista que voló la vía ferroviaria hacia al puerto de Veracruz. Cerrando la trampa obregonista, el general Luis T. Mireles atacó por Puebla.

Obregón mandó a Carranza un salvoconducto por medio del general Jacinto B. Treviño. En él se dio la oportunidad a Carranza de huir al extranjero y salvar así su vida. Los trenes serían recuperados con el tesoro de la nación y las mujeres y los niños serían protegidos y transportados sanos y salvos al puerto de Veracruz.

Carranza, después de leer el documento, se paseaba dentro del flamante carro comedor de su tren dorado con mirada de demonio alrededor de Murguía, Bonillas y Murrieta.

—¿Pero quién cree ese imbécil de Obregón que somos? ¿Unos cobardes que huimos a Cuba dejando desamparada a la nación?

Murguía trató de explicarle a Carranza que esa parecía ser la mejor solución, pero su orgullo militar lo frenó de salvar al desquiciado de Carranza.

Bonillas con mirada de susto no sabía que decir y a momentos se preguntaba asimismo qué diablos hacia él en esta reyerta por el poder.

Murrieta se atrevió a decirle al Barón lo que los otros por temor callaban:

—¡Salve su vida don Venustiano! No tenemos posibilidad de llegar por tren a Veracruz. El camino parece un cementerio de trenes. Lupe Sánchez nos cierra el paso hacia allá. Treviño nos pisa los talones. Es sólo cuestión de horas para que nos agarren.

Carranza miró con interés a Murrieta. Parecía que le interesaba su opinión.

—¿Y qué sugiere que hagamos, Arturo?

Arturo, aunque por un momento se sintió tentado en proponer a don Venustiano que aceptara el indulto de Obregón, sabía que el Barón jamás lo tomaría; además de que la cargaría contra él por pesimista y negativo.

—Huir a caballo y tratar de llegar al norte por la sierra de Puebla. Tendremos más ventajas perdidos en la sierra que esperando a que una bomba vuele su carro comedor don Venustiano.

—Estoy de acuerdo, Murrieta. Preparen la fuga. Seremos pocas personas y nos escaparemos por sorpresa.

DEL 14 AL 17 DE MAYO

El general Guadalupe Sánchez avanzaba con diez mil hombres desde Esperanza para encontrarse con los convoyes del gobierno. El general Treviño avanzaba desde Apizaco hacia Aljibes, donde estaba estancado el presidente Carranza con su fiel comitiva.

Carranza escuchaba como las balas casi golpeaban su tren presidencial. Haciendo caso de la sugerencia de Murrieta, finalmente decidió huir con sus hombres. El pequeño grupo que lo acompaña es el escuadrón de Caballería del Colegio Militar, unos cuantos soldados e importantes personas como: el general Francisco Murguía, el licenciado Luis Cabrera, Manuel Aguirre Berlanga, Arturo Murrieta, Ignacio Bonillas y otros más.

Cabalgando y caminando extenuantes jornadas, mal durmiendo entre piedras y frío, expuestos a mordeduras de víboras y piquetes de insectos ponzoñosos; comiendo poco y con la zozobra de ser perseguidos, pasaron por incontables pueblos y rancherías donde se sorprendían de encontrar gente que no entendía el español y no sabían quién era Carranza, sitios que difícilmente se encuentran en cualquier mapa de la República, como Santa María Coatepec, San Miguel del Malpaís, como si el nombre fuera una broma del destino, Zitlahuaca, etcétera.

Eustaquio y sus cuervos, aliados de Obregón, con cronometrada exactitud y ubicación del botín, atacaron exitosamente el carro del presidente. Llegaron al carro donde Carranza guardaba su dinero personal en monedas de oro y plata, sin perder tiempo espantaron a la poca defensa que apareció y cargaron con todo el botín, huyendo como fantasmas del lugar. Tiempo después, el futuro presidente de México, mayor Adolfo Ruíz Cortines encontraría el otro carro con el Tesoro[72] de la Nación, lo incautaría y entregaría a los obregonistas, sin que faltara un solo centavo.

18 DE MAYO

El aún presidente de la República, don Venustiano Carranza cometió el error de regresar a los cadetes del Colegio Militar para evitar exponerlos innecesariamente en la sierra. Carranza, ante su gallarda renuencia, tuvo que esforzarse mucho para hacerlos obedecer, ya que eso atentaba contra su más elemental ética militar. Debían cuidar de su presidente hasta el final y, si era preciso, morir con él. Algunos civiles temerosos del regreso se unieron a los cadetes en su retorno.

Carranza y sus hombres se internaron en la sierra por caminos intrincados y fangosos. La temporada de lluvias había sido generosa con las laderas de los cerros y todo tenía mucha vegetación por doquier. Seguidos de cerca por los obregonistas, los carrancistas pasaron por pueblos como Amixtlán, Tepango, Tlapacoyan, Cuamanalco y Patla.

19 DE MAYO

Carranza le pidió al general Mariel que se dirigiera a Villa Juárez y buscara a los generales Gabriel Barrios, Lindoro Hernández y Valderrábano, quienes en fechas recientes

---

[72]　3,733,704 pesos en oro y 58,000 pesos en plata.

coqueteaban su rendición con el gobierno. El Barón depositó su esperanza completaen la lealtad de estos generales para alcanzar San Luis Potosí y reorganizarse de nuevo.

—Estoy seguro de que esos generales nos pueden ayudar a llegar a San Luis con hombres y alimentos, general Mariel.

—Despreocúpese, señor presiente. En un rato salgo para allá y prometo traerle buenos resultados.

Partieron todos de Patla rumbo a La Unión y Tlaxcalantongo y, faltando un kilómetro para que se separara Mariel en su misión especial, un diestro jinete les dio alcance y reconoció al licenciado Luis Cabrera y al general Urquizo. Después del efusivo abrazo, les preguntó por el señor Carranza. Le informaron que iba adelante, entonces avanzó para darle alcance y saludarlo. Al llegar a la cabeza de la columna, fue reconocido por Mariel, quien todavía no se retiraba para cumplir su misión encomendada. Emocionado, Mariel lo llevó al frente en presencia de Carranza para presentárselo.

—Señor presidente. Le presento al general Rodolfo Herrero. Nuestro fiel aliado que meses atrás trabajaba para las fuerzas de Manuel Peláez en toda la zona veracruzana y de la huasteca.

Murrieta lo miró con indiferencia y desconfianza. Sabía que ese general se había rendido al gobierno en marzo de ese año y ahora buscaba los favores de Carranza.

—Mucho gusto, general Herrero —contestó Carranza, como si hubiera olido la desconfianza de Murrieta.

—Conozco esta zona como la palma de mi mano, y yo los llevaré al norte, señor presidente. Más adelante nos alcanzarán mis hombres para aumentar su protección como es debido.

—Gracias, general Herrero. Su ayuda va a ser muy valiosa y será debidamente recompensada.

Metros adelante, el general Mariel se desprendió de

la columna y se dirigió a Villa Juárez como ya lo había acordado con Carranza.

20 DE MAYO

El general Rodolfo Herrero convenció a la comitiva de ir a un lugar llamado Tlaxcalantongo, donde les aseguró tener más conocidos. Prometió que que estarían seguros para pasar la noche ante la inminente amenaza de lluvia.

Carranza accedió y durante el trayecto del día fue atendido personalmente por el mismo Herrero, quien se preocupó por los más minúsculos detalles con los que se pudiera topar el primer mandatario.

—No me gusta este hombre, don Venus. No sé qué tiene que me da mala espina —comentó Arturo en un momento de descanso junto a un río.

Carranza, secándose el sudor con un pañuelo gris de tanta mugre, miró a Murrieta como a un hijo al que hay que dar un buen consejo.

—En estos momentos no puedo darme el lujo de escoger a la gente que me ayuda, Arturo. Sé que era hombre de Peláez y que pidió aliarse a mí con la condición de que mantuviéramos su rango de general. Decía que al lado de Peláez nunca pasaría de ayudante del protector del petróleo gringo.

—Su aparición[73] por estas solitarias veredas se me hizo como si el mismísimo diablo lo hubiera puesto en el camino. No sé, don Venus. Discúlpeme por ser tan pesimista.

---

73 Algunos historiadores aseguran que después de que Carranza rechazó el salvoconducto en Aljibes, Álvaro Obregón, en acuerdo con Manuel Peláez, envió a Rodolfo Herrero a liquidar a Carranza, en un fingido ataque en la sierra.

—No está de más tu observación, Arturo. Lo mantendremos vigilado.

Al atardecer, llegaron finalmente a Tlaxcalantongo, ranchería ubicada junto a la ladera de una verde montaña en lo más recóndito de la Sierra de Puebla. El sitio tendría a lo máximo cincuenta casuchas miserables de distintos tamaños y los moradores habían huido por temor a un posible ataque.

—En estos sitios es común, que al acercarse un grupo de jinetes, los moradores por su propia seguridad, huyan a la sierra —explicaba Herrero el abandono de la tétrica ranchería—. En un par de horas sabrán que estoy aquí y bajaran a ayudarnos. Póngase cómodo, señor presidente.

Carranza cojeaba un poco del pie derecho y lucía muy desmejorado por tanto andar en la sierra.

Herrero, como si fuera el dueño del lugar, le mostró orgulloso a Carranza la choza que, por esa noche, sería como su Palacio Nacional. Era la mejor y más grande del lugar. Un jacal con paredes de madera y techo de tejamanil, el piso era de tierra suelta y había insectos por doquier. En otros jacales de segunda clase, en comparación con este palacete de madera, quedaron hospedados los demás miembros de la comitiva errante.

El hambre torturaba a los nómadas del legítimo gobierno, pero en una de las chozas, Herrero organizó la suculenta cena. Dos mujeres llegaron para atender a los invitados. Al parecer los moradores, poco a poco, se acercaban al saber que era Herrero el que dirigía a la comitiva. Afuera de la choza comedor, el agua comenzó a caer a cantaros.

—Se ve que lo conocen muy bien por aquí, general —comentó Murrieta a Herrero, mientras devoraba las tortillas con frijoles que preparaban las indias.

—Conozco muchas rancherías como ésta, señor

Murrieta. La sierra es terrible para los caminantes y todos estos caseríos son como un oasis en el desierto.

—Su ayuda ha sido muy oportuna, general. Le aseguro que será debidamente recompensado por esto.

—Mi recompensa será ver de nuevo a don Venustiano Carranza en Palacio Nacional y a Obregón en San Juan de Ulúa.

Carranza sonrió satisfecho. La deliciosa cena había aplacado a la inmensa fiera que albergaba en el estómago.

Un par de horas después, como a las ocho de la noche, se presentó Rodolfo Herrero ante Carranza para pedirle permiso de salir a atender a un hermano muy enfermo que tenía en una ranchería cercana.

—En asuntos así no se pide permiso, general Herrero. Salga para allá de inmediato y llévele medicamentos y vendas para que se restablezca pronto.

Los ojos de Herrero se humedecieron ante el acto tan humano del señor presidente. Después de todo, Herrero no dejaba de ser un Judas con sentimientos que, en unas horas entregaría cobardemente a su presidente.

Cerca de la medianoche se presentaron tres elementos de la tropa del general Mariel para informarle a Carranza que el general Lindoro Hernández y el teniente coronel Valderrábano permanecían leales al gobierno y no tardarían en unírsele en el camino al norte.

Esas noticias fueron como bálsamo reconfortante para un Carranza agobiado, que se disponía ya a descansar para ir al día siguiente en busca de sus generales y continuar su triunfal éxodo hacia el norte.

Minutos después de la medianoche, en medio de un constante aguacero, un indígena espía localizó la casucha de Carranza y su ubicación dentro de la misma. Carranza descansaba bocarriba utilizando una silla de montar como almohada.

En su mente recreaba escenas candentes de Silvia Villalobos y Ernestina Hernández, en momentos íntimos con él, en sus palacetes de Veracruz y México. ¿Cómo era posible que él, como presidente de la República Mexicana, estuviera acostado en ese piso de tierra cuidándose de no ser picado por los alacranes, que majestuosos se paseaban por las vigas de madera de la casucha?

A las tres de la mañana se escucharon gritos de «¡Viva Peláez! ¡Viva Obregón! ¡Muera Carranza!» de varios individuos que cobijados por las sombras de la noche y el constante aguacero, dispararon hacia la la casucha.

El sorprendido Barón recibió un impacto en su zurda, y con rapidez tomó la pistola con la otra mano para disparar desde el suelo a las sombras de la noche.

—¡No se levante, don Venus! —gritó Arturo Murrieta, disparando desde su rincón hacia el techo y paredes de la casa.

—Me hirieron de la mano izquierda, Arturo.

—Trate de arrastrarse y venga para acá. Ahí está muy expuesto.

Los disparos, por instrucciones del indígena que los había espiado, iban dirigidos al rincón donde Carranza trataba de moverse. Dos impactos seguidos en el pecho y uno en la pierna izquierda lo paralizaron en el intento de escapar.

Carranza se quejaba del intenso dolor en el pecho. Antes de que llegara otra bala, él mismo se dio otro balazo en el pecho para terminar ahí su espantosa agonía.

Arturo y los demás, por la oscuridad de la noche y por estar escondidos en otro rincón de la choza, no vieron que el valiente coahuilense había terminado con su propia vida para evitar sufrimientos innecesarios.

Los disparos cesaron junto con los gritos, hasta que minutos después, convencidos de que estaban solos de nuevo, confirmaron la muerte del legítimo presidente de México.

Al amanecer se presentó el jefe del Estado Mayor del General Rodolfo Herrero con un grupo fuertemente armado con instrucciones precisas de recoger las pertenencias del difunto presidente de México.

Arturo Murrieta, junto con los demás prisioneros y el cadáver abotagado del Barón de Cuatrociénegas fueron conducidos a Villa Juárez.

Obregón, desde la comodidad de su hotel en México, leyó el telegrama que le enviaban los prisioneros de Villa Juárez:

Obregón terminó de leerlo y lo comentó con Fernando Talamantes:

—Esa bola de cobardes se queja de la muerte de Carranza, cuando en esas casuchas de las que hablan, había treinta y dos militares y un civil que no hicieron absolutamente nada por defender a su presidente. El único muerto fue Carranza y ninguno de ellos salió lastimado y todavía tienen la desfachatez de reclamarme por el asesinato.

—Parece que Herrero hizo un trabajo quirúrgico, mi general.

—Sí, no hay duda de ello, Fernando. Mira que meterse en las fauces del lobo y robarle uno de sus cachorros. Es bueno el cabrón ése.

—¿Qué les contestará mi general?

—Tres cosas básicamente, Fernando. La primera, decirles que a pesar de que son militares todos ellos, son una bola de maricones que no supieron defender a su presidente en el peor momento y lo asesinaron en sus propias narices. La segunda, que mandaré un tren a Beristáin, Puebla para que los traiga de regreso a la capital y se le hagan los honores fúnebres que nuestro ex presidente merece y la tercera, detendremos por un tiempo a Rodolfo Herrero para apaciguar los ánimos encendidos, ya pasado este teatro lo soltaremos como sin nada.

—Acaba de hacer jaque mate al gobierno carrancista, mi general.

—Gracias, Fernando. Así me gusta jugar.

La casa de Río Lerma abrió sus puertas el 24 de mayo de 1920 para recibir el féretro del ex presidente de México, don Venustiano Carranza. Su cara abotagada había crecido al doble, como si los tapones de algodón que cubrían sus fosas nasales impidieran salir los gases fétidos como letal globo a esas dimensiones. El Cuerpo Diplomático se había reunido puntualmente vestido en traje de gala.

En el cuarto donde se velaba al ex presidente todo era tristeza y dolor. Silvia Villalobos se acercó a dar el pésame a las destrozadas hijas. La sorpresa había sido enorme al enterarse que su padre no tenía un sólo centavo y que ellas tendrían que pedir prestado para pagar el sepelio. Silvia, consciente de la tragedia del ex presidente, les entregó un sobre con dinero para ayudarlas a salir mejor libradas de tan terrible aprieto. Las hijas, agradecidas y adoloridas al mismo tiempo, agradecieron el gesto de aprecio y apoyo de la que fue gran amiga de su padre. Al día siguiente, Carranza fue enterrado en una fosa de tercera clase en el panteón de Dolores como él alguna vez en broma lo había comentado.

Eustaquio había ubicado bien a los hombres de Rodolfo Herrero, que meses atrás habían matado a sus compañeros en el atentado al pozo petrolero de Doheny.

Tenían todo el visto bueno de Justo García para buscar su anhelada venganza, siempre y cuando no mataran a Rodolfo Herrero, ya que él le había perdonado la vida a él y a tres de sus compañeros, además de estar destinado a un juicio militar por órdenes de Álvaro Obregón y Pablo González para apaciguar al pueblo que reclamaba justicia.

La emboscada cerca de Patla fue sorpresiva y fulminante. Los cuervos de Eustaquio arrasaron con doce hombres de Herrero, dejándolo a él libre. Él lo entendió todo al ver a Eustaquio sonriente diciéndole: «ahora sí ya estamos a mano, cabrón». Al día siguiente Rodolfo Herrero sería atrapado por quien sería el futuro presidente de México, el general Lázaro Cárdenas, y llevado como prisionero a Santiago Tlatelolco.

19

ADOLFO DE LA HUERTA,
PRESIDENTE INTERINO

ESA MISMA TARDE DEL 24 DE MAYO DE 1920, MIENTRAS Carranza era inhumado, el Honorable Congreso de la Unión, en reunión extraordinaria, nombró a don Adolfo de la Huerta como presidente interino por el periodo de mayo a noviembre de 1920.

Obregón movía las piezas de su tablero como todo un maestro. Pablo González retiró su candidatura a la presidencia de México.

El 25 de mayo, el jefe de Armas en el estado de Sonora, el general Plutarco Elías Calles, entraba caminando junto con Álvaro Obregón a su nombramiento como ministro de Guerra y Marina.

El poder del sonorense se dejaba sentir, incluso cuando bromeaba y daba palmaditas a sus compañeros de batalla. Si Obregón no tomaba la presidencia en ese momento, era simplemente porque él no quería ser presidente por seis meses, sino por cuatro años, así que dejaba a su entrañable amigo Fito de la Huerta, jugar al presidente por lo que restaba del año.

El 28 de mayo el señor Adolfo de la Huerta fue recibido, en la estación Colonia de los Ferrocarriles Nacionales por los generales Álvaro Obregón, Plutarco Elías Calles, Antonio

I. Villareal, Fortunato Maycotte, Manuel Pérez Treviño y altos funcionarios públicos acompañados de numerosas personas que no quería desaprovechar la oportunidad de pasar a la historia en tan importante evento: Sonora triunfaba y con justicia retendría el poder por los siguientes quince años.

Arturo Murrieta sufrió un *shock* emocional al enterarse de la boda de Gretel Van Mess con John Kent en Nueva York. Su orgullo estaba herido al haber perdido a la holandesa de sus sueños.

—La perdí por pendejo, Pepe.

—Eso nos ocurre por mantener varios amores a la vez, Arturo. Yo también perdí a Adriana y no sabes cuánto lo lamento. Un día recibí una carta del extranjero donde se me informaba que Adriana se había casado con un gringo en Brooklyn —repuso Vasconcelos, feliz de volver a reunirse con su amigo después del largo exilio en el extranjero.

El bar de un hotel Francis, el favorito de Obregón, les daba cobijo para su agradable encuentro de amigos.

—Problemas que por idiotas nos buscamos.

—¿Qué harás ahora con Lucero?

Murrieta sintió la daga en el corazón al escuchar la pregunta de su amigo.

—Nada, Pepe. Sé que estoy mal pero no le puedo perdonar haberse metido con el bandido de Justo García. Desde que pasó eso casi no he vuelto a tocarla. Sé que no debería pensar así, pero es la realidad y no la puedo cambiar.

Vasconcelos tomó unos cacahuates de la charolita de la mesa de centro, y los llevó a su boca para continuar:

—Tienes un hijo con ella, Arturo. Un muchacho de catorce años que te necesita. Ella sólo te tiene a ti y al hijo de ambos, Regino. ¿Quién eres tú para juzgarla después de tantas chingaderas que le has hecho? La engañaste con Gretel y se lo tragó sin respirar. Estoy seguro de que pensó lo mismo que tú: «no me puedo meter con él a la cama, nada más de saber que a diario dormías Gretel en los Estados Unidos», sin embargo, estuvo contigo incondicionalmente. Piensa en el apoyo que te dio cuando te sacó de la cárcel de Belén con sus propios ahorros. Esa mujer te ama. Si cayó en las garras de Justo García es porque ese cabrón es una cobra de la India contra un inocente ratón. Gretel, aunque la idolatres, también es una mujer de cascos ligeros.

Los ojos de Arturo se agrandaron de enojo. No esperaba un comentario así de su amigo—. Nunca te lo dije Arturo, pero ahora que ya la has perdido totalmente te puedo confesar que una vez la vi salir de un hotel de la capital con Apolinar Chávez. Aunque sólo te dije que los vi juntos, nunca mencioné que salieron abrazados de una habitación. Le reclamaste y te la cambió con una tercia de ases, diciéndote que lo buscó para que los ayudara a encontrar a Reginito cuando andaba perdido. ¿Verdad que no lo sabías? Lo que le pasó a Lucero le pasa a cualquier mujer que esté abandonada y sepa que su marido está con otra mujer. No la juzgues. Eso le pudo haber pasado hasta a nuestras madres.

—¿Por qué no me dijiste la verdad en su momento, Pepe?

—No me constaba. El hecho de que los hubiera visto no era prueba contundente de que hubieran hecho algo.

—¿Pues qué prueba querías, verlos en la cama?

—Lo dejé al destino, Arturo. Me dije, en ese momento, si Gretel lo engaña, Arturo lo sabrá tarde o temprano. No es mi estilo destruir relaciones. A cualquier hombre que descuida a su mujer le puede pasar eso.

—Como te pasó a ti con tu esposa, Pepe.

Murrieta buscaba bajar un poco el coraje que sentía. La infidelidad de Gretel le dolía en el alma y ni siquiera la tenía cerca para reclamarle.

—Claro. A mí también Serafina me podría poner el

cuerno y no la culparía. La única diferencia Arturo, es que tus mujeres son más jóvenes y atractivas que mi esposa. Cualquier hombre se batiría a duelo por Gretel o Lucero.

Arturo sintió la necesidad de decirle sobre Juliana. Vasconcelos no sabía nada por su obligado exilio cuando fue nombrado ministro de Educación en el gobierno de la Convención y tuvo que huir del país por la amenaza de muerte de Juan Balderas, el Agachado, quien lo acusó de mal abogado.

—Hay otra mujer en mi vida, Pepe.

Vasconcelos se quedó petrificado con la copa en la mano al escuchar esto.

—¿Otra mujer?

—Sí, Pepe.

—¿Quién es ella?

—Es Juliana, la hermana menor de los Talamantes. Los hermanos que me salvaron la vida en Los Remedios, en aquel duelo de 1905.

El mesero que los atendía en ese momento, se vio en la necesidad de traer otro coñac y otra cerveza.

—Esa la tenías bien guardada, cabrón.

—No guardada, Pepe. Simplemente no te había visto y no te lo había podido compartir.

—Debe ser guapa y más joven que las otras dos, ¿no?

Vasconcelos se sintió reconfortado al ver otra copa de fino coñac sobre la mesa. Murrieta se envalentonó con su tercera botella de cerveza xx, la conmemorativa del inicio del siglo.

—Es muy guapa y más joven que las otras dos. No tiene la preparación de Gretel ni el abolengo de Lucero, pero tiene juventud y belleza.

—¿Es soltera?

—Es viuda. Era recién casada y su marido, perteneciente al ejército huertista, murió en una de las batallas contra Villa.

—Supongo que la conoces desde que eres amigo de los Talamantes.

—Sí, pero ella era una niña en ese entonces. En 1914, cuando Villa y Zapata estaban en la capital, busqué a doña Inés para saludarla, me encontré con que su hija era una mujer hecha y derecha y de ahí surgió todo.

—Sí Arturo, es tu amor, pero no se puede comparar con el de Gretel y Lucero, con las que tienes hijos. Ella es sólo una aventurilla.

—Una aventurilla con al que tengo un hijo de cuatro años, llamado también Arturo, como el de Gretel.

Vasconcelos se quedó lívido al escuchar que Arturo tenía un hijo con Juliana.

—¿Tienes un hijo con ella también?

—Sí, Pepe. Tienes derecho a insultarme, si quieres. Me lo tengo bien ganado.

—Eres un cabrón mujeriego que no tiene remedio.

—Bueno, Pepe, no creo que tú seas la persona más indicada para reprimirme de ese modo. Si no le hiciste un hijo a Adriana es porque no pudiste, no porque no quisiste. Eso quizá hubiera sido el cemento que hubiera solidificado tu relación.

Murrieta, conocedor de las debilidades de su amigo, supo que había acertado en el blanco.

—Aquí no se trata de saber si Pepe puede o no puede. El problema es que tienes tres mujeres, de la cuales sólo te quedan dos, y debes elegir con cuál te quedas.

—Tengo que hablar con Juliana. A lo mejor ya tiene otro hombre y yo ando aquí de pedante y presumido. A lo mejor ninguna me queda.

—Veo claramente que te importa mucho el hecho de que Juliana no te haya puesto el cuerno.

—Debo admitir que sí, Pepe. No sé si estoy bien o mal,

mas el hecho de que no me haya traicionado, la pone en un peldaño más alto que a las otras.

Cuando una mujer te pone el cuerno es porque está más enamorada y entregada a ese otro. Nosotros lo hacemos por placer y a la semana siguiente ni nos acordamos.

—Si aquí hubiera algunas mujeres Arturo, te aseguro que no saldríamos bien librados con nuestros comentarios machistas.

—No lo dudo. ¿Y cómo te sientes ahora que te regresaron de Los Ángeles para hacerte rector de la universidad?

—Bien, Arturo. Mi amistad con Fito de la Huerta ha rendido frutos. Con él y con Obregón me llevo bien. No sabes el favor que me hizo Carranza cuando me mandó a Inglaterra para impedir que le prestaran dinero a Villa. Me alejó de él y me acercó a los obregonistas.

—Qué gusto me da, Pepe. ¡Salud por eso y ya pronto sabrás con quien me casaré!

—¡Suerte, matador!

Vasconcelos sacó de su cartera el dinero que cubría la cuenta más la propina, lo dejó sobre la mesa y los dos abandonaron el lugar para continuar con sus actividades. Murrieta se sentía mejor al haber compartido su secreto con su gran amigo.

El 1 de junio de 1920, a las cinco de la tarde, protestó como Presidente sustituto de la República Mexicana, el señor Adolfo de la Huerta ante el Congreso de la Unión, convirtiéndose, a sus 39 años, en uno de los presidentes más jóvenes que haya tenido México junto con Miguel Miramón.

Después de la ceremonia de protesta, el nuevo presidente abandonó, junto con su comitiva, el recinto nacional con los acordes del Himno Nacional de fondo.

Al día siguiente frente a Palacio Nacional se llevó a cabo un histórico desfile militar donde marcharon veinte mil hombres a favor del Plan de Agua Prieta que llevó a Adolfo de la Huerta a la presidencia.

A la cabeza del desfile venía el 34° Regimiento de Caballería, comandado por el general Miguel Ángel Peralta. Detrás de la columna venían los triunfantes generales: Álvaro Obregón, Benjamín G. Hill, Manuel Peláez, Jacinto B. Treviño, seguidos por las fuerzas michoacanas de Pascual Ortiz Rubio[74]. Después caminaban pintorescamente, sin uniforme, algunos sin zapatos y sin ningún orden al desfilar, los orgullosos soldados yaquis, amigos de Obregón, que estuvieron a su lado incondicionalmente desde Sonora hasta la capital.

Adolfo de la Huerta, con rostro pálido y nervioso, estuvo de pie en todo el desfile en el balcón de Palacio Nacional.

En los salones de Palacio Nacional, le hacían compañía al nuevo mandatrio los divisionarios, Genovevo de la O (sustituto de Zapata a su muerte, quien era muy parecido al difunto Regino Canales, como si fuera su regreso en una macabra resurrección), Pablo González (doblegado y resignado ante el poder de Álvaro Obregón); Plutarco Elías Calles, incondicional mano derecha de Obregón; José Vasconcelos, talento literario empantanado en la abogacía; Arturo Murrieta, los hermanos Talamantes y otras figuras de la política que pronto aparecerían en el gabinete de Adolfo de la Huerta.

Dentro de uno de los salones de Palacio Nacional, Fernando y Manuel Talamantes se abrazaron fraternalmente con Arturo Murrieta. Los ahí reunidos querían estar cerca de las tres luminarias del Plan de Agua Prieta: Adolfo de la Huerta, Álvaro Obregón y Plutarco Elías

---

74 Sería presidente de México durante el Maximato.

Calles. Los Talamantes aprovecharon para intercambiar algunas palabras con su amigo y cuñado Arturo Murrieta.

—¿Cómo está Juliana? —preguntó alegre, Murrieta.

Por un segundo los hermanos se miraron con complicidad cómica antes de contestarle a Murrieta.

—Bien, Arturo, pero si te interesa como mujer sería conveniente que le dieras una vuelta, ¿no?

Arturo, impecablemente vestido de etiqueta, frunció el ceño en gesto de duda.

—¿Por qué? ¿Está enferma?

—No, de salud está muy bien, gracias a Dios, pero hay un pretendiente rondándola.

Un silencio extraño se sintió entre los tres hombres. En el fondo, el barullo de los invitados al desfile aumentó su volumen.

Mañana mismo iré a buscarla. No me digan más.

Justo García invitó a cenar a Patricia en el mejor restaurante de la ciudad de México. Ella no sabía el motivo, pero iba feliz y emocionada de estar con su hombre y padre de su hijo.

Su bebé había nacido a fines del año anterior. Isaura había estado con ella en todo momento y ahora eran grandes amigas. El matrimonio Faber-Isaura se había mudado a la boyante capital de México donde gobernaba de la Huerta y se esperaba un gran crecimiento y desarrollo.

—Qué gusto que Isaura accedió a cuidar al pequeño Justo —dijo Patricia.

—Me da a mí más gusto que sean grandes amigas.

—Isaura es una mujer diferente. Aunque tiene dinero es humilde y sencilla. No es pretenciosa y te agrada estar junto a ella.

—Isaura es la mujer más increíble que te puedas

imaginar. Espero que su amistad madure más y ella misma te cuente un poco sobre su interesante vida —dijo Justo con mirada de aprobación.

—Pareces saber mucho sobre ella.

—Lo único que te puedo decir es que se escapó de Valle Nacional junto con mi hermano Epigmenio. El escape no fue fácil. Ya te contará ella misma.

—A ti te aprecia mucho. Dice que eres un gato con corazón de león.

Justo se rió por la comparación. Con su mano derecha acarició el cabello de Patricia y con la izquierda le extendió un elegante estuche de color negro. Patricia lo tomó emocionada.

—¡Justo! ¿Pero qué es esto?

Con mirada de niña emocionada ante una caja de chocolates, abrió el estuche para encontrar un anillo de compromiso con un fulguroso diamante montado sobre él.

—¡Justo! ¿Significa que nos casaremos?

—Sí, Patricia. Nos casamos en una semana. Te quiero como mi mujer para toda la vida. Quiero que me llenes la casa de escuincles traviesos.

Patricia se puso el anillo emocionada para después abrazar al hombre de su vida.

—¡Te amo, Justo! Soy la mujer más afortunada del mundo.

—Yo también, preciosa.

Fernando Talamantes salió de paseo al Bosque de Chapultepec con Daniela Ostos y su hija Daniela. Los tres paseaban felices por un arbolado andador que conducía al famoso lago, donde Maximiliano en los tiempos del efímero imperio francés se inspiraba caminando al amanecer, antes de iniciar sus actividades políticas.

—¡Qué hermoso lugar, Fernando! El bosque es precioso y esa vista del Castillo de Chapultepec te arranca el aliento.

—Aquí ha estado por siglos, Danny. Este lugar fue escenario de la batalla entre los estadunidenses y los mexicanos en 1847. Antes de eso fue academia militar, palacio de los virreyes y sitio predilecto de Moctezuma, aquí se relajaba en una pequeña casa de recreo. En uno de los acantilados de este cerro los tlatoanis aztecas, al morir, mandaban grabar su efigie para que se quedara por siempre ahí, para que las generaciones futuras no los olvidaran. Como ves, el tiempo borra todo.

—Es precioso el lugar, Fernando.

Los dos se tomaron de la mano de manera natural mientras seguían dialogando sobre la belleza del lugar y los eventos recientes.

—Acabo de alquilar una casita, Fernando. Me sale más barato que estar pagando un cuarto de hotel.

Fernando la miró resignado y complacido. Para nada le enojaba la oportunidad de tener a Daniela cerca de él, ahora que Obregón estaba en la capital. Su única preocupación era su familia, pero como todavía no había nada entre él y Daniela, qué caso tenía desgastarse pensando en eso. Además todavía faltaban días para que llegaran.

Danielita se sentó a comer un helado en una banca del enorme parque mientras Fernando y Daniela quedaron juntos en el otro lado de la reducida banca.

De manera espontánea Fernando intentó besarla en la boca pero Daniela desvió la cara, incorporándose sorpresivamente de la banca.

—No, Fernando. Eso no es correcto. Tú eres casado y yo, por ningún motivo, quiero ser una roba-maridos o destruye-matrimonios. Lo siento mucho. Me gustas, pero eso no debe ocurrir entre nosotros. Me conformo y me siento satisfecha con tu amistad. No hagamos cosas absurdas de las que nos podamos arrepentir.

Fernando no salía del asombro ante la reacción de Daniela. Ella parecía rechazarlo, dejando atrás cualquier prejuicio que él hubiera imaginado, que era una soltera enamorada buscando atraparlo a toda costa.

Daniela inteligentemente manejaba sus piezas y con maestría iba envolviendo a Fernando, que era inexperto en cuestiones del corazón. La vida de Fernando en cuanto a idilios se resumía sólo con Gisela hasta ese día. Ella era la única mujer con la que había estado en toda su vida y la presencia de la norteña ponía en serio riesgo su relación matrimonial. El tiempo ya se encargaría de poner las cosas en su lugar.

Juliana Talamantes terminó de leer la carta de don Joaquín Gómez, la dobló cuidadosamente y la puso en la cajita de madera que guardaba debajo de su cama. Desde meses atrás el comerciante en telas, amigo de doña Inés, había hecho un inteligente y persistente galanteo sobre la menor de la familia Talamantes.

El rico comerciante no había llegado más allá de tocarle la mano al saludarla, pero la amaba perdidamente y estaba dispuesto a casarse con ella y ofrecerle su casa para que viviera cómodamente al lado de su hijo Arturo.

Doña Inés irrumpió en su cuarto para anunciarle que don Joaquín estaba en la sala para hablar con ella.

Juliana se incorporó sonriente, se arregló un poco el cabello y se dirigió hacia donde la esperaba su tenaz pretendiente.

—Buenos días, don Joaquín —saludó amable. Su sonrisa era como un sol que iluminaba la amplia sala.

—Buenos días, Juliana. Qué hermosa luces esta mañana. Me siento halagado de contemplar tu belleza juvenil.

—Usted siempre tan galante, don Joaquín.

Don Joaquín y Juliana se sentaron en el amplio sofá. La madre de Juliana los acompañó sentándose en el sillón de enfrente.

—Juliana, ante tu madre aquí presente, quiero pedirle de tu mano para casarnos lo más pronto posible.

Don Joaquín se acercó a ella moviéndose a lo largo del sillón para entregarle un elegante estuche. Juliana lo abrió y sus ojos negros se deslumbraron al ver un anillo de oro de compromiso.

—Es bellísimo, don Joaquín.

—Nada más bello que tú, preciosa —dijo don Joaquín galantemente.

Don Joaquín era un hombre calvo, con un pequeño bigote que más parecía un moño de corbata que un espeso mostacho le daba un toque bonachón y alegre.

—No sé qué decirle, don Joaquín... estoy un poco confundida.

—¡Doña Inés! —la madre de Juliana se puso atenta—. Yo amo a su hija y a su niño. Yo me encargaré de que no les falte nada. Aunque soy viudo y tengo dos hijos, ellos vivirán aparte, en su casa de Tacubaya. Estas llaves que le extiendo aquí, son las llaves de la casa de Juliana en el pueblo de Popotla. Mi compromiso es formal y no sabe cuánto deseo que su hija me responda con un sí para fijar la fecha de la boda ahora mismo.

Doña Inés volteó a ver a Juliana para decirle:

—Hija, yo no puedo ni debo decidir un compromiso tan delicado y serio. Eso decídelo tú misma y que él lo sepa de una vez. Por mi parte, yo sólo te puedo confirmar que don Joaquín es una persona intachable para la sociedad de la capital y que todo lo que se dice de él es cierto. Tus hermanos se encargaron de investigarlo y es por eso que él es bienvenido en esta casa.

Don Joaquín miró nervioso a Juliana. Por momentos parecía que iba arrancarse el bigotito, como si esto ayudara a conseguir una pronta respuesta de la mujer que amaba.

—Sí, acepto casarme con usted, don Joaquín. Fije la fecha la fecha de la boda y que Dios nos haga felices a los tres. El hecho de que usted acepte a mi hijo como propio, es más que una llave mágica para que esto funcione bien desde el principio.

Don Joaquín sonrió feliz y se acercó a Juliana para besar su mano y agradecerle frente a su madre la decisión tomada.

—Gracias, Juliana. Nos casaremos en septiembre en el hermoso y sagrado templo de Los Remedios. Ahorita mismo lo arreglo con el padre. Además necesito que vayas a Popotla con tu madre para que decidas cómo debe ir amueblada la casa. Eso es asunto de mujeres. De la organización de la boda me encargo yo.

—Gracias, don Joaquín —contestó doña Inés satisfecha.

Era grato para ella comprobar que todavía había caballeros en esos tiempos tan difíciles de la posrevolución.

Obregón se encontraba en una importante reunión de amigos cuando Fernando Talamantes le informó al oído sobre la aprehensión de Pablo González y Jesús Guajardo en Monterrey, Nuevo León.

Obregón se disculpó unos minutos con los convocados para hablar a solas con Fernando.

—González fue atrapado en el sótano de su casa y a Guajardo lo entregó su propio subordinado, el coronel Antonio Cano quien lo tenía hospedado en su casa.

—Ah, Pablito, Pablito, ¿por qué me saliste tan pendejo?

Mira que intentar rebelarte contra Fito después de lo que platicamos en Tacubaya. De que los hay, los hay.

—¿Qué hacemos, mi general?

—Tenemos que dar un escarmiento severo, Fer. Guajardo[75], que es un traidor de mierda, servirá de chivo expiatorio. Después de eso, Pablito se alineará, te lo aseguro.

En el Teatro Progreso se llevó a cabo el juicio de Pablo González en el que resultó culpable de fomentar la revolución en la República. El coronel Antonio Cano, quien traicionó a Guajardo, ahora servía de delator de Pablo González condenándolo a muerte, llevándolo al paredón de fusilamiento.

González, arrepentido, fue conducido a la Penitenciaría del Estado el día del 21 de julio para ser fusilado.

Sin embargo, Fernando Talamantes se presentó ante el general Manuel Pérez Treviño, jefe de Operaciones Militares de Nuevo León. Después de un cortés saludo, entregó un papel en el que se ordenaba por medio del Ministro de Guerra y Marina la orden de liberación del divisionario Pablo González.

Tiempo después, Pablo González, reunido con sus cuatro hijos y su esposa, en su casa, agradeció a Fernando Talamantes el incondicional apoyo brindado por Obregón a su causa.

—Dígale al general que estoy muy agradecido con él, no sabe cuánto.

Fernando sonrió contento, González no volvería a dar problemas a Obregón y podría ver crecer a sus pequeños hijos sin problemas.

---

75 Fue fusilado al 17 de julio de 1920, al día siguiente de ser aprehendido, después de un juicio relámpago. Así murió el asesino de Zapata, quien no pudo disfrutar de sus cincuenta mil pesos ni de su título de general, al haber sido traicionado por Antonio Cano.

20

VILLA ENTREGA LAS ARMAS A ADOLFO DE LA HUERTA

AL TRIUNFO DEL LEVANTAMIENTO DELAHUERTISTA, FUE designado como jefe del Departamento de Aviación el capitán Rafael Ponce de León. El presidente interino Adolfo de la Huerta colocó el 21 de junio de 1920 la primera piedra de lo que sería la Escuela Nacional de Aviación. El 8 de julio del mismo año, a bordo de un moderno avión Farman, los pilotos Carlos Santa Ana, Luis Preciado de la Torre, Joaquín Martínez de Alba, Augusto Lenger, José María Cervantes y los mecánicos Bernardo Gutiérrez y Agustín Enríquez efectuaron un temerario y largo vuelo de la ciudad de México a Chihuahua.

A la altura del Estado de Zacatecas el avión falló, precipitándose a tierra en un lugar llamado La Noria las Tinajitas. El impacto, brutal, mató a casi todos los tripulantes, solamente sobrevivieron el cadete Lenger y el mecánico Agustín Enríquez que iban en la parte trasera del aparato. Después de caminar más de quince horas, encuentran ayuda para rescatar los cuerpos de sus compañeros. Treinta horas después del fatídico accidente los cuerpos fueron recuperados y horas después velados en los hangares de Balbuena.

Frente a los cinco ataúdes que se velaban simultáneamente en una improvisada capilla en los hangares, Manuel

Talamantes dio personalmente su sentido pésame a todos los familiares de los pilotos accidentados. Afuera del hangar velatorio encendió un cigarrillo para tranquilizarse un poco. En menos de dos años había perdido a tres grandes amigos: Amado Apanigua, Roberto Díez Martínez[76] y ahora Carlos Santa Ana. Eso demostraba que la carrera de piloto aviador era una profesión muy arriesgada.

—Lamento mucho lo ocurrido, Manuel. Sé que Santa Ana y tú eran buenos compañeros –dijo Gustavo Salinas, un viejo conocido.

—Esta profesión es muy riesgosa, general. De entrada hay riesgo de que los aviones se caigan solos, ahora imagínese en guerra donde le tiran a uno para derribarlo.

—Es cierto, Manuel. Por eso buscaré la manera de proteger a las familias de los pilotos que sufran accidentes como éste. Es terrible dejar a la familia a una deriva cuando un valiente dio su vida por servir a su gobierno.

—Voy a necesitar de tus servicios en el gobierno que viene. Sé que eres un hombre de Obregón, al igual que yo, así que haremos grandes cosas juntos.

—Gracias, general. Será un placer trabajar con usted.

Adolfo de la Huerta y Álvaro Obregón se reunieron con Fernando Talamantes en Palacio Nacional. La intención de la reunión era convencerlo de que buscara a Villa para que se rindiera.

—A fines de mayo, Villa se reunió cerca de Parral con el gobernador de Chihuahua, Ignacio Enríquez —comenzó diciendo de la Huerta, con su taza de café negro bien—.

---

76 El 29 de mayo de 1920, se estrelló en un bimotor Farman, junto con el famoso piloto francés Leopoldo Dumont, el teniente Jorge H. Bernard, el piloto Rafael Montero y el mecánico Aníbal Polancini. En un accidentado descenso al aproximarse a los llanos de Balbuena, se precipitó sobre lo que es ahora La Lagunilla, cayendo en la calle del Órgano (junto a la estación del metro Garibaldi). Sólo se salvó el piloto Rafael Montero, quien salió con heridas leves.

Nacho le comunicó nuestra intención de que se rindiera y radicara en Sonora. Parecía que todo iba bien con las negociaciones pero Enríquez regresó en la noche a atacar a Villa, pensando que acampaba donde debía, pero el muy abusado se peló en la noche, dejando el campamento vacío con fogatas, caballos y casas de campaña.

—Como fiera de monte olió el peligro —repuso Fernando, tomando una galleta de chocolate de la elegante charola de plata.

—Así es Fernando. El 2 de junio atacó Parral, dejando varios muertos y heridos —intervino Obregón, quien hizo caso omiso de las galletas. Su esposa ya lo tenía harto con eso de que estaba muy gordo—. El general me dice que tú eres la única persona que se puede acercar a Villa y convencerlo de que se rinda a mi gobierno. Estuviste dentro de su ejército, dormiste en sus campamentos y peleaste mano a mano contra los huertistas y carrancistas. El ingeniero Elías Torres saldrá contigo rumbo a Chihuahua para que logren su objetivo. Elías hará la parte formal del gobierno para tramitar su rendición, tú harás la labor de convencimiento, alcanzándolo donde se encuentre. Confiamos plenamente en el éxito de esta misión, Fernando —dijo de la Huerta de pie, mirando fijamente a Talamantes.

—¿Y si se niega?

—Dile que si se opone lo siguiente será exhibir su cadáver en la plaza de Parral, como ocurrió con el de Zapata en Cuautla —concluyó Obregón, contundente.

La reunión de los Talamantes en la Alberca Pane[77] fue un

---

77 Alberca ubicada frente a la estatua de Colón en Av. Morelos y Paseo de la Reforma. Contaba con vapores, baños turcos, peluquería, tienda, restaurante bar y amplios jardines con albercas al aire libre. Sebastián Pane explotaba pozos y al descubrir uno en Reforma, desarrolló este moderno balneario. Se podía llegar a las albercas en tranvía, ya que Pane era el dueño de la línea de trenes que corría por Reforma. Su precaria competencia era una alberca ubicada en donde actualmente se encuentra el edificio del periódico

momento familiar y memorable. En una mesa con sombrilla en el amplio jardín, se encontraban reunidos Fernando, Gisela Escandón, Fernandito, doña Inés, Manuel, Inesita con su esposo y sus dos hijos, y, Juliana con su prometido don Joaquín y Arturito.

—¿Te gusta la ciudad, Gisela? —preguntó don Joaquín.

—Es hermosa, don Joaquín. La última vez que estuve aquí fue en las fiestas del centenario, en la inauguración de la columna de la independencia. Todo el tiempo he estado en Ciudad Juárez y en El Paso.

Don Joaquín vestía un moderno traje de baño con gorro para el sol, con una camiseta a rayas que lo hacía ver como un payaso de circo.

—¡Qué interesante, hija! Si estuviste ahí, es porque tu padre era alguien muy importante en esos años.

—Lo fue, don Joaquín. Él murió hace poco. Su caída simultánea fue a la de don Porfirio. Casi murieron el mismo año.

—Acabamos de comprar una casita sencilla en la colonia Condesa. Tenemos el hipódromo a unos cuantos metros. La colonia es muy bella y llena de parques —intervino Fernando para unirse a la plática familiar.

—Y tenemos el Toreo de la Condesa a unos pasos —agregó Gisela.

Gisela se mantenía hermosa y delgada y no mostraba nada indiscreto con el vestido de sol que llevaba puesto. A sus 29 años se encontraba en la plenitud de su belleza.

—Pues habrá que ir a la inauguración, hermano. Nadie conoce tu nueva casa de la Condesa —agregó Manuel, disfrutando una fresca cerveza, presumiendo su colorido traje de baño.

Excélsior en Reforma.

—Mañana salgo para Chihuahua en misión de paz con Villa, para que se rinda y entregue las armas.

Todos guardaron silencio. Sabían del peligro que implicaba para Fernando meterse de nuevo en la madriguera de Doroteo Arango.

—Ten cuidado, hermano. Villa puede guardarte resentimiento por haberlo dejado después de lo de Columbus.

—Lo tendré, Manuel. No los preocupes de más.

Doña Inés trató de cambiar de tema para no preocupar de más a la familia.

—¿Te dio Obregón algún premio para comprar la casa?

—No, mamá. La compré con un dinero que enterré en el norte y después recuperé al volver a México. Fue como mi seguro de vida.

—¿Piensan volver a El Paso? —insistió doña Inés.

—Sólo de vista, señora. En esa casa vive mi madre. Ella aún trabaja en un hotel y se mantiene muy bien. Si deja de trabajar se muere —repuso Gisela.

—¿Y cómo va tu carrera de piloto, Manuel? —preguntó don Joaquín como si tuviera la misión de preguntar a todos para mantener una plática fluida.

—Bien, don Joaquín. Daré algunas clases en la Escuela Nacional de Aviación que acaba de fundar don Adolfo de la Huerta y también espero volar en la primera oportunidad que surja.

—Supe del accidente de Tinajitas donde murió Carlos Santa Ana —dijo Juliana, mientras le servía limonada a los niños.

—Sí, Juliana. Fue una tragedia. Santa Ana era un excelente piloto.

—Insisto en que los pilotos se exponen mucho —dijo Inesita, presumiendo su figura con un atrevido vestido que se abría por el frente mostrando su moderno traje de baño. A sus 31 años aún se mantenía delgada, a pesar de haber tenido dos hijos. Don Jacinto miró preocupado que ningún bañista se fijara en los redondos pechos de su mujer.

—¿Cómo va la talabartería, Jacinto? —le preguntó Fernando, sacándolo de sus celos imaginarios.

—Bien, Fernando. No nos podemos quejar. La paz en la ciudad siempre trae prosperidad económica. En los tiempos en los que entraba un ejército y salía otro, sí sufrimos mucho.

Manuel se distrajo viendo a una hermosa mujer que se dirigía a los vestidores. Un curioso letrero junto a la alberca decía con enormes letras rojas «Prohibido nadar sin calzones».

—Te gustó la güera, ¿verdad, hermano? —dijo Juliana dándole un codazo a Manuel.

—Sí, está bien guapa.

—Mi hermano ya me preocupa, mamá. Tiene veinticinco y nunca le he conocido una mujer. Se me hace que es maricón —dijo Fernando entre risas. —¿Debo presentarte a cuanta mujer conozca?

—Sólo preséntame a una y te dejo de molestar. Todos rieron por la broma de Fernando.

—Hay una que me trae loco. Todos guardaron silencio ante la confesión de Manuel.

—¿Podemos saber quién es ella? —preguntó doña Inés, mientras preparaba las tortas de carnitas.

—Es Lucy, la hija de Arturo Murrieta.

Juliana, sin querer, tiró la jarra de agua de chía en el traje de cirquero de don Joaquín. La mera mención del nombre de Murrieta ponía a la familia en alerta, más a don Joaquín, que sabía que Juliana moría por él.

—¿Y por qué no la buscas? —preguntó Inesita.

—No es fácil. Vive en Nueva York con su madre, su hermano Arturo y John Kent, el hombre con el que se acaba de casar Gretel.

Fernando sabía bien la historia, pero los demás no. Así que vinieron las preguntas inevitablemente.

—¿Se casó Gretel? —preguntó doña Inés sorprendida.

Juliana olvidó por completo dónde andaba su hijo Arturo y de atender a su prometido.

—Sí, mamá. John Kent se enamoró de ella y al no prestarle mucha atención Arturo, la perdió irremediablemente.

—También sé que su relación con Lucero anda por los suelos. No me sorprendería que también se separaran. En esto del amor no se sabe nada.

—Joaquín, no encuentro a Arturo. ¿Puedes buscarlo en las albercas?

—Está con tus sobrinos, Juliana. Desde aquí se les ve bien.

—Por favor, cuídalo que me tiene muy inquieta.

—Está bien, mi amor.

Don Joaquín, resignado y sabiendo que su presencia impedía la conversación, se dirigió a las piscinas para cuidar al niño.

—A mí no me engañas, Juliana. Bien sabemos todos que todavía amas a Arturo. ¿Para qué te casas con este espantapájaros si no lo quieres? —preguntó Fernando en voz baja, de modo que sólo lo escuchara ella.

—Amo a Arturo, Fernando, pero él a mí no. Don Joaquín me da la seguridad económica que mi hijo requiere y que ninguno de ustedes me puede dar. No puedo jugar con el futuro de mi hijo.

—Entiendo, hermana. A ver en qué termina todo esto. No me agrada eso que dices que lo que ninguno de nosotros te pueda dar. No estás sola. Si necesitas algo, dímelo. Estoy dispuesto a todo por el bienestar de mi sobrino.

—Gracias, Fernando. Me gusta oír eso.

El ingeniero Elías Torres, los periodistas Carlos Quiroz e Ismael Casasola, el villista José Delgado y Fernando Talamantes se encontraban, a mediados de julio, en Conchos, Chihuahua. Llevaban varios días esperando reunirse con Pancho Villa, pero éste ni sus luces.

—Estoy harto de esperar, José. Villa no te hace caso y no voy a pasar una hora más aquí con ustedes —dijo Fernando furioso aventando un jarro con atole.

—Tenga paciencia, señor Talamantes. Pancho Villa está interesado en hablar con ustedes sobre la rendición, pero no entiendo por qué no viene.

—Si tú que eres villista no lo entiendes, imagínate yo.

Todos vieron como Talamantes ató su pequeña maleta al caballo y puso dos botellas con mucha agua para el camino.

—¿A dónde vas, Fernando? —preguntaron todos.

—A buscar a Pancho Villa. Yo lo conozco mejor que Pepe Delgado. Se los aseguro. Pronto sabrán de mí.

Cerca de Sabinas, Coahuila se encontraba Pancho Villa con su pequeño grupo de hombres. La falta de agua y comida, al tratar de cruzar el Bolsón de Mapimí, había hecho estragos en el ánimo de su gente.

Por una de las veredas cercanas a un cañón se acercaban tres jinetes. Dos indios y un hombre blanco. A simple vista se notaba que venían armados.

La gente de Villa se alertó al ver a los jinetes y prepararon sus rifles para recibirlos.

—Yo me trueno al de en medio. Se ve con buena ropa y buen caballo —dijo uno de los hombres de Villa apuntando.

—No dispares, Tecolote. Sé quién es ese diestro jinete que se acerca. Es como mi hermano.

—¿Quién es, mi general?

—Fernando Talamantes. Uno de mis hombres de confianza desde que comencé en Juárez.

Sus hombres bajaron las armas presos de la curiosidad por conocer a aquel hombre que venía buscando a su jefe.

—Aprovecha esta oportunidad, Pancho. Conocemos a los sonorenses y bien sabes que son de armas tomar. Acepta la rendición y vive como un héroe en un rancho en Sonora o en Chihuahua. No permitas que te asesinen como a Carranza y Zapata. Tú estás hecho de otra madera. Aún queremos Pancho para rato —dijo Fernando, sentado bajo la sombra de un árbol junto con Villa.

Villa, eludiendo entrar de lleno al tema de la rendición, preguntó algo que le intrigaba desde tiempo atrás:

—¿Por qué me dejaste después de Columbus, Fernando?

Fernando, meditando bien las palabras que el corazón herido de Villa quería escuchar, respondió:

—Lo supiste en su momento, Pancho. Te lo dije al separarme. Esa noche maté por accidente a mi cuñado Roberto. Por eso lo hice. Es muy diferente entrar en un pueblo a matar gente que no conoces, a matar a un familiar con tus propias manos. Esa noche quedé herido de muerte moralmente.

Villa secó el sudor de su frente y le otorgó una mirada de comprensión. Si había algo que Villa respetaba y sostenía, era el apoyo y amor a la familia. Matar por accidente a un familiar era una cicatriz que nunca cerraría.

—¡Qué pena, Fernando! ¿Lo sabe tu hermana?

—No, Pancho. Jamás se lo diré. No podría, y ya para qué. Ahora más que nunca tengo la obligación de ver por ella y mi sobrino.

—Estoy contigo en tu dolor, Fernando. Yo también ya estoy cansado. Creo que mis mejores años han pasado.

—Por eso estoy aquí, Pancho. Quiero visitarte en tu casa y que Luz me convide unos de sus deliciosos guisos, que nadie hace mejor que ella. No soportaría ir a tu funeral, Pancho. Estás en tu mejor momento para salvarte y evitar dejar a más familias huérfanas. Fito es tu amigo. Él mismo me encomendó esta misión. Él te aprecia mucho desde que nos apoyó para meternos en esto en 1913 que te escapaste de la cárcel. No desaproveches una oportunidad así.

El Centauro con una mirada parecida a la que le lanzó aquella vez que se conocieron, cuando Taft se entrevistó con Porfirio Díaz, le explicó:

—Aprovecharé el indulto de Fito, Fernando. Prepara todo. Me entregó al gobierno de Agua Prieta y que todo sea para bien.

Fernando abrazó emocionado a su entrañable amigo.

—Gracias, Pancho. Esto es por ti, por tu familia y por México. Hablaré con Adolfo sobre esto para que prepare el acta de rendición en Sabinas y todo quede bajo la ley.

Al día siguiente, 23 de julio de 1920, en Sabinas, Coahuila se reunió el general Eugenio Martínez con Villa y su secretario particular Miguel Trillo. Se levantó un acta donde se ultimaron las condiciones de la histórica rendición.

El acta de rendición resume básicamente que Villa depuso las armas para dedicarse a la vida privada. El gobierno le cedió la Hacienda de Canutillo[78] con los títulos traslativos de dominio para que ahí viviera tranquilamente. El general Villa contó con una escolta de cincuenta hombres de su confianza, y que dependerían económicamente de la Secretaría de Guerra y Marina. A cada miembro de su tropa se le dio una pequeña propiedad y un año de sueldo. Los que quisieran seguir en la milicia serían incorporados al Ejército Nacional. Por último, el general Villa protestó bajo palabra de honor no levantarse en armas contra el gobierno constituido y los subsecuentes.

78 Hacienda con diez mil hectáreas de extensión, adquirida por el gobierno a un precio de seiscientos mil pesos.

Eugenio preparó algunos trenes para el traslado de la tropa villista a San Pedro de las Colonias, Durango, pero el Centauro lo rechazó, prefiriendo hacer el viaje a pie para ser vitoreado a lo largo del trayecto. Al llegar fue recibido por los periodistas de México, quienes lo retrataron y entrevistaron, no queriendo perder ningún detalle del momento histórico. De San Pedro, Villa continuó su viaje hacia Tlahualillo, donde fue recibido del mismo modo hasta llegar a Canutillo, donde se estableció y se quedó a radicar para trabajar su hacienda como un honrado agricultor y ganadero.

La boda de Justo García y Patricia Solís fue considerada de las mejores de la década. El acaudalado millonario no escatimó un peso para hacer de ese momento algo, memorable para recordarse en la sociedad posrevolucionaria.

El enlace matrimonial coincidía con el triunfo de Obregón y con su lanzamiento como candidato a la presidencia de 1920.

Justo García, amigo y socio de Obregón, dedicó parte de su ceremonia nupcial para agasajarlo y llenarlo de reconocimientos por su triunfo como líder del levantamiento de Agua Prieta.

Obregón estaba en la cúspide de la ola y estar con él, era estar con el mejor político y general del momento.

—¡Muchas felicidades, Justo! —dijo Obregón, dándole un cálido abrazo con el doble de palmaditas, a falta de su brazo derecho.

—Gracias, general. Qué gusto que haya venido.

—De esta ciudad no me muevo más que para hacer gira por la República, Justo. Vamos por todo.

—Cuente conmigo en lo que necesite, general. Mi apoyo económico es incondicional para la causa obregonista.

Los ojos de Obregón se humedecieron por la emoción. Estrechando la mano de Justo le respondió:

—Gracias, Justo. Estamos en el mismo barco. Bienvenido a bordo, zarpamos el primero de diciembre.

Después de él, vino la fila de invitados que también querían felicitar a la joven pareja. De entre el grupo se distinguía la singular figura de Silvia Villalobos que iba acompañado de Narciso, su pequeño hijo de siete años.

—Felicita a tu tío Justo, Narciso —le dijo Silvia, esbozando una sincera sonrisa.

El pequeño Narciso vestía un traje importado de París, que bien podía competir en elegancia contra el de Justo.

—Felicidades, tío Justo. ¡Qué bien que te casaste!

Justo, muerto de risa por la espontanea felicitación, lo cargó en vilo para decirle:

—Recuerda que tú eres el hijo de mi hermano Epigmenio, al que tanto quise. Eres mi sangre. Eres como mi hijo, Narciso, y nunca te voy a descuidar.

Narciso sonrió halagado por las palabras de su tío, del que siempre le hablaba bien su madre.

Silvia, vistiendo un elegante vestido blanco, lucía encantadora y sonriente.

—¡Felicidades, cabrón! —le dijo Silvia al oído— Me tuve que resignar a que eres mi cuñado.

—Silvita… gracias por venir. Te quiero mucho y acuérdate que somos socios y cuñados.

—No tienes que recordármelo, eh —Silvia soltó una carcajada, dándole un ligero codazo—.

Espero que en tu fiesta conozca a un hombre guapo, joven y de dinero.

—Lo dudo cuñada, y si aparece, lo correrá a patadas el celoso cuñado.

El encuentro entre Patricia y Silvia puso tenso a Justo,

tanto que no las perdía de vista entre la gente. Silvia se comportó a la altura, portándose cortés y conciliadora.

—Felicidades, Patricia. Ahora somos familia y nos estaremos viendo seguido. Te felicito por tu boda y, por favor, olvida todo lo que nos dijimos hace poco. Esta nueva página de nuestras vidas viene en blanco.

—Gracias por venir y por aclarar las cosas, Silvia. Es un gusto tenerte aquí con nosotros. Las dos mujeres se dieron un sincero abrazo que fue festejado silenciosamente por Justo.

El chino, Wong Li, encargado de los prósperos negocios de opio de Justo, estaba feliz de la vida con su novia mexicana con la que pensaba casarse pronto. En la ciudad de México había más apertura para este tipo de relaciones que en Sonora[79], donde los chinos fueron relegados y perseguidos por cuestiones raciales.

—Muchas felicidades, jefe. Que sea muy feliz —dijo Wong Li, esbozando una gran sonrisa de oreja a oreja. Con su frac y sombrero se veía muy diferente a como acostumbraba vestir.

—Gracias, Wong Li. Espero que ya pronto tú te cases con Rosita.

—Segulo que sí, jefe. Cuando me acepte Losita cuando pondlé fecha a la boda.

Rosita, bajita de estatura como Wong Li, dio un cálido abrazo a los novios.

Frank Faber apretó a Justo como si quisiera asfixiarlo de emoción. Su relación de socios y amigos había tomado más fuerza que antes.

—Alemán del demonio, qué gusto que hayas venido, y

---

79 En 1919, Adolfo de la Huerta como gobernador de Sonora, expidió un decreto que prohibía bajo severas penas el matrimonio entre chinos y mexicanas.

mira qué maravilla, también viniste con el pequeño Frank y mi querida Isaura.

—¿Qué esperabas, Justo? ¿Qué viniera solo?

—Qué guapa te ves, Isaurita. No le digas a Patricia, pero la que se ve mejor esta noche eres tú.

—¡Gracias, coqueto! En verdad me emociona mucho estar en tu boda.

Félix Díaz, hombre con suerte, que debió haber sido fusilado por sus constantes levantamientos contra los gobiernos legalmente constituidos, fue absuelto por la política conciliadora y pacifista de Adolfo de la Huerta.

El general Guadalupe Sánchez (que llamaba padre a Carranza y quien cercenó la cabeza de Blanquet) se reunió con Félix Díaz en la hacienda La Perseverancia.

—Aproveche este indulto, mi general. La cosa está caliente en la capital y hay muchos que quieren que se le fusile. No se arriesgue. En unas semanas entra al poder Obregón y con él puede cambiar la cosa.

Félix Díaz, con mirada de derrota y decepción, prestó atención al consejo de Guadalupe Sánchez. Empacó sus cosas y fue trasladado de Martínez de la Torre al puerto de Veracruz.

Ahí, antes de embarcarse, hizo la siguiente declaración:

«Deseo ardientemente que se me juzgue para que se esclarezcan los sucesos y para que se vea que ninguna participación tuve en los asesinatos del presidente Madero, del vicepresidente Pino Suárez, del diputado Gustavo Madero y el intendente de Palacio, Adolfo Bassó. Se me quiere hacer partícipe de todo lo malo que hizo Huerta, siendo que yo me esforcé porque en aquellos días se hicieran cosas buenas y por eso influí en la designación del gabinete de la Embajada».

El presidente don Adolfo de la Huerta, aparte de perdonarle la vida a Félix Díaz, le entregó un cheque por veinte mil pesos que arrogantemente despreció, pero que le hubiera hecho mucha falta años después, ya que del exilio regresó a Veracruz para morir en la miseria y en el olvido.

Manuel Talamantes fue enviado a Nueva York por el departamento de Aviación de México para tomar nota sobre el primer vuelo con carga postal que se daría entre Nueva York y California. El vuelo despegó de Nueva York el 7 de septiembre de 1920, llegando a San Francisco el 11 del mismo mes. La razón de necesitar varios días para lograr el vuelo obedecía a que los aviones eran meramente esqueletos de madera rodeados de lona y alambres, sin instrumentación alguna para prevenir perderse, medir la altura, etcétera. Se necesitaba que los pilotos, que habían volado aviones en la Primera Guerra Mundial, cubrieran la distancia aterrizando en llanos para descargar el correo y cargar combustible. Este trabajo era mucho más reconfortante para ellos que caer abatidos por las balas de los alemanes.

Gretel casi se va de espaladas cuando Lucy le dijo que esa tarde saldría a tomar un helado con Manuel Talamantes.

—¿Manuel Talamantes?

—Sí, madre. El mismo que vive en México y que junto con su hermano Fernando ayudaron a mi padre a curar sus heridas en el duelo del acueducto de Los Remedios.

—Pero ¿cómo te encontró?

—Desde que nos vimos en la pelea de box en la Condesa nos pasamos nuestras direcciones y teléfonos. Él fue enviado unos días por el gobierno de México para un estudio sobre vuelos postales.

Gretel pensó en las bromas que le jugaba el destino.

Manuel podría convertirse en su yerno, al mismo tiempo era el cuñado de su ex marido Arturo, quien también podría casarse con Juliana, y ella podría convertirse a su vez en cuñada de Lucy. ¿Pero qué clase de mundo era éste?

—No sé qué piense tu padre si te dejo salir, Lucy.

—¿Cuál padre, Arturo Murrieta o John Kent?

El color no regresaba a la cara de la hermosa holandesa.

—Los dos, Lucy. John merece tu respeto porque él vive conmigo y se ha portado a la altura contigo, y Arturo Murrieta que, aunque se encuentre a miles de kilómetros de aquí, no deja de ser tu padre y quizá no esté de acuerdo que te veas con su cuñado.

Lucy se rió de la cara que hizo su madre al decir eso. Se veía que sus palabras llevaban una doble intención.

—Ah, madre, eres tan...

El timbre de la casa sonó y en la puerta apareció Manuel Talamantes, quien se presentó vestido como si fuera a un picnic o a un parque de diversiones. Zapatos deportivos, pantalón gris con un suéter azul.

—Señora, ¡Qué gusto saludarla! ¿Se acuerda de mí?

—Buenas tardes, Manuel. ¿Cómo no me voy a acordar de ti, después del pleito que tuve con tu hermana en el Toreo de la Condesa?

Manuel sonrió empático.

—Por favor, señora. No tiene caso hablar de eso. Es mejor que nos saludemos y hablemos de cosas más gratas como su preciosa hija Lucy.

Gretel se sorprendió de la diplomacia de Manuel. A toda costa evitaba que los enredos familiares afectaran sus relaciones.

—¿Qué te trae a Nueva York, Manuel? —indagó Gretel.

—El correo empezará a viajar por los aires a partir de esta semana, señora. Si todo resulta bien, lo implantaremos en México. Vengo a estudiar todo el proceso, vehículos, distancias, pilotos, etcétera.

—Y también vamos a tomar un helado aquí cerca en Central Park, mamá. ¿Quieres venir con nosotros? —interrumpió Lucy.

—No. Vayan y no se tarden mucho. Aquí los espero.

—Gracias, mami.

—Con su permiso, señora.

Gretel se desplomó abatida sobre el sofá de su casa. El destino era como un gigantesco pulpo con muchos tentáculos para alcanzarla.

En Central Park, el enorme bosque enclavado dentro del corazón de Nueva York, Lucy y Manuel platicaban animadamente a la orilla de uno de los lagos que daban vida al precioso pulmón neoyorkino.

—Por momentos me recuerda el parque de Chapultepec —dijo Manuel, caminando de la mano con la bella nativa de San Francisco.

—Quizá ahora, pero en invierno los lagos se congelan, y ahí se pierde la similitud que dices.

—¿Cómo vas en la escuela, Lucy?

—Bien, Manuel. Estoy estudiando fotografía y cine. Quiero ser productora.

—Fascinante y complicada carrera, Lucy. Se necesita ir al lugar donde pasan las cosas y atrapar la imagen o recrearlas en un escenario. El mundo cambió mucho desde que los hermanos Lumière proyectaron la primer película de aquellos obreros saliendo de una fábrica en Lyon en 1904.

—Sí, es cierto, ahora hay más historias, escenarios y personas dentro del filme. Con los diálogos se puede hacer un largometraje —dijo Lucy sentándose junto a él en una banca de piedra.

—Te aseguro que algún día las películas tendrán la voz

del que habla y los sonidos del lugar —comentó Manuel, cautivado con la belleza de la muchacha.

Los dos platicaban de cerca, con la complicidad del verde bosque alrededor. Dos inoportunas palomas se acercaron atrevidamente en busca de las palomitas acarameladas de Lucy. Una hábil ardilla también estaba dispuesta a competir contra las aves.

—Estoy de acuerdo, Manuel, pero todavía falta mucho para eso[80].

—No tanto, Lucy... ya verás —los dos se besaron de manera romántica, olvidándose de las miradas indiscretas de la gente, de las palomas y de la ardilla de cola esponjada que exigían más rosetas azucaradas.

Arturo Murrieta se reunió con Lucero y Regino para pasar un agradable día familiar. Su mente era un mar de confusiones al saber que Juliana estaba a unos días de casarse con don Joaquín.

Aquella mañana del 12 de septiembre de 1920, el Hipódromo de la Condesa[81] estaba listo para la carrera de autos organizada por los señores Daniel Strauss y Emilio Cadena. La carrera sería a 75 vueltas en la pista terrosa del Hipódromo. Enormes palacetes de campo rodeaban los terrenos del Hipódromo, en los terrenos de lo que alguna vez perteneció a la opulenta condesa María Magdalena Dávalos de Bracamontes y Orozco[82].

80   En 1927 se hizo la primera película con sonido, *El cantante de jazz*, dando inicio a un cine diferente y más vivo para el espectador.

81   Actualmente el óvalo del Hipódromo de la Condesa lo ocupa la arbolada calle de Ámsterdam, el parque México en el centro y las calles de Michoacán y Sonora atravesándolo.

82   La Hacienda de Santa Catarina del Arenal perteneció en 1701 a la condesa María Magdalena Dávalos y en 1873 paso a ser propiedad de Vicente Escandón. Actualmente es ocupada por la embajada de Rusia.

Hermosas damas de sociedad hicieron presencia con aristocráticos vestidos y finos sombreros en las abarrotadas gradas del hipódromo.

Lucero podía competir fácilmente en belleza contra cualquiera de esas mujeres, pero había una en la tribuna que le hacía un nudo en el estómago: era Juliana Talamantes acompañada de don Joaquín y el pequeño Arturo. Gretel Van Mess era ya historia lejana para Lucero, ahora quien le quitaba el sueño era esta jovencita con la que Arturo tenía un hijo, aun que sabía que en ese mismo mes se casaría con el avechucho que la acompañaba.

Un atrevido espectáculo aéreo complementaba la carrera que estuvo llena de incidentes entre los vehículos, como vueltas mal tomadas, choques y llantas reventadas. Los avezados pilotos se batían en las últimas vueltas. Frank Faber e Isaura, nuevos vecinos en la colonia, con el hipódromo frente a su casa, disfrutaban también de la carrera. A fuerza de tenacidad, Isaura junto con el pequeño Frank se abrió paso entre la muchedumbre para llegar a lado de Lucero y saludarla.

—Qué gusto verlos aquí, amiga —dijo Isaura, dando un abrazo y besos a su ex patrona.

—Isaura, qué gusto verte ahora con tu hijo, que no tenía el gusto de conocer. Acuérdate que cuando te vi en Veracruz estabas embarazada.

—Frank, saluda a tu tía Lucero.

El pequeño Frank era de color medio entre el moreno de Isaura y la piel blanca de Frank Faber.

—Tiene la misma cara del padre —comentó Lucero estrechando la mano del pequeño.

—Acabamos de comprar una casita aquí al lado, Lucero. Frank utilizó algo de sus ahorros de años para darme el gusto.

—Pues te felicito, Isaura, porque el lugar está lleno de

jardines y árboles y te aseguro que pronto se llenará de casas. Fernando Talamantes y Gisela Escandón también compraron por aquí.

—¿En serio? Qué maravilla será para mí tener de vecino a Fernando, a quien conozco desde hace años.

—Es cierto. Recuerdo que me comentaste alguna vez que lo conociste en tu fuga de Tuxtepec.

—Frank dice que lo bueno es que tenemos el Toreo a tiro de piedra.

—¿Le gustan los toros?

—Según él, sí. Yo sé que es para hacerse el interesante y sentirse más mexicano.

El ruido ensordecedor de los motores, más el polvo levantado por las llantas, hacía complicada la plática, pero era tanto el gusto de verse que no se fijaban.

Frank y Arturo platicaban cordialmente sobre los últimos acontecimientos del año.

—Ahora que viene un largo periodo de paz y prosperidad pienso hacer crecer mi negocio vitivinícola, Frank. Desde que estamos en guerra ha andado por los suelos.

—Yo seguiré como representante de Alemania en México, Arturo. Tengo algunos negocios con Justo García.

Arturo puso cara seria. Hubiera querido decirle que se previniera o que lo evitara, pero a estas alturas él ya sabía quién era Justo García, además de que Faber no era una inocente paloma.

Faltaban dos vueltas para saber quién sería el campeón. Los espectadores se colocaron de pie a un lado de la pista. Todo era fiesta y celebración.

Juliana se encontraba en la orilla de la pista junto con Arturito y don Joaquín. De cerca los vigilaba Arturo, quien no encontraba con qué pretexto acercarse para saludarlos sin importunarlos.

Los vehículos cruzaron la meta y la gente

imprudentemente invadió la pista para felicitar a los ganadores, cuando aún faltaban autos por pasar. Uno de éstos perdió el control arrollando a la gente imprudente que no midió peligro alguno al invadir la pista. Arturo se quedó pasmado al ver que el vehículo número 33 se dirigía hacia Arturito, Juliana y don Joaquín. El accidente parecía inevitable, pero un segundo antes de que el veloz auto los aplastara, Arturo los aventó fuera del camino del vehículo, siendo arrollado en el acto heroico.

Juliana se levantó del suelo entendiendo todo lo que había pasado. Revisó en segundos a Arturito agradeciendo a Dios que no tenía nada, luego con los ojos llorosos se arrodilló junto al cuerpo de Murrieta pidiendo a gritos una ambulancia. Don Joaquín se incorporó y buscó ayuda médica. En su andar desesperado agradecía internamente al hombre que les había salvado la vida.

Las dos mujeres e hijos de Arturo Murrieta se encontraban sollozando junto a su maltrecho cuerpo. Ganas no les faltaban de sacarse los ojos, pero la salud de Arturo era primero que las inútiles escenas de celos. Regino se acercó al pequeño Arturo y sonriente se agachó para saludarlo. Uno tenía catorce años y el otro cuatro. El poderoso llamado de la sangre los unía. El niño regresó el saludo con una sonrisa. Las mujeres vieron aquello sin decir nada. En ese instante llegó al médico con una camilla y en una revisión rápida les dijo que la cabeza no había sido golpeada, pero que sí había huesos rotos. Sin embargo, su experiencia como galeno de la revolución le aseguraba que se pondría bien. El gesto de los Murrieta cambió. Don Joaquín, por precaución, prefirió separar a las mujeres antes de que se desataran las pasiones. Ya habría tiempo para platicar en el hospital o en la casa de Murrieta.

La tragedia del Autódromo de la Condesa quedaría marcada en la historia roja del trágico óvalo. Isaura y

Frank, entendiendo bien lo que había pasado, ofrecieron su casa para atender a Murrieta y para que las familias se tranquilizaran un poco. Enfermeros y camilleros recogían a las decenas de heridos y muertos en el negro incidente[83].

Arturo convaleció por una semana en un hospital de Tacubaya bajo el cuidado de los mejores médicos. El saldo del accidente fue un brazo y una pierna fracturada, y cuatro costillas rotas que ocasionaron leves sangrados internos sin tener consecuencias graves.

Junto a su cama, además de sus familiares directos como Lucero y Juliana, desfilaron dando apoyo y ánimo Álvaro Obregón, Adolfo de la Huerta, Plutarco Elías Calles, José Vasconcelos, Frank Faber, Isaura Domínguez, Silvia Villalobos, Fernando Talamantes y Gisela Escandón; también recibió llamadas y telegramas de Gretel, Lucy y Arturo Murrieta Van Mess, Manuel Talamantes, así como la sorpresiva visita de Justo García y Patricia Solís, quienes desearon una rápida recuperación.

83   El accidente arrojó un saldo de 5 muertos y 27 heridos.

21

ÁLVARO OBREGÓN CONQUISTA LA ANHELADA PRESIDENCIA

A LAS DOCE DE LA NOCHE DEL DÍA 30 DE NOVIEMBRE DE 1920 protestó como presidente constitucional de los Estados Unidos Mexicanos, el general de división, Álvaro Obregón, para el periodo 1920-1924.

De pie, con voz apagada por la emoción y no con los gritos pujantes con los que movía a sus ejércitos invencibles en los campos de batalla, extendió su brazo izquierdo para decir:

—Protesto guardar y hacer guardar la Constitución Política de los Estados Unidos Mexicanos y las leyes que de ella emanan y desempeñar leal y patrióticamente el cargo de presidente de la República que el pueblo me ha conferido, mirando en todo por el bien y prosperidad de la Unión. Y si no lo hiciere, que la Nación me lo demande.

Los aplausos de apoyo sacudieron al recinto. El ambicioso agricultor de Sonora había conquistado, en siete años de sangre y fuego, el puesto que merecía; y quienes osadamente intentaron frenarlo, pagaron el precio en el destierro o bajo la fría tierra de un cementerio.

Obregón era el general invicto y si no fue derrotado por los disparos en los campos de batalla, una granada que lo mutiló, una bala que se negó a salir cuando intentó suicidarse, dos fusilamientos, ¿qué podían hacerle en las elecciones enemigos sin importancia como el ingeniero Alfredo Robles Domínguez o Nicolás Zúñiga y Miranda, el desequilibrado y eterno candidato a la presidencia?

La boda de Juliana y don Joaquín se llevó a cabo en la iglesia de Los Remedios a fines de noviembre de 1920.

Arturo Murrieta, Lucero y Regino fueron cordialmente invitados. Don Joaquín Gómez dejaba atrás celos y rencores y agradecía la amistad del hombre que les había salvado la vida en el Autódromo de la Condesa.

Arturo Murrieta Talamantes, hijo de Arturo y Juliana, se acostumbraría a convivir con su padre Arturo Murrieta y su hermano Regino Canales Santana, con el beneplácito de Juliana, don Joaquín y Lucero Santana.

La relación entre Lucero y Arturo había mejorado notablemente desde el accidente de la Condesa. Lucero brindaba como nunca, ya que las dos mujeres que se atravesaron en la vida de su hombre, habían terminado en el altar con otras personas. Las enemigas estaban liquidadas y eso ameritaba un festejo.

Gisela y Fernandito convivían con todos los invitados. Para la mujer de Fernando todo era novedad y emoción en la capital. El hecho de conocer a todos los familiares y amigos de Fernando la emocionaba mucho.

Arturo Murrieta y Fernando Talamantes abandonaron por un momento la fiesta para caminar cerca del acueducto de Los Remedios donde se conocieron en 1905. Quince años habían pasado desde aquel fatídico duelo con el coronel Canales y el lugar los llenaba de nostalgia, y bien ameritaba contemplarlo desde una de las torrecillas de la majestuosa arquería de cantera.

—Cuántas cosas han pasado desde el día que me salvaste la vida en ese fatídico duelo, Fernando.

—Sí, Arturo. Yo era un muchacho de dieciocho años en ese entonces y Manuel tenía tan sólo diez.

—Yo tenía veinticinco años, Fernando. Ahora soy un hombre de cuarenta, con las sienes canosas y rayitos de plata en la barba.

—Jamás hubiera imaginado que te convertirías en el padre de mi sobrino, pero no te casarías con mi hermana.

—Así es la vida, Fernando. Ese don Joaquín es un ángel que tiene un buen negocio y ama a Juliana. ¿Yo que le puedo ofrecer? Soy un hombre que tiene hijos con tres mujeres y no estoy casado con ninguna. Lucero me es leal y fiel, porque es una mujer hecha de otra pasta, Fernando.

Las palabras de Arturo hicieron pensar a Fernando en su encuentro con Daniela Ostos y su sorpresiva residencia en la ciudad de México.

—Me da gusto que te lleves bien con don Joaquín, Arturo. Eso facilita mucho las cosas para que sigas ayudando a mi sobrino y que los hermanos convivan.

—Sí, Fernando, aunque ahora se llevan diez años de diferencia, el tiempo los juntará después de la adolescencia. Es como tú con Manuel, le llevas ocho años y ahora ya no se nota. Y a propósito, ¿dónde anda él, que no vino a la boda de su hermana?

Fernando lo miró sorprendido de que no supiera que Manuel anduviera tras de su hija Lucy en Nueva York. Prefirió callar y que el tiempo pusiera esa relación en el sitio que le correspondía.

Los dos treparon el sifón de roca de cantera de veintitrés metros de alto, para sentarse en lo alto y tener una vista plena del acueducto de medio kilómetro y de los verdes paisajes de alrededor.

—Anda en vuelos de prueba en Nueva York. De la

Huerta lo mandó a que estudiara el transporte del correo por avión.

—Ahí está el futuro, Fernando. Los aviones no tardan en llevar personas y carga alrededor del mundo. La aviación está avanzando a pasos veloces.

—Es cierto. Manuel está muy bien parado con Obregón, que es un entusiasta con todo lo relacionado con los aviones.

—¿Y tú cómo quedarás con él?

—No lo sé, Arturo. Obregón me estima y espero seguir apoyándolo en sus proyectos. ¿Tú cómo quedaste con él?

—No muy bien porque apoyé a Carranza. Es más, yo lo vi morir en Tlaxcalantongo. Era mi obligación estar con él hasta el final. Él era el legítimo presidente de México.

Un rebaño de borregos pasó a un lado del acueducto, dándole un toque pintoresco a la escena que contemplaban.

—Estoy seguro de que lo tomará en cuenta positivamente. Además él apoya mucho a Vasconcelos y él es gran amigo tuyo.

—Es cierto eso, Fernando. Obregón es un hombre culto y de visión. Él es del agrado de los gringos y busca la paz del país. Estoy seguro de que ahora sí viene un periodo de paz y crecimiento para México. ¿Dónde hubiéramos ido a parar si el presidente ahora fuera Villa o Zapata?

—Seguiríamos peleando y matando al pueblo de hambre, Arturo.

—Muy cierto. ¿Sabes que el momento más triste y de angustia que viví en toda esta barbarie fue en 1915 con la hambruna que asoló al país? Ahí me di cuenta de que en cinco años habríamos acabado con todo y ahora nuestras familias se nos morirían de hambre en nuestros brazos.

—Afortunadamente Obregón acabó con Villa y terminó con el conflicto. Ahora lo que necesitamos es sembrar de nuevo, cuidar el ganado y echar a andar la industria.

—Tienes mucha razón. Urge trabajar y reconstruir todo.

Ante nosotros se presenta una nueva oportunidad —dijo Murrieta nostálgico, mientras sacaba un cigarrillo de su cajetilla. Percibió un problema en la cara de Fernando y lo cuestionó, queriendo encontrar la razón de su preocupación.

—¿Le gusta a tu mujer la capital?

—Sí, Arturo. La capital es diferente en comparación con El Paso, Texas. Ella lo encuentra desafiante.

—¿Te preocupa que esté aquí?

Fernando se sintió acorralado por la pregunta de Arturo. Murrieta lo conocía y sabía que algo andaba mal. El hecho de que dos hombres maduros estuvieran sentados en una torre del acueducto en plena boda comprobaba que algo andaba mal.

—Conocí a una mujer en Columbus cuando la atacamos con Villa. Esa mujer enviudó en el ataque y con su pensión se ha venido a vivir a la capital. Me preocupa esta situación porque no encuentro una buena razón para que ella esté aquí.

—La razón eres tú, Fernando. Ninguna viuda se aventura a otra ciudad si no tiene un conocido de importancia. Ella te vino a buscar. Ahora es cuestión tuya que la rechaces, la ayudes o la ignores.

Fernando miró más tranquilo a Arturo. Hablar con él lo ayudaba mucho.

—Es guapa, Arturo. Me siento mal porque no tengo el empuje y coraje para intentar algo con ella y siento además que ella no quiere algo conmigo.

—Tú síguela viendo normalmente y tarde o temprando ella te hará saber porqué vino a la capital.

—A veces envidio tu experiencia y madurez, Arturo. Yo soy un pendejo para estas cosas. La única mujer con la que me he acostado en mi vida es Gisela.

Arturo dio una palmadita de apoyo a su cuñado.

—A veces quisiera haber sido como tú, Fernando, y no vivir los problemas que me abaten por no saber controlar mis emociones.

—Regresemos a la fiesta, Arturo.

Ambos bajaban de la ocurrencia de Fernando, iniciando el descenso de la torre, desde donde se escuchaba la música de la boda, combinada con risas y ladridos de perros.

Al regresar a la fiesta, doña Inés recibió con una gran sonrisa en su rostro a su hijo Fernando. Le mostró un telegrama que tenía en la mano y que había llegado hacía unos minutos.

Fernando lo leyó y después se lo extendió a Arturo Murrieta considerando que el mensaje también era de su incumbencia.

Arturo lo tomó con curiosidad, miró de reojo a Lucero y leyó el arrugado telegrama.

Querida madre:

Me va bien en Nueva York. Viaje postal un éxito. Hice algunos vuelos interestatales. Me reuní con Lucy Murrieta Van Mess. Nos casamos en enero del año que entra en México. Los quiero mucho.

Manuel Talamantes

Arturo se quedó helado al leer el telegrama. Lucero se acercó preocupada para ver qué era lo que había leído su pareja, que había puesto una mirada de espanto.

—De una u otra manera Dios quiere que emparentemos, Arturo, y quiénes somos nosotros para oponernos —señaló doña Inés, con mirada comprensiva.

—Yo no puedo gobernar en el corazón de mi hija, doña Inés. La última vez que se vieron en el Toreo de la Condesa me di cuenta que se atraían, pero nunca me imaginé que esto pudiera llegar tan lejos.

—Pues celebrémoslo, Arturo. Ya nos estaremos viendo de nuevo en la boda de nuestros hijos.

Un mesero pasó con una charola de bebidas. Doña Inés tomó dos copas y extendió una a Arturo. Con una seña detuvo la música y habló a los invitados:

—Propongo un brindis por los novios de hoy, Juliana y don Joaquín, y por los que se unirán en matrimonio en un par de meses; mi hijo Manuel y Lucy, la hija de Arturo Murrieta.

Los gritos de bravos y vivas se oyeron entre los emocionados invitados. Las familias Murrieta y Talamantes se fusionaban de manera natural.

Arturo sonrió satisfecho. La vida le sonreía al ponerle un buen yerno a su hija. Un hombre de trabajo y valores, que se iniciaba en el apasionante mundo de la aviación con el padrinazgo del invicto general, Álvaro Obregón. Su preciosa y joven hija ya no tendría que compartir más la casa de su padrastro, John Kent. Ella empezaría con su propio hogar y familia. Su relación con los Talamantes era inmejorable, don Joaquín se ponía en el hombro la cruz que él hubiera tenido que cargar para salvar el honor de Juliana Talamantes. Sin embargo, podría seguir apoyando a su hijo con todos los recursos que estuvieran a su alcance.

Lucero lo tomó de la mano en señal de apoyo. Arturo sonrió satisfecho y la abrazó emocionado. Lucero era la mujer de su vida. Ella fue la mujer por la que peleó en aquel fatídico duelo en 1905, cuando disputaba su amor al temido coronel Regino Canales. Ella fue la que le entregó todo, trayendo al mundo a su hijo Regino, un muchacho de catorce años, quien sonreía feliz de estar en esta fiesta con ellos. Ella fue la mujer que vendió sus joyas para sacarlo del infierno de la cárcel de Belén, ella había sido la que siempre había estado con él en las buenas y en las malas. Su machismo quedaba atrás al dejar en el olvido el incidente amoroso que tuvo con Justo García. Después de todo, ¿quién era él para juzgarla, cuando él había tenido amores e hijos con dos mujeres distintas?

La vida les abría una nueva oportunidad y había que vivirla con intensidad, agradeciendo a Dios todo lo que les proveía.

EPÍLOGO

Irónicamente, la violencia más grande que sufrió México sobrevino después de la huida de Victoriano Huerta al extranjero. Los ejércitos triunfantes se reunieron en la soberana Convención de Aguascalientes de 1914, buscando un nuevo gobierno democrático y una salida pacífica al conflicto.

Ante la desmedida ambición de poder de Carranza y Villa y su negativa a ser desplazados por las decisiones de la Convención, los ejércitos se dividieron, enfrentándose en las más espantosas batallas para unificar el poder en una sola cabeza, ya fuera la de Carranza o la de Villa.

En los campos de batalla de Celaya, Zacatecas y Chihuahua quedaron regados miles de cadáveres que ofrendaron sus vidas ante la idea de conseguir un México mejor.

Venustiano Carranza, apoyado en el genio militar de Álvaro Obregón, logró conseguir la victoria definitiva sobre Villa y unificar ese poder único que traería la ansiada paz a México.

Carranza, obstinado en no ceder el poder a Obregón, murió desquiciado por conservar la presidencia en una choza miserable en Tlaxcalantongo en 1920, pagando un precio muy alto por el desafío suicida.

Álvaro Obregón y sus huestes sonorenses surgieron como el máximo poder que traería la paz y el crecimiento a México.

Desde la llegada al poder de Obregón en 1920, a su muerte en 1928, México seguiría el camino fijado por el invicto general, para ser continuado por Plutarco Elías Calles después de la muerte del Mártir de la Bombilla.

Plutarco Elías Calles gobernaría el país de 1928 a 1934 a través de tres títeres: Emilio Portes Gil, Pascual Ortiz Rubio y Abelardo Rodríguez. Al buscar la continuidad por cuarta vez, surgió la figura bronca y rebelde que lo exilió para dar paso al cardenismo.

El maximato o gobierno tras bambalinas de Plutarco Elías Calles llegó a su fin al coincidir su vejez y decadencia con el carácter indomable de Lázaro Cárdenas.

Dentro de la importante herencia de Elías Calles quedaría la fundación del PNR, que sería más tarde el PRI de las siguientes siete décadas, hasta concluir con la llegada al poder del panista Vicente Fox en el año 2000.

El éxito del PNR consistió en poner fin a las batallas para acceder al poder. Ahora se tendría que llegar a la presidencia bajo las estrictas reglas de los partidos políticos que contenderían por la máxima magistratura del país.

Este México de Obregón y el maximato lo viviremos de manera intensa y novelada en *México Cristero,* el siguiente libro de la trilogía del México Revolucionario.

F I N

DEL SEGUNDO LIBRO

ÍNDICE

México desgarrado
de Alejandro Basáñez Loyola
se terminó de imprimir y encuadernar en noviembre de 2014
en Quad/Graphics Querétaro, S. A. de C.V.
lote 37, fraccionamiento agro-industrial La Cruz
Villa del Marqués QT-76240